Un Monde Après l'Autre

LES CHRONIQUES DE ST MARY – LIVRE I

JODI TAYLOR

LES CHRONIQUES DE ST MARY

UN MONDE APRÈS L'AUTRE

LIVRE I

TRADUIT DE L'ANGLAIS PAR CINDY COLIN KAPEN

HC
éditions

J'ai tout inventé.
Aux historiens et aux physiciens :
si vous me croisez dans la rue, je vous en prie,
ne m'insultez pas.

Jodi Taylor

ISBN 9782357203563

« *L'histoire n'est qu'une succession d'événements fâcheux.* »

Arnold Toynbee

Dramatis Bidulae

Direction

Dr Edward Bairstow

Directeur de St Mary. Grand, autoritaire. La petite cinquantaine. Maintient la cohésion d'un mélange volatil de techniciens, d'historiens, d'employés de cuisine, d'agents de sécurité et du département parfois explosif de Recherche et Développement.

Mme Partridge

Assistante du directeur. À ne pas contrarier.

Historiens

Madeleine Maxwell (Max)

Historienne. Va sur ses 30 ans. Petite, rousse, attachante, impatiente, pleine d'autodérision. Passé trouble et futur précaire.

Tim Peterson

Historien. La trentaine. Grand et hirsute. Un bon ami.

Kalinda Black

Historienne. Blonde aux yeux bleus. Ressemble à une princesse de Walt Disney. Soupçonnée de boire le sang des apprentis. Bénéficiaire des marques d'affection de M. Dieter.

Sussman
Grant
Rutherford
Stevens
Nagley
Jordan
Camarades de promo de Max.

DÉPARTEMENT TECHNIQUE
Leon Farrell
Directeur technique. Environ 35 ans. Cheveux bruns, yeux bleus, compétent, calme, discret.

M. Dieter
Assistant de Farrell. Bâti comme une armoire à… – jeune homme à la forte carrure.

ÉQUIPE MÉDICALE
Dr Helen Foster
La petite trentaine. Médecin ayant le sens du contact de Vlad l'Empaleur. Bénéficiaire des marques d'affection de M. Peterson.

Mlle Hunter
Infirmière. Bénéficiaire de l'affection douteuse de M. Markham.

ÉQUIPE DE SÉCURITÉ
Commandant Ian Guthrie
Responsable de la sécurité. Sa tâche peu enviable est d'assurer la sécurité du personnel de St Mary, malgré tous ses efforts pour se mettre dans le pétrin. Approche de la quarantaine.

M. Markham
Agent de sécurité. Petit, crasseux, enclin au désastre. À ce qu'on dit indestructible, ce qui tombe bien.

M. Vissell
Un sale type.

Le Gros Dave Murdoch
Doux géant.

RECHERCHE ET DÉVELOPPEMENT
Pr Rapson
Chef du R&D. Âge inconnu. Vit dans son propre monde.

Responsable de la destruction de la tour de l'Horloge et de la désastreuse expérience d'Icare. Ignore vraisemblablement les propriétés du méthane.

Dr Dowson
Libraire et archiviste. Âge inconnu. Pas non plus très au point sur le méthane.

SERVICE INFORMATIQUE
Isabella Barclay
Responsable informatique. Ordure professionnelle. Petite, méchante et rousse. La rumeur dit qu'elle nourrit une passion non partagée pour Farrell.

Polly Perkins
Technicienne.

AUTRES
Mme Mack
Reine des cuisines. Dans les 45 ans.

Jenny Fields
Assistante de cuisine et grande défenseuse du dodo.

Mme de Winter
Enseignante à la retraite.

Turk
Officiellement, un cheval.

LE MÉCHANT
Clive Ronan
Brun, impassible, dangereux.

Ainsi qu'un assortiment varié de raptors, tailleurs de pierres et contemporains hostiles, trop nombreux pour être mentionnés.

Un

Il y a deux moments dans ma vie où tout a changé. Des moments où les choses auraient pu aller dans un sens ou dans l'autre. Des moments où j'ai dû faire un choix.

Le premier a eu lieu lorsque, après une nouvelle journée de turbulences à l'école, je me tenais devant ma professeure principale, Mme de Winter. J'avais employé la méthode du silence boudeur et attendais la nouvelle de mon expulsion, ayant depuis longtemps dépassé le stade des trois avertissements. Mais ce n'est jamais arrivé.

À la place, elle m'a dit, avec une curieuse urgence :

— Madeleine, vous ne pouvez pas laisser votre situation familiale définir toute votre vie. Vous êtes intelligente – vous avez des capacités dont vous n'êtes même pas consciente. C'est la seule chance que vous aurez. Je peux vous aider. Vous voulez bien me laisser essayer ?

Personne n'avait jamais essayé de m'aider. Quelque chose s'est éveillé en moi, mais la méfiance et le soupçon ont la vie dure.

— Je peux vous aider, a-t-elle ajouté d'une voix douce. C'est votre dernière chance, Madeleine. Oui ou non ?

Aucun mot n'est sorti de ma bouche. J'étais piégée dans une prison que je m'étais moi-même fabriquée.

— Oui ou non ?

J'ai pris une longue inspiration et répondu oui.

Elle m'a tendu un livre, un carnet et deux stylos.

— Nous allons commencer avec l'Égypte antique. Commencez

avec les deux premiers chapitres et le chapitre 6. Vous devez apprendre à assimiler, à corriger et à présenter des informations. Je veux 1 500 mots sur la nature exacte de Maât. Pour vendredi.

— C'est une punition ?

— Non, Madeleine. C'est une opportunité.

— Mais… Vous savez que je ne peux pas ramener ça à la maison.

— Vous pouvez utiliser la bibliothèque du lycée et laisser vos affaires là-bas. Mlle Hugues vous attend.

C'était le premier moment.

Le second est arrivé dix ans plus tard sous la forme d'un e-mail inattendu.

Ma chère Madeleine,

Je suis sûre que vous serez surprise d'avoir de mes nouvelles, mais je dois avouer que, depuis que vous avez quitté l'université de Thirsk, j'ai suivi votre carrière avec beaucoup d'intérêt et une certaine fierté. Toutes mes félicitations pour votre réussite académique à Thirsk, docteur Maxwell. Il est toujours agréable de voir une ancienne élève réussir aussi bien, en particulier lorsqu'elle a travaillé dans des conditions aussi difficiles dans sa jeunesse. Je vous écris aujourd'hui pour vous donner les détails d'une opportunité de travail que vous trouverez, j'en suis certaine, extrêmement intéressante.

Vous savez certainement, ayant étudié à Thirsk, qu'il existe un site jumeau – l'institut St Mary de recherche historique – une organisation qui, je pense, pourrait intéresser quelqu'un qui, comme vous, préfère une existence moins structurée. Leur travail penche plutôt vers le côté « historique » de la recherche historique. C'est tout ce que je peux vous dire pour le moment.

L'institut se trouve tout près de Rushford, où je réside désormais, et les entretiens auront lieu le 4 du mois prochain. Êtes-vous intéressée ? J'ai le sentiment que c'est exactement ce qu'il vous faut, j'espère donc que vous y réfléchirez. Vos voyages et votre expérience en archéologie vous seront très utiles, et je pense sincèrement que vous êtes exactement le type de personne qu'ils recherchent.

Le salaire est ridicule, sans parler des conditions de travail, mais c'est un endroit merveilleux, où travaillent des gens extrêmement talentueux. Si vous êtes intéressée, cliquez sur le lien ci-dessous pour organiser votre entretien d'embauche.

S'il vous plaît, ne rejetez pas d'emblée cette opportunité. Je sais que vous avez toujours préféré travailler à l'étranger, mais compte tenu de la possibilité que l'Amérique ferme de nouveau ses frontières et de la fragmentation à l'intérieur de l'UE, le moment serait peut-être bien choisi pour un style de vie plus posé.

Mes amitiés,
Sibyl de Winter

J'ai toujours dit que ma vie avait réellement commencé le jour où j'ai franchi le portail de St Mary.

Sur le panneau, on pouvait lire :
Université de Thirsk.
Institut de Recherche historique.
Campus du prieuré de St Mary.
Directeur : Dr Edward G. Bairstow BA MA PhD FRHS

J'ai appuyé sur la sonnette.

— Puis-je vous aider, mademoiselle ? a répondu une voix.

— Oui, mon nom est Maxwell. J'ai rendez-vous avec le Dr Bairstow à 14 heures.

— Continuez tout droit jusqu'à la porte d'entrée. Vous ne pouvez pas la manquer.

Cette personne ne manquait pas d'optimisme. Elle parlait à quelqu'un qui avait un jour réussi à se perdre dans une cage d'escalier.

Une fois franchie la porte d'entrée, on m'a fait signer un registre, et un garde en uniforme m'a poliment passée au détecteur de métaux, ce qui était assez inhabituel pour un établissement universitaire. J'ai fait de mon mieux pour avoir l'air inoffensive, et ça a probablement fonctionné puisqu'il m'a escortée jusqu'au hall, où m'attendait Mme de Winter. Celle-ci n'avait absolument pas changé depuis la dernière fois que je l'avais vue, le jour où elle m'avait emmenée à Thirsk. Le jour où j'avais échappé à cette invention diabolique qu'est la famille.

Nous avons échangé un sourire et une poignée de main.

— Vous voulez visiter avant l'entretien ?

— Vous travaillez ici ?

— Pour des missions ponctuelles. Des recrutements par exemple. Par ici, je vous en prie.

Cet endroit était immense. Nos pas résonnaient dans l'impressionnant hall d'entrée, qui faisait partie du bâtiment d'origine et était équipé d'étroites fenêtres médiévales. Tout au bout de la salle, un élégant escalier en chêne composé de dix marches étroites et d'un demi-palier bifurquait à droite et à gauche vers une galerie longeant les quatre côtés du hall.

La galerie donnait sur plusieurs pièces. À travers les portes ouvertes, on discernait une longue suite qui semblait consacrée à des costumes et accessoires. Des gens visiblement très occupés couraient dans tous les sens, les bras chargés de tissus et les bouches pleines d'épingles. Des vêtements plus ou moins terminés pendaient à des cintres ou habillaient des mannequins. Les pièces étaient lumineuses, ensoleillées et gonflées de bavardages.

— Nous travaillons beaucoup pour le cinéma et la télévision, a expliqué Mme Enderby, qui était responsable du département des Costumes. – C'était une petite femme ronde, au sourire agréable. – Parfois, ils ne veulent que des renseignements, et on ne leur envoie que les détails des costumes et des tissus appropriés, mais parfois nous les fabriquons nous-mêmes. Celui-ci, par exemple, est destiné à une adaptation historique de la vie de Charles II et de la Restauration. Donc beaucoup de seins et de sexe, évidemment, mais j'ai toujours considéré Charles comme un monarque très sous-estimé. Cette robe est pour Nell Gwynne dans sa période « orange » et celle-là pour la catin française, Louise de Keroual.

— C'est charmant, ai-je répondu à voix basse, en prenant soin de ne pas toucher le tissu. Les détails sont superbes. Malheureusement, c'est un peu trop moderne pour moi.

— Le Dr Maxwell est spécialiste de l'Antiquité, a expliqué Mme de Winter, d'un air qui m'a semblé contrit.

— Oh je vois, a soupiré Mme Enderby. Eh bien, ce n'est pas si grave, je suppose. Il y aura des draperies, des toges, des tuniques, bien sûr, mais quand même…

Sa phrase est restée en suspens. Je l'avais visiblement déçue.

Nous sommes ensuite passées à la porte du Pr Rapson, responsable du service de Recherche et Développement. Cet homme était une telle caricature du savant fou que je me suis d'abord demandé si ce n'était pas une plaisanterie. Très grand, très mince, une touffe de cheveux à la Einstein, et un grand nez aquilin qui m'évoquait l'avant d'un destroyer. Et il n'avait pas de sourcils, ce qui aurait dû me mettre la puce à l'oreille, vraiment. Mais il nous a adressé un sourire aimable et nous a fait signe d'entrer dans son royaume chaotique. J'ai entraperçu avec excitation un morceau de bureau enfoui sous une montagne de livres qui envahissaient la pièce et, plus loin, une sorte de laboratoire.

— Le Dr Maxwell n'a pas encore passé son entretien, a dit Mme de Winter sur un ton qui laissait entendre qu'il était important qu'il le sache.

— Oh, oh, d'accord, oui, non, je vois, a-t-il répondu en lâchant mon coude. Eh bien, je m'occupe de ce que je considère comme l'histoire « pratique », ma chère. Le secret du feu grégeois ? Nous y travaillons. Comment se conduisait un char romain ? Nous vous en construirons un et vous pourrez le découvrir par vous-même. Quelle est la portée d'un trébuchet ? À quelle distance exactement peut-on lancer une vache morte ? Combien de temps faut-il pour faire sortir la cervelle d'un homme par les narines ? Pour toutes les questions de ce genre, venez me voir et nous vous trouverons la réponse ! Nous sommes là pour ça !

Un de ses bras qui s'agitaient de façon inquiétante dans les airs a heurté un bécher rempli d'une substance trouble, qui aurait aussi bien pu être du fluide d'embaumement que l'élixir de vie ou la ciguë de Socrate. Le bécher est tombé de la paillasse et s'est écrasé par terre. Tout le monde a reculé. Le liquide a bouillonné, sifflé, et je crois même qu'il a commencé à ronger le sol. On distinguait d'ailleurs d'autres taches similaires.

— Oh mince ! Jamie ! Jamie ! Jamie, mon garçon, descends vite, tu veux bien ? Mes amitiés au Dr Dowson et dis-lui que ça traverse encore son plafond !

Un jeune homme a hoché poliment la tête, s'est levé de sa paillasse et s'est frayé un chemin à travers le fouillis de maquettes à moitié terminées, équipements non identifiables, piles de livres chancelantes et tableaux blancs tachés. Il m'a adressé un grand sourire en passant devant moi. En fait, tout le monde semblait très gentil ici. Je trouvais juste un peu étrange que Mme de Winter avertisse tous ceux à qui elle me présentait que je n'avais pas encore passé l'entretien. Les personnes souriaient et me serraient la main, mais je ne pouvais jamais m'aventurer beaucoup plus loin que le pas de leur porte.

J'ai ensuite rencontré Mme Mack, qui dirigeait les cuisines. Les repas, m'a-t-elle informé, étaient servis 24 h/24. J'ai essayé de comprendre pourquoi un institut de recherche historique avait besoin de tels horaires, en vain. Ce n'était pas que ça me dérangeait. Je peux manger 24 h/24, aucun problème.

La porte suivante donnait sur un bar et un salon presque aussi grands que la salle à manger, ce qui montrait un intéressant sens des priorités. D'ailleurs, tout le bâtiment était usé par le temps et le manque d'argent, mais le bar l'était particulièrement.

Un peu plus loin dans le même couloir, une petite boutique vendait des livres de poche, du chocolat, des articles de toilette et autres produits du quotidien.

Je suis tombée immédiatement sous le charme de la bibliothèque, qui, avec le hall d'entrée, constituait le cœur du bâtiment. Les hauts plafonds donnaient une impression d'espace, et une immense cheminée rendait le lieu cosy et chaleureux. La pièce était meublée de chaises confortables, et de grandes fenêtres occupant tout un mur permettaient aux rayons du soleil d'inonder la salle. En plus des rangées de livres, la bibliothèque possédait tous les derniers systèmes de collecte d'informations électroniques, des zones d'étude, des tables de données et des archives immenses que j'apercevais derrière un passage voûté.

— Nous avons tout ce dont vous pouvez rêver, a dit le Dr Dowson, le libraire et archiviste qui, Dieu sait pourquoi, portait un chapeau imperméable. En tout cas jusqu'à ce que le vieux fou là-haut fasse tout exploser. Vous savez qu'il nous arrive de porter des casques ? J'arrête pas de dire à Edward que lui et toute son équipe de cinglés devraient vivre de l'autre côté d'Hawking, si on veut avoir la moindre chance de survivre !

— Le Dr Maxwell n'a pas encore passé son entretien, a une nouvelle fois expliqué Mme de Winter, interrompant l'archiviste, qui se mit à bredouiller en latin.

J'ai jeté un coup d'œil inquiet au plafond, effectivement souillé, mais Dieu merci, aucune substance ne semblait ronger la structure de ce bâtiment probablement classé.

— Ils vous ont dit ? a-t-il demandé. L'année dernière, son équipe de chercheurs a essayé de reproduire les armes russes utilisées pendant la charge de la brigade légère, mais ils ont mal calculé la portée et démoli la tour de l'horloge.

— Non, ai-je répondu, même si je le soupçonnais de poser cette question par pure rhétorique. Je regrette d'avoir raté ça.

On m'a invitée à avancer d'un geste ferme.

Nous nous sommes arrêtées à l'entrée d'un long couloir qui semblait conduire à une partie plus moderne, séparée du campus.

— Qu'est-ce qu'il y a là-bas ?

— C'est le hangar où nous stockons notre matériel technique. Nous n'avons pas le temps de le visiter pour le moment ; nous sommes attendues dans le bureau du Dr Bairstow.

Je pensais toujours à la guerre de Crimée et au désastre de la bataille de Balaklava lorsque j'ai réalisé que quelqu'un était en train de me parler. C'était un homme de taille moyenne, aux cheveux bruns et au visage qui aurait été assez quelconque s'il n'avait pas possédé d'incroyables yeux bleu-gris, clairs et brillants. Il portait une combinaison orange.

— Désolée, ai-je bredouillé. Je pensais à la Crimée.

Il a souri.

— Vous allez vous plaire ici.

— Chef, je vous présente le Dr Maxwell.

— Je n'ai pas encore passé l'entretien, ai-je dit, pour leur montrer que j'avais été attentive.

Il a esquissé un sourire amusé.

— Dr Maxwell, je vous présente notre technicien en chef, Leon Farrell.

J'ai tendu la main.

— Ravie de vous rencontrer, monsieur Farrell.

— La plupart des gens m'appellent juste Chef, docteur.

Il a tendu lentement la main et serré la mienne. Sa peau était chaude, sèche et calleuse. De vraies mains de travailleur.

— Bienvenue à St Mary.

Mme de Winter a tapoté sa montre.

— Le Dr Bairstow nous attend.

C'était donc lui, le fameux Dr Edward Bairstow. Il se tenait dos à la fenêtre lorsque je suis entrée. C'était un homme grand et osseux, dont la frange de cheveux gris cernant son crâne me rappelait le collier de plumes des vautours. Dans un coin de la pièce, assise devant un bloc-notes, se trouvait une femme splendide vêtue d'un tailleur très chic. Elle était élégante, digne et péremptoire. Le Dr Bairstow s'est appuyé lourdement sur sa canne et m'a tendu une main aussi froide que la mienne.

— Docteur Maxwell, bienvenue. Je vous remercie d'être venue.

Sa voix claire et grave dégageait une immense autorité. Ce n'était de toute évidence pas le genre d'homme qui devait hausser le ton pour attirer l'attention. Il m'examina de son regard perçant, sans rien laisser paraître de ses conclusions. J'ai toujours eu des difficultés avec l'autorité, mais j'ai immédiatement compris que ce n'était pas le moment de faire la maligne.

— Je vous remercie de m'avoir invitée, docteur Bairstow.

— Je vous présente mon assistante, Mme Partridge. Asseyons-nous.

Nous nous sommes installés et l'entretien a commencé. Pendant la première heure, nous avons parlé de moi. J'ai rapidement eu l'impression que le fait de n'avoir aucun proche parent connu ou attachement personnel constituait un point en ma faveur. Il possédait déjà les détails de ma formation, et nous avons parlé pendant un moment de mes recherches en archéologie et en anthropologie, de mes expériences professionnelles et de mes voyages. La manière dont je m'étais acclimatée à d'autres pays et cultures l'intéressait particulièrement. Il voulait savoir comment je me débrouillais avec les langues étrangères, si je réussissais à me faire comprendre. Si je m'étais sentie isolée dans ces communautés nouvelles. Combien de temps il me fallait pour m'intégrer.

— Pourquoi avez-vous choisi l'histoire, docteur Maxwell ? Avec toutes ces avancées excitantes du programme spatial au cours des dix dernières années, et le projet Mars qui arrive à son terme, pourquoi avez-vous choisi de vous tourner vers le passé plutôt que vers le futur ?

Pause. Dans ma tête, je tentai d'organiser mes idées. J'avais 9 ans. Je venais de passer un Noël atroce. J'étais au fond de mon placard, assise sur un objet non identifié. Je me suis un peu tortillée et j'ai extirpé un petit livre – *Henry V et la bataille d'Azincourt.* Je l'ai lu et relu jusqu'à ce qu'il tombe presque en morceaux. Je n'ai jamais su d'où il venait. Ce petit livre a suscité chez moi mon amour de l'histoire. Je l'avais toujours : l'unique objet sauvé de mon enfance. Étudier l'histoire ouvrait des portes vers d'autres mondes et d'autres époques, c'était devenu mon échappatoire et ma passion. Mais je ne parle jamais de mon passé, aussi me suis-je contentée de répondre trois courtes phrases impersonnelles.

Nous sommes ensuite passés à St Mary, que le Dr Bairstow m'a décrite comme une grande organisation pleine de vie et non conventionnelle, ce qui a immédiatement éveillé ma curiosité. Je ne pourrais pas dire précisément à quel moment, mais pendant qu'il parlait, j'ai commencé à me demander si je n'avais pas raté quelque chose. C'était un grand campus. Ils avaient une équipe de sécurité, des repas servis 24 h/24, toutes sortes d'équipement et un service technique. Il a marqué une pause, déplacé quelques documents et m'a demandé si j'avais des questions.

— Oui, ai-je dit. Hawking. Qu'est-ce que c'est ?

Il n'a pas répondu, mais s'est écarté légèrement de son bureau en regardant Mme Partridge, laquelle a posé son bloc-notes et quitté la pièce. Je l'ai regardée partir et me suis de nouveau tournée vers lui. L'atmosphère avait changé.

— Comment connaissez-vous Hawking ? a-t-il demandé.

— Eh bien, ai-je répondu lentement. Ce n'est pas quelque chose qui se sait, bien sûr, mais... – J'ai laissé ma phrase en suspens. Il m'a contemplée d'un air interrogateur, et le silence est devenu de plus en plus pesant. – Je trouve juste étrange qu'un hangar dans un institut de recherche historique porte le nom d'un physicien célèbre.

Toujours pas de réponse, mais j'ai laissé le silence s'installer. Le silence ne m'effraie pas. Contrairement à beaucoup de gens, je ne ressens jamais le besoin de le briser. Nous nous sommes dévisagés pendant un moment, ce qui aurait pu devenir intéressant si Mme Partridge n'était pas revenue à ce moment-là, portant un dossier qu'elle posa devant le Dr Bairstow. Il l'a ouvert et a étalé les documents sur le bureau.

— Docteur Maxwell, j'ignore ce qu'on vous a dit, mais peut-être pouvez-vous me dire ce que vous savez.

Il avait compris que je bluffais.

— Absolument rien, ai-je répondu. J'ai juste entendu ce nom et ça m'a intriguée. Je me demande aussi pourquoi il y a autant de personnel. Pourquoi avez-vous besoin d'agents de sécurité et de techniciens ? Et pourquoi tout le monde doit savoir que je n'ai pas encore « passé l'entretien » ? Que se passe-t-il ici ?

— Je suis prêt à vous dire tout ce que vous voulez savoir, mais je crains de ne pas pouvoir le faire tant que vous n'aurez pas signé ces documents. Et comprenez qu'ils ont force de loi. Le jargon juridique est peut-être complexe, mais sachez que si vous révélez un seul mot de ce que je m'apprête à vous dire, vous passerez les quinze prochaines années, au moins, dans un établissement dont aucune organisation pour les libertés civiques ne connaît l'existence. Alors s'il vous plaît, prenez une minute pour y réfléchir sérieusement avant de signer.

Réfléchir sérieusement est quelque chose qui n'arrive qu'aux autres.

— Vous avez un stylo ?

La très serviable Mme Partridge m'en a présenté un, avec lequel j'ai signé et paraphé un nombre impressionnant de documents. Elle a ensuite récupéré le stylo, ce qui résume assez bien notre relation.

— À présent, a-t-il dit, nous allons prendre le thé.

À ce moment-là, l'après-midi touchait à sa fin. L'entretien durait beaucoup plus longtemps qu'un entretien d'embauche classique. Ce n'était de toute évidence pas un emploi classique. Je me suis sentie soudain tout excitée. Quelque chose de passionnant allait arriver.

Il s'est éclairci la voix.

— Puisque vous n'avez pas eu le bon sens de prendre vos jambes à votre cou, vous allez avoir droit à l'« autre » visite.

— Et ceci est « l'autre » entretien ?

Il a souri et remué sa cuillère dans sa tasse.

— N'avez-vous jamais regretté qu'il ne soit pas possible, plutôt que de se reposer sur l'archéologie, sur des comptes-rendus plus ou moins fiables et, soyons honnêtes, beaucoup de suppositions, de pouvoir retourner à l'époque d'un événement historique et de le vivre vous-même ? Pouvoir dire avec autorité : « Oui, les princes emprisonnés dans la Tour étaient en vie à la fin du règne de Richard. Je le sais, car je les ai vus de mes propres yeux » ?

— Oui, ai-je admis, ce serait préférable. Même si je pense à quelques exemples où une telle certitude serait peu souhaitable.

Il a brusquement levé les yeux.

— Comme ?

— Eh bien, une certaine étable à Bethléem par exemple. Imaginez que vous arriviez avec votre Polaroid et que l'aubergiste vous ouvre la porte et dise : « Entrez. Vous êtes mes seuls invités, vous avez l'embarras du choix ! » Ce serait jeter un pavé dans la mare.

— C'est peu dire. Mais vous avez néanmoins compris le principe.

— Bien, ai-je dit en le regardant avec insistance. C'est donc peut-être une bonne chose que le voyage dans le temps n'existe pas.

Il a légèrement haussé les sourcils.

— Plus précisément, que le voyage dans le temps accessible au public n'existe pas, ai-je ajouté.

— Exactement. Même si l'expression « voyage dans le temps » fait beaucoup trop « fantastique » à mon goût. Ici, à St Mary, nous *enquêtons sur les événements historiques majeurs dans leur contexte original.* – Dit comme ça, évidemment, c'était parfaitement logique. – Alors dites-moi, docteur Maxwell, si toute l'histoire vous était présentée sur un plateau d'argent, où iriez-vous ? Quel événement aimeriez-vous vivre ?

— La guerre de Troie, ai-je répondu, si rapidement que les mots se mélangeaient en sortant de ma bouche. Ou le combat des Spartiates à la bataille des Thermopyles. Ou Henry à Azincourt. Ou Stonehenge. Ou la construction des pyramides. Ou Persépolis avant qu'elle soit brûlée. Ou Hannibal traversant les Alpes avec ses éléphants. Ou aller à Ur et trouver Abraham, le père de toutes choses. – J'ai marqué une pause pour reprendre mon souffle. – Je peux vous faire une liste.

Il a esquissé un sourire et posé sa tasse.

— Peut-être qu'un jour je vous en demanderai une.

En y repensant, je comprends la manière dont il faisait évoluer l'entretien, dont il me donnait petit à petit des informations tout en étudiant mes réactions. Je l'ai probablement convaincu, puisqu'il a dit :

— Juste par curiosité, si on vous donnait la possibilité de vivre un des événements de votre liste, est-ce que vous accepteriez ?

— Oui.

— Aussi simplement que ça ? Certaines personnes s'enquièrent par exemple de leur retour sans dommages. D'autres éclatent de rire. D'autres encore se montrent perplexes.

— Non, ai-je répondu lentement. Je ne suis pas perplexe. Je pense que c'est tout à fait possible. J'ignorais simplement que c'était déjà possible.

Il a souri, mais n'a rien dit. J'en ai profité.

— Que se passe-t-il si vous ne pouvez pas rentrer ?

Il m'a regardée d'un air contrit.

— À vrai dire, c'est le moindre de nos problèmes.

— Ah ?

— La technologie existe depuis un certain temps. Notre plus gros problème aujourd'hui, c'est l'Histoire elle-même.

Oui, c'était évident. Mais comme dit Lisa Simpson : « Il vaut mieux garder le silence et passer pour un imbécile, plutôt que de l'ouvrir et dissiper tous les doutes. » J'ai donc gardé le silence.

— Imaginez l'Histoire comme un organisme vivant possédant ses propres mécanismes de défense. L'Histoire ne laissera jamais quoi que ce soit modifier des événements qui ont déjà eu lieu. Si l'Histoire pense, même l'espace d'une seconde, que c'est ce qui va arriver, alors il est certain qu'elle éliminera le virus. Ou l'historien, comme nous aimons les appeler.

» Et c'est très facile. Il suffit de faire tomber un bloc de pierre de dix tonnes sur un historien potentiellement dangereux étudiant la construction de Stonehenge par exemple. Je vous ressers ?

— Volontiers, ai-je répondu, impressionnée par son sang-froid et déterminée à garder le mien.

— Bien, a-t-il dit en me tendant la tasse. Laissez-moi vous reposer la question. Imaginez qu'on vous donne l'opportunité de visiter Londres au XVIe siècle pour assister, disons, au défilé du couronnement d'Elizabeth I – moins de champs de bataille et d'effusions de sang – voudriez-vous toujours y aller ?

— Oui.

— Vous avez bien compris qu'il s'agirait uniquement d'observation et de documentation ? Toute sorte d'interaction est non seulement peu judicieuse, mais globalement strictement interdite.

— Si on m'offrait une telle opportunité, je comprendrais ceci très clairement.

— S'il vous plaît, soyez honnête, docteur Maxwell. Gardez-vous ce calme admirable car vous pensez, au fond de vous, que je suis complètement fou et que ce sera une bien bonne histoire à raconter au pub ce soir ?

— À vrai dire, docteur Bairstow, au fond de moi, tout au fond de moi, je suis en train de vivre une megateuf.

Il a éclaté de rire.

Le beau brun discret aux yeux incroyables que j'avais rencontré dans les escaliers m'attendait dans le bureau de Mme Partridge.

— Je vous laisse avec le Chef, a annoncé le Dr Bairstow en rassemblant des documents et des cubes de données. Votre soirée s'annonce palpitante, docteur Maxwell. Profitez.

Nous avons quitté le bureau et emprunté le long couloir que j'avais remarqué plus tôt. J'ai soudain eu la curieuse sensation d'entrer dans un autre monde. À travers les fenêtres disposées à intervalles réguliers le long du mur, le soleil éclairait le plancher, et nous passions tour à tour de la lumière à l'obscurité, de la chaleur au froid, de ce monde à un autre. Au bout du couloir se trouvait une porte verrouillée par un code.

Nous sommes entrés dans un grand vestibule avec, sur le mur du fond, une autre porte impressionnante.

— Porte blindée, a-t-il dit tout naturellement.

Évidemment, où avais-je la tête ? Quel institut de recherche historique ne possède pas de portes blindées ? À ma droite se trouvaient un escalier conduisant à l'étage et un grand ascenseur.

— L'infirmerie, m'a-t-il expliqué.

Sur la gauche, un couloir flanqué de quelques portes sans écriteau disparaissait dans l'obscurité.

— Par ici, a-t-il dit.

Est-ce qu'il lui arrivait de dire plus de trois mots à la suite ?

La grande porte donnait sur un immense espace ressemblant à un hangar au bout duquel je discernais deux locaux vitrés.

— Ça, ce sont les bureaux. À droite, le service informatique et à gauche, les techniciens, m'a-t-il expliqué en désignant les locaux.

En levant la tête, j'ai remarqué une passerelle qui longeait la salle et sur laquelle s'affairaient trois ou quatre silhouettes en combinaison bleue. Elles semblaient attendre quelque chose.

— Les historiens, a-t-il dit après avoir suivi mon regard. Ils sont en bleu. Les techniciens sont en orange, l'informatique en noir et la sécurité en vert. Numéro Trois va bientôt revenir. C'est le comité d'accueil.

— C'est… gentil, ai-je dit.

Il a froncé les sourcils.

— C'est un travail dangereux et difficile. Il n'existe pas de structure de soutien pour ce que l'on fait. Nous devons veiller les uns sur les autres, d'où le comité d'accueil ; pour se soutenir dans cette épreuve difficile.

— Quelle épreuve difficile ?

— Celle qui est arrivée à l'équipe pendant la mission.

— Comment vous savez que quelque chose est arrivé ?

Il a soupiré.

— Ce sont des historiens. Il y a toujours quelque chose qui arrive.

De chaque côté du hangar s'étendaient deux rangées de rails surélevés. D'énormes câbles noirs s'enroulaient tout autour et serpentaient jusque dans des recoins obscurs. Sur certains d'entre eux étaient posées de petites structures ressemblant à des huttes. Elles avaient toutes une taille ou une forme légèrement différentes et ressemblaient à des petites cabanes modestes, au toit plat et sans fenêtres ; le genre de structure que l'on pourrait trouver n'importe où, que ce soit à Ur en Mésopotamie ou dans un lotissement urbain moderne. Posez une échelle branlante contre un mur, une roue cassée près de la porte et quelques poulets autour, et elles passeraient inaperçues.

— Et ça, qu'est-ce que c'est ? ai-je demandé en les pointant du doigt.

Il a souri pour la première fois.

— Ce sont nos bases d'opérations. On les appelle des capsules. Lorsqu'ils partent en mission, nos historiens vivent et travaillent dedans. Numéros Un et Deux, a-t-il dit en désignant deux capsules. Nous les utilisons pour les simulations et les entraînements, puisqu'elles sont petites et basiques. La capsule Trois devrait revenir d'un moment à l'autre. La capsule Cinq est en préparation pour partir. La capsule Six est partie. La capsule Huit aussi.

— Et les capsules Quatre et Sept ?

— Perdues, a-t-il répondu à voix basse.

Dans le silence, je pouvais presque entendre les grains de poussière danser dans les rayons du soleil.

— Quand vous dites « perdues », vous voulez dire que vous ne savez pas où elles sont, ou qu'elles ne sont jamais revenues ?

— Les deux. La capsule Quatre est partie à Jérusalem au XIIe siècle lors d'une mission d'observation des Croisades. Les historiens ne sont jamais rentrés et toutes les missions de sauvetage entreprises ont échoué. La capsule Sept est partie à St Albans à l'époque romaine, et nous ne les avons jamais revus non plus.

— Mais vous avez cherché ?

— Oh oui, pendant des semaines. Nous n'abandonnons jamais les nôtres. Mais nous ne les avons jamais trouvés, ni eux ni leurs capsules.

— Combien de personnes avez-vous perdues ?

— Lors de ces deux incidents, cinq historiens en tout. Leur nom est sur le Tableau d'honneur dans la chapelle. – Il remarqua mon regard interloqué. – C'est la liste de ceux que nous avons perdus sur le terrain ; ceux qui ne sont pas revenus, ont péri, ou les deux. Notre taux d'attrition est assez élevé. Le Dr Bairstow ne vous en a pas parlé ?

— Il…

J'étais sur le point de demander à quel point il était élevé lorsqu'une lumière a commencé à clignoter au-dessus du rail portant le numéro Trois. Des silhouettes orange sont apparues, comme sorties de nulle part, traînant des câbles, des plateaux et des outils. Et discrètement, sans bruit ni fanfare, la capsule Trois s'est matérialisée sur son rail.

Et plus rien.

Je me suis tournée vers le Chef.

— Heu…

— Nous n'entrons pas. Ils sortent.

— Pourquoi ?

— Ils doivent être décontaminés. Vous savez, pour les épidémies, la variole, le choléra, ce genre de choses. Nous ne devons pas entrer tant que la décontamination n'est pas terminée.

— Mais s'ils sont blessés ?

À ce moment-là, la porte s'est ouverte et une voix a crié :

— Un médecin !

Les techniciens orange se sont écartés comme la mer Morte et deux médecins sont arrivés en trottinant. Ils ont disparu dans la capsule.

— Que se passe-t-il ? Qui est à l'intérieur ? Où sont-ils allés ?

— C'est Lower et Baverstock, qui reviennent de la Chine du début du XXe siècle, la révolte des Boxers pour être précis. Il semble qu'ils aient besoin d'une assistance médicale, mais rien de trop sérieux.

— Comment le savez-vous ?

— Quand vous avez vu autant de retours que moi, vous savez à quoi vous attendre. Ils vont bien.

Nous avons observé la porte en silence jusqu'à ce que deux personnes finissent par sortir en claudiquant, un homme et une femme vêtus de tenues orientales. L'un avait un bandage sur l'œil, l'autre le bras en écharpe. Ils ont levé tous les deux les yeux vers la passerelle et agité la main. Les personnes en bleu ont agité la main à leur tour et crié des insultes avant de les rejoindre, suivies par les médecins. Des techniciens orange se sont agglutinés autour de la capsule.

— Vous voulez jeter un œil ?

— Je veux bien, oui.

De près, la capsule semblait encore plus anonyme et banale que de l'autre bout du hangar.

— Porte, a-t-il dit, et une porte en bois déglinguée s'est ouverte sans un bruit.

En comparaison avec le hangar immense, l'intérieur de la capsule semblait petit et exigu.

— Les toilettes et la douche sont juste là, a-t-il dit en montrant du doigt un espace cloisonné. Ici, nous avons le panneau de contrôle, a-t-il ajouté en désignant une console composée d'un ensemble incompréhensible de cadrans, voyants clignotants, boutons et molettes sous un grand écran fixé au mur.

Les caméras externes ne montraient que le hangar. Deux fauteuils pivotants usés et d'apparence très inconfortable étaient fixés au sol devant le panneau de contrôle.

— L'ordinateur peut être contrôlé manuellement ou vocalement si vous avez envie de parler. Les casiers que vous voyez aux murs contiennent tout l'équipement nécessaire à vos missions. Ici, vous avez les couchettes que vous pouvez sortir si besoin. Cette capsule peut accueillir confortablement jusqu'à trois personnes, quatre en se serrant un peu.

Des câbles longeaient verticalement les murs et disparaissaient dans un plafond carrelé.

Au milieu de tout cet équipement légèrement délabré mais sans aucun doute high-tech, j'étais surprise de voir une petite bouilloire et deux tasses, qui reposaient tranquillement sur une étagère sous une imposante armoire à pharmacie.

— Oui, a-t-il dit d'un air résigné. Montrez-moi une tasse de thé et je vous trouverai au moins deux historiens agrippés à sa anse.

Il flottait dans le petit espace un mélange d'odeur corporelle fétide, de chou, de produits chimiques, d'installations électriques en surchauffe et de tapis humide, avec un effluve sous-jacent de canalisations. Je découvrirais rapidement que toutes les capsules ont la même odeur et que les historiens aiment plaisanter en disant que les techniciens commencent par l'odeur et construisent la capsule autour d'elle.

— Comment ça fonctionne ?

Il s'est contenté de me regarder. Compris, question stupide.

— Qu'est-ce qu'on fait maintenant ?

— Est-ce qu'il y a autre chose que vous voulez voir ?

— Oui, tout.

J'ai donc eu droit à « l'autre » visite. Il m'a montré les locaux de la sécurité, où des gens en vert examinaient des armes et des équipements, observaient des écrans, buvaient du thé, couraient dans tous les sens en criant les uns sur les autres.

— Est-ce qu'il y a un problème ? ai-je demandé.

— Non, je crains que nous soyons une équipe assez bruyante. J'espère que vous ne vous attendiez pas à un lieu d'apprentissage sacré et silencieux.

Il m'a ensuite présentée au commandant Guthrie, un grand aux cheveux châtain clair, qui bidouillait quelque chose. Il s'est interrompu pour me dévisager.

— Vous savez tirer ? Vous vous êtes déjà servie d'une arme ? Vous savez monter à cheval ? Nager ? Vous êtes athlétique ?

— Non. Non. Oui. Oui. Pas du tout.

Il s'est redressé pour m'examiner de haut en bas.

— Vous pourriez tuer un homme ?

Je l'ai à mon tour examiné de haut en bas.

— Tôt ou tard, oui.

Il a esquissé un sourire forcé et tendu la main.

— Guthrie.

— Maxwell.

— Bienvenue.

— Merci.

— Je suivrai vos progrès avec grand intérêt.

Ce n'était pas très réjouissant.

Pour finir, le Chef m'a montré l'extérieur du campus, qui était assez agréable si l'on ignorait les curieuses taches de roussi dans l'herbe et les cygnes bleus. Alors que j'ouvrais la bouche pour poser une question, une petite explosion a retenti du deuxième étage et les fenêtres se sont mises à vibrer.

— Attendez une seconde, a dit le chef Farrell. Je suis de permanence cette semaine et je veux voir si l'alarme incendie se déclenche.

Nous avons attendu, mais aucune sonnerie ne se faisait entendre.

— C'est mauvais signe, non ? ai-je demandé.

Il a soupiré.

— Non, ça veut juste dire qu'ils ont encore retiré les piles.

Aucun doute, cet endroit allait me plaire.

Deux

On dit que les maîtres ressemblent souvent à leurs chiens, mais à St Mary, c'étaient les apprentis qui ressemblaient à leur institut. St Mary était un établissement fatigué et délabré, et au bout de quelques semaines, nous étions dans le même état.

Parmi les nouvelles recrues, seules sept se sont présentées le premier jour. Apparemment, nous aurions dû être dix. Et à ce qu'on disait, une moyenne de trois apprentis et demi réussissait chaque session.

— Tu seras le demi alors, m'a dit un grand type, faisant probablement référence à ma petite taille.

Je l'ai ignoré. Il fourrait des documents dans un dossier, apparemment sans se rendre compte que la plupart des feuilles tombaient du fond au fur et à mesure. D'après son badge, il s'appelait Sussman. Il avait les yeux et les cheveux noirs et semblait méditerranéen – le genre de personnes qui bronze rien qu'en regardant par une fenêtre.

À côté de lui se tenait Grant, un type assez baraqué aux cheveux couleur sable et aux yeux bleus, paisibles. Il empilait soigneusement ses documents avec ses grosses mains et les insérait délicatement dans sa chemise, une expression pensive sur son visage carré et agréable. Il écoutait parler Nagley, qui se trouvait à côté de lui, une jeune femme à l'air intense et intelligent, dont les mains et les yeux ne cessaient de bouger. Ils se complétaient parfaitement, Nagley étant aussi énergique que Grant était placide.

L'autre fille, Jordan, se tenait légèrement à l'écart, et son attitude était si hésitante qu'elle semblait prête à prendre la fuite. Je supposais qu'elle n'était pas sûre de vouloir rester. J'avais raison, puisqu'elle a quitté l'institut dès la première semaine. J'ignore ce qui s'est passé ; du jour au lendemain, nous ne l'avons plus revue. Il était inutile de demander, car on ne nous répondait jamais. Je ne me souviens même pas d'avoir déjà entendu le son de sa voix.

Les deux autres, Rutherford et Stevens, bavardaient en rangeant leurs documents. Stevens était un peu plus âgé que les autres, petit, potelé et plein d'enthousiasme. Il regardait la pièce avec de grands yeux, observant les moindres recoins. Rutherford, avec sa silhouette massive et carrée, ressemblait à un joueur de rugby.

Nous avons subi notre premier choc en apprenant que nous serions privés de nos titres académiques. Je suis redevenue Mlle Maxwell. Seuls les chefs de département avaient des titres. Et ça ne me déplaisait pas. Il était évident que Mlle Maxwell s'amuserait beaucoup plus que le Dr Maxwell.

On nous a montré nos chambres dans les quartiers du personnel récemment construits. La mienne était petite et assez rudimentaire, et je partageais une salle de bain avec les deux autres filles, Nagley et Jordan. Deux combinaisons grises étaient posées sur mon lit, probablement les vêtements les moins flatteurs de l'histoire de l'humanité. Un ingénieux bloc-notes numérique était placé dans une poche de genou. L'équipement comprenait également des vêtements de protection contre la pluie et les intempéries, des tee-shirts et des shorts gris, des chaussettes et des bottes. J'ai déballé mes quelques affaires et je me suis changée. En me regardant dans le miroir, j'ai découvert un étrange sac à patates gris aux cheveux roux.

Nous nous sommes retrouvés en bas pour la visite médicale. Je n'ai pas pris la peine d'essayer de cacher mon aversion pour les médecins, puisque le Dr Foster n'a pas pris la peine de cacher son aversion pour les patients. La blouse blanche et le stéthoscope ne semblaient pas à leur place sur elle. Un pantalon en cuir moulant et une cravache auraient été plus adaptés à son expression austère.

Les formalités médicales ont duré une éternité. Ma vie avait été relativement sage jusqu'à présent, mais j'ai malgré tout été vaccinée pour et contre tout, je veux dire, vraiment tout. On nous a également vivement encouragés à donner régulièrement du sang – un simple investissement pour le futur, disaient-ils.

Après les visites médicales, nous nous sommes retrouvés dans le hall, où nous avons écouté le discours de bienvenue du Dr Bairstow, tout en frottant les parties de nos corps toujours endolories.

— Félicitations à ceux qui sont là aujourd'hui. Vous êtes les meilleurs des candidats, mais seuls les meilleurs d'entre vous termineront cette formation. Je dois vous prévenir que vous ne réussirez pas tous. Des épreuves difficiles vous attendent. Évidemment, vous pouvez démissionner à tout moment. Il n'y a aucune obligation de rester. Si vous souhaitez partir, je dois vous prévenir que les contrats de confidentialité que vous avez signés aujourd'hui s'appliquent à perpétuité et, encore une fois, les conséquences si vous divulguez une quelconque information à qui que ce soit seront sans appel. – Il a marqué une pause et nous a dévisagés un à un. Je me suis efforcée de le regarder calmement. – Nous travaillons en collaboration avec l'université de Thirsk, où certains d'entre vous ont étudié. Nous avons la chance de jouir d'une grande autonomie, mais nous dépendons d'eux financièrement. De leur côté, ils dépendent d'un petit corps gouvernemental très discret qui, autant que je sache, ne dépend de personne à part Dieu. Vous, en revanche, dépendez de moi. – Il a marqué une nouvelle pause pour plus d'effet. – Nous donnons au public l'image d'un institut de recherche historique d'une excentricité charmante, qui ne cause de tort à personne d'autre qu'à lui-même. Cette opinion est particulièrement répandue dans le village, en particulier depuis notre dernière explosion, qui résonne encore dans toutes les maisons. Tentez de maintenir cette image, je vous prie, jeunes gens.

» J'espère apprendre à tous mieux vous connaître dans les mois à venir.

Il a louché légèrement et ajouté, de la voix d'un homme qui viendrait de se souvenir d'une expérience désagréable :

— Sachez que ma porte vous sera toujours ouverte.

Sur ces mots, il a disparu.

Après cela, nous nous sommes débattus avec de nouveaux documents, emplois du temps, schémas et questionnaires à compléter. Le concept de bureau sans papier ne devait pas être arrivé jusqu'à St Mary. J'ai fouillé dans mes documents pour trouver mon emploi du temps. Le premier cours commençait à 9 heures le lendemain matin, avec le chef Farrell, que je remettais très bien, suivi d'une session avec la responsable du département informatique, Mlle Barclay, dont je n'avais en revanche aucun souvenir.

Nous nous sommes retrouvés le lendemain matin, l'œil brillant et débordant d'enthousiasme. Le chef Farrell, calme et autoritaire, était agréable à écouter, et plutôt agréable à regarder aussi, je dois dire. Izzy Barclay, en revanche, c'était une autre affaire. Elle avait réussi à rendre son sujet si ennuyeux et insignifiant qu'on pouvait presque entendre le regard de ses auditeurs se perdre dans le vide. Je l'ai écoutée d'une demi-oreille tout en la regardant prendre la pose sous les rayons du soleil afin que tout le monde puisse admirer les reflets dans sa chevelure rousse.

Comme j'avais apprécié tout le monde jusqu'à présent, à l'exception de Sussman le gros malin, j'imagine que je m'étais sentie faussement en sécurité avec Barclay. C'était ma faute. J'aurais pu la fermer. J'aurais dû la fermer, mais je suis stupide et incorrigible. Elle occupait la troisième place dans la hiérarchie de St Mary après le Dr Bairstow et le chef Farrell, et elle était en parfaite opposition avec le style détendu des autres ; elle était impopulaire, suffisante et il lui manquait visiblement le gène de l'humour.

Au milieu du cours, sans que personne s'y attende, elle a brusquement bondi sur la proie qu'elle venait de repérer.

— Vous ! Stevens ! Qu'est-ce que je viens de dire ?

S'il avait la moindre idée de ce sur quoi elle était en train de déblatérer, sa réponse a probablement été anéantie par la violence de la question. Il l'a regardée fixement tel un petit animal poilu hypnotisé par un cobra roux. Le silence est devenu de plus en plus pesant.

J'ai levé la tête.

— Vous étiez en train de décrire la position d'un point comme relative. Aucun point ne peut être considéré comme solide ou fixe, mais doit toujours être observé en relation avec autre chose.

Le silence s'est intensifié.

— Votre nom est Stevens ?

Mon Dieu, j'avais l'impression d'être revenue sur les bancs de l'école.

— Non, ai-je dit obligeamment. Je suis Maxwell.

— Je suppose que vous vous croyez maligne.

Le silence, encore.

— Répondez.

— Je suis désolée, je n'ai pas entendu de question.

Par chance, la sonnerie a retenti, signifiant la fin du cours et l'heure du repas. Personne n'a bougé.

Finalement, elle a reculé d'un pas.

— Vous pouvez sortir.

C'est ainsi que, dès le deuxième cours du premier jour, j'ai réussi à me faire remarquer. Bien joué, Maxwell.

St Mary était un labyrinthe de couloirs sombres donnant sur une multitude de petites pièces, et seuls les quartiers du personnel, le hangar Hawking et les cuisines avaient été construits il y a moins de deux cents ans. Les murs avaient perdu presque toute trace de peinture à hauteur d'homme. Le vieux lambris, quoique charmant, était usé et rayé, et des générations successives d'apprentis historiens y avaient gravé leur nom et la date de leur passage. Le peu de moquette qu'il restait était vieux et élimé. Tous les meubles ployaient sous le poids des années. Les rideaux étaient si fins qu'on pouvait voir au travers et une odeur de pierre humide mêlée aux effluves du déjeuner flottait dans l'air.

Les explosions relativement inoffensives mais régulières en provenance du département de Recherche et Développement n'aidaient pas à la préservation du bâtiment. Je me souviens d'une journée mémorable, au début de notre formation, où le Pr Rapson a passé sa tête dans l'entrebâillement de la porte et dit timidement :

— Si ce n'est pas trop vous demander, puis-je vous recommander d'évacuer immédiatement le bâtiment ?

Le chef Farrell, qui s'apprêtait à nous révéler les secrets de l'univers, s'est interrompu.

— Bien, tout le monde dehors. Non, pas par la porte, mademoiselle Nagley. Passez par les fenêtres. Vite !

Escaladant les fenêtres, nous avons quitté le bâtiment et rejoint le reste du personnel sur la pelouse sud. Les hommes du commandant Guthrie, équipés de masques à gaz, ont ouvert toutes les fenêtres du bâtiment. Une fumée verdâtre s'en est échappée. On nous a donné notre après-midi.

C'était épuisant. C'était exaltant. Et embarrassant. Je n'avais pas conscience que nous devrions vivre et travailler dans une telle promiscuité. Les historiens travaillent par deux. Ils ne nous ont pas assigné de partenaire, car St Mary pense que les partenariats les plus durables et les plus efficaces sont ceux créés entre deux personnes qui se sont choisies. Comme le mariage, je suppose, mais avec un meilleur taux de réussite. Lorsque c'était possible, la tradition voulait que les partenaires soient un homme et une femme. Grant et Nagley se sont immédiatement pris d'amitié, et Rutherford et Stevens semblaient s'entendre plutôt bien, ce qui me laissait Sussman, ce connard prétentieux. Les circonstances de ma vie avant St Mary avaient fait de moi quelqu'un de solitaire, mais désormais, dès que je regardais quelque part, il était là. Lui et moi étions les seuls apprentis sans binôme, nous étions donc condamnés à travailler ensemble.

— Qu'est-ce qu'il y a de si terrible à travailler avec moi ? m'a-t-il demandé après une journée entière à essayer de l'éviter. J'ai dit quelque chose de travers ? J'ai mauvaise haleine ? Quel est le problème ?

J'ai tenté de rassembler quelques mots.

— Ce n'est pas toi… ai-je commencé à dire.

— Non sérieusement, tu vas quand même pas me faire le coup du « c'est pas toi, c'est moi » ?

— Eh bien, si, ai-je répondu, agacée. Mais je peux te mentir si tu préfères.

— Non, écoute, je suis désolé. Attends une seconde. Est-ce que j'ai fait quelque chose ? Parce que je sais que parfois, je peux être un peu…

— Non, c'est… ai-je bafouillé, cherchant mes mots.

Il a souri.

— Tu n'aimes pas travailler en équipe. Pour l'instant. Tu ne fais pas assez confiance aux gens pour mettre ta vie entre leurs mains. Tu n'aimes pas dépendre des autres, et tu ne veux surtout pas avoir à dépendre de moi, car tu ne me connais pas, tu ne m'aimes pas, et tu ne me fais pas confiance. En ce moment, tu espères que je tombe raide mort pour pouvoir disparaître dans ta chambre et profiter de ton unique présence et faire les trucs que tu fais tous les soirs seule là-bas.

— Tu as presque tout bon. J'essayais en réalité de disparaître dans la salle à manger, mais pour le reste, tu as tout juste.

— Écoute, tous les deux, on est seuls ici. Je t'observe depuis le début, Maxwell, et tu es aussi douée que moi. Et ce n'est pas quelque chose que je dis souvent, parce que j'ai une grosse tête en plus d'avoir une grande gueule. Pour le moment, nous avons besoin l'un de l'autre, et je pense qu'on pourrait faire du bon boulot ensemble. Tu veux être la meilleure, comme moi, mais on ne peut pas y parvenir séparément. Je ne te demande pas de me raconter tous tes secrets ou de coucher avec moi ; je veux juste travailler avec toi. Qu'est-ce que t'en dis ?

J'avais déjà, une fois dans ma vie, ignoré ce que me disait mon instinct en me confiant à Mme de Winter, et cette décision avait changé ma vie. Peut-être pouvais-je de nouveau le faire. Tout en regardant ses pieds, j'ai hoché la tête. Il était trop intelligent pour en rajouter.

— D'accord, on se voit demain alors, au petit-déjeuner.

Et il a disparu.

Une fois cette première barrière brisée, d'autres ont cédé. Dans l'ensemble, les employés de St Mary étaient des gens bien. Instables, bruyants, excentriques, discutailleurs, loyaux, dévoués et impatients, évidemment, mais c'était ce qui faisait d'eux des gens formidables. Je commençais à me détendre un peu. L'étrange chaos des premières semaines laissait lentement place à l'ordre et à la routine, à mesure que nous comprenions comment fonctionnaient les choses.

Les matinées étaient en général consacrées aux cours magistraux sur les dynamiques temporelles, le fonctionnement des capsules, les mathématiques, l'histoire et la structure de St Mary. Nous passions nos après-midi à la bibliothèque, pour nous tenir au courant des derniers développements dans nos domaines de spécialité respectifs – l'Antiquité dans mon cas –, les évolutions en archéologie et en anthropologie, ainsi que des recherches intensives dans les deux autres spécialités qu'on nous demandait de maîtriser.

— Qu'est-ce que tu as choisi comme autres spécialités ? m'a demandé Sussman un vendredi à l'heure du déjeuner, alors que je claudiquais en direction de ma chambre, les jambes tremblant sous le poids des livres, documents et boîtes remplis de cubes et clés de données.

Mon bloc-notes cognait contre mon genou dans ma poche, et je mourais d'envie de boire un thé et de faire pipi, pas nécessairement dans cet ordre d'ailleurs.

— Le Moyen Âge et les Tudors, ai-je répondu. Et toi ?

Il a ouvert la porte de ma chambre.

— La Grande-Bretagne à l'époque romaine et les Lumières.

J'étais impressionnée. Son domaine de spécialité était l'Empire byzantin. C'étaient des sujets complexes. En comprenant qu'il n'avait pas juste une belle gueule, je me suis félicitée de lui avoir laissé une chance. Il ne faisait pas l'unanimité, mais plus j'apprenais à le connaître, plus je l'appréciais. Sauf le vendredi.

Le vendredi, c'était un vrai emmerdeur.

— C'est vendredi, a-t-il dit en me tendant une feuille de papier.

— Oh bon sang, Davey.

— Allez Max, ça prendra juste une minute.

— Pourquoi tu ne révises pas comme tout le monde ?

— C'est pas drôle. Ça, c'est beaucoup plus stimulant.

— Pas autant que cette secrétaire blonde que tu as harcelée toute la semaine. Ça avance bien ?

— Je suis assez confiant, a-t-il dit en roulant ses manches et en attrapant un stylo.

Tous les vendredis après-midi, au moment où tout le monde préférerait se préparer pour le week-end ou faire la sieste pour essayer de digérer les trop nombreuses parts de tarte à la mélasse de Mme Mack ingurgitées au déjeuner, voire les deux, ils nous enfermaient dans la petite salle d'entraînement et nous mitraillaient de questions sur tous les sujets étudiés dans la semaine. Dissertations, questionnaires à choix multiples, de temps en temps une démonstration pratique – nous étions bombardés de tests. Bang, bang, bang. Aucun répit. Et nous devions réussir. Échouer n'était pas une option. L'échec à un seul test signifiait un renvoi. Pas de deuxième session, pas de seconde chance. C'était fini.

Par conséquent, le déjeuner du vendredi était consacré à la technique Sussman de préparation aux examens, qui consistait simplement à écrire des antisèches sur son bras. Comme s'il n'était pas déjà assez pénible, il fallait en plus qu'on le voit récolter des meilleures notes que nous, qui avions bûché sur nos livres pendant des heures.

Il a commencé à écrire.

— Allez Max, lis-moi la partie sur les coordonnées temporelles et spatiales, et je te paie un verre.

Un après-midi, il m'a trouvée dans la petite salle de classe du deuxième étage, où j'essayais d'échapper à un cross.

— T'as entendu ?

— Bien sûr que non, ai-je dit en marquant ma page avec mon doigt dans l'espoir qu'il comprenne cette invitation subtile à me laisser tranquille. Entendu quoi ?

— Rutherford s'est cassé la jambe.

— Quoi ? Il va bien ?

— Bah, non. Il s'est cassé la jambe, espèce de cruche.

J'ai soulevé mon exemplaire de *The Fourteenth Century* de McKissack et l'ai soupesé d'un air lourd de sens.

— Il est à l'infirmerie ou ils l'ont emmené à l'hôpital ?

— Oh, ils l'ont envoyé à Rushford. C'était plus près. Il reviendra bientôt.

Mais il n'est jamais revenu. Nous ne l'avons jamais revu. La rumeur dit qu'il est parti en tant qu'attaché de recherche à Thirsk, laissant le pauvre Stevens seul et vulnérable. J'avais de la peine pour Stevens. Il était tellement motivé, mais il avait énormément de mal à suivre le programme. Au niveau théorique, il s'en sortait très bien, mais pour tout le reste, c'était un vrai désastre et surtout, cette pouffiasse de Barclay, ayant flairé une proie facile, faisait de sa vie un enfer. Cela faisait ressortir l'aspect de la personnalité de Sussman que j'aimais le moins. Je lui ai demandé d'essayer de faire un effort, car il ne comprenait pas (ou refusait de comprendre) que mettre en avant son génie désinvolte et ses accomplissements plus ou moins mérités était assez peu délicat face aux difficultés que rencontrait Stevens.

— Pourquoi devrais-je faire un effort ? On sera que trois, quatre avec un peu de chance, à terminer la formation. Moi, toi, Grant, et probablement Nagley. Alors à quoi bon ?

— Ce que tu suggères, c'est qu'on le sacrifie ?

— Qu'est-ce que ça peut te faire ?

— C'est un des nôtres, espèce de connard sans cœur.

— C'est nouveau, cet esprit d'équipe ?

— Il le ferait pour toi, lui.

— Il n'aurait pas à le faire.

Je n'ai pas répondu, ce qui était en général la meilleure solution avec lui.

Après une matinée de simulations, j'étais assise à ma table de données préférée dans la bibliothèque, à essayer de comprendre précisément où je m'étais trompée, lorsque Sussman est arrivé et s'est laissé tomber sur la chaise en face de moi.

— Alors, comment s'est passée ta première simulation ?

— Oh très bien, ai-je dit, arrangeant légèrement la vérité.

— Où as-tu atterri ?

— Sur l'île de Crète, à l'époque de la civilisation minoenne.

— Waouh, bien joué.

— Oui. Malheureusement, je visais Constantinople au début du XVe siècle.

— Ah. Oh, c'est pas si grave. Tu y arriveras la prochaine fois. Tu es au courant pour Stevens ?

— Oh non, quoi encore ?

— Il voulait l'Angleterre des Tudors. L'année 1588 pour être précis.

— Et ?

— Il s'est retrouvé en plein milieu de l'Invincible Armada.

J'ai réfléchi rapidement.

— Et quel est le problème ? 1588 est l'année de l'Invincible Armada.

— Non, je veux dire, *en plein milieu* de l'Armada. À environ dix kilomètres de la côte est, avec le *San Lorenzo* fonçant droit sur lui, tous canons sortis, pendant que lui et sa capsule disparaissaient sous les vagues. Le Chef essaie de comprendre comment il a réussi à outrepasser tous les protocoles de sécurité, et Barclay tire une gueule de six pieds de long. Il est un peu déprimé, donc on va l'emmener boire un coup avant qu'il ne perde toute envie de vivre. Tu viens ?

— Oui, ai-je répondu en fourrant mes affaires dans mon sac.

Nagley et moi faisions de notre mieux pour aider Stevens en révisant les cours avec lui tandis que Grant et Sussman, ce dernier à contrecœur, l'aidaient à s'entraîner physiquement. Mais nos efforts ont surtout eu pour effet de souligner ses faiblesses.

Nous terminions un cours sur les courbes temporelles fermées avec le chef Farrell lorsque la porte s'est ouverte et que Barclay est entrée d'un pas énergique. J'ai vu Stevens pâlir. Il s'y attendait, mais la réalité venait de le frapper.

— Monsieur Stevens, j'aimerais vous parler.

Sans que nous sachions si c'était accidentel ou volontaire (on pouvait s'attendre à tout avec elle), la porte ne s'est pas refermée correctement, ce qui nous a permis d'entendre l'intégralité de la conversation.

— Stevens, a-t-elle dit sèchement. Rassemblez vos affaires. Je suis désolée de vous le dire, mais vous êtes viré.

C'était brutal. Toute la classe a retenu son souffle. Nous avons échangé des regards. Le chef Farrell, incapable de terminer son cours, s'est levé et a quitté la salle. Nous avons entendu des voix. Puis le silence. Le Chef est revenu quelques secondes plus tard, accompagné de Stevens, qui s'est laissé tomber sur une chaise d'un air dépité. Le Chef a posé une main bienveillante sur son épaule.

— Je pense que nous en avons fini pour aujourd'hui, a-t-il dit avant de quitter silencieusement la pièce.

Je n'ai pas pu m'empêcher de l'imaginer botter le cul à Barclay dans le couloir, consciente que je prenais mes désirs pour des réalités.

Stevens était dévasté. Grant et Sussman l'ont transporté d'urgence au bar. Nagley et moi nous sommes occupées de faire ses bagages tout en imaginant une série de morts toutes plus recherchées et douloureuses pour Izzie Barclay, alias Izzie la Harpie, surnom qui ne la quitterait jamais.

Au moment de partir, Stevens a beaucoup pleuré et, à ma grande surprise, moi aussi. Mais nous n'avions pas le temps de faire le deuil de Stevens. Car nous allions passer à la partie physique de l'entraînement. Apparemment, jusqu'à présent, nous avions eu la belle vie.

— Bonjour tout le monde, a dit le commandant Guthrie en essayant de ne pas sourire d'un air malveillant, en vain. Jusqu'à présent, je suis certain que vous avez tous beaucoup apprécié les joutes oratoires des débats académiques, mais le moment est venu de passer à la partie, disons plus pratique, de votre entraînement. Je vois que vous n'êtes plus que quatre, ce qui permettra à mon département de s'assurer que chacun de vous reçoive l'attention qu'il mérite. Vous trouverez vos nouveaux emplois du temps dans les dossiers devant vous. Je vous demande de les étudier avec soin. Les conséquences d'une absence, quelle que soit la raison, seront assez désagréables.

» Votre principale stratégie de survie sera de prendre vos jambes à votre cou, ce qui m'amène au planning des séances de course à pied que vous trouverez dans l'appendice C. Ceux d'entre vous qui ont jusqu'à présent évité nos sessions de cross, a-t-il dit avec un sourire désagréable, s'en mordront les doigts.

Oh bon sang.

J'ai également eu la chance de faire plus ample connaissance avec l'équipe de sécurité. Si se faire tripoter par eux cinq fois par semaine pouvait être considéré comme une chance, je pense qu'il y a des personnes mariées qui ont des contacts moins intimes avec leur époux. J'ai ainsi rencontré le Gros Dave Murdoch, l'assistant de Guthrie, un doux géant, calme et poli.

— Bonjour, mademoiselle Maxwell. Aujourd'hui, je vais tenter de vous détrousser, de vous violer et de vous étrangler. Prête ?

J'ai aussi découvert Vissell, notre autre spécialiste du combat à mains nues, un homme petit et minable, avec une hygiène dentaire douteuse et la fâcheuse habitude de se tenir beaucoup trop près de nous. On disait qu'il aimait un peu trop les filles, mais je le soupçonnais de ne pas les aimer du tout. Les sessions avec Vissell semblaient toujours trop réelles pour être confortables et, un jour, j'en ai eu assez.

J'ai tendu la main vers le bas, attrapé et tordu.

Il a hurlé. J'ai vu le coup arriver, sans parvenir à l'esquiver.

— Excellent, mademoiselle Maxwell, a dit Murdoch qui venait de sortir de nulle part. Mais une réaction plus efficace aurait été d'attraper son poignet – comme ça – et d'enchaîner ainsi, en terminant avec le talon de la main – comme ça.

Nous avons tous deux contemplé Vissell qui gémissait, roulé en boule par terre.

— Très instructif, ai-je dit. Merci, monsieur Murdoch.

— C'est un honneur et un privilège, mademoiselle Maxwell. Et gardez ce pouce sorti.

Après cette séance, je m'arrangeais toujours pour être avec Murdoch. Vissell le Vicelard, comme on l'appelait, était le genre de personnes à faire du mal à ceux qu'il craignait. Je tentais de garder discrètement et poliment mes distances, mais il a rapidement compris que je ne l'aimais pas, et j'étais convaincue que je le paierais un jour.

Les programmes de simulations sont devenus si fréquents que nous passions toutes nos journées et nos nuits à Hawking. J'adorais ces sessions. J'adorais arriver dans le hangar en plaisantant avec Nagley et Sussman. J'adorais entrer dans la capsule et sentir cette odeur si particulière. J'adorais inspecter les casiers et y ranger mon équipement, m'installer dans le fauteuil tout bosselé, entamer les procédures de démarrage, entrer mes coordonnées calculées à l'avance sous l'œil vigilant du chef Farrell, prendre une grande inspiration et lancer le saut. J'adorais gérer les scénarios terrifiants qui en découlaient. Les simulations me paraissaient si réelles que j'étais toujours surprise d'ouvrir la porte et de découvrir que j'étais toujours à Hawking.

Nous avons simulé des missions où tout se passait comme prévu, mais seulement une fois ou deux, car cela n'arrivait presque jamais.

Nous avons simulé des missions où nous étions attaqués par des contemporains hostiles, ce qui était très fréquent.

Nous avons simulé des missions dont nous revenions malades de quelque chose de très désagréable, ce qui était également très fréquent.

Nous avons simulé des missions où la capsule prenait feu.

Et, ce que tout le monde préférait, nous avons simulé des missions où tout le monde mourait. Ces sessions étaient en général prévues pour le vendredi matin, pour que nous ayons terminé à temps pour les examens de l'après-midi. Rien de bon n'arrivait jamais le vendredi matin.

Les examens terminaux approchaient à grands pas, l'aboutissement de notre dur labeur. Sauf si vous étiez Sussman, évidemment, qui s'était contenté de fournir le minimum d'efforts. Ils ont affiché le planning et le règlement des examens. Pour réussir, nous devions obtenir 80 % dans chaque matière.

Le premier examen, qui avait lieu un lundi, était celui des techniques de combat. J'ai donné tout ce que j'avais, attaquant mon adversaire sans relâche. J'étais tombée sur le Gros Dave Murdoch et j'avais réussi non seulement à le repousser, mais aussi à lui assener quelques coups bien sentis. J'étais assez contente de moi, en particulier lorsqu'il m'a adressé un clin d'œil à la fin.

Le tir à l'arc était du gâteau, tout comme le tir sur cible. Guthrie a griffonné rapidement quelques mots, ce qui, je l'espérais, était un bon signe. Ils m'ont donné une pile de camelote et quinze minutes pour fabriquer une arme. En l'absence de tout matériau fissible, j'ai réussi à produire un lance-pierre assez impressionnant, dont David lui-même aurait été fier, et lorsqu'on m'a demandé de tester l'arme, j'ai éliminé la petite fenêtre des toilettes pour hommes du second étage. De nouveaux griffonnages ont suivi.

La lutte contre le feu ne m'a pas posé plus de problèmes. Électrique, chimique, quelle que soit la nature de l'incendie, je les ai tous maîtrisés. Cet examen a donné lieu à beaucoup de griffonnages.

Le mardi était consacré à l'autodéfense. Encore une fois, Vissell m'a donné du fil à retordre, m'envoyant voler d'un bout à l'autre de la pièce sans jamais se départir de son sourire stupide. J'ai attendu une chute particulièrement violente pour placer ma main sur mon ventre, me rouler en boule et crier d'une voix pleurnicharde : « Oh mon Dieu, le bébé ! »

Vissell s'est immobilisé aussitôt en disant « Quoi… ? », et j'en ai profité pour lui assener un coup de pied dans les jambes qui l'a renversé au sol. Sans perdre une seconde, je lui ai marché sur le torse et suis partie en courant vers le bout de la pièce pour tirer la sonnette, ce qui était le but de l'exercice. Il m'a décoché un regard plein de haine, et il n'y a eu, cette fois, aucun griffonnage. Le commandant Guthrie a laissé tomber son bloc-notes avant de sortir de la pièce.

— Oh mince, ai-je dit, sous le regard de Murdoch.

— Non, tout va bien. Il est parti pour que personne ne le voie rire.

Encore une fois, je m'en étais bien sortie.

Le jeudi avait lieu l'examen de médecine de terrain.

Nous avons commencé avec la théorie : symptômes de la peste, du choléra et de la typhoïde, comment traiter les fractures simples, l'état de choc, la réanimation. Tout cela ne m'a posé aucun problème. En fait, c'était même assez amusant. Et puis, l'après-midi, nous devions nous trouver un corps parmi ceux des volontaires gisant éparpillés dans l'institut. Ils avaient une étiquette au bras indiquant la liste de leurs symptômes et blessures pour que nous puissions les diagnostiquer et les soigner en conséquence. Avec ma chance habituelle, je suis tombée sur Izzie Barclay.

Nous ne nous aimions pas. Je ne lui avais toujours pas pardonné ce qui était arrivé à Stevens, et elle me détestait, tout simplement. Physiquement, nous nous ressemblions assez : nous étions toutes les deux petites et rousses. C'était peut-être pour ça. Ou peut-être parce que je ne la trouvais pas aussi fascinante que ce qu'elle attendait. Je l'ignore.

Elle était près de l'entrée d'Hawking, emmitouflée jusqu'aux oreilles pour se protéger du froid, et lisait *L'Informatique pour les génies* ou quelque chose du genre. D'après son étiquette, elle avait été victime d'une explosion. Sous le regard de ce cher M. Swanson du R&D, je me suis mise au travail en commençant par lui poser des questions. Traumatisme cérébral sévère, plusieurs membres cassés, brûlures ; je me suis diligemment attelée à la tâche, posant des bandages, fabriquant des attelles de fortune. Dans l'ensemble, je m'en sortais plutôt bien. M. Swanson a recommencé à griffonner. Je me suis assise sur mes talons, satisfaite, jusqu'à ce que cette vile morue s'exclame :

— Ah, au fait, je suis en feu !

Mon cœur a cessé de battre. J'avais échoué.

J'ai vérifié son étiquette.

— C'est faux.

— C'est vrai.

— Vous ne l'avez pas dit.

— Vous n'avez pas demandé.

J'ai pris une longue inspiration. Un sourire narquois fendait son visage. Tout le monde savait que c'était notre examen. Tout le monde avait été compréhensif, Murdoch tombant beaucoup plus souvent qu'en temps normal, Guthrie arrondissant les notes vers le haut plutôt que vers le bas. Je parie que le Pr Rapson avait tendu ses membres cassés pour se faire bander sans même qu'on lui demande. Mais j'étais tombée sur Izzie la Harpie, et elle m'avait fait un sale coup.

— Oh non, ai-je dit, omettant délibérément le « madame » qu'elle aimait tant. C'est une urgence. Je dois agir rapidement.

Sans perdre une seconde, j'ai couru jusqu'au robinet extérieur, rempli un seau d'eau glacé et l'ai renversé sur elle. Elle a hurlé et bondi sur ses pieds, trempée jusqu'aux os. C'était assez jouissif. Je n'osais pas regarder M. Swanson. Elle a dû traîner son corps dégoulinant devant un petit groupe de techniciens curieux qui s'étaient attroupés pour voir qui avait crié. Quelqu'un a ricané. Je jure que ce n'était pas moi.

J'ai attendu toute la soirée dans l'angoisse, convaincue que j'avais échoué.

— Ne panique pas, m'a dit Sussman. Pourquoi tu serais recalée pour quelque chose d'aussi futile ? Ils ont énormément investi en nous. Et ce n'est pas comme si tu lui avais mis le feu, ce que j'aurais certainement fait à ta place. Tu l'as sauvée. Ne t'attends pas à des remerciements de la part du reste de l'humanité.

Il avait raison. Je suis certaine qu'elle s'est jetée à corps perdu dans les formulaires disciplinaires jaunes, mais je n'en ai jamais entendu parler. Et évidemment, après cette journée, son affection pour moi n'a fait que grandir.

Finalement, le tant redouté examen de survie en milieu hostile est arrivé, qui était évidemment prévu pour le vendredi et tout le week-end. J'avais survécu à des combats à mains nues. J'avais survécu aux premiers secours et à la lutte contre les incendies. J'étais donc assez sûre de moi, jusqu'à ce que le commandant Guthrie me ramène violemment à la réalité en me rappelant la nature de l'examen. Nous devions être conduits dans un lieu inconnu et laissés seuls pendant deux jours, où nous lutterions contre la faim et l'hypothermie. Je déteste le froid et l'humidité alors, lorsque j'avais appris en quoi consisterait l'examen en novembre, j'avais commencé à m'organiser. Pas pour tricher évidemment, car ce serait mal, n'est-ce pas ? Il s'agissait plutôt de gérer la situation à ma manière.

J'étais donc préparée. En fait, j'avais commencé à faire des provisions depuis le jour où ils nous en avaient parlé pour la première fois. Ils nous déposeraient quelque part séparément, et nous devrions trouver un moyen de rentrer avant l'heure du déjeuner le dimanche. Ce ne serait pas un problème puisque mon plan était tout simplement de ne pas quitter le bâtiment.

Je m'étais procuré une des combinaisons noires de Barclay. C'était une telle salope que je n'avais eu aucun scrupule à la lui voler. Les gens voient ce qu'ils s'attendent à voir. Sans ma combinaison grise, je n'étais plus une apprentie. Si je mettais une casquette de technicien, m'équipais d'un calepin, glissais mon bloc-notes numérique dans ma poche de genou et faisais mine de savoir ce que je faisais, il était possible que je m'en sorte.

L'autre problème était d'éviter de grimper dans la navette de transport. Je m'étais donc introduite furtivement dans le bureau administratif pour réimprimer les listes en supprimant mon nom. Avec un peu de chance, chaque chauffeur penserait que j'étais avec l'un des autres. Si quelqu'un me demandait dans quelle navette j'étais, je répondrais vaguement « je sais plus ».

Jusque-là, tout allait bien. Mais il me fallait également un endroit où me cacher pendant deux jours et demi. J'avais prévu de profiter de ces heures passées seules pour réviser mes cours de capsule, dont l'examen aurait lieu juste après. C'était parfait. J'avais commencé à inspecter tous les recoins de l'institut. Évidemment, je devais éviter le bâtiment principal, les quartiers du personnel et les zones publiques.

Je m'étais alors souvenue du couloir sombre face à l'ascenseur conduisant à l'infirmerie, et j'étais allée m'y promener un soir. Ma meilleure chance était au bout du couloir, où se trouvait le local à peinture. Cette pièce mal éclairée, encombrée et poussiéreuse, presque à l'abandon, possédait un grand espace vide tout au fond, entouré d'un cordon de sécurité jaune et noir.

Une affiche sur le mur indiquait :

AUCUN STOCKAGE DANS CETTE ZONE
L. FARRELL (DIRECTEUR TECHNIQUE)

La zone n'était pas visible depuis la porte, ce qui était parfait.

J'ai commencé à faire des réserves. Sac de couchage, eau, chocolat, lampe torche, piles, notes de cours de capsule et sac à dos. J'avais prévu de prendre de la nourriture la veille au soir, de tout emballer et de cacher mon sac à dos dans le local. Tant que je ne faisais pas de bruit, tout devrait bien se passer. Et après tout, j'en profiterais pour réviser. Il en allait presque de mon devoir de tricher.

Les autres se montraient étrangement vagues au sujet de leurs projets. Je les soupçonnais d'avoir organisé leur propre sauvetage, qui les attendait quelque part dans la nature. En espérant qu'ils n'aient pas eu la même idée que moi. Il aurait été assez ennuyeux que personne ne monte dans les navettes.

Le jour venu, j'ai pris un petit-déjeuner ostensiblement copieux, vêtue de ma tenue de camouflage, en m'assurant d'emmagasiner assez de nourriture pour tenir toute la journée, puis je me suis éclipsée discrètement. Je n'aurais jamais imaginé dire ça un jour, mais rien de ce que l'on apprend à l'école est inutile. Des années d'école buissonnière payaient enfin. Dans les toilettes, je suis montée sur la cuvette, j'ai glissé ma tenue de camouflage en boule dans le faux plafond et j'en ai sorti l'uniforme noir, la casquette et le bloc-notes.

Je me suis ensuite lentement déplacée dans les couloirs en consultant mes notes, jetant de temps en temps un coup d'œil à une alarme incendie avant de cocher une case imaginaire sur mes documents. Je me sentais horriblement vulnérable, mais personne ne me prêtait la moindre attention. Et personne ne courait dans les couloirs en criant mon nom, mon absence n'avait donc visiblement pas été remarquée par les chauffeurs des navettes.

Je suis entrée nonchalamment dans le local à peinture et j'ai refermé la porte derrière moi. Après avoir récupéré mon sac à dos et le reste de mes affaires derrière les pots de « gris cuirassé » couverts de toiles d'araignées, je me suis dirigée vers le fond, toujours vide. C'est alors qu'une porte s'est ouverte au milieu de nulle part et que le chef Farrell en est sorti.

Il était difficile de dire lequel de nous était le plus surpris. Je suis restée figée sur place, à attendre qu'il réalise où j'aurais dû me trouver, compare sa conclusion avec l'endroit où je me trouvais en réalité, et m'expulse sur-le-champ.

Mais il n'en a rien fait. De longues secondes se sont écoulées sans que rien ne se passe, et j'ai fini par remarquer qu'il avait l'air aussi coupable que moi. Et d'où venait-il ? Il était apparu comme par magie. Il n'y avait rien. Et puis il y avait une porte ouverte. Par laquelle il était sorti. Et il était là. Au milieu de la pièce. Nous nous sommes dévisagés.

— Mademoiselle Maxwell, est-il finalement parvenu à dire, ignorant le fait que j'étais déguisée en technicienne.

— Bonjour, Chef, ai-je répondu poliment.

Et maintenant ? Alors que nous tentions de gérer cette crise sociale, j'ai entendu des voix en provenance du couloir. Prise de panique, j'ai regardé désespérément autour de moi à la recherche d'un endroit où me cacher. Il m'a attrapée par le bras.

— Venez avec moi. Porte !

J'ai avancé de quatre pas et me suis retrouvée à l'intérieur d'une capsule. J'aurais pu reconnaître cet endroit les yeux fermés. L'odeur ne laissait aucun doute. J'ai regardé autour de moi. C'était une petite capsule. Sûrement conçue pour une seule personne. L'agencement était différent, avec la console sur le mur de gauche. La couleur aussi était différente – un beige assez ennuyeux au lieu du gris déprimant standard. Tout était différent, en particulier le fait qu'elle semblait, de l'extérieur, totalement invisible.

Ne trouvant rien à dire qui ne m'attire encore plus d'ennuis que j'en avais déjà, je suis restée silencieuse. Je pense que quelque chose de similaire lui est passé par la tête, et c'était de toute façon un homme peu loquace.

Le silence s'éternisait. Mon sac à dos a glissé de mon épaule, tombant sur le sol avec un bruit sourd qui nous fit tous les deux sursauter. Il a enfin fini par parler.

— Que faites-vous ici ?

— Je cherchais un endroit au calme pour réviser, ai-je répondu en sortant un dossier dans l'espoir que cela aiderait à le convaincre.

— Vous n'êtes pas censée... ?

Je l'ai interrompu d'un geste et d'un son complexe et ambigu censé vouloir dire : « Si vous ne me posez pas la question, alors je n'aurai pas à mentir, et vous n'aurez pas à faire quoi que ce soit que nous regretterions tous les deux, car, soyons honnêtes, je ne suis pas la seule à mijoter quelque chose. »

Nous sommes restés un moment silencieux, réfléchissant à toutes les règles que nous étions en train d'enfreindre.

— Vous voulez du thé ?

— Oh oui, volontiers.

Comme il n'y avait qu'un siège, nous nous sommes assis par terre pour le boire.

— Vous avez mal choisi votre jour pour... étudier... dans le local à peinture. C'est le jour de l'inventaire, alors des gens vont faire des allers et retours toute la journée.

Typique. C'était pourtant un excellent plan.

Il a soupiré.

— Vous pouvez rester ici.

J'ai regardé autour de moi.

— Dans ma capsule.

Je me suis tournée vers lui, interloquée.

— C'est ma capsule. Ma propre capsule. Je la cache ici.

J'ai continué à le regarder.

— Elle est expérimentale.

— Ah. Ça explique ses caractéristiques, disons, inhabituelles.

— Oui. Je m'en sers de prototype. Si tout se passe bien, j'incorpore les nouveautés dans les autres capsules.

J'ai hoché la tête.

Il s'est tourné vers moi et m'a regardée dans les yeux.

— Est-ce que ce sera un problème pour vous ?

— Non.

— Edward m'a prévenu.

— Edward ?

— Le Dr Bairstow. Le grand chef. Il a dit que vous aviez cette caractéristique très particulière. Plus il vous racontait des choses incroyables, plus vous deveniez calme et silencieuse. Comme en ce moment.

— Je suis assise dans une pièce invisible !

— Seulement de l'extérieur, et invisible n'est pas le terme correct.

— Ne me dites pas que nous sommes « masqués », ai-je dit en mimant des guillemets.

— Non, c'est du camouflage. Simplement une combinaison de caméras haute définition et d'un programme informatique sophistiqué qui rassemble les images et les projette sur la capsule. Ça fonctionne bien avec des fonds simples comme des murs, beaucoup moins bien avec des sujets complexes, une jungle luxuriante par exemple.

J'ai acquiescé en regardant autour de moi. Un petit objet ressemblant à un téléphone a attiré mon attention.

— Vous avez un téléphone ?

— C'est drôle que vous remarquiez ce détail. C'est une télécommande. Un jour, vous en utiliserez une aussi.

J'ai de nouveau hoché la tête, sans avoir la moindre idée de ce qu'il racontait.

— Bien, je vais vous laisser à vos… révisions. Pour information, le meilleur moment pour partir faire une promenade dans les bois et revenir par la porte est sera dimanche matin autour de 6 h 30.

— D'accord. Merci.

— Ne laissez pas de désordre en partant, a-t-il dit avant de marquer une pause comme s'il voulait ajouter quelque chose.

Mais il est parti. Je me suis installée confortablement sur son fauteuil et j'ai sorti mes notes.

Il avait raison, pour l'inventaire. Des gens sont entrés et sortis de la pièce toute la journée, dont Polly Perkins de l'informatique et une petite à la peau mate, avec qui elle a eu une conversation très intéressante. Elles étaient en train de compter les pots de « jaune soleil » qui est, apparemment, la couleur des rayures à l'extérieur du hangar, lorsque le Chef a passé la tête par la porte et, sans un regard dans ma direction, leur a demandé de compter aussi les pots de « noir lampe ».

Lorsqu'il a disparu, elles ont posé leurs documents et se sont lancées dans une bonne vieille séance de potins.

— Il se tape Barclay ?

J'ai allumé l'audio externe et regardé l'écran.

— Non, elle a jamais réussi, mais c'est pas faute d'avoir essayé. Elle en a fait des tonnes. À la dernière fête de Noël, c'était carrément gênant. Mais assez amusant à regarder.

— Qu'est-ce qu'il a fait ?

— Rien. Il était poli mais distant. Tu sais comment il est.

— Ouais. Et je sais aussi comment elle peut être. Ne me dis pas qu'elle a laissé tomber ?

— Je sais pas, mais je pense qu'elle devrait. D'après ce que j'ai entendu, il s'intéresse à quelqu'un d'autre.

— Ah ? Qui ça ?

— À ton avis ?

— Quoi ? Elle ? Tu plaisantes ?

Elle ? De qui parlaient-elles ? Pourquoi suis-je toujours la seule à ne pas savoir ce qui se passe ? Allez, les filles. Soyez un peu plus explicites pour les espionnes en détresse.

— Eh bien, elle va lui donner du fil à retordre.

— C'est déjà le cas apparemment.

Pourquoi étais-je si contrariée ?

— Pas étonnant que Barclay soit aussi énervée.

— Ouais, c'est génial, non ?

— Et il paraît que ce petit merdeux de Sussman est aussi sur le coup.

Quoi ? Qui ?

— Tu sais qu'elle a balancé un seau d'eau glacée sur Barclay l'autre jour ? Apparemment, tout le monde mourait d'envie d'éclater de rire, et ce bon vieux Swanson a immédiatement doublé sa note.

Waouh ! « Elle », c'était donc moi. Je n'avais rien vu venir. Une petite voix me disait : « Il ne s'intéresse pas à toi. Qui s'intéresserait à toi ? », mais au fond de moi, une lueur douce et chaude a commencé à grandir.

J'avais presque quarante-huit heures de révisions qui m'attendaient dans cette oasis de paix, aussi ai-je essayé de me détendre, offert à mon corps épuisé un peu de répit, bu un océan de thé, préparé des sandwiches, mangé du chocolat, dormi et révisé à fond. Malgré mes efforts pour me concentrer sur les opérations, les procédures et les protocoles, des bribes de la conversation s'insinuaient toujours dans mes révisions. De temps en temps, un grand sourire se dessinait sur mon visage.

Le dimanche matin, à 6 h 30, je me suis faufilée hors du bâtiment. Le chef avait raison ; c'était le moment idéal. Presque personne n'était levé et ceux qui l'étaient ne prêtaient pas attention à quoi que ce soit en ce dimanche matin. Les gardes de nuit, qui terminaient leur service, ne pensaient qu'au petit-déjeuner qui les attendait et aux rapports qu'ils avaient à écrire. Le reste du personnel était encore au lit. J'ai remis ma tenue de camouflage et marché d'un pas confiant vers la forêt. Il pleuvait des cordes, ce qui confirmait que j'avais pris la bonne décision en refusant de me soumettre au froid et aux intempéries. Le portail se trouvait à cinq longs kilomètres. Après avoir traversé le bois humide, trébuché sur des racines, être tombée dans des marécages, m'être fait fouetter au visage par des branches et éclabousser de boue, tout laissait penser que j'avais passé deux jours dans les bois.

Je me suis perdue deux fois – j'ai un très mauvais sens de l'orientation – avant de finir par atteindre le portail est. Ils se sont bien moqués de moi, mais m'ont offert une tasse de thé chaud pendant que je signais le registre. Ils m'avaient probablement vue arriver, car le commandant Guthrie m'attendait. Je savais qu'il avait des soupçons, mais mon apparence était si convaincante : j'étais trempée jusqu'aux os, couverte de boue et de sang, je boitais, et je n'avais parcouru que cinq kilomètres.

— Comment êtes-vous rentrée ?

— J'ai trouvé un ruisseau et je l'ai suivi.

— Comment avez-vous trouvé le ruisseau ?

— En tombant dedans.

— Comment êtes-vous entrée ?

— Par le portail est.

— Comment avez-vous trouvé le portail est ?

— Je cherchais le portail sud.

— Où avez-vous été déposée ?

— Dans une contrée déserte, fouettée par le vent et la pluie, probablement inconnue de l'homme.

— Je ne trouve pas votre nom sur la liste de transport.

— Merde alors, est-ce que ça veut dire que je n'avais pas à faire tout ça ?

Silence. Un très long silence. Je lui ai rendu son regard avec une expression d'innocence naïve et j'ai fait battre mes cils agglutinés par la boue. J'avais triché. Il savait que j'avais triché, mais je me trouvais face à lui, trempée et débraillée, et il n'y avait pas grand-chose qu'il puisse faire.

— Allez vous laver et manger quelque chose.

— Oui, commandant.

Youpi !

Un peu plus tard, j'ai retrouvé Sussman.

— Comment tu t'en es sorti ?

— J'ai payé un type pour suivre la navette discrètement. Il m'a déposé à Rushford et j'ai passé le week-end en boîte.

— De thon ?

— Très drôle.

— Et Grant et Nagley ?

— Ils avaient tout prévu à l'avance. Ils ont caché deux téléphones portables dans les navettes, ont utilisé le GPS, appelé un taxi, réservé une chambre dans un petit hôtel, et ont baisé pendant quarante-huit heures.

Et j'avais passé quarante-huit heures à me nourrir de sandwiches et à dormir par terre. Toute seule.

— Est-ce que quelqu'un a vraiment passé ce putain d'examen ?

— De mémoire d'homme, non. C'est tout l'enjeu du truc. C'est un test d'initiative. Ils savent que tout le monde triche. Ils s'y attendent. Le truc, c'est de les regarder droit dans les yeux et de débiter des mensonges.

Nom d'une pipe en bois !

J'étais toujours un peu contrariée par cette histoire de survie en milieu hostile, mais l'examen de capsule, qui avait lieu sur trois jours, a été un triomphe, tout comme les simulations du jeudi. La fin était proche, ce qui n'était pas plus mal, car j'étais exténuée. J'aurais bien été capable d'échouer juste avant la ligne d'arrivée. La ligne d'arrivée était le mardi suivant. Ce jour-là, les choses sérieuses commençaient.

Trois

Mardi était le jour où nous allions enfin découvrir si nous avions ce qu'il fallait pour réussir. Il n'était plus question de se cacher derrière la théorie, les cours et les simulations. Il n'était plus question de se cacher derrière ses propres peurs. Le moment était venu.

J'ai donné un coup de pied dans les couvertures et bondi avec entrain hors du lit, fait assez rare pour être mentionné. Après une douche rapide, j'ai enfilé, je l'espérais pour la dernière fois, la combinaison grise qui me sortait par les yeux. En sautillant dans le couloir, j'ai frappé à la porte de Sussman :

— Debout ! C'est le grand jour !

J'ai entendu sa porte s'ouvrir derrière moi, mais je ne me suis pas retournée. J'arrivais gaiement au bout du couloir lorsque j'ai percuté le chef Farrell. C'était comme foncer dans un mur douillet. Il m'a aidée à retrouver l'équilibre et nous avons échangé un sourire. Mon cœur n'aurait pas pu battre plus vite sans s'envoler hors de ma poitrine.

— Désolée, Chef. Je vous ai fait mal ?

Il a souri patiemment.

— Non, mademoiselle Maxwell. Je survivrai. C'est le grand jour, hein ?

— Carrément, Chef. Shrewsbury, vers 1400. Vous vous rendez compte ?

— Il me semble me souvenir vous avoir entendue le répéter une centaine de fois la semaine dernière. Vous êtes dans la numéro Huit, au fait.

— Super, le huit est mon numéro fétiche.

J'étais tellement impatiente que je souriais comme une bienheureuse et sautillais sur place.

— Allez-y, mademoiselle Maxwell, avant de vous casser quelque chose.

— Au revoir, Chef, ai-je répondu en m'éloignant.

Dans la salle à manger, je me suis servi des œufs, du bacon, des pommes de terre sautées et du jus de pamplemousse. Les autres m'ont imitée, même si Nagley ne faisait que picorer. Je la trouvais un peu pâle et lorsque je lui adressais la parole, elle se contentait de hocher la tête. Sussman, évidemment, était presque aussi excité que moi.

Dès que nous avons eu fini de manger, nous nous sommes rendus aux Costumes, où l'on m'a remis une robe en laine marron épaisse et rêche qui m'arrivait aux chevilles.

— Oubliez l'idée de vous balader avec une robe qui traîne par terre, m'a expliqué Mme Enderby, qui supervisait ma transformation. Nous ne sommes pas dans un film. Rien ne ramasse aussi bien la poussière, la saleté, la pluie, les excréments et les occasionnels chiens morts qu'une robe qui traîne par terre. Vous nous remercierez quand vous vous promènerez sur la pointe des pieds dans les immondices des rues médiévales.

Elle a eu la gentillesse de ne pas mentionner que c'était aussi beaucoup plus pratique si je devais prendre mes jambes à mon cou pour échapper à la mort. Je devais prendre l'apparence d'une jeune femme au foyer respectable, peut-être l'épouse d'un artisan ou une dame d'honneur d'une famille prospère. Si je ressemblais à une jeune fille non mariée et en apparence vulnérable, je risquais des problèmes inutiles.

Sous la robe, je portais plusieurs couches de tuniques en lin et, sous ces couches, un soutien-gorge de sport et une culotte thermale moderne. Hors de question que je me balade les fesses à l'air à Shrewsbury au début du printemps, qui plus est à l'époque médiévale. Et, comme Mme Enderby l'a joyeusement fait remarquer, si les choses tournaient mal, mes sous-vêtements anachroniques seraient le moindre de mes problèmes.

On m'a également remis une guimpe en lin, signe que j'étais mariée, une paire de solides chaussures en cuir, une cape vert foncé et un panier. Nous transportons toujours quelque chose. Ce genre d'accessoires nous permet de nous fondre dans la masse et nous donne quelque chose à faire de nos mains.

On m'a montré les allumettes waterproof, le compas et les tablettes pour purifier l'eau, qui étaient tous soigneusement cachés dans des poches intérieures.

Sussman se rendait à un match de cricket dans un village victorien, Nagley à Londres pendant la Restauration, et Grant à York à l'époque romaine. C'étaient des voyages calmes et peu spectaculaires, puisque nous partions, pour la première et dernière fois, en solo. Cela n'arrive que pour le premier voyage ; pour tous les autres, il y a toujours au moins deux historiens.

Les costumiers ont vérifié que nous ne portions ni montre ni bijoux avant de nous envoyer au hangar. Bien sûr, tout le monde savait où nous allions et pourquoi. Des voix nous souhaitant bonne chance et bon voyage nous accompagnaient dans les couloirs. J'ignore comment se sentaient les autres, mais moi, j'étais tiraillée entre la peur et l'excitation, et mon estomac faisait des sauts périlleux.

Nous sommes entrés dans le hangar. Toutes les capsules étant présentes ce jour-là, Hawking grouillait de techniciens qui s'agitaient bruyamment le long des rails.

Nous nous sommes dispersés vers nos capsules respectives. La numéro Huit était au bout du hangar. Le chef Farrell m'attendait. L'ordinateur de bord a lu les codes et ouvert la porte. J'ai grimpé à l'intérieur et regardé autour de moi. La console se trouvait à droite de la porte dans cette capsule, et j'ai remarqué que les coordonnées étaient déjà enregistrées.

— Tout est prêt, a dit le Chef. Tout est en mode automatique. Vous n'avez rien d'autre à faire que vous détendre et profiter du voyage. On va juste passer en revue les derniers détails avant le saut.

Il a sorti son bloc-notes de sa poche de genou et commencé à appuyer sur les touches pendant que j'inspectais la capsule. En ouvrant un casier, j'ai été surprise de découvrir qu'il était rempli de provisions. Beaucoup de provisions.

— Qu'est-ce que c'est que ça ?

— Ah oui, j'ai oublié de vous dire. Cette capsule repartira dès votre retour, donc elle est prête pour quatorze jours. Les toilettes fonctionnent. Essayez de faire en sorte que ça reste ainsi. Idem pour l'incinérateur. Les réservoirs sont pleins et les batteries sont chargées. C'est le voyage le plus simple que vous ferez ; vous n'avez absolument rien à faire. Vous partez combien de temps ?

— Seulement six heures. Je connais bien Shrewsbury et je suis impatiente d'explorer la ville. Ils ne veulent pas que je reste plus longtemps.

Il a souri.

— Six heures, c'est assez long pour un premier voyage.

— Je pars en temps réel ?

— Non. Six heures pour vous, trente minutes pour moi. Dès que vous serez partie, je vais me servir une tasse de café en attendant votre retour ici. Vous serez revenue avant que j'aie terminé.

— Si vous me préparez une tasse de thé, je vous raconterai tout.

Il m'a regardée en penchant la tête sur le côté.

— Bien sûr.

J'ai senti mon visage s'enflammer.

— Oh non, pardon Chef. Je pensais juste… bien sûr, ce n'est rien de spécial pour vous, vous avez l'habitude.

— J'exige que vous me racontiez tout dans les moindres détails en échange d'une tasse de thé. Bien, vous êtes prête ?

J'ai posé le panier sur le fauteuil de droite, me suis installée sur celui de gauche et j'ai examiné les écrans. Puis j'ai pris une profonde inspiration, me suis tournée vers lui et lui ai adressé un grand sourire.

— Oui !

— Bonne chance alors. À tout à l'heure.

Dès qu'il est parti, j'ai dit d'une voix légèrement tremblante :

— Ordinateur, ferme la porte.

La porte s'est fermée. Bon, jusque-là, tout allait bien. En face de moi, la capsule numéro Trois a disparu.

— Ordinateur, confirme les coordonnées.

— Coordonnées confirmées.

J'ai inspiré profondément.

— Amorce le saut.

— Saut amorcé.

Aucune lumière n'a clignoté, aucune date n'a défilé, aucune musique solennelle n'a retenti. Le monde est devenu blanc pendant quelques secondes avant de s'éclaircir. C'est alors que j'ai découvert le paysage le moins britannique qui soit.

De l'herbe verte s'étendait à perte de vue. À l'horizon, d'immenses montagnes couronnées de neige se dressaient dans un ciel bleu sans nuages. J'ignorais où et à quelle époque je me trouvais, mais une chose était sûre, ce n'était pas Shrewsbury. Ce n'était probablement pas non plus le Kansas. Je crois bien avoir crié « merde ! » et allumé les autres caméras, au cas où Shrewsbury se cacherait quelque part dans un coin. Mais il n'y avait pas de coin. Pas de Shrewsbury. Rien. Rien que de l'herbe verte s'agitant dans la brise.

Je suis restée assise et j'ai essayé de réfléchir. Au bout de quelques secondes, j'ai dit :

— Ordinateur, confirme date et lieu.

— Shrewsbury, Angleterre. 1408.

— Confirme temps de voyage restant.

— Cinq heures, cinquante-six minutes.

Entre le grand vide en forme de Shrewsbury dans le paysage et le fait que mes projets pour la journée avaient été bottés en touche, j'aurais vraiment dû rentrer à St Mary. D'un autre côté…

— Porte.

La porte s'est ouverte et un air froid s'est engouffré dans la capsule. Je me suis levée lentement. Dans l'entrebâillement, j'ai posé une main de chaque côté du montant et regardé prudemment à l'extérieur.

Devant moi, l'herbe ondulait et miroitait dans la brise. Dans un ciel bleu sans nuages, le soleil brillait. En dehors du souffle du vent, le silence était complet.

Je suis retournée à l'intérieur de la capsule, où je suis restée un moment immobile avant de me tourner de nouveau vers la porte, réfléchissant aux options qui s'offraient à moi. Je pouvais demander une extraction d'urgence à l'ordinateur, qui me renverrait à St Mary en moins de temps qu'il n'en faut pour le dire. C'est rapide mais absolument pas indolore. C'est pour cette raison que la procédure est réservée aux urgences. Il était évident que je n'étais pas là où j'aurais dû être, et c'était probablement la chose la plus sage et la plus prudente à faire. Mais bon sang, j'étais une historienne, et la sagesse et la prudence étaient des choses qui n'arrivaient qu'aux autres. Je n'étais pas en danger ; le pire qui pouvait m'arriver était un après-midi d'ennui modéré.

Les historiens ne demandaient généralement l'extraction d'urgence que lorsqu'ils étaient en feu ou souffraient de graves blessures. Qu'aurais-je bien pu dire ? Quelle urgence aurais-je pu déclarer ? « Je ne suis pas à Shrewsbury » me paraissait un peu léger. Quel était l'intérêt de tout ça si je n'en profitais pas pour explorer un peu ? De toute façon, la capsule était coincée ici pour cinq heures.

Pourtant, il était évident que quelque chose avait sérieusement foiré. Si je sortais, et que ce stupide engin partait sans moi, j'aurais de gros problèmes. Logiquement, la capsule pensait, comme toute l'équipe, que je me trouvais à Shrewsbury au XVe siècle. Oui, quelqu'un de raisonnable ne s'aventurerait pas à l'extérieur.

J'ai attrapé le panier et l'ai coincé dans l'entrebâillement de la porte. Si la porte ne pouvait pas se fermer, alors la capsule ne pouvait pas partir. En théorie.

J'ai fait un pas vers l'extérieur, puis un second. Même le fait de ne pas savoir où et quand j'avais atterri ne pouvait entamer mon excitation. J'avais voyagé dans le temps ! J'étais une historienne ! J'ai tendu les bras et tournoyé sur moi-même. J'étais une historienne ! J'allais voir des choses extraordinaires. J'ai crié « oui ! », fait la roue et ramassé ma coiffe.

Il valait probablement mieux que je me calme un peu si je ne voulais pas que mon premier voyage soit aussi mon dernier. Selon le protocole, la première chose à faire est de s'assurer de sa sécurité personnelle – souvent un détail superflu pour les historiens. Je me suis hissée sur le toit de la capsule et j'ai regardé autour de moi en protégeant mes yeux du soleil. L'ordinateur restait silencieux. Aucune alerte de proximité ne s'est déclenchée.

Je n'avais toujours aucune idée de l'endroit et de l'époque où je me trouvais, mais ce monde était désert. Quelle que soit la direction dans laquelle je regardais, rien n'apparaissait à l'horizon ; rien non plus dans le ciel ; pas de fumée, pas de traînées de condensation, pas même un oiseau. Seule l'herbe verte ondulait dans le vent. J'étais complètement seule.

Cela aurait pu être effrayant, mais la mission ne durait que six heures, et après toutes ces années passées à l'université, les travaux de recherche, les fouilles archéologiques, et pour finir ce long entraînement à St Mary, je trouvais très agréable de pouvoir rester là, les yeux fermés, le visage chauffé par le soleil, à écouter le silence.

Au bout d'un moment, j'ai décidé que je pouvais encore améliorer la situation. Je suis rentrée dans la capsule pour me préparer une tasse de thé, j'ai attrapé une barre énergétique au chocolat dans le placard à provisions, étendu ma cape sur le sol et je me suis assise par terre, adossée à la paroi ensoleillée de la capsule.

Je profitais de l'instant lorsque l'ordinateur s'est réveillé pour annoncer qu'il restait soixante minutes avant le prochain saut. J'avais réussi ! Mission accomplie !

J'ai fait un ménage rapide, car les historiens ne rentrent jamais avec une capsule en désordre. J'ai ramassé tout ce que j'avais laissé traîner, procédé au CNOP (Contrôle et nettoyage des objets parasites) extérieur pour vérifier que je n'avais rien laissé derrière moi et au CNOP intérieur pour m'assurer que je n'avais pas par inadvertance emporté quelque chose, ce qui était très important, car l'ordinateur refuserait d'autoriser le saut si tel était le cas. J'ai plié ma cape, l'ai rangée dans le panier que j'ai reposé sur le deuxième siège, j'ai incinéré l'emballage de la barre chocolatée, me suis lavé le visage et les mains, installée sur le siège et j'ai regardé le compte à rebours défiler.

À trente minutes du saut, l'ordinateur a prononcé une nouvelle annonce. Puis à dix, cinq, une minute, et enfin à trente secondes. Plus que quelques secondes avant mon retour. Plus que quelques secondes avant que je ne traite les techniciens de bons à rien incapables de trouver leur propre cul sans boussole, que je prenne un thé avec le Chef, passe à l'infirmerie, signe un document officiel quelconque, échange la combinaison grise honnie contre une bleue, supprime le mot « apprentie » de mon vocabulaire et devienne une véritable historienne. Le monde n'avait qu'à bien se tenir.

— Dix, neuf, huit, a dit l'ordinateur. Cinq, quatre, trois…

À ce moment-là, la voix s'est tue et la console est devenue noire.

Toute la satanée console est devenue noire.

Cette fois, j'ai paniqué. Mon cœur a cessé de battre, et ce n'est que lorsque ma poitrine a commencé à me faire souffrir que j'ai pensé à respirer. Agrippant le rebord de la console, j'ai crié « Non, non, non ! » et l'ai rouée de coups. Étrangement, cela n'a eu aucun effet.

J'ai tenté de garder mon calme, les yeux fixés sur la console, priant pour qu'elle se rallume. Je n'avais jamais vu ça. Je n'avais jamais vu une console devenir noire, car aucune capsule n'était jamais tombée en panne. La situation ne pouvait pas être pire. J'étais échouée dans un monde inconnu. La capsule avait eu une défaillance et se croyait à Shrewsbury au XVe siècle. Donc toutes les recherches lancées par St Mary se concentreraient sur ce lieu et cette époque. Si j'ignorais moi-même où je me trouvais, alors comment pourraient-ils le savoir ? Et c'était uniquement ma faute. Si j'étais rentrée dès que j'avais compris qu'il y avait un problème, alors je ne serais pas restée coincée ici.

— Ordinateur.

Aucune réponse.

— Ordinateur. Rapport de statut.

Toujours rien.

— Ordinateur, ouvre la porte.

La porte est restée fermée.

J'ai tiré sur l'ouverture manuelle et la porte s'est ouverte. J'avais donc toujours de l'électricité et l'équipement de survie. Tout ce qu'il me manquait, c'était une capsule qui fonctionnait. Fondamentalement, ce n'était plus qu'une foutue cabane. J'ai éteint et rallumé les lumières. Il faisait à présent beaucoup plus froid dehors, j'ai donc refermé la porte. Le soleil était plus bas. Il ferait bientôt nuit.

En cas de doute, boire une tasse de thé. Je viens de St Mary : si une bonne bagarre ne résout pas le problème, boire du thé le fera. Je me suis installée sur le premier siège, j'ai étendu la cape sur mes genoux, laissé infuser mon thé et tenté de réfléchir à ce que je devais faire. Il ne m'a pas fallu longtemps pour arriver à la conclusion qu'il n'y avait rien que je puisse faire. Je pourrais démonter le panneau et jeter un œil. Puis je pourrais hausser les épaules et replacer le panneau. Un sachet de thé s'y connaît mieux que moi en électronique. Je ne voyais aucune solution. J'étais fichue.

Étrangement, je trouvais cette conclusion assez libératrice. Quand on est foutu, on est foutu. Les choses ne peuvent pas vraiment empirer.

J'ai regardé le dernier rayon de soleil disparaître avec cette pensée en tête. Le plus sage aurait été d'économiser l'énergie de la capsule et d'aller me coucher en même temps que le soleil. Mais je dors déjà très mal en temps normal, alors dans une telle situation, je savais que je ne trouverais jamais le sommeil. J'ai donc décidé de mettre ce temps à profit. J'ai commencé par ouvrir et refermer les portes et tiroirs, examinant mes ressources, évaluant la situation.

J'avais des provisions pour environ quatorze jours. Ou plus, si je m'en tenais à deux repas par jour. Idem pour l'eau. Les toilettes fonctionnaient (pour l'instant). L'incinérateur également. J'ai trouvé deux blocs-notes à l'ancienne dont je pourrais me servir pour tenir mon journal de bord, ce que j'avais oublié de faire jusqu'à présent. J'avais des vêtements et des bottes de pluie, tous trop grands pour moi. J'avais des allumettes, un compas, des tablettes de purification d'eau, deux couchettes, et une couverture à l'odeur douteuse. Les choses auraient pu être pires.

J'ai plongé la main dans le placard à provisions et sorti deux plateaux au hasard. Curry de poulet et compote de pommes. Plutôt crever. J'ai laissé de côté la compote et sorti un pudding au caramel. Si je devais mourir seule et abandonnée, hors de question que mon dernier repas soit de la compote de pommes.

Contre toute attente, la nourriture était plutôt bonne. Par chance, je suis une très mauvaise cuisinière, mes attentes en matière de nourriture ne sont donc jamais très grandes. J'adore les plats servis dans les avions par exemple. J'ai sorti les pastilles chauffantes rouges et dévoré mon repas. Puis je me suis lavé les mains et le visage, j'ai détaché et tressé mes cheveux, retiré mes vêtements et sorti une des couchettes. Elle s'est refermée autour de moi et, sentant que j'avais froid, a commencé à chauffer. S'il y avait bien un moment où j'aurais été en droit de me morfondre, c'était celui-là. Mais je n'en ai rien fait.

La nuit a été longue ; très, très longue. Je pense m'être assoupie une ou deux fois, mais jamais très longtemps. J'ai listé dans ma tête les rois et reines d'Angleterre, puis leurs époux respectifs. J'ai rédigé une dissertation imaginaire sur les causes de la guerre des Roses. J'ai dressé la liste de mes dix livres préférés, puis de mes dix films préférés. J'ai joué à « baiser, épouser, tuer ». La nuit a été très longue.

Lorsque l'écran a montré une lumière froide et grise à l'extérieur, je me suis levée et me suis préparé une tasse de thé.

J'ai tenté une nouvelle fois de communiquer avec l'ordinateur, mais il n'était toujours pas décidé à parler. J'ai fait de mon mieux pour éviter de penser que la veille à la même heure, je prenais tranquillement mon petit-déjeuner à St Mary.

J'avais appris pendant mon entraînement qu'il était important d'établir une routine, aussi ai-je commencé à planifier ma journée. Nettoyer la capsule et moi-même et ranger la couchette. Prendre un brunch en milieu de matinée. Passer un peu de temps sur le toit à la recherche d'un signe d'activité humaine – sans savoir si je devrais prendre la fuite ou courir dans sa direction. Marcher ou courir pendant une heure. Le sol était si plat que je pensais pouvoir courir un certain temps sans perdre de vue la capsule. M'asseoir au soleil et lire jusqu'à ce qu'il fasse trop froid. Rentrer et ranger. Manger. Lire. Rédiger mon rapport quotidien. Aller me coucher. Tenter de ne pas passer la nuit à paniquer.

Ç'a été ma routine pendant deux jours. Ce n'était pas désagréable. Le troisième jour, j'étais assise dehors, sacrifiant une page du bloc-notes pour dessiner les montagnes lorsque quelque chose a fait tilt dans ma tête. Ce n'était pas une mauvaise vie. J'avais tout ce dont j'avais besoin : du beau temps, un environnement sûr, de quoi lire et manger.

J'avais tout cela, n'est-ce pas ? J'avais tout ce dont j'avais besoin pour survivre confortablement pendant au moins quinze jours.

Un autre tilt. Quelle chance que cette capsule ait été prête à repartir immédiatement, équipée pour un autre voyage, même s'il y avait d'autres capsules disponibles.

C'est à ce moment-là que j'ai éclaté de rire. Comme si le chef Farrell pouvait confier une capsule défectueuse à une apprentie. C'était pour ça que nous devions partir seuls. Le test ne consistait pas à passer un après-midi à Shrewsbury. C'était ça, le test. Survivre, seule au milieu de nulle part, sans aucun espoir de secours. C'est pour ça qu'il a lui même programmé les coordonnées. C'est pour ça que tout était en automatique.

J'étais convaincue que si j'attendais patiemment, la capsule reviendrait à la vie dans douze jours et me ramènerait à St Mary comme si de rien n'était. Eh bien, j'allais tenir bon. Évidemment, si je me trompais, j'aurais l'air bien bête dans douze jours. Mais qui le saurait ?

Les jours passèrent lentement ; tous identiques, dans ce paysage immuable. Je m'asseyais au soleil, à me la couler douce, laissant mon esprit divaguer et se reposer. Je pensais à la suite d'événements qui avaient conduit à ce moment. Je pensais à mon enfance, mais pas longtemps. Je me demandais si je voulais être seule toute ma vie. Je me demandais si je voulais ne pas être seule toute ma vie.

Je rédigeais mes rapports, consacrant cinq ou six pages au sujet de l'incompétence technique en illustrant le texte de petits croquis. J'avais de longues conversations avec moi-même. J'essayais de nouvelles façons de me coiffer. En fait, je faisais tout mon possible pour ne pas penser à ce qui se passerait le quatorzième jour. Qui arriva, en toute logique, peu après le treizième. Je n'ai pas quitté la capsule de la journée, attendant que la console se rallume.

Mais elle ne s'est pas rallumée.

Midi est passé.

Je suis restée assise à attendre.

Le soleil a commencé à descendre. Les ombres se sont allongées. Le silence était total.

Rien ne s'est produit.

Il commençait à faire nuit. Et toujours aucun signe de vie de la capsule.

Les poings serrés sur les genoux, je suis restée assise dans le noir.

Rien ne s'est produit. Bon sang. Rien ne s'est produit !

La première pensée qui m'est venue à l'esprit était que j'avais bien mérité ce qui m'arrivait. Évidemment, évidemment, j'aurais dû déclarer une urgence et rentrer immédiatement, quand je le pouvais, quand ce foutu système fonctionnait encore. Comment avais-je pu être aussi stupide ?

Je m'étais probablement assoupie, car je me suis réveillée, le corps glacé et raidi, tôt le matin du quinzième jour. Il fallait que je réfléchisse sérieusement. J'ai passé en revue mes provisions : il me restait de la nourriture pour environ trois jours, et de l'eau pour un peu moins. Il était vraiment temps de rentrer.

D'un autre côté… d'un autre côté… d'un autre côté… c'était peut-être *ça*, le test. Est-ce vraiment un traumatisme d'être abandonnée dans un lieu sûr et calme avec de quoi boire et manger ? Peut-être que le test était de survivre *après* que tous les espoirs de secours avaient disparu et que les provisions s'étaient épuisées.

Qu'est-ce qu'on dit déjà ? Trois minutes sans oxygène. Trois jours sans eau. Trois semaines sans nourriture. Fallait-il que je quitte la capsule pour trouver de l'eau et risquer de manquer une possible extraction ? Ou fallait-il que je reste ici en priant pour être secourue avant de mourir de déshydratation, ce qui, d'après ce que j'avais entendu, était une mort particulièrement désagréable ? Mais en dehors de mourir d'épuisement sous le corps couvert de chocolat de quelqu'un dont je n'étais pas encore prête à admettre le nom, existait-il une mort qui soit agréable ? Et fallait-il que je commence à me rationner ? Ce qui me permettrait de tenir pendant encore deux ou peut-être trois jours ? Ou tout boire et manger, puisque dans tous les cas, j'allais probablement mourir ?

Le quinzième jour est arrivé à son terme. J'ai sorti mon carnet de notes et envisagé de laisser un mot expliquant qui j'étais et ce que je faisais ici, au cas où quelqu'un trouverait un jour ma dépouille. Et puis merde. Qu'ils se débrouillent.

J'ai soudain eu une vision déchirante du Chef, assis seul avec sa tasse de thé froid à côté de lui, et j'ai dû ravaler un sanglot, refusant de m'apitoyer sur mon sort. Mon nom rejoindrait-il le Tableau ? Techniquement, je n'étais pas encore une historienne. Ça ne comptait peut-être pas. Je suis restée assise à l'extérieur, les bras serrés autour de mes genoux, perdue dans des pensées moroses. Je venais de fermer les yeux lorsque j'ai entendu un cliquetis, suivi d'un bruissement et puis la console s'est éclairée telles les décorations de Noël d'Oxford Street. Des lumières clignotaient, réclamant une réponse.

Je me suis levée d'un bond, trébuchant sur ma jupe, et me suis précipitée à l'intérieur pour regarder ce qu'il en était. Les informations affichées semblaient normales, le compte à rebours était arrêté à quatre, attendant une confirmation pour continuer.

L'espace d'un instant, j'ai cru que j'allais m'évanouir. Je me suis laissée tomber lourdement sur le siège et j'ai attendu que mes entrailles se calment. Reprenant mes esprits, j'ai fermé la porte ; puis j'ai fermé les casiers, rangé la couchette et aspergé mon visage d'eau, le tout en une trentaine de secondes. Je me suis assise, j'ai ordonné à mon cœur de ralentir et j'ai activé le compte à rebours. Le monde est devenu blanc, une légère secousse s'est fait sentir et j'étais à la maison.

Oh Seigneur, j'étais à la maison !

En regardant l'écran, j'ai découvert avec stupéfaction que St Mary était telle que je l'avais laissée, le personnel s'activant comme d'ordinaire. Ces idiots ne savaient-ils pas ce que j'avais vécu ? Et puis je me suis adossée au siège. Bien sûr qu'ils savaient. Je n'avais jamais couru le moindre danger. Eh bien, s'ils pouvaient faire comme si de rien n'était, moi aussi. J'ai activé le système de décontamination et je suis restée assise en attendant que la lumière bleue et froide opère.

Puis j'ai vu le Chef s'approcher avec une tasse de thé fumant à la main. Il a frappé à la porte.

— Qui est là ? ai-je crié.

Après une pause assez longue pour que les mots « petite effrontée » ne soient pas prononcés à voix haute, il a répondu :

— Service de chambre.

J'ai éclaté de rire et ouvert la porte. Il m'a tendu la tasse de thé et s'est mis à bidouiller les interrupteurs. À l'extérieur de la capsule, ses hommes ont commencé à brancher des câbles.

— Comment ça s'est passé ?

— Bien. J'ai mangé, lu, travaillé mon bronzage. Réfléchi aux secrets bien gardés de St Mary. Je suis impressionnée, vraiment impressionnée. Je n'avais pas la moindre idée, ni les autres d'ailleurs, de ce qui m'attendait. Comment avez-vous réussi à garder ce secret pendant si longtemps ?

— En y réfléchissant un peu, tout le monde comprend les bénéfices de garder le secret. C'est notre test le plus précieux ; et le plus éprouvant, pour vous comme pour nous.

— Ce thé est fantastique.

— Depuis combien de temps êtes-vous à sec ?

— Deux longs jours.

— On a vu juste alors. On doit faire en sorte que vous n'ayez presque plus de provisions, mais que vous ne soyez pas encore assez désespérés pour partir à la recherche de secours. Quand pensiez-vous partir ?

— Jamais. Je savais que vous ne me laisseriez pas mourir de faim.

— Je vous trouve bien sûre de vous.

— Ça veut dire que j'ai échoué ?

— Non, mademoiselle Maxwell. Ça veut dire que vous êtes première de la classe.

Yes ! Mon futur s'annonçait prometteur ; retour au passé.

— Et les autres ? Ils sont déjà revenus ?

Il fronça les sourcils.

— Grant a activé son extraction d'urgence dès qu'il a compris qu'il n'était pas là où il était censé être, ce qui est, évidemment, la procédure à suivre. Et Nagley aussi. Je crains qu'elle n'ait pas très bien vécu l'expérience et qu'elle ait décidé de nous quitter.

— Elle est partie ?

— Elle ne pouvait pas attendre. Elle a eu une conversation assez tendue avec Grant et elle est partie immédiatement.

— Est-ce qu'elle m'a laissé un message ?

— Non, désolé.

J'étais blessée. Nous avions passé beaucoup de temps ensemble, et c'était la seule autre fille. Je l'aimais bien. Et elle était partie sans même dire au revoir.

— Sussman affirme avoir compris le truc, mais a demandé une extraction d'urgence au bout de cinq jours sous prétexte qu'il s'ennuyait. Il a quitté la capsule, frappé le premier technicien qu'il a croisé, en l'occurrence M. Dieter, et il a donc passé le reste de la journée à l'infirmerie à reprendre ses esprits. Vous êtes la dernière à rentrer.

— C'est une bonne ou une mauvaise chose ?

— Ça montre un certain état d'esprit.

J'ai terminé mon thé cul sec et me suis mise en route vers l'infirmerie et les griffes du Dr Foster, qui était l'exact opposé du médecin doux et patient que tout malade souhaite voir à son chevet.

— Entrez, Maxwell.

Elle a activé une pile de données, est allée s'asseoir sur le rebord de la fenêtre et a fouillé dans ses poches à la recherche d'un paquet de cigarettes. Elle en a allumé une.

— Avez-vous ingéré ou absorbé quoi que ce soit d'autre que les rations fournies ?

— Non, ai-je répondu en regardant ostensiblement le détecteur de fumée.

— J'ai enlevé les piles il y a des années.

J'ai eu le sentiment que le combat que le chef Farrell menait contre les détecteurs de fumée et les alarmes incendie était perdu d'avance.

— Avez-vous eu des relations sexuelles ou échangé des fluides corporels avec qui que ce soit en dehors de cette ligne temporelle ?

— Malheureusement, non. Pas plus que dans cette ligne temporelle.

— Trop d'informations. Souffrez-vous de blessures, plaies, écorchures, démangeaisons ou autres lésions de la peau ?

Etc., etc. Au bout d'un moment, elle a jeté son mégot par la fenêtre. Un grognement a retenti à l'extérieur.

— J'arrête pas de te le dire, Peterson, ne reste pas là. Espèce d'idiot !

Nous avons conclu que j'avais vécu seize jours d'ennui inégalé et que je ne représentais aucune menace à la vie telle que nous la connaissions. Je suis ensuite passée chez Mme Partridge, qui m'a fait signer des centaines de documents, qui stipulaient en gros que tout ce qui m'arriverait à partir de maintenant était entièrement ma faute. Elle m'a envoyée aux Costumes, où l'on m'a remis la combinaison bleue tant convoitée et le reste de mon kit, avant de me renvoyer chez Mme Partridge, qui m'a proposé de choisir entre une chambre plus grande dans les quartiers du personnel ou une chambre dans le bâtiment principal. J'ai choisi celle située dans le bâtiment principal – avec baignoire.

On m'a attribué une mansarde sur le petit palier exposé à l'est, située face à celle du Dr Foster. Kalinda Black, une autre historienne, était installée de l'autre côté. C'était une pièce longue et étroite, équipée d'une petite fenêtre donnant sur le lac et d'une fenêtre plus grande au-dessus d'une banquette donnant sur un toit plat. Les meubles étaient constitués du minimum habituel à St Mary – une imposante armoire ouvrant certainement sur le monde de Narnia, un lit, un canapé affaissé, une bibliothèque et une table de données. Mais ici, au moins, j'avais une petite salle de bain dans laquelle, Dieu sait pourquoi, je devais enjamber une grande baignoire à pattes de lion pour atteindre les toilettes.

J'ai acheté un tapis, quelques posters et un panneau en liège pour accrocher mes petits papiers et objets préférés. J'ai piqué une vieille table au service d'entretien, car j'avais besoin d'un endroit où poser tout l'équipement de peinture que j'emporte partout où je vais, j'ai ajouté une boîte de biscuits et une bouilloire, et j'avais tout ce dont j'avais besoin.

J'adorais ma chambre, de son plancher irrégulier à ses murs tachetés. C'était mon premier vrai chez-moi et personne ne pouvait y entrer. J'ai rangé mes livres, suspendu ma combinaison dans l'armoire et attendu avec excitation de savoir ce que St Mary nous réservait.

Quatre

Ce que St Mary nous réservait était un violent retour à la réalité. Nous avons eu deux décès pendant ma première semaine d'historienne. L'entraînement avait été difficile, pénible, épuisant, effrayant même, mais en dehors de quelques coupures, bleus et banales fractures, pas particulièrement dangereux. Tout cela allait changer maintenant que nous étions des membres à part entière du département d'Histoire.

Le département comptait beaucoup moins d'historiens que ce pour quoi il était conçu. Nous étions censés être douze, mais jusqu'à notre arrivée, ils n'étaient que quatre. Anne-Marie Lower et Tom Baverstock étaient des historiens expérimentés, tandis que Tim Peterson et Kalinda Black venaient tout juste d'arriver. Avec nous trois, nous étions donc sept.

— Les historiens n'ont jamais été aussi nombreux, a remarqué Sussman.

Ça n'allait pas durer.

Avec l'histoire industrielle pour spécialité et étant elle-même mancunienne, Kalinda Black était la mieux préparée pour la prochaine mission. Le massacre de Peterloo faisait partie d'un projet en cours sur l'histoire de la démocratie, qui incluait également la révolte des paysans et la signature de la Magna Carta à Runnymede. Baverstock et Lower ont obtenu les paysans et Grant, Sussman et moi espérions qu'en restant silencieux et en essayant d'avoir l'air normal, au moins l'un d'entre nous participerait au voyage à Runnymede. Mais la première mission prévue était Peterloo.

Peu de temps avant le départ, Kalinda a commencé à souffrir de douleurs abdominales persistantes, mais elle était tellement enthousiaste à l'idée de partir qu'elle a préféré ignorer les alertes et se gaver de laxatifs. Sans surprise, elle s'est effondrée un matin au petit-déjeuner, et bien qu'elle hurlât à qui voulait l'entendre que ce n'était qu'une petite crise d'indigestion, elle a gagné un aller simple pour l'infirmerie.

De mon côté, je m'apprêtais à passer une matinée à la bibliothèque sans grand enthousiasme. Sussman avait disparu Dieu sait où et je m'attardais devant ma tasse de thé avant de décider quoi faire. J'ai bondi sur place lorsque Grant s'est laissé tomber sur la chaise à côté de moi, le visage rouge d'excitation et a dit d'une voix dans laquelle son léger accent écossais transparaissait plus que d'ordinaire :

— Devine quoi ? Black a une crise d'appendicite. Ils sont en train de l'opérer en ce moment même.

J'admets que ma première réaction aurait dû être de la compassion assortie d'une légère inquiétude, mais chaque chose en son temps.

— Donc qui va à Peterloo ?

— Je suppose que ça va être l'un d'entre nous, non ?

Nous avons échangé un regard. Je me suis levée paresseusement.

— Bon, malheureusement je serai à la bibliothèque toute la matinée. J'ai tout un tas d'articles d'anthropologie à lire.

— Moi aussi, a-t-il répondu nonchalamment. Quelle poisse.

J'ai franchi la porte avant lui, mais il m'a dépassée lorsque nous traversions le hall et a atteint la bibliothèque en premier. Ce qui était bien inutile puisque le Dr Dowson, en bon historien, avait déjà préparé deux dossiers. Je me suis sentie légèrement coupable.

— Et Sussman ?

Il a essuyé ses lunettes.

— Oh, il a récupéré le sien il y a une bonne heure. Je crains qu'il n'ait une longueur d'avance sur vous.

Le salaud !

J'ai échangé un regard avec Grant puis, d'un accord tacite, nous nous sommes séparés. Je me suis installée à une table et j'ai commencé à étudier les documents.

En août 1819, 60 000 manifestants se sont rassemblés sur la place St Peter, à Manchester. Ils manifestaient contre la pauvreté et pour la démocratie, ce qui explique que les autorités ne voyaient pas la chose d'un très bon œil. Les manifestants, qui pensaient participer à un événement festif et familial, avaient mis leurs habits du dimanche et emmené leurs enfants.

Tout aussi enthousiasmés par cette journée, mais pour des raisons bien différentes, se trouvaient les miliciens de la Yeomanry, menés par le capitaine Hugh Birley. Du côté des industriels et propriétaires locaux, ils avaient une opinion assez tranchée sur le droit des travailleurs à voter et à ne pas mourir de faim.

Des magistrats locaux ont lu le Riot Act à une infime partie de la foule puis, une fois leur devoir légal accompli, se sont retirés pour laisser les miliciens ivres accomplir leur devoir. Ces derniers ont foncé dans la foule, officiellement pour arrêter Henry Hunt qui s'exprimait depuis une charrette. Les manifestants ont tenté de les en empêcher et ont été immédiatement maîtrisés par les miliciens qui, apparemment, étaient ronds comme des ballons. La panique de la foule a été perçue comme une attaque, et six cents hussards sont intervenus. Dix-huit personnes, dont une femme et un enfant, ont été tuées. Les militaires ont reçu par la suite un message du prince régent les félicitant de leur succès.

La mission était une idée de Thirsk, et la tâche relativement simple. Observer et authentifier. La routine. J'ignorais réellement qui allait en être chargé. Ce n'était pas ma spécialité, ni aucun de mes domaines secondaires. Ce n'était pas non plus ceux de Sussman. Grant s'en rapprochait le plus, avec la Révolution française. Mais il était aussi très discret et on l'oubliait facilement. Ça allait se jouer entre Sussman et moi.

J'ai relu deux fois le dossier avant d'aller déjeuner. Sussman était déjà là, un grand sourire sur le visage.

Je me suis assise en face de lui et j'ai ouvert mon sandwich.

— Salaud !

— Lève-tôt, a-t-il dit d'un air suffisant. Pas la peine de t'emmerder, je me suis déjà porté volontaire.

— Mais ils n'ont rien confirmé pour l'instant ?

— Bah, de toute façon il n'y a personne d'autre, si ?

— En fait, si. La spécialité de Grant est plus proche de la période que le début de l'Empire byzantin. En fait, tout est plus proche que le début de l'Empire byzantin.

— Sauf les civilisations antiques. Admets-le, Max, tu ne pourrais pas être plus éloignée, même si tu le voulais. En plus, tu es une femme.

— Exactement. Les équipes sont composées d'un homme et d'une femme, donc tous les deux, vous n'avez aucune chance. Peterson va me choisir.

— Ils ne t'enverront jamais dans une émeute.

— Tu plaisantes, j'espère ? J'ai moi-même créé quelques émeutes dans ma jeunesse. Ce sera moi.

— Tu rêves. Je suis le choix évident Je suis major de p…

— Non, j'ai eu deux points de plus que toi.

— … Je connais la période. J'ai lu la mission. J'ai déjà manifesté mon intérêt. Il ne fait aucun doute que ce sera moi. Oh, et je suis aussi le plus grand.

J'ai ouvert la bouche pour répondre mais rien n'en est sorti, car Grant venait de nous rejoindre. Il ne nous a fallu qu'un regard pour comprendre. Il rayonnait d'excitation et de fierté, et son sourire était si large qu'on l'aurait vu depuis l'espace.

— Non, a protesté Sussman. Sûrement pas. Qu'est-ce qui leur est passé par la tête ?

C'était vraiment un connard sans cœur parfois.

— T'es vraiment un connard sans cœur parfois, ai-je dit.

Ravalant ma déception, je me suis tournée vers Grant.

— Petit chanceux. Tu seras donc le premier à partir, hein ?

Il a hoché la tête, encore trop excité pour parler.

— Bravo, ai-je dit. Je suis sincère.

J'ai donné un coup de pied sous la table au connard sans cœur.

— Aïe ! Ouais, bravo mon pote, a marmonné Sussman de mauvaise grâce.

En le voyant se renfrogner, je lui ai décoché un nouveau coup de pied.

— Tu veux bien arrêter de faire ça ?

J'ai désigné Grant d'un signe de tête.

— C'est sa première mission. C'est *notre* première mission. Fais un effort.

Il a obéi.

— Ouais, bravo Kev. Tu pars quand ?

— Demain après-midi. Peterson doit me briefer dans…

Il a regardé sa montre. « Maintenant, en fait. » Sur ces mots, il s'est levé si maladroitement qu'il a failli basculer par-dessus sa chaise.

Sussman lui a tendu les sandwiches auxquels il n'avait pas touché.

— Tiens, tu devrais manger quelque chose avant de t'effondrer. Prends ça.

Alors que je venais de décider que c'était un vrai connard, il me surprenait. Il y avait au moins ça de bien chez Sussman – il vous surprenait toujours.

Nous avons passé la soirée à aider Grant à préparer sa mission.

— Je n'arrive toujours pas à croire qu'ils m'aient choisi, a-t-il dit plusieurs fois, m'obligeant à décocher de nouveaux coups de pied à Sussman pour l'empêcher d'acquiescer.

— Tu le mérites, ai-je dit. Tu as travaillé vraiment dur pour ça.

Et c'était la vérité. Il n'en faisait pas des tonnes, comme Sussman ou moi, mais il avait fourni des heures et des heures de travail sérieux, constant et discret. Cela voudrait dire qu'il aurait une ancienneté supérieure à la mienne ou à celle de Sussman. Il ne s'en était pas encore rendu compte, mais c'était le cas. Sussman aussi finirait par s'en rendre compte, et j'étais impatiente de voir ça.

Le lendemain, nous l'avons regardé partir. Il a traversé le hangar à côté de Peterson, si plein de fierté et de détermination que mon cœur a failli exploser pour lui. Même Sussman a applaudi et sifflé. Ils se sont arrêtés devant la porte, nous ont fait signe de la main et ont disparu dans leur capsule. Au bout d'une minute ou deux, le Chef est apparu et a fait signe à tout le monde de reculer derrière la ligne de sécurité. Trente secondes plus tard, la capsule avait disparu.

Nous tenions à être présents dans le hangar au moment de leur retour. Kalinda Black, d'humeur grincheuse mais presque rétablie, nous a accompagnés. J'imaginais déjà Grant, sortant en trébuchant de la capsule, impatient de nous raconter toutes ses aventures, rayonnant de fierté.

J'ai donné un coup de coude à Sussman.

— Sois sympa.

Il a fait mine d'être choqué.

— Bien sûr que je serai sympa.

Nous avons échangé un regard puis un grand sourire. Ce serait bientôt notre tour.

La lumière de la capsule Cinq a clignoté. Penchés sur la rambarde de la passerelle, nous étions prêts à accueillir Grant en héros. Il était le premier de notre promotion à faire le voyage. Il méritait quelque chose de spécial. Nous avions prévu une longue nuit de fête dès sa sortie de l'infirmerie.

La capsule s'est matérialisée. Et rien.

J'ignore pourquoi, mais un frisson m'a traversée. Je me souvenais comme si c'était hier du Chef me disant : « Vous savez à quoi vous attendre. » Je savais à quoi m'attendre, et je n'étais pas la seule. Tout autour de moi, le hangar était plongé dans le silence.

Le chef Farrell s'est approché de la capsule, a tapé à la porte et a disparu à l'intérieur. Nous nous attendions à l'entendre crier « Un médecin ! », mais nous n'avons rien entendu. À côté de moi, Black a murmuré « Tim » et, si c'était possible, est devenue plus pâle encore qu'elle ne l'était déjà. J'ai décoché un coup de coude à Sussman, qui lui a trouvé un tabouret pour qu'elle puisse s'asseoir.

Au bout de ce qui m'a paru une éternité, le Chef est réapparu, soutenant Peterson, recouvert de sang. Il était debout et marchait, je supposais donc que le sang n'était pas le sien, ce qui signifiait…

Il a levé les yeux vers la passerelle et a secoué la tête. Le Dr Foster est apparue, comme sortie de nulle part, est entrée dans la capsule et a fermé la porte. Dieter a commencé à nettoyer le hangar. Nous avons accompagné Black au bar et attendu en silence Peterson, qui est arrivé péniblement une heure plus tard, le visage pâle comme la mort et fendu d'une balafre recousue au-dessus de son œil. Sussman et moi étions assis l'un contre l'autre pour nous soutenir mutuellement, car nous étions tous deux anéantis.

— Que s'est-il passé ? a demandé Kalinda.

Il y a eu un long silence, puis il a commencé à parler, calmement.

— Il manquait d'expérience. Je ne l'ai pas assez surveillé. – Il s'est touché délicatement la tête. – Les hommes de la Yeomanry étaient ivres. Une femme et ses deux enfants sont tombés dans la panique. Il a couru vers eux, récupéré les gamins, les a mis hors de danger. Puis il a attrapé la femme. Et a reçu un coup d'épée à l'arrière du crâne. Sa cervelle a giclé. Son corps a été piétiné. Il m'a fallu une éternité pour le récupérer. Je hurlais et poussais des jurons. Je l'ai balancé par-dessus mon épaule, j'ai repoussé les hussards et je suis retourné à la capsule, mais c'était trop tard. Il n'avait aucune chance. – Il s'est tourné vers nous. – Pensez-y aujourd'hui et tirez-en les bonnes leçons.

Nous avons hoché la tête.

Dans ma tête, je voyais des bribes d'images : Grant lors de notre premier jour, qui classait des documents. Grant assis à côté de moi dans la salle de classe, les sourcils froncés, concentré sur la construction de sa pile de données. Grant avec sa tête presque collée à celle de Nagley quand ils riaient en regardant son bloc-notes. Je me souvenais de sa nature calme et généreuse, et sa volonté d'aider Stevens. Mais surtout, je me souvenais de la fierté qu'il ressentait à être le premier à partir – le cheval de trait qui était parvenu à rafler le premier prix aux fulgurants Sussman et Maxwell. Et qu'est-ce que ça lui avait valu ? J'ai senti les larmes me monter aux yeux, mais pleurer ne le ramènerait pas à la vie.

Peterson a levé son verre.

— À Kevin Grant.

— À Kevin Grant, avons-nous répété en chœur.

C'était une épreuve terrible, mais une autre, plus terrible encore, a suivi. Une semaine plus tard, Lower et Baverstock sont revenus de 1389, la révolte des paysans. C'étaient des anciens que je ne connaissais pas très bien. Nous n'étions plus que quatre pour les accueillir désormais, et deux d'entre nous étaient largement plus calmes que la semaine précédente.

Cette fois, ils n'ont pas perdu de temps. Le Chef, alerté par un signal que lui seul a décelé, est entré directement dans la capsule et est resté à l'intérieur. Une minute plus tard, le Dr Foster et deux infirmiers ont traversé le hangar en courant et sont entrés à leur tour. Et ils y sont restés également. Trente minutes plus tard, ils étaient toujours à l'intérieur.

— Non, a dit Peterson à voix basse. Non, non, non, pas encore.

— Ils ne vident pas le hangar, a dit Sussman. Ce n'est peut-être pas si grave.

Mais ça l'était.

Baverstock était mort. Un accident. Il était tombé sous un cheval dans le chaos qui avait suivi la mort de Wat Tyler et avait été piétiné. Il était décédé un peu plus tard sur le plancher de sa capsule. Lui et Lower faisaient équipe depuis longtemps. Ils étaient plus que des collègues. Sa mort l'a complètement anéantie. Elle refusait de le laisser partir. Elle le tenait dans ses bras tandis que des larmes coulaient en silence sur ses joues. Lorsqu'ils ont tenté de l'écarter, elle a perdu entièrement le contrôle et s'est mise à hurler sans pouvoir s'arrêter. Ils ont tenté de lui administrer un sédatif mais elle les a repoussés et les médecins, glissant sur le sol couvert de sang, ont fini par abandonner. Le Dr Foster et le Chef sont restés avec elle et Baverstock pendant près de deux heures avant de pouvoir la faire sortir dans le calme. Nous n'avons jamais revu Lower. Lorsque j'ai posé la question un jour au Dr Foster, elle s'est contentée de répondre : « On s'occupe d'elle. » Je savais qu'il valait mieux en rester là.

Sussman et moi sommes restés sous le choc pendant quelque temps, mais St Mary continuait à fonctionner autour de nous et nous avons fini par faire de même. Ce n'est pas que nous étions insensibles, et je suis certaine que beaucoup d'autres souffraient aussi, mais nous le faisions en privé. Nous avons assisté au service, et les noms de Grant et Baverstock ont été inscrits sur le Tableau d'honneur, et puis nous avons continué.

À ce stade, nous n'étions plus que quatre historiens dans un institut conçu pour douze. Sussman et moi devions exécuter quelques petits voyages de routine pour gagner de l'expérience et calmer l'excitation que toutes les nouvelles recrues ressentaient au début. Les prochaines missions prévues étaient une excursion dans la ville de Bath à l'époque romaine, ainsi qu'à Londres au XIe siècle pour voir poser les fondations de l'abbaye de Westminster. Nous devions être supervisés par un historien expérimenté, sauf qu'il n'y en avait plus aucun. Sussman et Black sont partis à Bath, Peterson et moi à l'abbaye de Westminster. L'objectif principal du voyage était de confirmer les coordonnées pour la Carte temporelle, mais Peterson pensait que ce serait vraiment dommage de ne pas en profiter pour faire un tour ; le genre d'idées brillantes qui a causé des problèmes à tant d'historiens, hier comme aujourd'hui.

J'aimais bien Tim Peterson. Il n'était pas aussi terrible que Kalinda Black, qui était grande, blonde et terrifiante. Elle ressemblait à une princesse de Walt Disney, parlait avec un fort accent de Manchester, et la rumeur disait qu'elle buvait le sang des nouvelles recrues pour rester jeune éternellement.

Dès qu'il est entré dans la capsule, Peterson s'est laissé tomber sur son siège, a placé ses pieds sur la console et a déclaré que j'avais les commandes.

— C'est parti, a-t-il dit. Dépêche-toi ou on ne sera pas rentrés à temps pour le match.

J'ai vérifié les coordonnées et, en croisant les doigts, amorcé le saut. Nous avons atterri sans le moindre heurt et, à mon plus grand soulagement, ni à l'intérieur d'une montagne, ni au fond d'un océan. Le cœur battant à tout rompre, j'ai vérifié les caméras avant d'annoncer que nous pouvions sortir sans danger.

— Excellent travail, a dit Peterson en ouvrant les yeux. Tu connais le chemin ?

— Oui, ai-je répondu d'un ton assuré.

— Alors, c'est parti.

Discrètement, nous sommes sortis de la capsule. C'était un type bien. Il est resté en arrière et m'a laissé quelques minutes pour digérer ce que j'avais devant moi.

Il y avait beaucoup plus de bâtiments en pierre que je ne pensais en voir, mais c'était Londres après tout, et l'Angleterre d'Édouard le Confesseur était un lieu paisible et prospère. Cela dit, la plupart des bâtiments étaient en bois. C'étaient des constructions robustes aux toits couverts de chaume, mais le bois semblait être le matériau de prédilection. Beaucoup de maisons avaient des devantures rabattables qui se transformaient en tables, sur lesquelles toutes sortes d'objets étaient proposés. Le niveau sonore était impressionnant. Personne ne semblait pouvoir parler plus bas qu'un beuglement, et un effluve puissant de feu de bois flottait où que nous allions.

Il y avait énormément de gens dans les rues. Certains étaient tête nue et beaucoup avaient les cheveux clairs. Il s'agissait pour la plupart de Saxons, qui étaient plus grands que je l'imaginais. Je me souvenais qu'une de mes professeures à Thirsk m'avait expliqué que la couleur des cheveux n'était pas un moyen fiable de différencier les Saxons des Normands, puisque les Normands eux-mêmes descendaient aussi des Vikings. La meilleure méthode, insistait-elle toujours, était de mesurer leurs jambes. Si le fémur était plus long que le tibia, vous étiez Saxon. Si c'était l'inverse, vous étiez Normand. J'ai des jambes de Saxon. J'ai jeté un regard en coin à celles de Peterson.

— Pourquoi tu regardes mes jambes ? a-t-il demandé, plus amusé qu'agacé, je crois.

— Tu as des jambes de Normand, ai-je répondu.

Il a secoué la tête.

— On m'avait prévenu à ton sujet. Allez viens, et ne regarde pas autour de toi d'un air trop ébahi.

C'était un conseil assez judicieux. Le meilleur moyen de se faire remarquer est d'avoir l'air d'un touriste, d'un étranger, ou d'un espion ; rien de tout cela n'est souhaitable pour des historiens inoffensifs cherchant à travailler tranquillement.

Il m'a suivie à travers les rues boueuses de Londres, et nous avons rapidement trouvé le site que nous cherchions. Même moi, je n'aurais pas pu le rater. On entendait le cliquetis incessant des outils en métal sur la pierre tandis qu'un nombre incalculable de maçons fourmillait sur le chantier. J'étais surprise par la hauteur des murs. Les ouvriers ne disposaient d'aucun véritable appareil pour soulever des charges lourdes – uniquement des blocs, palans, cordes, la force des hommes et parfois des chevaux. Mais le travail avançait bien. En voyant les pierres humides se détacher sur le ciel gris, j'imaginais très bien la grandeur future de l'édifice.

Je regardais avec enthousiasme autour de moi pour voir si le Confesseur en personne était sur place ce jour-là. Il serait enterré ici en janvier 1066 ; seulement une semaine après la consécration de l'église. Le premier et dernier roi anglais à être inhumé ici.

J'ai rapidement esquissé les marques des maçons sur mon bloc tandis que Peterson essayait d'identifier les équipes auxquelles ils appartenaient. J'ai dessiné la forme des murs. Nous avons exploré le site autant que nous le voulions, et j'ai remercié le dieu des historiens que l'inspection du travail n'ait pas encore été inventée.

Soudain, Peterson s'est immobilisé.

— Attends une seconde. Je dois arroser un mur.

Sur ces mots, il est parti entre deux tas de bois de charpente.

— Suis-moi.

— Quoi ?

— Je dois te garder à l'œil pendant tout le voyage.

— Hors de question que je te regarde pisser.

— Eh bien, ferme les yeux.

— Pas non plus envie de t'entendre.

— Alors fredonne quelque chose.

Je lui ai tourné le dos et j'ai commencé à fredonner la Musique sur l'eau de Händel.

— Arrête ça, a dit Peterson, mais je ne l'écoutais pas.

Je regardais deux hommes marchant derrière un autre qui longeait le chantier. Ils avaient tous les deux les mains à la ceinture, et leur attitude avait attiré mon attention.

J'ai avancé de quelques pas pour mieux les voir, et beaucoup de choses se sont produites en même temps.

D'abord Peterson a dit :

— Qu'est-ce que tu fais ?

Puis quelqu'un a crié. Je n'ai pas bien réussi à comprendre, mais l'inquiétude et l'urgence dans sa voix étaient évidentes.

Puis soudain, le noir.

Je n'ai pas réfléchi. J'ignore pourquoi, mais je suis partie en courant vers Peterson, que j'ai heurté avec une telle force que nous avons tous les deux reculé de trois ou quatre mètres, juste assez pour ne pas être écrasés par l'énorme bloc de pierre qui venait de tomber du ciel.

Nous sommes restés à terre, essayant de comprendre ce qui venait de se passer. Dans mon cas, c'était arrivé si vite que j'étais plus interloquée qu'effrayée.

J'entendais des gens approcher, et plusieurs hommes couraient autour des débris, criant avec inquiétude. Ils se sont immobilisés en me voyant au sol, collée à Peterson, qui était encore défroqué. Ils en ont tiré les mauvaises conclusions, nous ont soumis aux traits d'esprit des maçons, que je n'ai eu aucun mal à comprendre bien que prononcés en vieil anglais, et sont retournés sur le chantier. Apparemment, personne ne porterait plainte auprès de l'inspection du travail.

Dans ma tête, j'ai entendu le Dr Bairstow : « Il suffit de faire tomber un bloc de pierre de dix tonnes… »

Je me suis dépêtrée de ma stupide jupe et me suis relevée péniblement.

— Tu m'as pissé dessus, ai-je dit d'un air outré, pour cacher la nausée qui m'envahissait.

— Oh ça va hein, je me suis pissé dessus aussi, a répondu le premier Manneken-Pis anglais en se relevant. Ça va aller ?

— Oui, ça va.

— Tu es sûre ?

Il y avait une légère inquiétude dans sa voix, et je me suis souvenue que Kevin Grant avait été tué sous sa surveillance.

— Eh bien, je suis trempée, si tu veux tout savoir.

J'ai secoué ma robe.

— Beurk, dégoûtant !

Il a posé sa main sur mon épaule.

— Qu'est-ce que c'était ?

— Je sais pas. Peut-être juste un accident. Ça arrive. Tout ne tourne pas autour de nous, tu sais.

Il a réfléchi un moment.

— Où allais-tu ?

— J'ai vu deux hommes qui en suivaient un autre. Ils ne m'inspiraient pas confiance.

— Maxwell !

— Je n'allais rien faire. Je voulais juste voir ce qu'ils faisaient. – J'ai pris une longue inspiration et poursuivi d'une petite voix. – Tu penses vraiment…

J'étais maintenant consciente de mon propre cœur qui battait à tout rompre. On avait eu chaud. Tout allait bien et, soudain, des énormes cailloux avaient commencé à tomber du ciel.

— D'où est-ce qu'ils venaient ? a demandé Peterson en levant la tête.

Il n'y avait pas d'échafaudage, juste un enchevêtrement de cordes et le ciel gris. Il a examiné le chantier d'un air pensif.

— Je me demande…

— Quoi ?

— Eh bien, je me demande si ce qui allait arriver à cet homme devait arriver. Un événement historique clé. Mineur, mais essentiel. Et si tu étais sur le point d'interférer, Maxwell, alors on s'en est bien tirés. Très bien tirés même.

— Quel genre d'événement clé ?

— Je ne sais pas ; ça peut être n'importe quoi. Imagine qu'il soit attaqué et que quelqu'un le sauve et qu'il engendre des enfants dont les descendants sont importants ? Ou qu'il soit attaqué et tué. Ces hommes l'auraient peut-être empêché de faire quelque chose de terriblement mauvais. Nous ne saurons jamais.

Mon cœur s'emballait à mesure que les conséquences implicites m'apparaissaient.

— Je suis étonnée qu'on ne soit pas morts.

— Moi aussi, a-t-il dit. Peut-être que l'Histoire est de bonne humeur aujourd'hui.

— Peut-être qu'on est les gentils, ai-je dit.

Je plaisantais, mais un curieux silence a suivi.

— J'en doute, a répondu Peterson. Mais on ferait bien de comprendre l'avertissement et de partir.

— Oui, monsieur Peterson.

Il a souri.

— Je m'appelle Tim. Bon, on y va ?

— Bonne idée.

Nous nous sommes éloignés, laissant derrière nous l'énorme bloc de pierre.

— Une bonne tasse de thé nous fera le plus grand bien, a-t-il dit en pressant le pas.

— Heu… Tim… ? ai-je dit en trottinant à côté de lui.

— Oui ?

— Tu devrais peut-être fermer ta braguette.

Dès qu'on a rejoint la capsule, Peterson s'est endormi. J'ai rédigé le compte-rendu, procédé au CNOP extérieur et intérieur, rangé, préparé une tasse de thé et réveillé gentiment mon capitaine.

Celui-ci a bâillé, s'est étiré, a souri, regardé autour de lui sans en avoir l'air et accepté le thé.

— Bien joué, jeune Maxwell. – Nous avions le même âge, mais je n'ai pas relevé. – Le saut est programmé ?

— Oui, dès que tu es prêt, on peut y aller.

— Eh bien, on n'est pas pressés, si ? a-t-il dit en se renfonçant dans son siège, apparemment épuisé par ses efforts de l'après-midi, puis il m'a souri de nouveau.

Ses cheveux, comme toujours, partaient dans toutes les directions. Les historiennes ont toutes des kilomètres de cheveux, c'est une sorte de règle tacite, tandis que les historiens arborent un look de mouton hirsute adapté à tous les âges. Peterson ressemblait à un tapis mal entretenu, mais son regard était doux. Je l'entendais rarement élever la voix et, un soulagement parmi tous ces historiens volatils, il semblait toujours à l'épreuve des bombes. Il nourrissait une passion (ou peut-être un désir de mort) pour le Dr Foster et acceptait son effroyable sens du contact avec une sérénité joviale. J'aurais pu ressentir de la pitié pour lui, Helen Foster d'un côté et Kalinda Black de l'autre, mais lorsque je lui en avais parlé un jour, il avait simplement répondu « ouais » d'une voix un peu rêveuse, s'était penché en arrière, avait placé ses mains derrière sa tête et souri. « C'est une belle vie. »

Enfin bref, j'avais survécu à mon premier voyage, ce qui était déjà mieux que ce pauvre Grant.

Les voyages suivants se sont déroulés sans mésaventures, ils ont coché une dernière case, et notre rang a finalement été confirmé.

*

Plus tard dans l'année, j'ai été une nouvelle fois arrachée à ma zone de confort des civilisations antiques. Kal, Sussman et moi devions partir pour la Première Guerre mondiale. La Somme. Pour Sussman et moi, c'était notre première « Grosse Mission, » comme ils disaient. Après ça, les choses n'allaient plus jamais être les mêmes.

Pour commencer, je pensais que nous allions avoir le champ libre, mais notre mission était en fait très précise.

— Un centre de tri des victimes, annonça le Dr Bairstow en laissant tomber une pile de documents sur son bureau. Situé dans un vieux château français, juste derrière le poste de secours. Il aurait été détruit par des tirs d'obus ; nous n'avons jamais su s'il s'agissait de tirs ennemis ou alliés. Énormément de morts. L'incident a été enterré aussi vite que possible pour éviter de démoraliser la population. Mais des commémorations approchent et la controverse refait surface. On nous a donc demandé d'enquêter. Vous devrez être sur le qui-vive, car nous ne connaissons pas la date précise de l'incident.

— Donc si j'ai bien compris, nous allons en zone de guerre, en sachant que nous sommes une cible, mais sans savoir exactement quand nous allons nous prendre un obus sur la gueule, a dit Kal.

— Je ne pense pas que vous vous prendrez quoi que ce soit sur la tête, a-t-il répondu calmement. Après l'attaque initiale, une grande partie de l'hôpital est partie en fumée. Et tout s'est passé très vite. C'est au feu que vous devrez faire attention.

— Est-ce une mission pour Thirsk, monsieur ?

— Ils jouent le rôle d'intermédiaire pour cette mission.

Le client, comme toujours, resterait secret. L'idée était que si nous ignorions qui il était et pourquoi il commandait ces recherches, cela n'affecterait pas nos découvertes. Thirsk proposait d'entreprendre de « nouvelles recherches ». Nous allions rapidement jeter un œil, puis nous leur remettions nos découvertes pour qu'ils les présentent comme des « preuves nouvelles » au client. Ils recevaient le mérite, nous recevions l'argent.

— Nous devons faire les choses bien. Après ce qui est arrivé à Grant et à Baverstock, Thirsk envisage de nouveau d'établir une surveillance ici. Ce que nous devons éviter à tout prix. Alors obtenez les informations, les preuves, faites tout comme il faut et revenez sains et saufs.

— Combien de temps allons-nous passer là-bas ? ai-je demandé.

— Nous espérons vous y envoyer entre cinq jours et deux semaines avant les faits. D'après les sources historiques, l'hôpital fonctionnait encore au début du mois d'octobre. Le 14, il était détruit. La date de votre retour, évidemment, dépendra des événements. Mlle Black dirigera la mission.

— Est-il possible que ce soit un accident, monsieur ? a demandé Sussman.

— C'est possible. C'est en tout cas la version officielle.

— Est-ce qu'ils ont bien réfléchi à tout ça ? Si nous découvrons la vérité, il y aura beaucoup de condamnations et de récriminations, a dit Kal. Est-ce que ça ne fait pas partie de ces choses qu'il vaudrait mieux ne pas savoir ?

— Ce n'est pas notre travail, a-t-il répondu d'un air sévère. Nous rassemblons des informations. C'est aux autres de décider ce qu'ils en feront. Ça ne nous regarde pas.

— Comment saurons-nous qui a causé l'explosion qui va nous anéantir ?

— Je ne vous envoie pas là-bas pour vous faire tuer, monsieur Sussman, mais pour obtenir des informations. Et à grands frais qui plus est, alors essayez de ne pas vous faire tuer. Encore mieux, essayez d'éviter les blessures.

— Oui, monsieur, avons-nous répondu d'une même voix avant de quitter la pièce.

— Bon sang, a dit Sussman dans la bibliothèque. Comment je me suis fait embarquer là-dedans ? Où est Peterson ?

— En congé, a répondu Kal d'un air absent en examinant le contenu de la boîte.

Nous avons tous les deux tressailli. En congé ? Qu'est-ce que cela signifiait ?

Kal et moi devions nous faire passer pour des infirmières, Sussman pour un aide-soignant ou un ambulancier. Étant donné le grand nombre d'interactions qui devaient avoir lieu, nous avons tous les trois été longuement briefés. L'histoire et la politique des deux camps. Un cours approfondi de médecine de terrain, basé sur les traitements disponibles à l'époque. Nous avons été affectés à un hôpital militaire proche pendant trois semaines pour compléter notre entraînement ; une semaine en salle d'opération, une semaine dans les différents services et une semaine aux urgences, qui traitaient principalement des brûlures, des fractures, des blessures dues à des mouvements de foule et à des bagarres d'ivrognes, et lors d'une nuit mémorable, un accouchement. Plus jamais !

Nous sommes partis tôt un dimanche matin. Le chef Farrell et Kal ont procédé aux dernières vérifications. Dieter, le technicien le plus expérimenté, s'affairait tout autour de la capsule, convaincu que personne ne se doutait qu'il voulait juste être près de Kalinda.

— Soyez prudents, a simplement dit le Chef en me regardant, avant de nous laisser partir.

Après un atterrissage parfait, nous nous sommes aventurés à l'extérieur. Même si nous n'étions qu'en milieu d'après-midi, le temps était déjà sombre et maussade. La pluie tombait à grosses gouttes et les quelques personnes à l'extérieur couraient tête baissée. Personne ne nous remarqua.

La directrice du centre de tri des victimes n'a jeté qu'un coup d'œil rapide à nos papiers soigneusement falsifiés, ce qui était très frustrant vu le temps que le Pr Rapson et le Dr Dowson avaient passé dessus. Assise derrière son bureau, raide et maniérée, elle a levé son nez romain dans notre direction. Le nez a regardé de haut en bas. J'avais l'impression que nous ne correspondions pas à ses attentes.

— Montrez-moi vos mains, a-t-elle dit soudain.

Remerciant Dieu d'avoir pensé à couper mes ongles très court, j'ai tendu les mains et lui ai montré chaque côté. Elle les a longuement regardées. Puis reniflées. De toute évidence, les mains n'étaient pas non plus aux normes. Je savais quel était le problème – trop blanches et trop douces. Mais bon, quelques semaines ici régleraient le problème.

— D'où venez-vous ? a-t-elle demandé en regardant distraitement nos papiers. Black ?

— Je suis Maxwell, ai-je dit gentiment et j'ai eu droit en retour au regard dont me gratifiaient tous mes enseignants à l'école – et Izzie la Harpie dans un passé pas si lointain.

J'ignore pourquoi je me donnais encore de la peine. La directrice était comme les autres, et son nez me rappelait le Dr Bairstow. C'était peut-être une de ses ancêtres.

— Je suis Black, a dit Kalinda, se plaçant courageusement dans sa ligne de mire.

Le nez s'est tourné dans sa direction. J'ai caché mes mains derrière mon dos.

— Et vous venez de… ?

— Manchester, a-t-elle dit en forçant son accent et en montrant ses mains sans qu'on lui demande.

Quelle tordue.

La directrice nous a remis une liste des règles. Elles étaient nombreuses.

Ayant reçu l'ordre de disposer, nous sommes sorties de la salle. J'ai inspiré profondément. L'odeur était typique. De puissants effluves de fumée de bois et de cheval. À vrai dire, je ne suis jamais allée nulle part dans le passé sans que ça sente le cheval. Et puis l'odeur des latrines, même si elles étaient installées dans la cour suivante. Et la puanteur de l'hôpital était partout ; même à l'extérieur, où l'air était supposé être frais.

J'ai regardé autour de moi. Le vieux château était en piètre état et ne devait plus être utilisé depuis longtemps. Beaucoup de fenêtres étaient condamnées par des planches. Du plâtre et de l'enduit se détachaient de la façade. Il manquait des tuiles sur le toit. Je ne pouvais pas m'empêcher de penser qu'il risquait fort de s'effondrer avant de brûler. Nous n'avions jamais été placés volontairement si près du danger. Mon cœur battait aussi vite que lors de mon premier voyage. Alors que je commençais tout juste à me sentir à l'aise, ils nous envoyaient dans ce piège mortel. Mais chaque voyage est différent ; chaque voyage comporte son propre lot de problèmes et de peurs.

Il y avait de la boue froide partout. Trop de gens, trop de véhicules, trop de chevaux, trop de pluie. Les planches posées sur le sol commençaient déjà à disparaître dans la vase.

Près du portail, je discernais plusieurs tentes de tailles variées et des gens qui s'affairaient autour. Tout le monde semblait très occupé ; tout le monde semblait savoir ce qu'il faisait, et tout le monde semblait avoir un objectif. Eh bien, nous aussi, et il était temps de nous y mettre.

Après avoir enfilé nos uniformes, nous nous sommes mis au travail. Sussman avait été réquisitionné presque immédiatement. Il logeait aussi séparément. Je le voyais souvent de loin, qui nous faisait signe avant de disparaître derrière un bâtiment, mais il était assez malin pour se faire discret. Nous nous contentions de nous saluer de la main. Kal et moi dormions dans une petite chambre dans le grenier du château. Nous n'aimions pas être loin de la capsule, mais le personnel féminin était compté chaque soir par une infirmière en chef, aussi n'avions-nous pas le choix. Le grenier était froid, humide et nous ne voyions jamais le soleil. Nous partagions un lit et il n'y avait pas assez de couvertures. Nous ne pouvions rien apporter de la capsule pour rendre notre séjour plus confortable. Et avec toutes les horreurs que nous voyions autour de nous, ça ne nous semblait de toute façon pas correct.

Nous ne savions pas où Sussman dormait. Un groupe d'aides-soignants logeaient au-dessus des étables, il était donc peut-être avec eux, auquel cas nous nous en tirions beaucoup mieux que lui. Il faisait froid à notre arrivée, et le froid n'a fait qu'empirer, ainsi que l'humidité.

Les victimes arrivaient en masse du poste de secours. La directrice m'a affectée à la tente de réception, pour aider à trier et identifier les priorités. J'étais plutôt douée pour ça, et ma présence permettait de libérer une infirmière en chef, mais ça ne me plaisait pas. J'avais l'impression de jouer à Dieu. Parfois, on voyait la mort sur un visage et il n'y avait rien d'autre à faire que de passer au blessé suivant, qui pourrait peut-être être sauvé. J'envoyais la plupart en soins préopératoires. La tente de chirurgie, où travaillait Kal, était la plus grande. De là, les patients étaient déplacés dans une salle du bâtiment principal avant d'être transférés dans un vrai hôpital, loin du front.

Les hommes arrivaient sur des brancards portés par les collègues de Sussman ; des aides-soignants que je ne louerai jamais assez. Certains entraient sur pied. Je vérifiais les étiquettes de chacun et les dirigeais en conséquence. Si j'avais de la chance, je voyais Sussman au moins une fois par soir et même si nous n'avions pas le temps d'échanger plus qu'un regard, c'était déjà mieux que rien.

Les jours passaient. Nous étions à présent dans la deuxième semaine du mois d'octobre. Il pleuvait beaucoup. Beaucoup de pluie signifiait beaucoup de boue. Et les soldats continuaient à franchir le portail. Boitant, ou étendus sur un brancard, le visage tordu de douleur. Les membres réduits à des moignons sales. Le fils d'une pauvre femme, qui avait été arraché d'un grillage, hurlait en tentant de maintenir ses entrailles en place. Un homme était allongé avec un sourire paisible mais, en le regardant de plus près, j'ai vu que la moitié de son crâne avait disparu.

À mesure que la date limite approchait, Kal et moi avons commencé à nous relayer pour surveiller notre chambre la nuit. L'une dormait pendant que l'autre enroulait des bandages ou essayait de lire. Nous ne nous déshabillions jamais, en partie pour être toujours prêtes, mais surtout parce qu'il faisait beaucoup trop froid pour retirer nos vêtements. Les jours passaient et nous devions être sur le qui-vive. Je regardais mon souffle geler dans l'air glacial de la nuit en enroulant des kilomètres de bandage à la lumière d'une minuscule bougie tremblotante posée sur le sol, avec pour seul rempart contre le froid une couverture pendue à la fenêtre.

Alors que le moment fatidique approchait, nous nous arrangions pour croiser Sussman au moins une fois par jour, ce qui nous rassurait. Nous étions régulièrement en contact et tentions de connaître la position de chacun à tout moment. Je n'arrêtais pas de regarder autour de moi. J'imaginais le sifflement de l'obus, le souffle de l'explosion – et après ?

Un jour, en sortant de la buanderie, j'ai foncé droit sur quelqu'un. L'homme a soulevé la couche supérieure de couvertures que je transportais.

— Salut, c'est moi !

Sussman. J'ai regardé autour de moi, mais il n'y avait personne d'autre en vue.

— Hé, comment ça va ?

— J'ai froid. Tu dois être frigorifiée. Tu tiens le coup ?

J'étais touchée. Il n'était pas toujours aussi prévenant.

— Ça va. On n'en a plus pour très longtemps.

— Non. Ce soir, demain, après-demain. Une idée ?

— Non, aucune. En fait, c'est comme s'il y avait une sorte d'accalmie. Le temps est si mauvais que tout semble suspendu.

— Eh bien, ne te détends pas trop. Ça pourrait arriver à tout moment. Écoute, je dois y aller. Si nous passons la nuit, je vous verrai toi et Kal demain, juste là. Près des latrines. On fera le point et on décidera de la suite.

— Près des latrines !

— Que veux-tu, je suis un vrai romantique.

Par chance, nous avons réussi à nous retrouver le lendemain. Sussman nous attendait. Je voyais notre capsule au loin, près des étables, presque invisible sous des bouts de métal rouillé et des planches en vieux bois soigneusement disposées. À l'abri de la pluie, nous avons discuté de la suite des événements.

— Ce sera forcément ce soir ou demain, a dit Kal. Sussman, tu travailles ce soir ?

— Pas si le temps continue comme ça, non.

— Restez sur le qui-vive. Max, la tente de réception est la plus éloignée de la capsule. Dès que tu vois quoi que ce soit qui sort de l'ordinaire, va directement à la capsule et active les caméras. Ne prends pas de risques inutiles. Toi aussi, Sussman. Nous sommes là pour enquêter. Hors de question que je rentre sans savoir ce qui s'est passé ici, et nous ne pourrons pas le faire si nous sommes morts. C'est bien clair ?

Nous avons hoché la tête.

— Je suis sérieuse. Si je vous vois essayer de jouer les héros, je vous traîne dans le bureau du Dr Bairstow par la peau du cul, en m'arrêtant uniquement pour récupérer votre solde de tout compte. C'est bien clair ?

Nous avons de nouveau hoché la tête. Je tremblais sous ma cape, que j'ai resserrée sur moi.

À l'angle du bâtiment, un sifflement a retenti et des voix se sont élevées. Des moteurs ont démarré, toussant dans l'humidité.

— C'est pour moi, a dit Sussman. Merde, j'étais censé faire le plein de couvertures.

Il a regardé par-dessus son épaule, puis de nouveau vers moi.

— Max, tu veux bien… ?

— Bien sûr. Vas-y, je te les apporterai. De combien en as-tu besoin ?

— Trois, ça devrait suffire. Merci beaucoup. Je dois y aller.

Sur ces mots, il est parti en courant, manquant à plusieurs reprises de glisser dans la boue.

— Je dois y aller aussi, a dit Kal. On se retrouve à la fin de ton service. Je pense qu'on devrait rester ensemble aussi souvent que possible à partir de maintenant.

— D'accord. À tout à l'heure.

Elle a disparu et je suis rentrée dans le bâtiment. J'ai traversé le couloir en courant jusqu'à la buanderie, ignorant les deux premières portes. Les couvertures étaient stockées dans la troisième salle. J'ai attrapé la poignée et tiré une lourde porte ancienne faite de bois épais. Le fait qu'elle s'ouvre de l'extérieur est la seule raison pour laquelle je suis encore en vie aujourd'hui. J'ai eu juste le temps de remarquer la chaleur de la poignée avant d'être violemment propulsée en arrière.

Allongée sur le dos, écrasée par la porte qui était tombée sur moi, il m'a fallu un certain temps avant de prendre conscience que les flammes dévoraient l'encadrement de la porte. Le rugissement que je pensais être dans ma tête était en réalité celui du feu à l'intérieur de la buanderie. Il faisait chaud. Il fallait que je me lève. Rassemblant mes maigres forces, j'ai réussi à me libérer.

Les flammes couraient sur le plafond au-dessus de ma tête. Je n'y voyais rien à cause de la fumée qui avait envahi tout le couloir d'épais tourbillons gris sortant de la buanderie. Si l'incendie se propageait dans l'hôpital à cette vitesse, ce serait une catastrophe majeure. Mais c'était bien de ça qu'il s'agissait. Une catastrophe majeure. Soudain, sans aucun avertissement, sans coup de feu, nous y étions.

Cinq

J'ai essayé de reprendre mes esprits. Des dizaines de gens allaient mourir et je ne pouvais rien faire. Il n'y avait rien que je sois censée faire. Oh et puis merde ! Je ne représentais peut-être rien dans le grand ordre des choses, mais il y avait toujours quelque chose à faire.

J'ai passé ma cape par-dessus ma tête, remonté ma jupe et me suis engagée dans le couloir tête baissée pour éviter d'inhaler la fumée. Si j'atteignais la sortie, je pourrais faire retentir la cloche qui équipait chaque porte et avertir les autres. J'ai su que j'étais arrivée lorsque je me suis cogné la tête contre le bois. J'ai pris une longue inspiration douloureuse et je me suis hissée prudemment jusqu'à la poignée.

J'ai ouvert lentement la porte, me brûlant une nouvelle fois la main sur la poignée. Le rugissement des flammes nourries par l'oxygène était de plus en plus puissant derrière moi. Je suis sortie sans perdre une seconde.

Je me suis frotté les yeux. Il n'y avait personne en vue. Il était midi et il n'y avait pas âme qui vive. J'ai pris l'inspiration la plus longue possible, laissant entrer dans mes poumons l'air délicieusement froid et humide, toussé un peu, craché beaucoup, avant de crier d'une voix rauque : « Au feu ! Au feu ! » Penchée en avant, une main posée sur le genou, j'ai agité la clochette de toutes mes forces.

Pendant un moment, rien ne s'est produit. Puis, autour de moi, des portes se sont ouvertes violemment et des gens se sont mis à courir dans toutes les directions. Les hommes se sont précipités sur les tuyaux, les pompes à main portatives et les seaux. D'immenses flammes rouge-orangé ont commencé à engloutir le vieux bâtiment à une vitesse terrifiante ; et la pluie, qui aurait pour une fois été la bienvenue, avait cessé. Le soleil baignait la scène tragique d'une chaude lueur automnale.

C'était le chaos. Des gens couraient autour de moi, affolés. Des sifflements retentissaient, des cris résonnaient et, par-dessus la cacophonie, une sirène mécanique faisait plus de dégâts qu'autre chose.

Je ne savais pas quoi faire. Des hommes couraient avec des seaux. Personne n'avait pensé à former une chaîne. L'eau se répandait partout. Les gens glissaient dans la boue, tombaient, faisant trébucher ceux qui les suivaient. J'ai repéré trois aides-soignants qui tentaient de pousser un wagon-citerne, mais ils n'étaient pas assez nombreux pour l'extraire de la boue. Ils demandaient de l'aide, mais personne ne les entendait. Des gens sortaient en courant du bâtiment, mais une fois dans la cour, ils ne savaient pas où aller. S'ils connaissaient la marche à suivre, ils l'avaient oubliée dans la panique.

Je voyais des visages terrifiés derrière les fenêtres ; des mains cognant contre les vitres. Certaines s'ouvraient. Des hommes passaient la tête à travers, criant à l'aide. D'autres essayaient d'escalader le mur pour descendre, mais lâchaient prise et tombaient lourdement sur le sol. D'autres encore sautaient et ne se relevaient pas. Et puis, soudain, le son strident d'un clairon a mis fin au vacarme. Les têtes se sont tournées. Un jeune commandant, du régiment de Gloucester je pense, a élevé la voix.

— Tout le monde à l'entrée principale. Emmenez les blessés. Éloignez-vous du bâtiment. Les murs sont en train de s'effondrer. Tous à l'entrée principale !

Plusieurs sous-officiers sont apparus et ont poussé les gens dans la bonne direction. J'ai vu un aveugle, pieds nus dans la boue, vêtu seulement d'un pyjama. Son visage était gravement brûlé et son bandage défait pendait sur son épaule. Il titubait, les bras tendus, criant à l'aide. Tant pis pour le grand ordre des choses. Je n'étais qu'une simple petite personne. Je me devais d'aider mes semblables.

Je me suis approchée de l'homme et lui ai pris la main.

— Tout va bien, soldat, venez avez moi, ai-je dit doucement en plaçant sa main sur mon épaule pour l'aider à avancer.

Le point positif, c'est qu'à présent la plupart des gens partaient dans la même direction. En chemin, j'ai trouvé un autre jeune homme, à genoux, qui essayait de se relever. J'ai tendu la main.

— Debout mon ami. Vous pouvez marcher ?

— Un peu, a-t-il répondu en claquant des dents. Mais pas très vite.

Nous étions donc trois à présent, et j'en ai trouvé encore un, qui crachait ses poumons, penché en avant. Nous nous sommes dirigés prudemment vers l'allée principale et une ambulance couverte de boue est apparue. Un des collègues de Sussman en est sorti.

— Faites-les monter à l'arrière, mademoiselle. Vite.

Nous avons ouvert les portières et des mains volontaires ont tiré les blessés à l'intérieur.

— Vous aussi, mademoiselle, a crié l'homme.

— Non, ai-je hurlé en retour. Emmenez-les au portail principal. Je veux vérifier qu'il n'y a pas de retardataires.

— Je vous le déconseille, mademoiselle. Toute cette zone va s'effondrer.

— Je dois y aller, ai-je dit, désespérée.

Notre capsule était là-bas. Je devais y retourner.

— Allez-y ! Mettez ces hommes en sécurité et venez en chercher d'autres.

J'ai tourné les talons et je suis partie en courant avant qu'il ne puisse protester.

C'était un spectacle digne de l'*Enfer* de Dante. La cour était remplie de fumée, traversée par des silhouettes floues qui allaient et venaient tels des fantômes. Des étincelles orange et rouge sautaient tandis que les flammes s'élevaient de plus en plus haut. Les cris semblaient à présent plus déterminés. Deux colonnes d'hommes partaient vers le portail. Beaucoup étaient transportés sur des civières de fortune ou soutenus sur une épaule. La panique initiale avait cessé. Les gens s'entraidaient.

Le jeune commandant dirigeait toujours l'évacuation. J'ai couru vers lui.

— Monsieur, au moins une ambulance est en chemin. Ils pourront emmener les blessés les plus graves si nous arrivons à les rassembler.

Il a hoché la tête.

— Restez ici, mademoiselle. Vous nous servirez de point de rendez-vous.

Il est parti en courant, faisant signe à deux sergents. En quelques secondes, j'avais une douzaine d'hommes autour de moi, assis ou allongés dans la boue, et d'autres encore en chemin. Un sergent est venu vers moi et m'a tendu un sifflet.

— Soufflez là-dedans, mademoiselle. Pour qu'ils sachent où vous êtes.

J'ai soufflé et soufflé, tout en tournant sur moi-même. Ils ont amené quelqu'un d'autre, mais il était déjà mort. Nous devions le laisser là. Finalement, l'ambulance est revenue. Nous étions en train de charger les hommes à l'arrière lorsque le commandant est réapparu. Il a grimpé après le dernier blessé et s'est tourné vers moi en me tendant la main.

— Grimpez, mademoiselle. C'est un ordre.

Je ne pouvais pas monter avec lui et si je repartais en courant dans la cour, il me suivrait.

— Oui, monsieur. Je monte à l'avant avec le chauffeur, ai-je dit avant de lui fermer la portière au nez.

J'ai frappé un coup sur l'ambulance et elle a disparu dans l'obscurité.

Les deux côtés du bâtiment étaient en flammes à présent, et il était évident que le mur allait s'effondrer d'une minute à l'autre. La chaleur me brûlait le visage. J'avais l'impression d'être dans un four. Des bruits terribles provenaient de la troisième partie de la cour, les étables où résidait Sussman. Il n'y avait aucune chance de faire sortir les chevaux, aucune. Ils criaient de peur et de panique, et je les entendais cogner contre la cloison de leur box, cherchant désespérément une issue. Le bâtiment était presque entièrement dévoré par les flammes. Il n'y avait rien que je puisse faire. J'ai tourné les talons et j'ai couru.

J'ai su immédiatement que quelqu'un était dans la capsule, car les débris avaient été écartés et laissaient apparaître la porte. J'ai soulevé ma jupe et couru aussi vite que possible. Tous ces mois d'entraînement physique payaient enfin. J'ai entendu un cri derrière moi. Dieu merci, c'était Kal. Ses cheveux étaient lâchés ; elle saignait d'une vilaine plaie à la tête et était couverte de suie. J'ai tendu la main, attrapé la sienne et nous avons couru ensemble vers la capsule. Sussman avait déjà ouvert la porte. Nous nous sommes effondrées, à bout de souffle, à l'intérieur de la capsule. En regardant derrière moi, j'ai vu le mur est se balancer, pencher dangereusement et finalement s'effondrer avec fracas dans une pluie d'étincelles et de débris en feu. La porte s'est refermée, nous isolant des flammes rugissantes, des chevaux hurlant et des cris des hommes brûlés vivants.

Puis le silence.

Sussman était blanc comme un linge.

— Max ? Max, mon Dieu, je n'arrive pas à y croire. Je te croyais morte. Pourquoi n'es-tu pas morte ?

J'ai secoué la tête et il m'a tendu de l'eau.

— J'ai entendu que ça avait commencé dans la buanderie et je savais que tu étais là-bas. Je n'arrive pas à croire que tu en sois sortie vivante.

— Hé, a fait Kal avec amertume. Je suis vivante aussi.

Je lui ai tendu la bouteille d'eau et elle a bu une grande gorgée.

Nous sommes restés un long moment à observer la scène sur l'écran. Sussman avait activé toutes les caméras. Ces films, ainsi que nos propres témoignages, étaient la raison de notre présence ici.

Lentement, Kal s'est relevée.

— Debout, Max. Je veux t'examiner.

— Je vais bien, ai-je dit – car c'est ce qu'on dit toujours dans ces cas-là, même si votre tête vient de tomber, mais je me suis levée malgré tout.

— Sussman, attrape la trousse à pharmacie. Alors dis-moi, où as-tu le plus mal ?

— Eh bien, la porte m'est tombée sur la tête donc je pense avoir une belle bosse. J'ai avalé mon propre poids en fumée, j'ai un peu mal à la poitrine et je me suis brûlé les mains. À part ça, juste un ongle cassé et une perte d'appétit.

Elle a vaporisé de la colle médicale sur mes mains pour refroidir et protéger les brûlures, et j'ai appliqué rapidement un bandage sur son front.

— Voilà, on devrait être tranquilles pour un petit moment.

D'un même geste, nous nous sommes tournées vers Sussman, qui surveillait les caméras, assis devant la console.

— Et toi ? Quels sont les dégâts ? ai-je demandé.

Il avait divisé l'écran de façon à afficher les images des quatre caméras, qu'il regardait attentivement.

— Quoi ? Oh ça va, merci. Tout va bien de mon côté.

Kal l'a examiné des pieds à la tête.

— Tu n'as rien du tout ? Comment ça se fait ?

— Quoi ? a-t-il dit en arrachant les yeux de l'écran.

— Tu es terriblement propre, en tout cas par rapport à Max et moi. Comment as-tu fait ?

— J'étais avec les autres chauffeurs quand l'alarme a retenti. Ils nous ont envoyés à nos véhicules pour évacuer les tentes. J'ai attendu que personne ne regarde et je suis retourné à la capsule. J'ai essayé de vous trouver en chemin, mais je vous ai ratées, visiblement. Alors j'ai enlevé les débris et je suis entré. Les caméras s'étaient activées automatiquement, donc je me suis assuré qu'elles avaient les meilleurs angles et je vous ai attendues.

Il a soudain pris conscience de notre silence.

— Comme Kal me l'a demandé. – Le silence s'est allongé. – Quoi ? a-t-il dit, sur la défensive. Tu nous as dit de ne pas jouer les héros. « Je vous traînerai par la peau du cul, etc. » Alors je suis venu directement à la capsule, comme me l'a demandé ma supérieure directe, c'est-à-dire vous, mademoiselle Black, et j'ai poursuivi notre mission, qui est d'enquêter et d'enregistrer.

Il avait raison, mais son attitude était beaucoup trop défensive et agressive. Derrière Kal, j'ai articulé les mots : « Tais-toi, tais-toi », mais il ne m'a pas vue, ou a refusé de me voir. Il a terminé son monologue par un :

— Alors c'est quoi ton problème, hein ?

Elle a fait un grand pas en avant et attrapé son poignet.

— Regarde-moi ces mains. Tu ne t'es même pas arrêté pour ramasser un blessé dans la boue, hein ? Qu'est-ce que tu as fait, tu les as enjambés ? À moins que tu ne leur aies marché dessus dans ta course effrénée pour sauver ta peau ?

Moralement, il aurait pu faire davantage, et il le savait. Il était en colère, coupable et sur la défensive, ce qui faisait ressortir ses plus mauvais côtés. Quant à Kal, elle en avait fait trop et elle le savait – nous en avions toutes les deux fait trop – et elle aussi était en colère et sur la défensive. Ils ont échangé un long regard furieux. J'ai décidé de risquer ma peau en me plaçant entre eux.

— Hey, tous les deux ! Pas maintenant. Davey, va vérifier que les disques enregistrent bien, OK. Maintenant s'il te plaît.

Il a reculé d'un pas et marmonné quelque chose dans sa barbe, attisant encore un peu plus les tensions. Kalinda a fait un grand pas dans sa direction et lui a poussé l'épaule du doigt.

— Qu'est-ce que t'as dit ?

— Il n'a rien dit, ai-je abrégé en me replaçant entre eux. Il est chamboulé, nous le sommes tous. C'est notre première grosse mission. C'est la première fois que je vois quelqu'un mourir, et c'est probablement la sienne aussi, et les cris des chevaux n'ont rien arrangé.

Ma tentative a échoué lamentablement. Ses paupières se sont plissées.

— Certes. D'après ce que tu nous as dit quand on est arrivées, tu pensais que ta coéquipière était morte. Ça fait plaisir de savoir que tu es resté assis bien en sécurité ici alors que tu pensais qu'elle avait brûlé vive dans une explosion ; surtout en sachant que c'est toi qui l'as envoyée là-bas. T'es vraiment un putain de bon à rien, Sussman.

Aïe. Impossible de revenir en arrière maintenant. Quelque chose d'effrayant est passé dans les yeux de Sussman et il s'est planté devant elle, assez près pour que leurs visages se touchent. Elle a soutenu son regard. Ce moment a semblé durer une éternité, et puis son regard a glissé vers le mien et j'ai perçu une once de culpabilité sur son visage. Il essayait de se reprendre.

Ignorant Kal, il s'est tourné vers moi et a dit d'une voix tremblante :

— Max, je suis désolé. J'étais convaincu que tu étais morte. Si j'avais pensé qu'il y avait la moindre chance pour que tu sois encore en vie, j'aurais moi-même mis le bâtiment en pièces pour te trouver. Je suis vraiment désolé.

Mon propre cœur battait à tout rompre, mais je lui ai adressé un signe de tête avant de me tourner. Il n'a pas compris mon geste.

— Non, Max. Vraiment, je suis désolé. Ne sois pas comme ça. Ce n'est pas vrai. Ne l'écoute pas.

J'ai hoché de nouveau la tête, toujours sans le regarder.

— Laisse tomber, Sussman, a dit Kal à voix basse.

Un lourd silence pesait dans la capsule. Je me demandais si toutes les missions finissaient comme ça.

Sussman a inspiré profondément.

— Rentrons.

J'ai vu le visage de Kal se crisper.

— Éloigne-toi immédiatement de cette console et occupe-toi de ta partenaire. C'est moi qui donne les ordres.

Et effectivement, je me suis sentie soudain très faible. J'ai ouvert la bouche pour dire : « Je ne me sens pas très bien », mais tout ce qui en est sorti est un puissant jet de vomi qui a atterri en plein sur le torse de Sussman.

Un autre silence a suivi, puis Kal a souri d'un air diabolique :

— On n'est plus si propre, hein ?

Tout le monde a éclaté de rire. Pas un rire sain, mais nous préférions l'interpréter ainsi pour sauver la situation. Après avoir tout refermé, nous avons amorcé le saut.

L'atterrissage s'est fait en douceur. Sussman est parti immédiatement après la décontamination, sans un regard en arrière.

C'est à ce moment-là que j'ai compris pourquoi St Mary nous cassait toujours les pieds avec l'interaction. *Vous n'êtes pas ici pour interagir. Observez, documentez, enregistrez. Ne vous impliquez pas.* Il ne s'agissait pas uniquement des risques de changer accidentellement l'Histoire, mais aussi de l'impact émotionnel. Combien de gens étaient morts aujourd'hui ? La directrice ? Le jeune aveugle ? Mon travail consistait à regarder les événements se dérouler. Enregistrer et documenter. Observer. Me tenir à l'écart. Ne pas interférer.

J'y ai réfléchi un moment et je suis parvenue à la même conclusion que tout bon historien. Puis j'y ai réfléchi encore un peu et je suis parvenue à la même conclusion que tout bon historien ne se contente pas d'atteindre, mais de mettre en application. On n'abandonne pas un aveugle blessé dans la boue. On devrait, mais on ne le fait pas. En tout cas, ni Kal ni moi ne l'avions fait.

Ni Kevin Grant. Mais Sussman oui. Cela faisait-il de lui un meilleur ou un plus mauvais historien que moi ? Une meilleure ou plus mauvaise personne ?

Oui, il y avait un prix émotionnel à payer pour ces interactions, mais était-ce pire que de ne rien faire ? Et s'il existait une Histoire vengeresse, se tenant toujours à l'affût des mauvais historiens ?

— Il faut qu'on y aille, a dit Kal, interrompant mes réflexions.

J'ai soupiré. J'aurais aimé pouvoir rester assise ici pour toujours. J'adorais cet espace entre deux mondes. Les soucis du passé étaient derrière nous, et nous n'étions pas encore dans le présent depuis suffisamment longtemps pour avoir de vrais problèmes. Quelques secondes plus tard, quelqu'un a frappé délicatement à la porte.

— C'est Farrell. Tout va bien là-dedans ?

— Oui, a crié Kal de sa voix qui signifiait « allez vous faire voir ».

Après une longue pause, la porte s'est ouverte, et Farrell et Dieter sont apparus dans l'entrebâillement.

— N'entrez pas, a dit Kal.

Ils nous ont regardées.

— Ce n'est pas contre vous, ai-je dit. On sent un peu mauvais.

Dieter a fait un pas en avant.

— Vous êtes sourds ou quoi ? a dit Kal avec colère.

— Si c'est pour votre odeur, ce n'est pas un problème, a-t-il répondu en soulevant le sac de Kal.

Elle lui a lancé un regard noir, mais il s'est contenté de sourire. Savait-il à quel point il était proche de la mort ? Remarquez, il était bâti comme une armoire à glace. Deux armoires à glace même. À vrai dire, il était si énorme qu'il n'était pas impossible qu'il déforme le temps et l'espace. Il avait sa propre force gravitationnelle, telle une planète blonde, et il était tombé pour Kal comme un cachalot essayant de traverser le Grand Canyon à vélo.

Il pensait que personne n'avait remarqué. Il a jeté son sac sur son épaule et l'a aidée à se lever :

— Venez.

Avec des gestes de vieille femme, elle est sortie de la capsule en clopinant.

Le Chef m'a souri :

— À vous.

J'ai tendu la main pour attraper mon sac, mais il l'avait déjà récupéré. J'ai regardé mes mains brûlées et mes doigts rouges et raides, gonflés par tout ce temps passé dans l'eau et la boue. Maintenant que tout était terminé, je n'étais pas certaine d'avoir la force de mettre un pied devant l'autre.

— Prenez appui sur moi, a-t-il dit. Et pour une fois, je me suis autorisée à le faire.

Le chef Farrell nous a rendu visite à l'infirmerie le lendemain, apportant avec lui une boîte de divers objets que nous avions laissés dans la capsule. Tous les enregistrements avaient été chargés et tout le monde attendait nos rapports.

— J'ai déjà débriefé Sussman et compris que ce n'était finalement pas un tir d'obus, mais une explosion accidentelle, a-t-il dit. Pouvez-vous m'en dire plus ?

— Je pense que c'est Max qui en sait le plus, a dit Kal. Elle était sur place.

À ma surprise, elle a quitté la pièce, tirant une mine indéchiffrable.

— Bien, a dit Farrell en s'asseyant à côté de moi avec un sourire. Comment allez-vous ?

— Très bien, ai-je dit, heureuse de le voir.

Il m'a observée d'un air méfiant.

— Ce n'est pas dangereux de se tenir si proche de vous ? J'ai appris que vous aviez développé votre propre mécanisme de défense.

— Ah, oui, ai-je dit d'un air contrit. Je ne sais pas s'il me pardonnera un jour.

Il m'a regardée attentivement pendant un moment avant de recommencer à parler.

— Alors, dites-moi tout.

— Il n'y a pas grand-chose à dire. D'abord, j'étais derrière la porte, et puis j'étais en dessous. Puis le couloir était rempli de fumée. Puis j'étais dehors. Je sais que le feu s'est propagé très vite.

— Oui, a-t-il dit d'un air absent. C'était un vieux bâtiment. Avez-vous senti quoi que ce soit de bizarre ?

J'ai réfléchi. J'ai fermé les yeux et me suis forcée à revivre ce moment. Encore. Et encore. Et l'odeur était juste là, à la frontière de ma mémoire…

— Oui, oui, j'ai senti quelque chose.

J'ai reniflé pour tenter de me la remémorer.

— Oui… une odeur de produits chimiques… comme au labo parfois.

Il s'est redressé.

— Je crois que ce n'était pas du tout un tir d'obus. Je crois que c'était un sabotage.

— Un sabotage dans un *hôpital* ?

Il a haussé les épaules.

— On dirait bien. Il n'y a aucune source de combustion, seulement les tuyaux brûlants des chaudières. Donc je pense que quelqu'un a très soigneusement concocté un cocktail chimique explosif. Je pense qu'il a couvé pendant quelque temps, générant de la chaleur, et le fait d'ouvrir la porte a fourni l'oxygène nécessaire pour créer la boule de feu.

Il me regardait toujours avec attention.

— Ça vous semble plausible ?

Je n'écoutais plus vraiment.

— Oh mon Dieu, c'est moi qui ai fait ça ? C'est moi qui ai mis le feu à l'hôpital ?

— Non, non, non. Absolument pas, mademoiselle Maxwell. Ce n'est pas du tout ce que je voulais dire. Je vous en prie, ne pensez pas… La personne qui a mélangé les produits chimiques a mis le feu à l'hôpital. Pas vous.

— Vous n'en savez rien.

J'ai passé le reste de la journée à retourner les choses dans ma tête. Il avait raison. Ce n'était pas moi qui avais mis le feu. Et si je n'avais pas ouvert cette porte, quelqu'un d'autre l'aurait fait tôt ou tard. Quelqu'un qui ne s'en serait peut-être pas tiré aussi bien que moi.

Kal et moi sommes restées toutes les deux très agitées toute la journée. Sussman avait été libéré de l'infirmerie. Tacitement, nous nous étions mises d'accord pour laisser les lumières allumées. L'infirmière, Mlle Hunter, nous agaçait en passant constamment sa tête par la porte. Au bout d'une heure, je ne pouvais plus supporter de rester allongée à ne rien faire. Je me suis redressée et, pour m'occuper, j'ai farfouillé dans la boîte que le Chef avait apportée.

Il y avait quelque chose de noueux au fond. J'ai sorti un paquet enveloppé de papier. Six gros morceaux de charbon. Vraiment gros, pas des petites brindilles de fillette.

Je les ai regardés.

J'ai regardé le grand mur à ma gauche.

Le grand mur blanc.

Le grand et joli mur blanc.

J'ai extirpé mes jambes du lit.

— Aide-moi à déplacer cette table.

— Pourquoi ?

— Je veux monter dessus.

— Tu vas pas te pendre, hein ?

Avec son aide, j'ai réussi à déplacer la table et j'ai grimpé dessus. Une fois lancée, je ne pouvais plus m'arrêter. Avec de grands gestes, j'ai dessiné un ciel noir, illuminé d'étoiles d'obus. Des silhouettes austères couraient et trébuchaient à travers un paysage lunaire. Je dessinais de plus en plus vite, incapable de m'arrêter, transposant sur le mur les images encore vivaces dans mon esprit. J'ai dessiné les explosions, le froid, la terreur, le carnage déchirant. J'ai dessiné des membres, des têtes et du sang. J'ai dessiné des hommes mourant sur la clôture, se noyant dans la boue, les yeux écarquillés, les bouches béantes, les mains crispées. Les images se déversaient sur le mur. À côté de moi, Kal apportait ses propres contributions. À un moment, le Dr Foster est entrée, nous a regardées et, étonnamment, n'a rien dit. Nous avons déplacé la table et j'ai dessiné la tente de réception. J'ai dessiné des rangées de soldats, enveloppés dans des couvertures et des manteaux, figés par la boue et le sang. J'ai dessiné des visages gris, froids et vides ; des visages déformés ; des visages hurlant et pleurant. Le dernier morceau de charbon s'est effrité entre mes doigts. Une main a touché mon épaule et le Dr Foster a dit : « Ça suffit. »

J'ai regardé autour de moi. Une foule s'était rassemblée dans la pièce ; l'intégralité de l'équipe médicale, Farrell, Dieter, le Dr Dowson et d'autres. Je me suis préparée psychologiquement à me faire tirer les oreilles, mais personne n'a rien dit.

Nous nous sommes lavé les mains, et Mlle Hunter nous a apporté une tasse de thé. Puis nous avons éteint les lumières et nous nous sommes endormies.

Nous avons tourné la page, évidemment. Nous n'avions pas le choix. Nous avons écrit nos rapports avant de les soumettre au Dr Bairstow. Nous avons passé un après-midi avec lui et le chef Farrell à tout leur raconter dans les moindres détails avant qu'ils ne remettent leur rapport final à Thirsk, qui le présenterait ensuite au client. Et puis, c'était presque terminé.

Tous les trois, nous avons accompagné le Dr Bairstow à la cérémonie de commémoration de l'armistice à Rushford cette année-là. Nous étions tous très élégants puisqu'il insistait toujours pour que nous portions, en public, l'intégralité de l'uniforme officiel, que nous ayons les cheveux tirés en arrière, les chaussures cirées et que nous soyons maquillées. Nous avons rendu un hommage privé pendant qu'il présentait une gerbe de la part de St Mary, comme chaque année. Dans ma tête, je voyais les tentes, les rangées de blessés, je voyais les visages, j'entendais les coups de feu, qui n'ont jamais vraiment disparu de ma mémoire.

La sonnerie aux morts a retenti, aiguë dans l'air froid, et l'écho a duré très longtemps, à plus d'un égard. Je pensais au soldat aveugle et à ce jeune commandant des Glosters dont la présence d'esprit avait sauvé tant de vies, et je me demandais s'ils avaient survécu au conflit. Je me suis forcée à revenir au présent, joignant ma voix à la prière.

Ils ne vieilliront pas comme nous qui leur survivons
L'âge ne les flétrira pas, les années ne pèseront pas sur eux
Au coucher du soleil comme aux premières heures du jour
Nous nous souviendrons d'eux.

Quelques jours plus tard, un curieux post-scriptum a eu des conséquences énormes sur la suite des événements. C'était le jour de mon anniversaire, et j'ai trouvé, posée devant ma porte, une petite boîte, soigneusement enveloppée de papier coloré. Elle devait venir de Sussman. Il n'avait jamais reparlé de l'explosion et de l'incendie, faisait comme si de rien n'était et s'attendait à ce que tout le monde l'imite. Je me demandais s'il essayait de faire amende honorable avec son cadeau. Si c'était le cas, c'était réussi.

À l'intérieur de la boîte se trouvait une petite statue. Une reproduction du cheval de Troie. Elle mesurait une quinzaine de centimètres et était réalisée avec une grande finesse. De ses traits délicats à la trappe sur son ventre, elle était absolument parfaite.

Ce soir-là, pourtant, Sussman m'a tendu une boîte de chocolats. J'étais surprise, mais je me suis forcée à le remercier, même si cela ne résolvait pas mon problème. Qui m'avait offert le cheval ? J'y réfléchissais encore lorsque, descendant les escaliers en courant, je me suis heurtée au chef Farrell, qui montait. Nous sommes censés tenir notre droite.

— Vous êtes censée tenir votre droite, a-t-il dit avec douceur.

— Désolée, Chef. Ça va ?

C'est à ce moment-là que j'ai compris. J'ignore comment j'ai pu imaginer une seule seconde que Sussman penserait à un cadeau aussi merveilleux. Qu'avais-je en tête ? C'était le Chef. Il m'avait offert un cadeau, un cadeau parfait, un cadeau merveilleux. J'étais tellement heureuse. Une petite voix dans ma tête m'a dit : « Ne va pas t'imaginer des choses », mais comment pouvais-je faire autrement ?

— Merci beaucoup, ai-je dit sans tressaillir.

Il m'a souri.

— Prenez-en soin.

J'étais un peu vexée qu'il pense que je pourrais le perdre ou le casser. Je possédais tellement peu d'objets que je ne pouvais pas me permettre de ne pas prendre soin de ceux que j'avais, en particulier celui-là.

— Non, a-t-il dit d'un air grave. Je suis sérieux, mademoiselle Maxwell. Prenez-en soin et conservez-le dans un endroit accessible. C'est important.

Sur ces paroles mystérieuses, il a disparu, me laissant de plus en plus déroutée à mesure que ma joie se tassait et légèrement mal à l'aise.

Ce soir-là, nous avons organisé une de ces fêtes dont nous avions le secret – bruyante et chaotique – et tout le monde était présent. Mais malgré la musique et l'alcool, la tension était palpable. J'ignore si quelqu'un a parlé au Dr Bairstow, mais Sussman et Kal ne sont plus jamais partis en mission ensemble.

Six

— Et enfin, Mme Partridge m'a demandé d'évoquer un problème concernant vos formulaires, a annoncé le Dr Bairstow à la fin de son briefing. Comme certains d'entre vous ont peut-être du mal à s'en souvenir, le mois prochain aura lieu votre entretien annuel, et Mme Partridge m'a informé que certains des formulaires que nous vous avons demandé de remplir à l'avance ont disons… besoin d'être retravaillés.

» Notamment le formulaire concernant la mise à jour de vos informations personnelles… Monsieur Sussman : vous n'êtes pas un chevalier Jedi. Merci de modifier les informations de la partie III concernant la religion. Idem pour M. Markham, M. Peterson, Mlle Maxwell, M. Dieter et Mlle Black.

» Mademoiselle Maxwell, catégorie 5. Vous ne mesurez pas 1 mètre 70, et cela ne changera jamais. Acceptez-le et corrigez votre formulaire.

» Monsieur Markham, la catégorie « Sexe » n'est pas une invitation. Merci de modifier votre réponse et de vous excuser auprès de Mme Partridge.

» Monsieur Dieter, les idées que vous développez dans la catégorie « Autres intérêts » sont physiquement impossibles et, dans la majeure partie du monde civilisé, illégales. Vous vous exposez également à des risques de poursuites judiciaires pour détournement de biens publics. Merci de modifier cette partie.

» Mademoiselle Black, le mot « opprimé » s'écrit avec deux

p et « minorité » un seul n. Vous ne faites partie d'aucun des deux. Supprimez.

» J'aimerais aussi profiter de cette opportunité pour vous rappeler que le Dr Foster fera circuler des formulaires médicaux similaires à compléter et qu'elle ne partage pas mon attitude éclairée dans les relations avec les employés. Comme je suis sûr qu'au moins l'une d'entre vous est au courant, elle aime aborder vos examens médicaux annuels avec énergie, méthode et surtout beaucoup de clairvoyance. Si vous voulez jouer les malins avec elle, c'est à vos risques et périls.

» Mademoiselle Maxwell, merci de vous présenter dans mon bureau dans une demi-heure et de persuader M. Sussman de se libérer quelques minutes de sa conversion religieuse pour vous accompagner. Ce sera tout. Vous pouvez disposer.

Tout en maugréant et en rangeant notre paperasse, nous l'avons regardé se retirer clopin-clopant dans sa tanière. J'ai parcouru la salle à la recherche de Sussman, mais il avait déjà disparu. Kalinda m'a adressé un regard lourd de sous-entendus.

— Quoi ?

— Il va te faire tuer un jour.

— Mais non. Il est juste pas très… fiable, parfois.

— Non, il va t'attirer des problèmes. Si tu ne fais pas attention, Max, tu perdras l'occasion de participer à la prochaine Grosse Mission à cause de lui. Le Chef ne l'aime pas et moi non plus. Personne ne l'aime sauf toi.

— C'est mon partenaire, ai-je protesté, sur la défensive et un peu agacée par tout ça. Il n'est pas si mauvais.

— Exactement, Max. C'est ton partenaire, et la chose la plus sympa que tu trouves à dire sur lui, c'est qu'il n'est pas si mauvais. Tu trouves ça normal ?

— Il est cool avec moi. C'est toi qu'il n'aime pas, c'est pour ça qu'il te cherche tout le temps. Ce n'est pas un problème, crois-moi.

Exactement trente minutes plus tard, nous étions devant le bureau du Dr Bairstow. La ponctualité est très importante à St Mary. Si vous n'êtes pas capable d'arriver à l'heure à un rendez-vous dans votre propre bâtiment, il y a peu de chance que vous trouviez la bataille d'Hastings.

Sussman m'a poussée pour que j'entre en premier. Mme Partridge nous a adressé un regard parfaitement dépourvu d'affection et de toute autre émotion humaine. On pouvait cependant voir les mots « incapables » et « irresponsables » traverser son esprit. À côté d'elle, le Boss passait pour un bénévole travaillant pour une organisation humanitaire. Elle était, comme à son habitude, impeccablement vêtue d'un tailleur noir et d'une chemise blanche, ses cheveux bruns coiffés en chignon. Comme toujours, elle me rappelait quelqu'un. Elle nous a tendu à chacun un dossier de mission et nous a fait signe d'entrer. L'excitation commençait à monter. Il n'était pas impossible que ce soit une Grosse Mission.

Le Boss nous attendait à sa table de briefing. Des dossiers, des cubes et des clés de données en jonchaient la surface. Il nous a fait signe de nous asseoir. Sans un mot, il a lancé le diaporama. Il avait vraiment le sens de la mise en scène. Les données ont commencé à tourbillonner, formant finalement le logo de Thirsk et deux courts paragraphes.

Je suis restée clouée sur ma chaise. À côté de moi, Sussman était bouche bée. Pour la première fois de l'histoire, nous étions tous les deux sans voix. Nos regards étaient fixés sur l'écran. J'ai détourné le regard, cligné des yeux, et regardé une nouvelle fois.

Il n'y avait que deux paragraphes, mais je ne parvenais pas à croire ce que je voyais. Alors je les ai relus. Plusieurs fois. J'ai sorti mon bloc-notes de ma poche de genoux, l'ai posé sur la table devant moi et, les mains jointes, j'ai regardé le Boss avec impatience.

— Alors ? a-t-il dit. Êtes-vous intéressés ?

Je pouvais presque entendre ma propre euphoric bouillir dans mon crâne. J'ai regardé le visage rouge d'excitation de Sussman. Il m'a adressé un grand sourire.

— Monsieur, ai-je dit. Nous passerons sur les cadavres de nos collègues s'il le faut.

Il a souri d'un air grave.

— Ne devriez-vous pas me demander si cette mission est sûre ? Ou même si elle est possible ?

— Si vous pensez que c'est faisable, monsieur, alors ça me suffit.

Il s'est penché en avant et nous a tendu les dossiers et les données.

— Vous devriez trouver tout ce dont vous avez besoin là-dedans. Assez en tout cas pour commencer à vous préparer. Je veux voir un plan de mission ici dans mon bureau à 9 h 30 vendredi. Vous êtes libres d'allouer les responsabilités de la mission comme vous le jugez nécessaire. J'estime qu'il vous faudra une période de préparation d'environ trois mois, trois mois sur place et une quinzaine de jours pour rassembler vos données et présenter vos découvertes. Mlle Maxwell dirigera la mission. Avez-vous des questions ?

Nous avons fait signe que non. J'étais toujours estomaquée, et Sussman savait qu'il valait mieux qu'il ne dise rien devant le Boss. Nous avons quitté la pièce.

Puis nous avons traversé calmement le bureau de Mme Partridge, sentant son regard sur notre dos. Nous avons marché lentement le long du couloir avant de descendre les escaliers tout aussi lentement. Puis nous sommes entrés dans la bibliothèque, avons poliment salué d'un signe de tête le Dr Dowson, qui étudiait une microfiche, puis le Pr Rapson, qui parlait tout seul au rayon « Mésopotamie ». Nous avons laissé tomber nos dossiers sur une des grandes tables de données pour marquer notre territoire, sommes passés par la fenêtre, avons descendu nonchalamment le chemin jusqu'au jardin de pierre en contrebas, où nous avons enfin pu respirer.

J'ai bondi sur un banc, levé la tête vers le ciel gris et j'ai crié : « Oui ! Oui ! Oui ! » avant de commencer à chanter « We are the champions », tout en faisant semblant de jouer de la guitare. Sussman a fait la roue le long du chemin dans un sens puis dans l'autre en poussant des cris incohérents. D'un bond, je suis descendue du banc pour rejoindre mon camarade qui venait de se redresser et je l'ai pris dans mes bras. Nous avons commencé à sauter sur place jusqu'à ce que nos pieds s'emmêlent et que nous tombions. J'étais sur les fesses, toujours en train de crier « Oui ! Oui ! Oui ! », lorsque le chef Farrell est apparu. Le sol ne s'ouvre jamais sous vos pieds pour vous avaler quand vous en avez besoin.

Il y a eu un silence assez chargé puis il a dit poliment :

— Bonjour, mademoiselle Maxwell, et qui que vous soyez. Vous avez besoin d'aide ?

Sussman tremblait de rire et gardait volontairement son visage caché, alors j'ai regardé le Chef par-dessus son épaule.

— Bonjour, Chef. Non, tout va bien, merci. On était juste en train de faire une petite fête.

— Qu'est-ce que vous faites pour les grosses fêtes ?

— Oh, on se laisse vraiment aller pour celles-là, Chef. Là, ce n'était qu'un 2,5 sur l'échelle de Richter.

Nous avons fini par nous calmer, nous sommes réintroduits dans la bibliothèque par la fenêtre, et nous nous sommes mis au travail. Nous étions en train de disposer nos dossiers lorsque Kalinda et Peterson sont arrivés. La nouvelle avait déjà circulé.

— Qu'est-ce que vous avez ? a demandé Kal. Allez, c'est une Grosse Mission ?

— Tu n'imagines pas, ai-je répondu en adressant un grand sourire à Sussman.

— Quoi ? Qu'est-ce que vous avez eu ?

J'ai inspiré profondément, savourant ce moment. Dès que j'en aurais parlé à Kal et à Peterson, tout l'institut serait au courant en quelques minutes. Voire moins.

— C'est une Grosse Mission, ai-je admis. C'est même *la* Grosse Mission. Trois mois de préparation et d'études, climat, géologie, flore, faune, même une carte des étoiles. La totale.

Un grand sourire s'est dessiné sur le visage de Kal, et j'ai vu ma propre excitation se refléter dans ses yeux.

— Flore ? Faune ? Quand ? Où ? Qu'est ce que vous avez eu ? Bon sang, je vais vous étriper d'une minute à l'autre.

— Devine, a dit Sussman.

— Oh Seigneur, je sais pas. Flore, faune… quelque chose de biologique. Le *Beagle* ! Vous allez sur les îles Galápagos.

Sussman a soufflé d'un air moqueur.

— Non mais sérieusement, Kal, regarde nos spécialités. Empire byzantin pour moi, et Max ne sort pas de son lit le matin pour quoi que ce soit de postérieur aux guerres du Péloponnèse.

— Bon, pas Troie. Vous seriez en train de le hurler sur tous les toits. Égypte ? Mésopotamie ? Oh, je sais. La vallée du grand rift. Vous allez étudier les premières migrations.

— T'en es encore loin. Il faut remonter bien plus loin.

— Merde, je sais pas. Qu'est-ce que c'est ?

J'ai pris une longue inspiration, sentant de nouveau l'excitation bouillonner en moi.

— Le Crétacé. Il y a 67 millions d'années, plus ou moins. On va vivre avec les dinosaures !

Et encore une fois, nous nous sommes tous les deux mis à gigoter comme des idiots, scandant les mots : « On va voir des T-rex, on va voir des T-rex », jusqu'à ce que le Dr Dowson nous adresse un froncement de sourcil bienveillant.

Ils nous dévisageaient. Je comprenais leur dilemme. La jalousie rivalisant avec le choc. Je ne leur en voulais pas. Quelque chose de similaire faisait rage dans mon esprit. Peterson, le plus raisonnable d'entre nous (et imaginez un groupe dans lequel Peterson est la personne la plus raisonnable), a dit calmement :

— Mais vous y avez réfléchi ? C'est tellement loin.

Je savais ce qu'il voulait dire. Plus on voyage loin dans le temps, moins il y a de points de référence. Comment savoir si on a voyagé de 20, 30, 60, ou 100 millions d'années sans un journal ou une boutique pour vérifier ? Et, bien que ce soit ridicule, je pense que nous sentions tous instinctivement la corde invisible, la traînée de miettes de pain, notre chemin vers la maison s'affiner de plus en plus à mesure que nous allions loin. Voyager il y a 67 millions d'années (plus ou moins) rendrait cette corde extrêmement mince, peut-être même jusqu'à la déchirer.

Kal était silencieuse depuis bien trop longtemps.

— Max, c'est tellement loin. Beaucoup plus loin que tout ce que nous avons fait jusqu'à présent. Tu n'es même pas un peu inquiète ?

— Ça ne devrait pas changer grand-chose, que ce soit hier ou il y a 67 millions d'années, tu le sais bien. Vois les choses du bon côté ; il est bien plus probable que nous soyons dévorés par la faune indigène que nous nous perdions dans le temps.

Elle a soupiré.

— Vous avez besoin d'aide ?

— Pas pour l'instant. Il faut d'abord qu'on étudie les paramètres, mais on aura certainement besoin de toi à un moment ou à un autre.

— Vous avez combien de temps de préparation ?

— Trois mois.

Elle a plissé les yeux.

— Oui, ça ne m'étonne pas. On part à Vienne à la fin du XIXe siècle et on sera partis et revenus avant même votre départ.

— J'espère que vous serez là quand on partira, ai-je dit – et Sussman a hoché la tête.

— Bien sûr qu'on sera là. Criez si vous avez besoin d'aide.

Et ils sont partis, probablement pour diffuser la nouvelle.

Nous nous sommes remis au travail en commençant par les catégories.

La carte des étoiles : ils voulaient cartographier le ciel nocturne. Les conditions seraient idéales sans pollution visuelle. J'ignorais à quel point les étoiles étaient différentes à l'époque, mais c'était le bon moment de le découvrir. Cependant, nous aurions besoin d'une vue d'horizon à horizon, nous devions donc éviter de nous retrouver au milieu d'une forêt. Idéalement, nous pourrions nous installer sur le toit de la capsule et laisser l'équipement faire son travail. Il faudrait que je parle au Chef des coordonnées et du contrôle que nous aurions sur celles-ci. Aucun, vraisemblablement. Nous atterririons presque certainement dans un marécage ou sous l'eau. Ne pas penser à ce genre de choses. Nous avons attribué la couleur noire à cette catégorie avant de passer à la suivante.

Il s'agissait du climat, que nous avons divisé en sous catégories : température, vent, précipitations, etc. Les niveaux d'oxygène seraient importants. J'avais entendu dire que les niveaux de CO_2 étaient plus élevés à l'époque. S'ils étaient trop élevés, nous aurions du mal à déplacer notre équipement. Il faudrait également que je parle à Helen des médicaments à prendre pour les séjours en hautes altitudes. Le climat a reçu la couleur bleue.

La géologie m'intéressait particulièrement. Je voulais m'en occuper moi-même, même si je comptais ne rien dire à Sussman.

Il y aurait une certaine quantité de négociations et très certainement des larmes avant le coucher. Comme nous ne pouvions rien rapporter, tous les échantillons devaient être photographiés, catalogués et analysés sur place. Ce qui signifiait encore plus d'équipement. Et autant que je m'en souvienne, c'était une période sismiquement très active, nous pouvions donc ajouter la submersion par coulées pyroclastiques à notre liste des façons amusantes de mourir. Comme nous avions beaucoup d'imagination, nous avons donné la couleur marron à la géologie.

La flore : encore une fois, aucun échantillon ; uniquement des photos, des dessins et des analyses sur place. Il n'y aurait pas d'herbe, si mes souvenirs étaient bons, mais beaucoup de forêts de conifères, même si les arbres à grandes feuilles existaient aussi. Et les fleurs avaient elles aussi évolué, nous devions donc nous attendre à croiser de gros insectes aux dards effrayants. Chouette ! La flore en vert, évidemment.

Et le meilleur pour la fin : la faune. Une catégorie si importante que nous avons décidé de consacrer au moins une semaine à la recherche avant d'élaborer un plan. Nous lui avons attribué la couleur orange.

— Comme les techniciens, a dit Sussman. Gros et maladroits, avec de petits cerveaux.

J'ai froncé les sourcils.

— Ne commence pas, Davey.

— Oh, j'avais oublié que tu leur parlais.

— Davey…

— Je disais juste que je n'aimerais pas que ma sœur en épouse un.

— Tu n'as pas de sœur et même si tu en avais une, elle te mettrait des claques si tu lui sortais ce genre de conneries, alors du calme.

Il s'est adossé à son fauteuil.

— C'est toi le boss ; alors qui a quoi ?

C'était là qu'il pourrait se montrer difficile si je ne le maniais pas avec prudence.

— Qu'est-ce que tu veux ? Argumente. Et ne garde pas que le meilleur pour toi.

— J'aimerais avoir la carte des étoiles. Je pourrais faire du bon travail. Tu le sais. J'en parlerai à Barclay. Elle est chauffée à bloc pour ce genre de trucs. Elle me dit ce qu'elle veut et j'organise l'équipement en conséquence. Et je pourrai collaborer avec elle à notre retour. Nous entrerons les données et projetterons une carte des étoiles en mouvement. Ça pourrait être spectaculaire, Max, et j'aimerais vraiment m'en occuper.

J'ai réfléchi. Il avait raison. Il s'entendait clairement mieux que moi avec Barclay. Ils pourraient créer quelque chose de vraiment exceptionnel. J'ai donc acquiescé d'un signe de tête.

— Oui, ça marche. Je te laisse t'en occuper, mais je veux des mises à jour quotidiennes et je veux faire un entraînement complet. S'il t'arrive quoi que ce soit, je te remplacerai.

Son visage s'est illuminé.

— C'est génial, Max. Ça va être mortel. Tu verras. – Il a marqué une pause et j'ai su. On y était. C'était ce qu'il voulait vraiment. – Pour les dinosaures… Je pense qu'on pourrait faire quelque chose de similaire.

J'ai commencé à secouer la tête.

— Non, écoute, Max. On pourrait faire quelque chose du style « Une journée dans la vie de… » Comme ces exposés qu'on faisait à l'école : « Une journée dans la vie d'un paysan au Moyen Âge », ou un soldat romain ou un bâtisseur égyptien, tu sais, ce genre de choses. On pourrait s'installer près d'un point d'eau ou d'un centre d'activité. Ils viendront tous pour boire, se laver, bref, faire des trucs de dinosaures. Et il y aura des combats, des morts, du sexe et des bébés mignons. Max, réfléchis un peu, si on réussit à faire ça, on pourrait en faire un hologramme. Les gens pourraient regarder passer un énorme reptile cinq mètres au-dessus de leur tête. Avec du son, des vibrations et même l'odeur de la merde de dinosaure. Barclay peut gérer tout ça. Allez Max, ce serait génial !

Il n'avait pas tort ; des images de vrais dinosaures, vivant, marchant ; une véritable immersion dans leur monde. C'était une idée brillante, mais il n'allait pas l'obtenir facilement.

Je me suis penchée en avant.

— D'accord, écoute. Je suis d'accord, mais c'est énorme. Ça rajoute une sacrée charge de travail à un projet déjà titanesque. Thirsk a payé pour ça, et ils voudront ce pour quoi ils ont payé, c'est-à-dire des données brutes, ennuyeuses et parfaitement banales ; sinon, on sera vraiment dans la merde. Et je n'ai pas envie que tu passes tout ton temps là-dessus pendant que je disparaîtrai dans mon propre cul comme l'oiseau qui vole à reculons dans je ne sais plus quelle fable, à essayer de faire tout le reste. – Je me suis adossée à ma chaise. Il a hoché la tête. – Écoute, je m'occuperai du climat et de la géologie, ai-je dit, comme s'il s'agissait d'une énorme faveur. Tu t'occupes de la carte des étoiles, puisque ça t'intéresse. Tu peux aussi prendre la flore, qui ne me fait pas vraiment rêver. Il faudra qu'on s'occupe tous les deux de la faune, car c'est un boulot énorme.

— Et l'hologramme ?

J'ai fait mine de réfléchir, plissant ostensiblement le coin des lèvres.

— Oh allez Max. Écoute, si tu me laisses faire l'hologramme, je m'occuperai du ménage. Tout le ménage. Et je parlerai à Barclay de la carte des étoiles pour que tu n'aies pas à le faire. De ton côté, tu n'auras qu'à parler avec le Chef de la capsule, l'équipement, l'agencement, etc., comme ça je n'aurai pas à le faire. C'est parfait.

Ça l'était. Jeu, set et match.

Nous avons échangé une poignée de main avant de partir à la cantine pour un déjeuner tardif.

Nous étions, évidemment, au centre de l'attention. Sussman adorait ça. Le Pr Rapson a déposé un programme de recherche approfondi sur la table, si énorme que nous nous sommes demandé si nous dormirions avant la fin du prochain millénaire. Le commandant Guthrie a mis en place un important programme d'entraînement de survie, pour lequel j'ai décidé de falsifier un mot du médecin. Le Chef nous a félicités d'une poignée de main et a demandé à ce qu'au moins un de nous deux participe à des cours de familiarisation à la capsule et à l'équipement.

Le lendemain, je me suis installée dans un box de la bibliothèque et j'ai commencé à passer en revue ce que j'allais mettre sur mes cassettes de références subliminales. Il y avait beaucoup de choses ; des tonnes, à vrai dire. J'ai lancé la *Troisième Symphonie* de Gorecki, et tandis que Dawn Upshaw donnait tout ce qu'elle avait, je me suis mise au travail.

J'ai été réveillée, plusieurs heures plus tard, par le Dr Dowson, dont une partie du travail consistait à s'assurer que les historiens ne prennent pas racine dans leur fauteuil en perdant toute notion du temps. En traînant mes membres raidis à la recherche de quelque chose à boire, j'ai croisé le chef Farrell, avec qui je suis sortie boire un thé au soleil.

Petit à petit, une routine s'est mise en place. Je passais mes matinées à faire des recherches, faisais une pause pour le déjeuner, généralement avec le chef Farrell, apportais mes données à l'équipe de Barclay pour qu'ils les chargent, passais une heure ou deux à parler du fonctionnement de l'équipement avec les techniciens et terminais l'après-midi avec le Pr Rapson à organiser les programmes de recherche des jours suivants. Ensuite, je récupérais mes enregistrements chez Barclay, dînais avec Sussman pour discuter de nos progrès respectifs, buvais un verre avec lui, Kal et Peterson, puis je rejoignais ma chambre et me prélassais longuement dans mon bain en écoutant les cassettes (à ce moment-là, il n'était pas rare que je m'endorme), avant de m'effondrer sur mon lit, empêtrée dans mes écouteurs.

En plus de tout ça, j'ai aidé Kal et Peterson à s'organiser pour la Vienne de la fin du XIXe siècle, les ai débriefés à leur retour et j'ai sauvé la vie de Sussman après qu'il eut dit à Kal que sa robe lui faisait un gros derrière. Nous avons rafraîchi nos connaissances en médecine de terrain et j'ai commencé à parler aux meubles.

Ayant obtenu ce qu'il voulait, Sussman s'est mis sérieusement au travail. Il m'a aussi débarrassée de Barclay, ce pour quoi je lui étais infiniment reconnaissante. Je lui ai rendu la pareille en m'assurant que Farrell travaille principalement avec moi, ce qui n'était un problème ni pour lui ni pour moi. Le Chef et moi déjeunions généralement ensemble et, lorsque le temps le permettait, nous mangions nos sandwiches à l'extérieur, adossés à un mur ensoleillé. Nous nous étions mis d'accord pour ne pas parler travail pendant le déjeuner, préférant profiter de cette demi-heure pour penser à autre chose. Parfois, nous ne parlions pas du tout et nous nous contentions de rester assis, le visage face au soleil.

— Comme des jonquilles, ai-je fait remarquer un jour.

— Quoi ? a-t-il dit en riant. Des jonquilles ?

À ce moment-là, Dieter est arrivé.

— Ne bougez pas, a-t-il dit – et un flash a crépité.

Il a baissé la tête et tripatouillé son appareil.

— Oui, ça fonctionne maintenant.

— Fais voir, a dit Farrell. Pas mal. Tu veux une copie ?

— Je veux bien, oui, ai-je répondu.

Il y avait très peu de photos de moi dans ce monde et encore moins de clichés sur lesquels je n'avais pas l'air ivre ou folle à lier, et sur celle-ci, il y avait en plus le Chef. Quelques jours plus tard, elle est apparue dans mon casier dans un joli cadre. Je l'ai posée à côté du cheval.

Quelque temps après, je me suis accordé une pause déjeuner un peu plus longue que d'habitude, profitant d'une belle journée et de l'absence de la plupart des techniciens, partis pour le traditionnel match de foot du vendredi après-midi. Adossée au mur sous le soleil, je fermais les yeux, savourant le calme et le silence. Il n'y avait personne autour de moi, et j'étais à moitié endormie lorsque quelqu'un s'est assis à côté de moi. Je savais qui c'était sans même ouvrir les yeux.

— Salut.

— Salut toi-même, a-t-il dit en m'offrant un de ses sandwiches. Tu as mangé ?

— Oui, merci.

Il les a remballés et posés à côté de lui.

— C'est agréable ce calme.

— Hmm…

Les sons violents au loin s'estompaient dans le soleil de l'après-midi, me laissant savourer cet agréable moment d'isolement.

— Mademoiselle Maxwell. Max…

— Hmm…

— Es-tu réveillée ?

— Hmm…

— Je cherchais une opportunité de te parler ; un moment où tu n'es ni ivre ni obsédée par quelque chose. Un moment où tu *écoutes.*

— J'écoute, ai-je dit d'un ton légèrement indigné, car, de fait, je n'écoutais pas. – Le long silence m'a fait ouvrir les yeux. – Chef, je suis là, éveillée, et j'écoute. Est-ce qu'il y a un problème ?

— Tout ne tourne pas autour du travail, tu sais ?

— De quoi s'agit-il alors ?

— Tu es heureuse ici, n'est-ce pas ?

— Oui, ai-je répondu, surprise. Pourquoi cette question ? – Je me suis redressée soudain. – Ils annulent la mission ? Est-ce qu'on va être virés ?

— Non, non, s'est-il empressé de dire. Pour l'amour de Dieu, ne panique pas.

— C'est un truc d'historien. Et ce n'est pas une banale petite panique. C'est une panique professionnelle. Il m'a fallu des années d'entraînement et de travail pour en arriver là. Ne te moque pas, s'il te plaît.

— Toutes mes excuses. Étant ton principal entraîneur, c'est agréable de voir que mes pauvres efforts portent leurs fruits.

— Donc quand des historiens créent des émeutes dans la rue, tu dois être absolument ravi.

— Pour revenir là où j'en étais…

— Oui, désolée, Chef. Je suis toute à toi.

Il a semblé déconcerté pendant un moment, mais s'est repris rapidement.

— Tu te souviens du jour où on s'est rencontrés ?

— Oui, c'était mon premier jour ici. Tu descendais les escaliers.

— Tu en as fait du chemin depuis. Tu te tenais face à moi, pleine de défi, et regarde-toi aujourd'hui, tu diriges la plus grosse mission que nous ayons jamais menée. Je suis très fier de toi.

Personne n'avait jamais été fier de moi jusqu'à présent. Pas de famille heureuse et souriante le jour de la remise de diplôme.

Il fixait des yeux les jardins au loin. Je me demandais ce qui était en train de se passer.

— Chef, est-ce qu'il y a un problème avec la mission ?

— Non, aucun. Vous avancez bien ?

— Oui, on y arrive petit à petit. On aura bientôt terminé je pense. J'ai du mal à y croire.

— L'expérience d'une vie ?

— Non, ce sera Troie.

— Et à part Troie, as-tu d'autres projets pour le futur ?

— Oh oui. Les Thermopyles. Azincourt. Ramsès le Grand. Il ne faut pas me lancer.

— Non, je veux dire des projets en dehors de St Mary.

— Eh bien, pas vraiment.

— Donc tu penses faire ça pour toujours ?

— C'est peu probable. Je veux dire, personne ne fait de vieux os ici, pas vrai ? Regarde ce pauvre vieux Kevin Grant.

— Et pourtant, tu veux quand même…

— Eh bien, comme disait Achille, ou peut-être Kurt Cobain : « Une vie courte mais une vie joyeuse. »

— Tu le penses vraiment ? Tu ne t'imagines pas passer à un travail disons… plus conventionnel ? Ou à fonder une famille ?

— Oh Seigneur, non. La famille est une invention du diable. Hors de question.

— Elles ne sont pas toutes si terribles, tu sais.

Quelque chose dans le ton de sa voix m'a empêchée de continuer sur cette pente. Et il avait raison, pour certaines personnes, la famille pouvait être une source de force et de sécurité. Mais pas pour moi.

— Ma famille est à St Mary.

— Tu veux dire Sussman ?

— Quoi ? Non ! D'où sors-tu cette idée ? – Soudain, il m'a paru d'une importance vitale de mettre les choses au clair. – C'est mon partenaire. C'est tout.

Il a hoché la tête et s'est tourné face à moi.

— Le truc, Max, c'est que… je voulais te dire…

Et il s'est interrompu de nouveau.

Nom d'une pipe, il était pire que moi. Je n'avais aucune idée de ce qu'il voulait dire. Dans un petit coin de mon esprit, je me souvenais de la conversation que j'avais entendue dans le local à peinture. Un souvenir chéri que j'avais soigneusement rangé dans un coin de mon cerveau et ressortais de temps en temps pour me donner du baume au cœur. Et le cheval de Troie. Et la photo. Mais en le regardant à présent, je n'étais plus sûre de rien. Je savais ce que je voulais entendre, mais il était timide, il était prudent, et c'était mon supérieur hiérarchique – sérieusement, quelles étaient mes chances ? Et si je me faisais des idées ? Imaginez que je dise quelquc chose et qu'il ne…

Je me suis tournée vers lui et l'ai vu me sourire avec une telle expression de… et puis ce putain de ballon de football de merde est venu cogner contre le mur à côté de nous, et j'ai failli sauter au plafond. « Vous voulez bien nous renvoyer le ballon ? » a crié une voix.

Je l'ai renvoyé à Dieter. Quand je me suis de nouveau tournée vers le Chef, il était en train de manger son sandwich d'une main et de taper sur son bloc-notes de l'autre. Je me suis félicitée de n'avoir rien dit.

Je me sentais vraiment stupide.

— Je dois y retourner, ai-je dit en me levant.

Il a hoché la tête.

— Max…

Je me suis tournée vers lui.

— Après cette mission…

J'ai acquiescé d'un signe de tête et me suis éloignée avant de perdre complètement mes moyens.

Un matin, alors que je prenais mon petit-déjeuner avec Kal, elle m'a tendu son journal avec un grand sourire.

— T'en penses quoi ?

J'ai baissé les yeux et vu une publicité pour un hôtel du coin et le prochain événement qu'ils organisaient.

— Regarde, a-t-elle dit. Spa, soins de beauté, massages, jacuzzi, et tadam, pour bien terminer : dîner, cabaret et DJ. Ils ont embauché cet illusionniste qui passe à la TV. On pourrait réserver pour une nuit, passer la journée à nous faire encore plus belles (si c'est possible), boire trop, danser jusqu'à l'aube, faire un peu la grasse matinée, prendre un très prudent petit-déjeuner tardif, et revenir ici avant que qui que ce soit ait remarqué notre absence. T'en dis quoi ? C'est exactement ce dont on a besoin. Allez, c'est quand la dernière fois que tu as quitté cet endroit ?

Soudain, son idée m'a semblé absolument fabuleuse.

— Oh mon Dieu, oui, ai-je dit, de plus en plus excitée. Regarde, ils ont une piscine intérieure. On pourrait se prélasser en sirotant des cocktails d'un air sophistiqué.

— Oui, enfin, je pourrais, a dit Kal. Il suffit que tu renifles un verre de vin pour tomber inconsciente ; mais c'est une bonne idée. Et en voici une autre : demandons à Helen si elle veut venir.

— O.K. Elle est là justement. Demande-lui.

— Demander quoi ? a lancé l'intéressée en s'asseyant à notre table.

Je lui ai montré l'article. À notre surprise, elle a été très enthousiaste.

— Comptez sur moi. Je n'en peux plus de cet endroit. Et toutes les deux, vous *devez* y aller. Compte tenu de votre travail, je suis bien consciente de l'ironie de la chose, mais vous devriez sortir plus souvent.

— Je dois y aller ; le professeur veut me voir, a dit Kal. Je fais les réservations cet après-midi et je vous tiens au courant. – Elle a échangé un regard avec Helen. – Chambres séparées ?

— Hors de question que je dorme avec l'une de vous, a répondu Helen. Vous ronflez toutes les deux et en plus Max fait de drôles de bruits.

— C'est faux ! ai-je crié, indignée.

— C'est vrai, ont-elles dit à l'unisson avant d'échanger un regard amusé.

Avais-je raté quelque chose ? Je ne ronfle pas tant que ça ; même si les drôles de bruits sont peut-être vrais. Il paraît qu'ils sont vraiment hilarants.

Elles sont parties toutes les deux, et je suis restée à siroter ma deuxième tasse en savourant le plaisir de ne pas penser au Crétacé.

Lorsque j'ai relevé la tête, j'ai vu Izzie Barclay tirer une chaise à la table voisine.

— Hé Izzie, comment ça va ?

J'ai eu droit au regard froissé qu'elle adressait toujours aux gens qui ne l'appelaient pas mademoiselle Barclay, ou (plus amusant encore), madame.

— Je vais très bien, merci, a-t-elle dit sèchement avant de commencer à tartiner son toast. De la margarine allégée.

Pas de confiture. Ce n'était pas étonnant. Ça expliquait qu'elle soit si mince et moi non. Et que je ne le serais jamais. D'un autre côté, qui mange des toasts sans beurre ni confiture ? Pas étonnant qu'elle soit si misérable. Une idée m'a soudain traversé l'esprit et je l'ai regardée. On devrait aussi l'inviter. Ce serait gentil de notre part. Elle devait être très seule. Personne ne l'aimait beaucoup. Elle a levé les yeux de son toast.

— Quoi ?

J'ai inspiré profondément.

— Izzie…

À ce moment-là, Mme Partridge est apparue derrière mon épaule, une poignée de documents à la main.

— Mademoiselle Maxwell, le Dr Bairstow souhaite vous voir immédiatement.

— Une minute, ai-je dit.

— Non, je suis désolée, mais vous devez venir immédiatement, s'il vous plaît.

J'ai soupiré et me suis levée. « Je reviens », ai-je dit à l'intention de Barclay avant de suivre Mme Partridge à l'étage. L'entretien a duré plus longtemps que je ne l'avais imaginé et, évidemment, elle n'était plus là à mon retour. Je me suis dirigée vers Hawking pour la chercher, mais quelque chose a détourné mon attention, et l'idée m'est complètement sortie de la tête. Si je lui avais demandé, et si elle était venue, les choses se seraient-elles passées différemment ?

Sept

Le samedi matin, j'ai préparé mon sac, et retrouvé Kal et Helen à l'extérieur. Nous voulions nous éclipser aussi discrètement que possible pour ne pas avoir à expliquer nos projets à qui que ce soit. Après avoir brièvement débattu de la voiture que nous allions prendre, nous nous sommes finalement mises d'accord sur celle d'Helen.

Déterminées à en avoir pour notre argent, nous avons utilisé l'intégralité des services proposés, dont le coiffeur. Je les ai laissés me couper les cheveux. Pas trop court, bien sûr, mais une quantité assez impressionnante traînait par terre à la fin. Et ils étaient tellement plus beaux à présent, lisses et brillants, on aurait presque pu penser que je pouvais les contrôler. Comme si les miracles existaient. Dès lundi matin, ils seraient de nouveaux coiffés en chignon informe, que ça leur plaise ou non.

De retour dans ma chambre, je me suis habillée lentement – des sous-vêtements peu pratiques mais jolis, une robe moulante noire et dorée d'inspiration orientale, et mes précieuses chaussures papillon. Pour être honnête, c'étaient les seules chaussures féminines que je possédais. Je les avais achetées lors d'une de mes rares virées shopping à Rushford, des années plus tôt, peu après mon arrivée à St Mary, simplement pour me souvenir que j'étais une fille. Je les adorais et n'avais que rarement l'opportunité de les porter. Mais ce soir, les chaussures et moi étions de sortie !

Je me suis un peu maquillée et le résultat n'était pas trop mal, mais tout le monde sait que si « un peu » est bien, alors « beaucoup » doit être encore mieux, aussi ai-je décidé d'en rajouter une couche. À ma décharge, je dois dire que j'allais faire mon entrée avec deux femmes grandes et minces, toutes les deux magnifiques à leur manière, et il y avait de grandes chances que personne ne me remarque. Kal avait opté pour son look princesse des neiges avec une robe blanche et argentée scintillante, tandis qu'Helen jouait la dominatrice dans une robe bordeaux moulante et stricte.

Nous sommes restées sans voix en nous regardant.

Et je dois dire que notre entrée a été un triomphe. Pour une fois, lorsque les conversations se sont brièvement interrompues, c'était uniquement pour de bonnes raisons. Le maître d'hôtel en personne nous a escortées à notre table, jouant impitoyablement des coudes pour écarter ses subordonnés.

La table était mise pour six.

— C'est la mauvaise table, ai-je dit. Nous sommes trois.

Je ne suis pas très maligne.

Kal étudiait la carte des vins et m'ignorait.

Helen parcourait la salle des yeux et m'ignorait.

— Les filles, ai-je commencé à dire, mais quelqu'un a posé une margarita devant moi et, au bout de quelques gorgées, la table était le dernier de mes soucis ; c'était une bonne table en plus, à l'avant de la salle, aussi ai-je décidé de me détendre et de profiter.

— On peut commander ? ai-je dit. Parce que je suis affamée, et il me faut quelque chose pour absorber tout cet alcool.

— Une minute, a répondu Kal d'un air distrait en parcourant la salle du regard.

Comme tout le monde semblait faire ça, je les ai imitées. Ce sont Dieter et Peterson que j'ai vus en premier. Et puis, ça alors, le chef Farrell, absolument splendide dans son costume et sa chemise noirs assortis d'une cravate argentée. Waouh !

« Regardez ! » me suis-je exclamée avec entrain. Je sais, mais les margaritas commençaient à faire effet. « Les garçons sont là. »

Je ne suis pas maligne.

— Oh, quelle surprise, a fait Helen.

— Oh Seigneur, tu as raison, a dit Kalinda. On leur demande de se joindre à nous ?

— Pourquoi pas ? ai-je répondu. Il y a assez de place.

Ai-je dit que je ne suis pas maligne ?

Kal leur a fait signe, et ils se sont dirigés vers nous.

— Bonsoir, a dit Dieter. Vous êtes toutes magnifiques.

— Oui, a ajouté Farrell. Magnifiques.

Peterson a levé les yeux au ciel.

— Oh bon sang. Écartez-vous, les techos. Et prenez-en de la graine.

Il a sorti trois roses à longue tige de derrière son dos.

— D'abord, une rose rouge pour l'amour de ma vie, la magnifique Helen. Une rose blanche pour ma partenaire, la princesse des glaces, Kalinda. Et une rose dorée pour mon amie en or, l'adorable Max.

Cinq personnes le dévisageaient.

— Et voilà comment on s'y prend, mes amis orange.

Il s'est assis à côté d'Helen et lui a souri. Elle a rougi. Je n'aurais jamais pensé voir ça un jour.

Kal s'est levée.

— Tu veux t'asseoir ici, Chef ? Je peux m'asseoir à cette place.

Personne n'obtient ce qu'il veut aussi facilement que l'impitoyable Kalinda. Une seconde plus tard, tout le monde était assis à sa nouvelle place. J'ai regardé ma rose, qui était assortie à ma robe. Comme celle d'Helen. Et celle de Kal. Un unique neurone non imbibé d'alcool s'est mis en marche.

Nous avons commandé et mangé. Le cabaret a commencé. Pendant tout le spectacle, j'avais conscience de sa présence à côté de moi. Puis ce fut au tour du DJ et après avoir échangé quelques hurlements inaudibles, nous nous sommes levés pour danser. Et ce qui arrive toujours est arrivé. Au moment où nous abordions la piste de danse, la bonne musique a cessé, laissant place à la musique mièvre, celle qui sert à se bécoter.

Notre embarras était palpable. Que faire ? N'ayant perçu aucun signe de la part du Chef, j'ai souri et fait un pas en avant. Nous pouvions danser à distance. Mais il avait d'autres projets. Encore un pas et j'étais dans ses bras. Il a pris ma main et a posé la sienne fermement sur ma taille. À mesure que nous dansions, je me rapprochais de plus en plus de lui. Il a resserré son étreinte. En temps normal, je n'aime pas ce genre de choses. Je commence à paniquer si on me tient trop serrée, mais là, c'était… agréable. Il dansait bien. Et il sentait bon. Il ne fredonnait pas la musique. J'ai posé ma tête sur son épaule. La musique s'est arrêtée. J'ai levé les yeux. Et il m'a embrassée.

Le monde a cessé de tourner autour de moi. En même temps que ma respiration, mon cœur, mon processus cognitif et le temps lui-même. Et des centaines de fragments de couleurs vives et de lumière se sont mis à tourbillonner autour de nous. Ah non, pardon, c'était la boule à facettes.

Je ne suis pas complètement dépourvue d'expérience. Il y a eu un très gentil garçon pendant ma dernière année à Thirsk, dont j'ai oublié le nom ; et un autre pendant mon séjour en Europe, dont j'ai aussi oublié le nom. Rien de sérieux. Pour être honnête, c'était surtout de la curiosité – après mon enfance, aurais-je été capable de… en aurais-je simplement eu envie ? Je n'avais rien ressenti. Rien du tout. Le sexe était pour moi un peu comme gratter une démangeaison – c'est agréable quand on arrête.

La tête toujours posée sur son épaule, j'ai tenté de me souvenir de son nom. Il s'est penché en avant et a placé sa bouche contre mon oreille.

— Il faut vraiment, vraiment que je te parle, a-t-il murmuré. Ce soir. Maintenant, en fait.

Il a passé son bras autour de ma taille et nous avons quitté la salle. Je me demandais quel était le protocole pour inviter son supérieur hiérarchique dans sa chambre.

— Tu te sentirais plus à l'aise dans ma chambre ou dans la tienne ? a-t-il demandé.

— La mienne, ai-je répondu sans hésiter. 305, ai-je ajouté au cas où nous serions séparés en chemin.

Nous nous sommes dirigés vers l'ascenseur.

Ma chambre était chaude et tamisée – un peu comme moi, en fait. Il s'est assis sur le canapé tandis que j'errais dans la pièce sans but. L'alcool, la confusion, les talons hauts, tout cela contribuait à brouiller ma compréhension des événements. Comme il ne disait rien, j'ai fini par aller m'asseoir à côté de lui et pris un air attentif. Je me demandais comment deux personnes qui n'ont aucune difficulté à communiquer quand elles portent des combinaisons bleues et orange peuvent ainsi perdre l'usage de la parole une fois vêtues de noir et de doré. N'y avait-il pas des recherches sur l'utilisation des couleurs pour induire certains états d'esprit ? Comme peindre le vestiaire de l'équipe qui reçoit en rouge vigoureux et celui des visiteurs en beige ennuyeux ?

Je suis sortie de mes réflexions et l'ai vu qui me regardait.

— Où vas-tu ? a-t-il demandé d'un air légèrement exaspéré. Je suis sur le point de faire le discours le plus important de ma vie et toi, tu n'es même pas là !

— Désolée. Je pensais aux humeurs induites par les couleurs.

— Je n'ai même pas envie de poser la question. Concentre-toi, s'il te plaît.

— Pardon.

Je me suis tortillée pour lui faire face et l'ai regardé d'un air plein d'attente. Il n'a rien dit, se contentant de me regarder et j'ai commencé à m'inquiéter. Plusieurs fois, j'ai cru qu'il allait enfin parler, mais non.

Finalement, c'est moi qui ai pris la parole.

— Écoute, je suis parfaitement concentrée maintenant, mais je ne suis pas sûre de pouvoir continuer comme ça encore longtemps. Si tu ne te décides pas à parler, je vais finir par divaguer à nouveau. Quel est le problème ?

Il a pris ma main et l'a tenue tendrement, et j'ai compris que ce qu'il allait me dire ne serait pas facile à entendre.

— Tu me fais confiance ?

— Oui, ai-je répondu, parce que c'était le cas, mais avec un soupçon de malaise.

— Eh bien, tu ne devrais pas. Les choses ne sont pas ce qu'elles semblent être, et surtout moi.

Merde. Il était marié. Non, c'était une femme. Non, il était gay. J'ai senti quelque chose se déchirer en moi.

— Alors qu'est-ce que tu es ?

Il a pris une profonde inspiration et a soupiré, sans me regarder.

— Je viens du futur.

— Tu viens… du futur ?

J'ignore pourquoi j'étais si surprise. Je sais que je suis historienne et que nous sommes censés regarder vers le passé, mais après tout, notre présent actuel est le passé de quelqu'un d'autre. Vraiment, la seule vraie surprise était que cela ne soit pas arrivé plus tôt.

Il a hoché très légèrement la tête. Je le voyais à présent – l'instinct typique de l'historien de révéler aussi peu que possible. C'était quelque chose que je comprenais. Ne pas contaminer la ligne temporelle.

— Que fais-tu ici ? Est-ce une mission ? – sacrément longue, si c'était le cas. Es-tu un fugitif ?

— Non, non, rien de si palpitant.

Il s'est levé et a commencé à arpenter la pièce. Je reconnaissais ce comportement. Je déteste être bombardée de questions, alors je l'ai laissé faire. Au bout d'un moment, il s'est arrêté près de la fenêtre et s'est tourné vers moi.

— Pourquoi ne pas commencer par le début, aller jusqu'à la fin, et puis arrêter ? ai-je suggéré.

Il a souri de son petit sourire.

— Oui, Lucy.

— Ce ne serait pas plutôt Alice ?

— Non, tu es ma Lucy ; la fille de la chanson, celle aux yeux kaléidoscopiques.

J'étais une nouvelle fois fébrile.

— Leon Farrell n'est pas mon vrai nom. Je suis né en France. Ma mère était une institutrice anglaise. Je n'ai jamais connu mon père. Nous n'avions pas beaucoup d'argent. Ma mère faisait des petits boulots en plus. Moi aussi. Autant que possible pour survivre. J'ai intégré une école militaire à… enfin, quelque part en France. J'ai obtenu mon diplôme avec mention et j'ai servi pendant trois ans dans plusieurs bases en Europe. Puis j'ai été transféré sur un porte-avions, j'ai servi là-bas pendant deux ans, rencontré une pilote prénommée Monique, et l'ai épousée.

Je suis restée immobile, parfaitement immobile.

— Nous avons été heureux pendant deux ans. Elle est tombée enceinte. Nous avons eu un garçon. Alexander. Alex. Puis un second, Stevie. Et puis elle m'a quitté, en évoquant sa carrière, des exigences de l'armée, le manque d'excitation. J'ai tenté de jouer le rôle des deux parents tout en continuant à travailler, mais c'était difficile. Ma mère nous a rejoints pour s'occuper des garçons. Les choses se sont peu à peu améliorées et j'étais heureux de rendre les choses plus faciles pour elle, après tout ce qu'elle avait fait pour moi. C'étaient les bonnes années.

La façon dont il prononça cette dernière phrase laissait penser qu'il n'y en avait pas eu beaucoup d'autres.

— Je rentrais à la maison dès que je pouvais et puis j'ai été affecté à un établissement de recherche juste à côté de – enfin, quelque part en Angleterre. Nous avons déménagé. Nous étions heureux. Alex est entré à l'école.

Il cessa de parler, tira les rideaux et regarda dans la nuit.

— Il y a eu – il y aura – une épidémie de grippe. Il y en a une tous les ans, je sais, mais celle-ci était particulièrement meurtrière. Et cruelle. Elle emportait les plus jeunes et les plus âgés. Tous ceux qui avaient entre 20 et 50 ans n'ont souffert que de symptômes légers. Les autres, ceux qui étaient en dehors de ce groupe d'âge, étaient foudroyés. C'était rapide.

» Ma mère l'a attrapée en premier. Je suis heureux, en fait, qu'elle soit partie en premier. Comme ça, elle n'a jamais su… Tous les établissements publics ont fermé. Le pays était paralysé. Je suis resté auprès de ma mère à l'hôpital jusqu'à ce qu'elle meure, assez calmement, sans bruit. Typique de sa part. Le lendemain, les garçons l'ont attrapée. Il n'y avait rien à faire. Alex est parti en premier. Comme sa grand-mère, calmement. Il a simplement fermé les yeux et s'en est allé lentement. Stevie… a souffert. Il me connaissait à peine. Je le prenais dans mes bras et j'essayais de faire baisser sa fièvre. Il réclamait sa grand-mère. C'était… horrible. Il est mort aux premières heures du jour. Mon monde s'est effondré. J'avais commencé la semaine avec une famille heureuse et en bonne santé et, à la fin, j'étais le seul encore en vie.

Il a pris une longue inspiration.

— Ils travaillaient sur un remède à l'époque ; un vaccin. Ils ont prélevé un échantillon du sang des garçons. Et du mien, car parfois… Quand les docteurs ont demandé à me voir, j'ai cru qu'il y avait une chance qu'ils puissent… et puis ils m'ont dit que non… car les garçons n'étaient pas de moi. Ils n'avaient même pas le même père. Ils n'avaient aucune chance. Je les ai enterrés tous les trois le même jour. Leur mère n'est pas venue.

Qu'y avait-il à dire ? À faire ? Il s'est éclairci la gorge, a fermé les rideaux et a poursuivi sur un ton à la fois amer et amusé.

— Pendant un mois entier, j'étais constamment ivre. Je frappais tous ceux qui m'adressaient la parole ou s'approchaient de moi. J'ai mis la France sens dessus dessous pour retrouver mon ex-femme, mais par chance, je n'ai jamais réussi. Je ne l'ai jamais revue. Je ne sais même pas si elle sait que les garçons sont morts. J'avais été suspendu de mon travail et j'étais bien parti pour mourir d'un coma éthylique dans les six mois lorsque St Mary m'a trouvé.

Il s'est tourné et a regardé de nouveau par la fenêtre.

— C'est Edward qui m'a trouvé – dans un bar, évidemment. Il a cherché la bagarre ; on est sortis pour régler nos comptes, et il m'a foutu la raclée de ma vie. Je me suis réveillé à St Mary. Et ils m'ont offert un boulot un peu spécial.

Il est revenu s'asseoir à côté de moi.

— Oublie tout le reste. C'est ce que je vais dire maintenant qui est important. À mon époque, St Mary a de gros problèmes. Il y a, enfin il y aura, des gens qui pensent que l'Histoire peut être manipulée, rendue plus lucrative. Ils étaient beaucoup plus nombreux que nous l'imaginions. Ils ont volé une capsule, sont retournés dans le passé et en ont acquis deux de plus.

Il m'a regardée pour voir si je faisais le lien.

— Quatre et Sept ! Vous n'avez jamais trouvé les capsules. Je trouvais ça étrange. Comment peut-on perdre une capsule ?

— Exactement. Il n'y a eu aucune défaillance. Nous pensons qu'ils ont tué les historiens et volé les capsules. Et maintenant, ils en ont au moins trois.

Il s'est levé et a mis la bouilloire en marche.

— Nous savons qu'en ce moment, St Mary est particulièrement

vulnérable. Les dépenses sont énormes, il n'y a aucun retour financier et les pertes sont grandes.

— Ils veulent nous contraindre à fermer ?

— Non, nous pensons qu'ils veulent nous... détourner. Nous corrompre même. St Mary doit continuer à exister dans le futur. Ils doivent avoir au moins une capsule à voler. Notre problème est donc sur deux fronts. Nous ne voulons pas que les autorités actuelles nous obligent à fermer, et ces types se baladent dans le temps et sèment la pagaille. C'est dangereux mais rentable, donc ils s'en fichent. Dans le futur, St Mary est faible et vulnérable, il était donc logique d'envoyer Edward et moi dans le passé pour se battre pour la bonne cause ici, avant qu'ils ne deviennent trop puissants.

J'ai réfléchi un moment à ce qu'il venait de dire. La bouilloire a sonné et il nous a préparé du thé avant de revenir s'asseoir.

— Toi et le Boss, vous êtes ici pour rendre St Mary plus forte, ai-je dit.

— En partie, oui.

— Mais c'est le Boss qui a créé St Mary.

— Oui, il a rapporté une capsule avec lui, a fait semblant de « découvrir » le voyage dans le temps, et s'en est servi comme base pour toutes les autres.

— Donc le Boss ramène ici une capsule du futur. Et cette capsule est le modèle de toutes les futures capsules ?

Il savait où je voulais en venir et a souri.

— Dans ce cas, qui a vraiment découvert le voyage dans le temps ? Qui a construit la première capsule ?

Il a souri de nouveau et a haussé les épaules.

— Tu ne veux pas t'embarquer sur ce chemin. Crois-moi, c'est de la folie.

Je n'avais aucun mal à le croire.

— D'accord, revenons à toi. Tu es venu avec le Boss pour régler les choses ?

— Non, il y a deux missions différentes. Edward et moi avons voyagé séparément. Il est arrivé en premier pour fonder St Mary. Je suis arrivé plus tard.

Je pensais à Kal et à moi.

— Qu'est-ce que ça fait de voir ton ami soudain beaucoup plus vieux que toi ?

— Il a failli y avoir des larmes.

— Donc, St Mary est lancée. Le Boss a fait tout le sale boulot, et tu débarques.

— Bois ton thé. Oui. Je suis ici pour protéger St Mary. Nous guider à travers diverses découvertes technologiques. Et garder un œil sur toi.

— Suis-je stratégiquement importante ?

— En fait oui, très importante, mais aussi, j'aime bien te regarder.

J'ai décidé d'ignorer cette remarque pour le moment.

— Donc tu connais le futur.

— Non, absolument pas. Je veux que ce soit très clair. J'ai été recruté et entraîné par la future St Mary. J'ai une connaissance détaillée de toi et de St Mary jusqu'au jour de mon arrivée ici. Après ça, rien du tout, pour des raisons évidentes.

— Bon sang.

Il a souri d'un air compatissant.

— Je sais, ça fait beaucoup à digérer. Ça faisait un moment que je cherchais une opportunité de t'en parler, mais tu es toujours soit ivre, soit blessée, soit stressée, soit dans une autre époque. Ce n'était pas facile.

— Donc, tu as des instructions pour moi ? Est-ce que je dois faire quelque chose ?

— Je veux juste que tu sois prudente. Je sais, quelle drôle d'idée. Mais sérieusement, Max, fais attention. Reste sur tes gardes, d'accord ?

J'ai hoché la tête et me suis adossée au canapé pour réfléchir à tout ça. Je l'ai regardé. Il était différent. Nous étions différents. Je n'étais plus la même personne que celle qui était entrée dans cette pièce.

— De quelle période du futur viens-tu ?

— Je ne peux pas te le dire, Max.

— Mais j'imagine qu'un jour ta mission sera terminée. Ils te rappelleront. Ta capsule est ici. Un jour, tu partiras.

J'essayais de maîtriser ma voix.

— Ma capsule est ici pour me permettre de traquer facilement ces gens. Ils n'ont pas prévu de nous rappeler. Edward et moi sommes ici pour longtemps.

J'ai pensé à tout ce qu'il avait laissé derrière lui pour faire ça. Je me demandais s'il avait sauté sur l'occasion d'échapper à son passé. C'est ce que j'aurais fait, je pense. Non, c'est ce que j'avais déjà fait.

On n'entendait plus que le cliquetis du radiateur dans la chambre silencieuse à présent. Je me demandais ce qu'il allait se passer. Les choses avaient changé. Pour commencer, j'étais parfaitement sobre. Il semblait fatigué. J'ai regardé l'heure. Il était si tard qu'il était tôt. Et pas si tôt d'ailleurs. La nuit était presque terminée. Il s'est levé et est retourné près de la fenêtre. Quoi encore ? De nouveau, il est revenu s'asseoir sur le canapé et m'a pris la main. Au milieu de ce torrent de révélations, j'avais oublié…

— Je me demandais si je pouvais te parler un moment.

— Oui, bien sûr, ai-je répondu en me demandant ce qu'il avait fait jusqu'à présent.

— Le truc, c'est que… je voulais te dire… je voulais te dire que je t'apprécie.

Je me suis sentie étrangement déçue.

— Je t'apprécie aussi, Chef. On travaille bien ensemble.

— Non, ce n'est pas ce que je voulais dire. Ce que je voulais dire, c'est que… c'est que j'ai des sentiments pour toi.

Mon cœur s'est emballé.

— Quel genre de sentiment ?

— Du respect, de l'admiration – une longue pause – de l'amour.

Mon petit cœur martelait à présent ma poitrine. Il a tiré les mauvaises conclusions de mon silence.

— Je suis désolé ; ça doit être un choc pour toi. J'ai vraiment essayé de… de ne pas… Je dois poser la question et je sais que tu seras honnête avec moi. Est-ce qu'il y a une chance pour qu'un jour… je veux dire, est-ce que tu penses que…

— Oui.

Son regard s'est fixé sur sa main, celle avec la cicatrice, qui serrait toujours la mienne un peu trop fort. Je pense qu'il n'avait pas conscience de sa force.

— Oh, d'accord. Dans ce cas, je vais te laisser. Je suis désolé d'avoir… Évidemment, ça n'aura aucun impact sur…

Et il a de nouveau laissé sa phrase en suspens. Ce type avait vraiment des problèmes de communication. Et il n'était pas non plus très doué pour écouter. Il s'est levé, a traversé la pièce et est sorti en silence. Je suis restée assise, abasourdie et épuisée, heureuse, folle de joie. Et légèrement exaspérée. Un coup a retenti à la porte. Je me suis levée et l'ai ouverte.

— Qu'est-ce que tu as dit ?

— J'ai dit oui.

Un sourire immense s'est dessiné sur son visage.

— Oui, c'est bien ce que tu as dit, pas vrai ?

Il a baissé la tête et m'a embrassée de nouveau, très délicatement.

— Après cette mission…

Et avant même que je ne puisse reprendre mes esprits et lui répondre, il avait disparu.

Je suis allée me coucher et, pour la première fois depuis des mois, je n'ai pas pensé au Crétacé.

Huit

Sept jours plus tard, nous étions aussi prêts que possible, nos deux capsules entièrement chargées. Sussman prenait la Trois et moi la Huit. Nous avions décidé de travailler dans la Trois, et de dormir et de manger dans la Huit, ou peut-être l'inverse. Nous verrions en arrivant. Nous avions programmé un atterrissage sur un terrain aussi élevé que possible dans l'espoir de ne pas nous retrouver sous l'eau. « Ce n'est pas une science exacte, m'avait prévenue Farrell avec une expression inquiète. Il va falloir croiser les doigts. » Il semblait fatigué et las, comme tous ceux qui travaillaient de près ou de loin sur cette mission. Et nous n'avions même pas réellement commencé.

— Tout est prêt ? a demandé Sussman qui venait d'apparaître.

— Oui, on n'attend plus que vous.

Au-dessus de nous, Kal et Peterson nous faisaient signe de la main. Le Dr Bairstow attendait silencieusement avec le Pr Rapson et beaucoup d'autres. La passerelle était bondée.

— C'est parti.

Nous sommes entrés dans nos capsules respectives. Mon deuxième voyage en solo. Le premier me paraissait si loin à présent. J'ai soigneusement rangé mon sac dans un casier. J'avais laissé le cheval dans ma chambre, mais j'avais caché ma précieuse photo dans mes affaires. Il était hors de question que je subisse les moqueries de Sussman en la laissant en évidence, mais le simple fait de l'avoir me réconfortait. Comme si j'emmenais le Chef avec moi.

Celui-ci se tenait devant la porte, son bloc-notes à la main, mais nous n'en avions pas besoin. Nous avions déjà tout passé en revue à deux reprises. Nous avons échangé un regard. Il était temps.

— Essaie d'être prudente, Max, a-t-il dit. J'ai des projets pour ton retour.

Mon cœur s'est serré légèrement. J'ai hoché la tête.

— Toi aussi, sois prudent.

Il a souri, reculé et la porte s'est refermée. J'ai activé la communication.

— Ordinateur, amorce le saut.

— Saut amorcé, a répondu l'ordinateur de bord.

Et le monde est devenu blanc.

Et vert. Tout était vert. Le vert était partout. J'étais si excitée que j'en ai oublié mon habituel remerciement au dieu des historiens de ne pas m'avoir matérialisée à l'intérieur d'une montagne ou au fond d'un océan, ou en l'occurrence dans un marais. J'ai tendu le cou pour mieux voir les alentours. Rien que du vert.

— Davey ! Tu es là ?

— Oui, juste derrière toi. Je te vois, à une centaine de mètres. Bon sang, ça fait mal aux yeux !

— Active tes moniteurs. Je veux qu'on ait tout vérifié avant de sortir.

Il a commencé à lire les mesures.

— La température est élevée, mais c'est raisonnable. L'humidité bat des records. J'espère que tu as ta culotte anti-moisissures. Les niveaux d'oxygène sont acceptables si on ne court pas trop. Aucune alerte de proximité.

J'ai consulté mes propres données.

— Je suis d'accord. Je te rejoins.

— Je mets l'eau à bouillir.

J'ai enfilé mon gilet de protection et mon casque, puis j'ai activé le micro.

— Tu me reçois ?

— Cinq sur cinq.

J'ai sorti un pistolet laser d'un casier, fixé un fusil paralysant à ma cuisse et une bombe lacrymogène de puissance industrielle à ma ceinture. Puis j'ai fermé les yeux et me suis généreusement aspergée du Spray Spécial concocté par le Pr Rapson. En théorie, je sentais à présent comme un végétal et non comme un animal. En pratique, je sentais comme un énorme chou pourri. J'ai vérifié une dernière fois les alentours avant de me placer face à la porte. J'ai pris deux longues inspirations, sauté sur place, haussé deux fois les épaules, et dit :

— Porte.

Nom de Dieu, il faisait chaud ; c'était comme ouvrir la porte d'un four.

Et c'était humide. Je sentais la transpiration se former sur mon corps. Mon expérience me disait que l'intérieur des deux capsules allait rapidement devenir invivable.

Et bruyant. On entendait principalement des bruissements d'insectes, mais des rugissements et des mugissements au loin suggéraient la présence d'animaux légèrement plus imposants.

Et vert. Une végétation épaisse et luxuriante s'étendait à perte de vue. Les couleurs étaient vives, fraîches et neuves, un peu comme si le monde n'avait pas encore eu le temps de les user.

Et odorant. Même l'odeur était verte. Des effluves de terre humide, de feuillage humide, de merde humide ; comme si nous nous étions trouvés au milieu d'une ferme géante. On percevait également une légère odeur d'œufs pourris. Je savais ce que cela signifiait et j'avais raison : à l'horizon, je discernais des formes indistinctes surmontées de nuages douteux. Des volcans et toutes leurs charmantes conséquences : éruptions, lave en fusion, tremblements de terre, coulées pyroclastiques. Youpi ! Par chance, nous avions atterri assez loin pour qu'ils ne constituent pas un réel danger. Je me suis tournée, j'ai levé les yeux et j'ai failli avoir une crise cardiaque. Certes, nous n'étions pas au fond d'un océan, ce qui était une bonne chose, mais nous avions apparemment atterri sur le flanc inférieur de l'arrière-grand-mère du Krakatoa. Le sommet fumant semblait assez loin, mais je doute que l'inspection du travail aurait approuvé. Mais l'inspection du travail est quelque chose qui n'arrive qu'aux autres et nous n'avions pas de temps à perdre. Active-toi !

— Je suis un peu plus bas, sur ta droite, a dit Sussman dans mon oreillette.

J'ai tourné la tête et l'ai vu, habillé correctement pour une fois, devant la porte de sa capsule.

— J'arrive.

Le sol semblait assez ferme. J'ai commencé à descendre. Au bout de vingt pas, je me suis retournée pour mémoriser l'emplacement de ma propre capsule, nichée juste sous la limite des arbres, sur un petit plateau. À ma gauche, une épaisse forêt s'étendait vers le haut. À ma droite, la pente menait à une zone sans arbres, large et plate, qui servait de plaine côtière à ce qui était soit un très grand lac, soit une petite mer intérieure.

J'ai pensé à poser un genou à terre et à ne pas lâcher le pistolet laser, mais c'est à peu près tout ce que j'avais retenu de l'entraînement avec Guthrie. Oh, et j'ai pensé à me taire. En dehors de ça, je suis restée les yeux écarquillés comme une novice. C'était assez embarrassant. Heureusement qu'il n'y avait aucun historien expérimenté dans les parages. Un mouvement près de moi m'a fait sursauter, mais ce n'était que Sussman.

— J'en avais marre d'attendre, a-t-il dit d'un air agacé. Oh merde !

Il venait de voir ce que j'avais vu, un spectacle qui, à lui seul, valait la peine de faire ce boulot.

En contrebas, un petit troupeau de maiasaura, qu'on surnommait les « bonnes mères », traversait la plaine d'un pas lourd. Elles se déplaçaient en rangs serrés, protégeant nerveusement leurs petits des prédateurs. J'ai regardé autour de moi pour voir si des troodons suivaient le troupeau. Ils n'étaient probablement pas loin. La procession a fini par disparaître dans le lointain.

— Un ankylosaure, a murmuré Sussman en pointant le doigt vers la gauche, prouvant qu'il n'avait pas perdu son temps ces derniers mois. Le dernier dinosaure à carapace. Regarde-le.

Il était difficile de ne pas le faire – le dinosaure était grand comme un foutu tank.

— Viens, ai-je dit en me relevant. On aura tout le temps pour ça plus tard. Il faut qu'on fasse une reconnaissance.

Il nous a quand même fallu quelques minutes pour nous arracher au spectacle. Nous étions les premiers humains, les seuls humains à voir cela, mais il allait falloir qu'on s'active si on voulait tenir plus de dix minutes. N'importe quoi aurait pu s'approcher subrepticement pendant que nous restions bouche bée comme des touristes.

— Regarde bien où tu mets les pieds, m'a-t-il prévenue sur le chemin de la capsule Trois. Le sol est un peu instable.

Il était effectivement un peu mou, mais tant que nous avancions lentement et que nous ne nous aventurions pas dans le noir, tout irait bien.

Soudain tout excités, nous avons échangé un grand sourire. « C'est parti ! »

Nous étions au jour 74 d'une mission presque parfaite.

Le jour où tout m'a explosé à la figure.

Nous étions si fatigués que même moi je dormais comme un loir. Sussman avait tenu sa promesse concernant le ménage – enfin, en partie – et me réveillait tous les matins avec une tasse de café.

J'ignore ce qui s'est passé. Peut-être qu'un instinct enfoui en lui venait de se réveiller, je ne sais pas, mais j'ai ouvert les yeux ce matin-là et trouvé Sussman à genoux au-dessus de moi avec une érection de la taille d'un poteau télégraphique et une expression désagréable sur le visage.

Mon instinct a pris le dessus. Littéralement. J'ai levé les genoux, enfoncé les deux pieds dans sa poitrine et tendu les jambes, le projetant en arrière.

À quoi est-ce qu'il pensait ? C'était seulement maintenant que je me souvenais des avertissements de Kal. Seulement maintenant que je réalisais que j'étais à 67 millions d'années de chez moi avec quelqu'un en qui je ne pouvais pas avoir confiance. Ce n'est pas un sentiment agréable, croyez-moi. J'ai attrapé ma bombe lacrymogène et j'en ai fait une affaire personnelle.

Il s'est réfugié à l'autre bout de la capsule, éternuant, pleurant, toussant, tout en essayant d'attraper ses vêtements. Je me suis coincée dans un angle pour protéger mon dos et me suis immobilisée. L'air conditionné avait rendu l'âme, à moins que ça ne vienne de moi, mais la sueur coulait abondamment sur ma peau, dans mes yeux. Je lui ai hurlé au visage, tremblant de rage, d'adrénaline, d'incertitude. Qu'allait-il se passer à présent ?

Ça a toujours été une question de confiance. Vous prenez deux personnes du sexe opposé et vous les confinez dans une petite capsule à des centaines ou à des millions d'années de toute civilisation, et faites confiance au hasard. Et, autant que je sache, cela n'avait jamais été un problème. Kal et Peterson, Lower et Baverstock, tous mes prédécesseurs, je n'avais jamais entendu la moindre rumeur sur ce genre de problèmes. Je veux dire, il est évident qu'on finit par se voir à poil à un moment ou à un autre, mais ce n'est pas un problème. C'est rapide et professionnel et on passe vite à autre chose, car c'est notre boulot. Évidemment, la majeure partie de l'équipe s'en donnait à cœur joie, des vrais lapins ; mais pas moi, et pas avec mon partenaire. Et puis, la culpabilité féminine ancrée en chaque femme s'est réveillée. Avais-je, sans m'en rendre compte, donné l'impression que… ? Était-ce ma faute ?

Non, ce n'était pas ma faute. Je refusais de me laisser entraîner sur cette pente. J'ai essuyé la sueur de mes yeux et dit d'une voix autoritaire : « Dehors ».

Il a commencé à bafouiller quelque chose, mais je l'ai immédiatement interrompu.

— Non, n'essaie même pas. Dehors. Retourne à la capsule Trois et restes-y jusqu'à ce que je t'appelle.

— Mais…

J'ai sorti un pistolet laser du casier. Je voulais simplement le couvrir pendant qu'il retournait à sa capsule, mais il a mal interprété mon geste. Il a hurlé : « Porte ! » et pris ses jambes à son cou. Debout dans l'embrasure de la porte, je l'ai regardé courir. Il a perdu l'équilibre sur la partie étroite du chemin, mais s'est rapidement relevé et a rejoint la capsule sans encombre. J'ai refermé ma propre capsule, rangé le pistolet laser, me suis assise en respirant lourdement et j'ai réfléchi aux différentes options.

Je pouvais le renvoyer à St Mary. Cela impliquerait de terminer la mission seule, ce qui serait difficile, mais faisable. Non, le Boss me rappellerait. Ce n'était pas un endroit adapté à une mission en solo.

Je pourrais nous ramener tous les deux à St Mary, et revenir avec Kal ou Peterson. Mais nous n'aurions aucune donnée pour quatre-vingt-dix jours consécutifs. Il faudrait peut-être tout recommencer. Mais tout cela est très cher, et Thirsk n'accepterait jamais de payer ces heures supplémentaires. Ils voudraient une raison et penseraient que nous manquons de professionnalisme. Non seulement ils exigeraient une présence permanente à St Mary, mais ils voudraient peut-être même nous accompagner lors des futurs voyages.

Restait la possibilité de continuer et de terminer la mission. Même si l'idée de partager du temps et de l'espace avec ce porc me rendait malade, c'était ma meilleure solution. Je pourrais l'isoler à la capsule Trois et nous pourrions nous retrouver à l'extérieur la journée. Notre relation serait purement professionnelle. Ce serait gênant et embarrassant, mais c'était son problème. Mon problème serait de décider quoi faire une fois rentrée à St Mary. C'était mon partenaire. Et je n'avais aucune preuve. Et concrètement, rien ne s'était passé. Ce serait ma parole contre la sienne. Le dilemme de la femme, vieux comme le monde. J'ai soupiré. J'aurai le temps d'y penser plus tard.

Bien sûr, je pouvais aussi lui tirer dessus.

J'ai pris une douche pour me débarrasser de toute cette sueur, je me suis habillée et j'ai mis de l'ordre dans la capsule. Garder ses mains actives pendant que son cerveau tourne à vide. J'étais en train de préparer le programme de la journée lorsque ma radio a grésillé.

— Max ? Tu es là ? Est-ce qu'on peut parler ?

S'il pensait pouvoir s'en tirer en m'amadouant, il se trompait. Comme je n'avais aucune idée de ce que j'allais lui dire, j'ai répondu sèchement.

— Je suis occupée pour l'instant. Reste où tu es. Je te parlerai plus tard.

Sur le moment, je n'ai pas réalisé qu'il en avait probablement conclu que j'étais en train d'enregistrer l'incident.

J'ai étudié le programme de la journée. Rien d'inhabituel – récupérer les disques météorologiques et entrer les informations, idem pour les enregistrements géologiques, et insérer de nouveaux disques pour la carte des étoiles. Nous avions prévu d'explorer et de cartographier la partie nord de la vallée. Un travail prioritaire. Nous avions passé tellement de temps à filmer les dinosaures pour l'hologramme que nous avions pris du retard sur le reste. Il était temps de le rattraper. Peut-être pourrais-je le tuer à la tâche, ce qui résoudrait tous mes problèmes.

Je savais, au fond de moi, que j'avais décidé de continuer la mission. Retourner à St Mary avec Sussman la queue entre les jambes n'était pas une option. Mais je pouvais prendre des précautions raisonnables et en même temps envoyer un message sans équivoque.

— Ordinateur, restreins l'accès à cette capsule. Accès pour Maxwell uniquement. Autorisation : Maxwell cinq zéro alpha neuf huit zéro quatre bravo. Confirme.

— Restriction de l'accès à cette capsule. Maxwell uniquement. Confirmé.

J'ai allumé la radio.

— Présente-toi à ma capsule. Immédiatement.

Je l'ai regardé arriver en courant et franchir prudemment le passage étroit, qui semblait de plus en plus instable. Il faudrait que je pense à chercher un autre chemin. Il était convenablement vêtu d'une tenue de camouflage, les yeux gonflés, pâle, les cheveux encore mouillés. Lorsqu'il est arrivé devant la capsule, il a dit : « Porte » et rien ne s'est produit. Il a attendu quelques secondes avant de répéter le message plus fort. La porte est restée fermée. Il a compris. Il a levé les bras et frappé doucement à la porte. Je l'ai laissé entrer.

Je ne lui ai pas proposé de s'asseoir, et je suis également restée debout, la bombe lacrymogène puissance dinosaure bien en évidence dans ma main. J'ai ouvert la bouche pour parler mais il m'a interrompue d'un geste.

— S'il te plaît Max, laisse-moi juste dire une chose. Je suis désolé. Je suis vraiment désolé. Je ne sais pas ce qui s'est passé. Enfin, si je sais, bien sûr, mais je ne sais pas pourquoi. Si cela peut aider, sache que je suis aussi horrifié que toi et profondément honteux. Je t'en supplie, ne mets pas un terme à cette mission. On a tellement avancé. On n'a plus que seize jours à tenir, et tout ce qu'il nous reste à faire, c'est de la collecte de données. Je vois que tu as verrouillé ta capsule. Je comprends, ça ne me dérange pas, mais finissons la mission. S'il te plaît Max, je…

Je l'ai interrompu.

— J'ai déjà pris ma décision. La mission va continuer. Mais les règles vont changer. À moins de recevoir un ordre contraire, tu resteras dans ta capsule. Tu mangeras et dormiras là-bas. Tu te tiendras à une distance raisonnable de moi à tout moment. Tu ne me toucheras pas. Toute conversation devra être de nature professionnelle uniquement. Si tu n'acceptes pas ces conditions, alors la mission se terminera immédiatement avec toutes les conséquences que cela implique.

Il a dégluti et hoché la tête. J'ai continué.

— Bien, la partie nord de la vallée. Nous n'y sommes pas encore allés. Nous allons faire une autre carte en courbes de niveau. Prendre note des nouvelles espèces de dinosaures que nous rencontrerons, mais aujourd'hui je veux surtout apprendre à connaître la flore, ce qui est ton domaine. Ton arme est-elle chargée ?

Il a de nouveau hoché la tête, le visage plus pâle encore que d'ordinaire.

— Je peux dire quelque chose ? Je voudrais simplement suggérer que nous nous concentrions sur l'équipement aujourd'hui et que nous nous occupions de la zone nord demain, quand on se sentira plus…

— Non. Aujourd'hui.

Il semblait contrarié, mais ça m'était égal.

J'ai jeté mon sac sur mon épaule et nous nous sommes mis en chemin.

— Attends une seconde, a-t-il dit. La partie qui arrive est délicate. – Il s'est repris, a dégluti et a dit poliment : – Peut-être préfères-tu passer en premier ? Si tu enlèves ton sac, je peux te l'envoyer quand tu auras traversé et faire la même chose avec le mien. Enfin, si tu es d'accord.

Pour mon plus grand malheur, j'ai pris sa soumission au sérieux. Je me suis débarrassée de mon sac et me suis engagée sur la partie étroite du chemin.

— Fais attention, a-t-il dit.

Ils n'avaient pas arrêté de nous mettre en garde à St Mary, mais jusqu'à ce que cela vous arrive, il est impossible d'imaginer la rapidité et le silence d'une attaque de raptor. Je n'avais rien vu ni entendu. Ce n'est que lorsque quelque chose de dur m'a heurtée en haut du dos que j'ai compris. J'ai chancelé, la terre a cédé sous mes pieds et j'ai perdu l'équilibre, basculant dans le précipice.

J'ai roulé et tourneboulé pendant ce qui m'a paru une éternité. Beaucoup d'autres choses m'ont frappée : des objets durs, des rochers, des pierres, des branches. J'avais la bouche pleine d'argile, qui me remontait jusque dans les narines. Je n'avais aucune idée du sens dans lequel je me trouvais. J'ai tenté de m'agripper à des branches, d'enfoncer mes mains dans la terre pour ralentir ma chute, mais je ne parvenais qu'à tout emporter avec moi. Finalement, j'ai heurté quelque chose de solide qui a interrompu ma descente. Je sentais des débris s'empiler autour de moi. J'ai tenté de lever les bras pour me protéger le visage et me ménager un peu d'espace pour respirer. Et c'est à ce moment-là, je crois, que j'ai perdu connaissance.

Je n'ai commencé à reprendre mes esprits que très lentement. Il pleuvait, et la sensation des gouttes fraîches sur mon visage était agréable. J'étais allongée sous quelque chose de lourd. En tournant la tête très lentement, j'ai compris que j'étais en partie coincée sous un tronc d'arbre cassé et en partie enterrée sous ce qui ressemblait à la moitié d'une montagne. Après avoir recraché quelques graviers, j'ai tenté de faire le point sur ma situation. J'avais mal au dos, mais c'était probablement lié à l'attaque des raptors. Mon casque et mon gilet m'avaient bien protégée dans ma chute, mais toutes les parties de mon corps qui étaient découvertes souffraient de brûlures et d'éraflures puissance Crétacé. Mon premier réflexe a été d'essayer de me libérer, mais en y réfléchissant un peu, j'ai compris qu'il valait mieux que je ne bouge pas tout de suite. Combien de temps avais-je été inconsciente ? Quelques secondes, quelques heures ? Il pouvait toujours y avoir des raptors dans les parages, et s'ils m'entendaient ou me voyaient bouger, ils seraient sur moi en un éclair. Et j'étais dans une position très précaire. Ce tronc d'arbre était la seule chose qui m'empêchait de tomber plus bas, ce que je voulais éviter à tout prix. La chute qui m'attendait semblait longue.

Et ce serait une sacrée montée, aussi. Et pour ne rien arranger, le sol semblait particulièrement instable. Si je parvenais à me libérer, il faudrait que je me traîne jusqu'au terrain de roche solide sur la gauche, et que je grimpe à partir de là. Malgré tout, quelque dieu des dinosaures veillait sur moi, car la pluie était douce, à la fois chaude et rafraîchissante. Si elle se transformait en une averse typique du Crétacé, je serais probablement emportée par les eaux, ou même noyée. Comment peut-on se noyer sur le flanc d'une montagne ? Peut-être faudrait-il que je me contente de travailler dans un bureau.

J'ai activé ma radio et murmuré :

— Sussman, tu m'entends ? Davey, tu es là ? Au rapport.

Aucune réponse. Rien que des grésillements. Piégée comme je l'étais, je n'ai pas osé recommencer, craignant d'attirer l'attention.

J'ai choisi d'y aller doucement. J'étais allongée plus ou moins à l'endroit, et sur le dos, j'ai donc délicatement agité mon pied gauche, qui s'est facilement libéré. Bon début. Mon autre jambe étant coincée sous l'arbre, j'ai décidé de l'y laisser pour le moment et j'ai porté mes efforts sur mon bras gauche. Centimètre par centimètre, douloureusement, j'ai réussi à le libérer. Mais dès que j'ai commencé à bouger le bras droit, le sol a recommencé à s'effriter. J'ai laborieusement roulé sur le côté et délicatement essayé d'extirper mon bras. Le problème restait ma jambe. Je ne pouvais pas me permettre de déplacer le tronc d'arbre, la seule chose qui m'empêchait de dévaler le volcan jusqu'au terrain de jeu des dinosaures en contrebas. Finalement, mon cerveau s'est mis en marche et j'ai eu l'idée de creuser sous ma jambe pour la libérer. Quelques minutes plus tard, je n'avais plus d'ongles, mais j'étais libre.

Libre, mais certainement pas en sécurité. J'ignore combien de temps il m'a fallu pour m'extraire de l'éboulis ; un pas en avant, deux en arrière. Mais une fois sortie de là, le reste de l'ascension a été plutôt facile. J'ai pris mon temps pour atteindre le sommet, risquant un regard au-dessus du rebord pour examiner les alentours. J'ai attendu peut-être dix minutes jusqu'à ce que mes bras se mettent à trembler, puis je me suis hissée de l'autre côté. À nouveau sur mes pieds, et après avoir retrouvé l'équilibre, j'ai pris la direction de la capsule Huit.

J'ai activé une nouvelle fois ma radio et lancé à voix basse :

— Sussman, tu es là ? Sussman, réponds.

Rien.

— Sussman, au rapport.

Toujours rien.

Je tremblais comme une feuille à présent, mais j'ai continué à avancer. Et j'ai compris pourquoi il ne répondait pas. Des flaques de sang noir et épais jonchaient le sol. Un peu plus loin, sur le côté, j'ai vu une botte. Son pied était toujours à l'intérieur. Quelque chose de fragile s'est brisé en moi. J'ai attrapé la botte, couru aussi vite que mes jambes tremblantes me le permettaient, crié : « Porte », plongé à l'intérieur de la capsule Huit et je suis restée allongée sur le sol, à bout de souffle, terrifiée.

Je me suis autorisé vingt minutes. Pas plus, sinon je savais que je ne me relèverais pas. J'ai emballé le pied dans deux sacs et l'ai placé dans le frigo. Il y avait une bouteille à l'intérieur et la tentation était grande. Au lieu de ça, je me suis préparé une tasse de thé et, avec des gestes mécaniques, j'ai pris une douche, nettoyé mes blessures, tressé mes cheveux et, épuisée, j'ai sorti ma couchette et fermé les yeux.

Presque aussitôt, je me suis relevée pour attraper ma photo. De nouveau dans mon lit, je l'ai serrée contre moi. Il me manquait. Je pourrais rentrer à présent, sentir le réconfort de ses bras autour de moi. Personne ne m'en voudrait.

Moi, je m'en voudrais.

Après une autre minute, j'ai abandonné l'idée de dormir et laissé mon esprit s'évader, c'est-à-dire penser à Sussman faisant son

Sussman ; à la fois aimé et haï. Je me suis souvenue de sa gentillesse, en particulier envers moi. J'avais tellement de mal à croire qu'hier à la même heure, il ronflait à côté de moi. Et maintenant, il était mort. J'aurais tellement aimé pouvoir revivre cette journée et faire les choses différemment. Mieux. Et s'il avait essayé de se réfugier dans ma capsule ? Je l'avais verrouillée. Il n'aurait pas pu rentrer. Le bon sens me disait que c'étaient des conneries. Une fois que les raptors l'avaient eu dans leur ligne de mire, il ne pouvait rien faire.

On travaillait ensemble depuis un certain temps déjà, à nous disputer, à rire, à rivaliser, à toujours essayer de prendre l'avantage, mais plus maintenant. Plus jamais. C'était ma mission. Comment ai-je pu laisser une telle chose arriver ? Je n'arrivais pas à croire que je le ne reverrais jamais. Et ça a continué comme ça, toute la nuit, la récrimination, le chagrin et les regrets tourbillonnant en moi jusqu'à ce que, enfin, je sombre dans un sommeil épuisé juste avant l'aube.

Le lendemain, je me suis habillée péniblement, j'ai fourré de la nourriture dans un autre sac à dos, pris ce dont j'avais besoin, attrapé mon pistolet laser et je me suis postée devant la porte. J'ai pris deux ou trois longues inspirations. J'avais vérifié tous les capteurs de proximité. Rien ne rôdait dans les parages. Remonte en selle, Maxwell.

J'ai ouvert la porte. Je ne sais pas pourquoi j'étais surprise de trouver tout exactement tel que je l'avais laissé. Je me suis mise en route, mais pas pour la partie nord de la vallée, trop loin pour s'y rendre seule. En revanche, je pouvais faire un travail utile en direction du lac, à l'est.

J'ai trouvé une fente dans la paroi de la falaise où j'ai pu me mettre en sécurité et commencer à travailler. J'ai filmé, mesuré et pris des notes sur la végétation. Des conifères sur les hauteurs et des *pinus* et des *metasequoia* ainsi que des arbres à larges feuilles sur la partie basse. Toutes les espèces étaient présentes, du chêne au palmier.

Vers le milieu de l'après-midi, j'ai rebroussé chemin en regardant prudemment autour de moi, mon arme chargée, mais tout était calme. Je craignais que les raptors ne reviennent, à la recherche d'un autre de ces curieux mammifères à la saveur inhabituelle, mais ils étaient probablement passés à autre chose. J'ai vérifié tout notre équipement et récupéré tous les disques utilisés, que j'ai remplacés par des disques vierges. Le matériel avait passé la nuit à l'extérieur, mais rien ne semblait avoir souffert, j'ai donc décidé de ne pas le bouger. Ces appareils étaient lourds, et je ne voulais pas risquer de les casser en essayant de les déplacer toute seule.

Entrer dans la capsule Trois n'a pas été facile. Les affaires de Sussman étaient partout. J'ai tout rangé soigneusement, me concentrant uniquement sur ce que je faisais, refusant de laisser mon esprit divaguer. J'ai regardé mes mains plier ses vêtements et ranger soigneusement son kit. J'ai relevé les mesures, éteint les lumières et quitté la capsule sans un regard en arrière.

En me dirigeant vers ma capsule par un autre chemin, je me suis attardée pour observer la clairière et le sentier. Les taches rouges étaient toujours là. Craignant qu'elles n'attirent les prédateurs, je me suis approchée et j'ai jeté de la poussière et des graviers sur le sang avant de récupérer ce qu'il restait de nos sacs.

Je suis montée sur le toit de la capsule, j'ai vérifié l'alignement du scanner et changé les disques avant de redescendre. À l'intérieur, j'ai pris une douche, mangé, rédigé soigneusement les rapports de la journée et de la veille, et entré mes données. J'ai rangé les disques et, légèrement surprise par mon calme et mon efficacité, je suis allée me coucher.

Les quinze jours suivants ont suivi plus ou moins le même rythme. C'était un travail difficile pour une personne seule, mais j'en avais besoin. Je trouvais de la force dans ma photographie, désormais posée sur la console, où je pouvais la voir facilement. J'étais triste, seule et en état de choc, et pour la première fois de ma vie quelqu'un me manquait, mais ce travail devait être fait et j'étais la seule à pouvoir l'accomplir. Tous les jours, je sortais, faisais ce qu'il y avait à faire et revenais. Je parlais à la photo. Je me parlais à moi-même. Je pense avoir même échangé quelques mots avec un rocher.

J'ignore si ce jour horrible avait épuisé toute la tragédie que cette mission avait en réserve, mais le reste de mon séjour a été relativement pauvre en traumatismes. De toute façon, je m'étais aspergée de tellement de jus de chou pourri que je passais probablement pour un buisson sur pattes. Mes plaies semblaient guérir sans s'infecter et je commençais à me dire que le pire était derrière moi.

J'ai passé les deux derniers jours à déplacer péniblement le kit de Sussman jusqu'à la capsule Trois. Le type qui a dit : « Donnez-moi un levier et je soulèverai le monde » ne s'est manifestement jamais retrouvé jusqu'aux genoux au milieu d'un marécage crétacé, à essayer de tirer une caisse grosse comme un réfrigérateur en haut d'une colline.

J'ai passé une demi-journée dans la capsule Trois, à préparer le saut et à programmer le compte à rebours. J'ai fermé la porte et l'ai regardée partir, et puis je suis restée un moment à observer le terrain plat où elle avait été, sans trop savoir pourquoi, avant de retourner à ma propre capsule, prudemment, car je ne voulais pas avoir de problèmes si près du but.

J'ai fait le ménage, dicté mes dernières notes, mis à jour les logs et vérifié que tous les disques étaient présents et fonctionnels. J'ai regardé la petite montagne de boîtes entassées dans l'angle. Des données. Des données uniques, inestimables, durement gagnées. J'ai descendu les scanners célestes du toit et les ai rangés à leur tour. Il n'y avait plus rien à faire à présent.

Je me suis préparé une tasse de thé et me suis assise sur le palier. Cet endroit avait été ma maison pendant trois mois. Sussman était mort ici. Ce n'était pas facile de laisser tout ça derrière moi. J'ai observé l'activité autour du lac. Un torosaurus solitaire penchait sa lourde tête pour boire à côté de deux parasaurolophus avec leur crête en forme de banane, dont j'ignorais toujours la fonction. Chambre de résonance ? Signal sexuel ? Capteur d'odeurs ? Quelqu'un d'autre étudierait les données et déciderait. Mon favori, Andrew l'ankylosaure, se baladait en agitant lentement sa grande queue. Et ces salauds de raptors faisaient ce que font les raptors. Comment leur en vouloir ? Et les inquiétants vélociraptors. Ils étaient plus petits que je ne les imaginais, mais très intelligents. J'espérais que quelqu'un s'intéresse un jour au lien entre carnivorisme et intelligence. Et un groupe de protocératops ; nous avions réussi à obtenir de très belles images de leurs nids, avec leurs œufs disposés dans ces spirales fascinantes.

J'avais une très grande affection pour ces créatures ; c'étaient de vieux amis à présent, tous autant qu'ils étaient. Et ils étaient morts, tous morts, depuis très longtemps.

Oh bon sang. J'ai jeté le reste de mon thé et réalisé le CNOP intérieur et extérieur. Après quoi, je n'avais plus aucune raison de m'attarder. J'ai laissé l'ordinateur amorcer le saut – et c'était terminé.

Neuf

Enfin, j'étais à la maison. La lumière bleue du système de décontamination a clignoté, et j'ai senti les poils se hérisser sur mes bras. J'ai pris une longue inspiration et savouré ce moment. J'étais à la maison. En tendant légèrement le cou, je voyais la capsule Trois à l'autre bout du hangar. Des techniciens s'agitaient tout autour, faisant leurs trucs de techniciens. J'ai soupiré. Soudain, je me sentais terriblement fatiguée.

Quelqu'un a frappé à la porte. Je devais l'ouvrir. Il avait certainement vu que la capsule Trois était vide et était venu directement à la Huit, où il s'attendait à nous voir tous les deux. J'allais devoir ouvrir la porte et laisser le monde entrer. J'ai activé l'ouverture manuelle. Il est resté sur le seuil de la capsule, digérant l'absence de Sussman.

Son visage disait tout. Il n'a pas demandé ce qui s'était passé, ce qui n'était pas plus mal, car pendant un court moment, je ne pouvais plus parler.

— Ça va ?

J'ai hoché la tête. Le simple fait d'entendre sa voix après tout ce temps me réconfortait.

— Prends ton temps.

Suivant ses conseils, je me suis adossée au siège et j'ai fermé les yeux. J'ai entendu la porte se fermer et lorsque j'ai de nouveau ouvert les yeux, il était là.

— Viens là, a-t-il dit.

Je me suis levée, tremblante, j'ai fait un pas dans sa direction et j'ai placé mes bras autour de son corps solide et chaud. Il m'a serrée contre lui. C'était vraiment un homme merveilleux. Il est resté silencieux, me caressant gentiment le dos. J'ai voulu m'écarter mais il a resserré son étreinte. « Non », a-t-il dit tout doucement, alors j'ai posé ma tête sur sa poitrine et écouté son cœur battre, puissant et régulier.

Le temps passait et, si je ne m'activais pas, j'allais rester ici pour toujours. J'ai commencé à tirer mon sac vers moi, mais il a interrompu mon geste.

— Je m'en occupe. Viens, je t'emmène à l'infirmerie. Ça va aller ?

J'ai hoché la tête et ouvert la porte. Une petite foule orange attendait à l'extérieur. « Bienvenue chez toi », a dit une voix. Je les voyais regarder par-dessus mon épaule à la recherche de Sussman. Derrière moi, je suppose que le Chef leur faisait signe, car ils ont tous reculé. J'ai levé les yeux vers Kal et Peterson sur la passerelle et secoué la tête.

Nous avons pris l'ascenseur jusqu'à l'infirmerie. Après trois mois passés au Crétacé, j'avais oublié à quoi servaient les escaliers. Helen et son équipe nous attendaient lorsque les portes se sont ouvertes. Farrell m'a rendu mon sac.

— On va commencer par les enregistrements, qu'on te transmettra dès que possible. Le Dr Bairstow passera te voir un peu plus tard, je pense. Repose-toi.

Il s'est éloigné, me laissant seule et dépitée.

Helen s'est rapidement occupée de moi, avec une gentillesse dont je n'avais pas l'habitude. Elle m'a fait passer un scanner et a pansé mes blessures. Il n'y avait pas d'infection. Je me suis traînée jusqu'au lit et j'ai dormi.

Le lendemain matin, j'ai pris ma douche et trouvé ma combinaison bleue dans le placard. Helen est entrée.

— Oui, tu peux y aller, a-t-elle dit d'un ton sarcastique.

Mlle Hunter est arrivée avec un document imprimé qu'elles ont toutes les deux examiné.

— Tout semble en ordre. Tu souffres de contusions et de bleus, Max, mais rien de grave. Reviens ici demain matin pour un dernier contrôle. Et maintenant, va prendre un bon petit-déjeuner.

En entrant dans le réfectoire, j'ai été accueillie par une discrète salve d'applaudissements. Des applaudissements pleins de retenue, à cause de Sussman, mais j'ai malgré tout eu droit à des félicitations. Avec un grand sourire, Mme Mack m'a servi des œufs, du bacon et des pommes de terre sautées. Et des fruits pour terminer. Helen a hoché la tête.

— Au moins deux fruits par jour, Max, c'est un ordre. Tu as mangé les rations de la capsule pendant trois mois. Tu vas être aussi bouchée que le périph à l'heure de pointe.

Nous nous sommes assises avec Kal et Peter, qui étaient tous les deux plus calmes que d'ordinaire. Au moment où je finissais mon repas, le Chef est arrivé. Il avait un air sérieux et ne souriait pas. Le Dr Bairstow voulait me voir. Évidemment.

Celui-ci était étonnamment énergique. Je pensais que, par respect pour Sussman, il ferait preuve d'un peu de modération, mais il est passé directement aux choses sérieuses.

— Nous avons été surpris, mademoiselle Maxwell, de trouver la capsule Huit verrouillée. Apparemment, vous étiez la seule à y avoir accès.

Merde, merde, merde. J'avais oublié de désactiver le verrouillage. Parfois, je me dis que je suis trop stupide pour avoir le droit de vivre. Je n'avais aucune envie d'expliquer ce qui s'était passé, mais je n'en ai pas eu besoin.

— Madame Partridge, vous voulez bien nous rejoindre s'il vous plaît ? a-t-il dit dans son micro.

En temps normal, elle s'asseyait à côté ou juste derrière le Boss, mais aujourd'hui, le Chef a placé une chaise pour elle à côté de moi. Elle portait Paris d'Yves Saint Laurent. Je n'avais jamais remarqué.

Le Chef a allumé l'écran. Pendant environ cinq secondes, il est resté noir et, soudain, le visage de Sussman est apparu en gros plan, légèrement déformé, choquant. Il trafiquait les boutons de contrôle. Après avoir semble-t-il ajusté la caméra à sa convenance, il a reculé et j'ai vu sur quoi elle était braquée. Moi, endormie sur ma couchette en désordre. J'étais allongée sur le dos, couverte par un drap léger dont dépassait une jambe.

— Nous allons vous préparer du thé, a dit le Boss – et à ma surprise, lui et le Chef sont sortis.

J'ai fixé la porte, puis Mme Partridge, qui a désigné l'écran d'un geste. On y voyait Sussman, agenouillé à côté de moi. Il a tendu la main et, oh avec une grande délicatesse bien sûr, a écarté le drap de mon corps. Je portais un tee-shirt et un short et, sous mes yeux, il a commencé à relever mon tee-shirt, lentement, centimètre par centimètre. Puis il s'est tourné vers la caméra avec un grand sourire.

Je me sentais mal, physiquement mal. Avec une vilaine boule dans l'estomac, je me suis rappelé toutes les fois où je m'étais réveillée avec mon drap par terre.

J'ai de nouveau regardé l'écran. D'une main, il avait relevé le tee-shirt presque au niveau de mes seins et, de l'autre, il se caressait comme un forcené. D'une seconde à l'autre, j'allais… On y était. Moins d'une seconde après m'être réveillée de mon sommeil de plomb, je posais les pieds contre sa poitrine et le poussais en arrière. Et voilà la bombe lacrymogène. Il s'en est pris plein la bouche. J'ai aussi aspergé son pénis, sous prétexte que s'il ne l'avait pas sorti et agité ainsi, il ne lui serait arrivé aucun mal. En me regardant à l'écran, ma nausée a disparu et j'ai commencé à me sentir un peu mieux. Rien de mieux qu'une bonne colère saine. Mme Partridge s'est tournée vers moi.

— Bien joué avec la bombe lacrymogène.

— Merci.

Ma voix était plus fragile et rauque que je ne l'aurais voulu.

Je me suis de nouveau tournée vers l'écran. J'étais en train de passer le savon de sa vie à Sussman. Il courait dans la capsule, cherchant à tâtons ses vêtements et toutes les affaires qu'il pouvait emporter. J'ai attrapé le pistolet laser et il s'est jeté sur la porte.

Mme Partridge a éteint l'écran.

— L'enregistrement dure encore une trentaine de minutes, juste après le verrouillage de la capsule, a-t-elle dit calmement. Nous avons trouvé trois autres enregistrements. Il n'est pas aussi… hardi, disons, mais il est évident qu'il allait passer à l'acte.

La nausée est revenue. Et la colère.

La petite Jenny Fields des cuisines est arrivée avec un plateau à thé, suivie du Boss et du chef Farrell. J'ai vu Mme Partridge hocher légèrement la tête. Soudain, je ne voulais pas qu'elle parte. Je me suis tournée vers elle et elle s'est rassise. Farrell a servi le thé.

Le Boss s'est assis en bout de table.

— Cet enregistrement et tous les autres de la même nature seront détruits immédiatement après cette réunion.

J'ai hoché la tête.

— Vous semblez avoir géré la situation avec votre aplomb habituel.

J'ai de nouveau hoché la tête.

— Pensez-vous qu'il faille que je revoie notre habitude de former des équipes composées d'un homme et d'une femme ?

J'ai secoué la tête – pour changer.

— Je vois mal comment vous pourriez, monsieur. D'abord, nous ne sommes plus que trois jusqu'à la prochaine promotion, et ce ne sera pas avant au moins six mois. Ensuite, et cela aurait dû être mon premier point, Peterson préférerait se couper un bras plutôt que de faire ce genre de conneries et, troisièmement, les équipes mixtes fonctionnent mieux. Il y a toujours des lieux où les femmes peuvent aller et les hommes non, et inversement. Ce serait nous tirer une balle dans le pied. Je pense.

— Très bien, nous continuerons donc ainsi pour le moment. – Il a marqué une pause. – Personne en dehors de cette pièce n'a vu cet enregistrement et personne ne le verra. Je comprends le lien unique qui unit nos trois historiens, mais j'apprécierais que vous ne discutiez pas de ça avec qui que ce soit, mademoiselle Maxwell ; à moins que vous ayez besoin d'une aide professionnelle, évidemment.

— Oui, monsieur. Et non, monsieur.

— Pour vous épargner toute spéculation de la part des autres, la procédure habituelle sera appliquée pour M. Sussman ; le service, etc. Mais je vous en prie, ne vous sentez pas obligée d'y assister.

— Merci, monsieur.

— Vous voudriez ajouter quelque chose ? Des questions ?

— Je ne crois pas, monsieur.

— Vous êtes entourée d'amis ici. Si vous avez la moindre difficulté, n'hésitez pas à nous en parler.

J'ai hoché la tête et je suis sortie.

— Merci, madame Partridge, ai-je dit une fois dans l'antichambre. Elle a esquissé un sourire qui transformait complètement son visage. Je n'ai pas pu m'empêcher de lui sourire en retour.

— Je pense qu'un changement d'atmosphère vous ferait le plus grand bien aujourd'hui, mademoiselle Maxwell. Si vous en avez l'occasion, saisissez-la.

Je regardais par la fenêtre de ma chambre lorsque le Chef est arrivé avec mon kit, comme promis. Il a posé la boîte sur la table avant de sortir un disque de sa poche.

— Où est ton ordinateur ?

Je l'ai sorti de sous le canapé et l'ai mis en route. Il s'est assis à côté de moi et a inséré le disque.

— Qu'est-ce que c'est ?

Il me regardait avec une expression étrange mêlant inquiétude et compassion qui m'a alarmée plus que je ne voulais l'admettre.

— Encore des choses pénibles.

— Que se passe-t-il ?

— Regarde, s'il te plaît.

Je me suis adossée au canapé, j'ai replié mes jambes sous mes fesses et j'ai regardé une clairière du Crétacé apparaître.

— C'est…

Je me suis interrompue. L'angle avait quelque chose d'étrange.

— Où as-tu obtenu ces images ?

— Elles viennent de ma capsule. Je viens juste de rentrer du Crétacé. Il faut que tu voies ça. Et je suis désolé, vraiment désolé.

Encore une fois, ce frisson. J'ai déplié mes jambes et je me suis redressée.

La porte de la capsule Huit s'ouvre et je passe ma tête dans l'embrasure. De toute évidence, il n'y a aucun danger en vue puisque je sors de la capsule, suivie de Sussman. J'ai regardé le Chef. Pourquoi visionnait-il ces images ? D'un signe de tête, il a désigné l'écran.

Je nous ai regardés traverser la clairière. Je nous ai regardés marcher en file indienne là où le chemin devenait plus étroit. J'ai regardé Sussman ramasser un morceau de bois derrière un rocher et me frapper violemment en haut du dos. Je me suis regardée vaciller en avant puis sur le côté. J'ai regardé le chemin s'effriter sous mes pieds. Je me suis regardée luttant pour garder l'équilibre. Je me suis regardée tomber. J'ai regardé Sussman jeter le morceau de bois, marcher vers le rebord, regarder dans le vide, crier : « Prends ça, sale petite salope ! » et cracher.

Ma gorge s'est serrée. J'ai dû me forcer à respirer. J'appréciais cet homme. J'avais travaillé avec lui, joué avec lui, menti pour lui. L'ampleur de sa trahison pesait comme du plomb dans mon estomac. Mais ce n'était pas tout. D'autres silhouettes sont apparues dans la clairière et l'ont rejoint. Quoi ? Qui étaient ces personnes ? D'où venaient-elles ? Qui d'autre était là ? Il y avait moi. Et Sussman. Et Farrell. Et maintenant ces types. C'était l'équivalent préhistorique de Piccadilly Circus. Ils ont tous passé un certain temps à regarder derrière le chemin. J'avais le sentiment que ce n'était pas une équipe de secours. J'ai essayé de réfléchir.

— Dis-moi ce qui t'arrive à ce moment-là, a dit Farrell avec douceur.

— Je suis coincée sous un arbre arraché, beaucoup plus bas. Je suis couverte d'argile et de débris. Je suis probablement invisible d'en haut. Le fait d'être à moitié inconsciente m'a certainement sauvé la vie.

Ma voix était rauque et j'avais du mal à bouger mes lèvres.

Finalement, les silhouettes ont fait demi-tour et sont retournées dans la clairière. Sussman parlait à un homme vêtu d'un long manteau en cuir. Il ne portait pas d'arme, donc je suppose que c'était le chef. Ils étaient trop loin pour entendre ce qu'ils disaient, mais leur langage corporel parlait de lui-même. Ils se disputaient.

— Je pense, a dit Farrell à voix basse, que tu n'étais pas censée tomber de la falaise. Ça devait être un meurtre rapide, propre. Ils voulaient qu'il y ait un corps. Un corps que Sussman puisse ramener.

— Pourquoi ? Dans quel but ?

— Je pense, et ce n'est qu'une supposition, que ça aurait signifié la fin de la mission. La Grosse Mission importante et prestigieuse. Ça devait porter le coup final à St Mary. Tu ignores peut-être à quel point le Boss se démène pour continuer à nous faire travailler malgré ce qui est considéré comme des pertes inacceptables. Il aurait été démis de ses fonctions et l'institut aurait été repris par… quelqu'un d'autre.

— Qui ?

Il a haussé les épaules.

— Le gouvernement. L'armée. Aucune idée. Mais St Mary prendrait certainement une direction bien différente, avec des buts différents, des cibles différentes, et aurait peut-être l'ordre de faire du profit. Il y aurait moins de recherche, plus d'interaction. Ce ne serait plus notre petite organisation touchante et un peu folle. Mais, et encore une fois, ce ne sont que des suppositions, cela aurait mis l'institut sur la même voie que celle sur laquelle se trouve St Mary à mon époque.

J'ai désigné l'écran.

— Qui est-ce ?

— Son nom est Ronan. Il est en colère, car Sussman en a fait une affaire personnelle. Est-ce qu'on peut parler de lui une autre fois ?

— Pourquoi Sussman a-t-il attendu si longtemps avant de… ?

— Pour que tu puisses faire la majeure partie du travail et qu'il s'en attribue le mérite.

Malgré moi, des images de Sussman en France me sont revenues en mémoire. L'hôpital dévoré par les flammes. Kal et moi qui nous jetons dans la capsule. Sussman qui se détourne de la console et dit… Qu'est-ce qu'il avait dit ? Il avait dit : « Max, mon Dieu, je n'arrive pas à y croire. Je te croyais morte. Pourquoi n'es-tu pas morte ? » Non pas : « Dieu merci, tu n'es pas morte », mais : « Pourquoi n'es-tu pas morte ? » Et qui s'est arrangé pour que nous nous retrouvions près de la buanderie ? Et qui m'a envoyée chercher des couvertures ? Et qui avais-je croisé la veille, sortant justement de la buanderie ?

Une coïncidence. C'était forcément une coïncidence. J'étais paranoïaque. Il était mort et on ne connaîtrait jamais la vérité. Ce que j'ai vu ensuite m'a glacé le sang.

Sur l'écran, Sussman courait vers sa capsule. Puis, sur un signal de leur chef, les hommes l'ont attrapé et traîné de force jusqu'à lui. Ronan s'est accroupi devant lui et lui a tailladé la cuisse avant de reculer aussitôt. J'ai regardé le sang gicler et entendu son cri résonner dans mon crâne.

Tout le monde a rapidement disparu. Il ne valait mieux pas rester dans les parages avec tout ce sang. On dit que les requins peuvent le sentir dans l'eau à des kilomètres. Les requins n'étaient rien comparés à la faune locale. Sussman essayait de marcher, mais le sang giclait toujours de sa cuisse, où Ronan avait tranché l'artère fémorale. Aucune puissance sur terre ne pouvait le sauver. Il a essayé de presser ses deux mains contre la plaie tout en marchant, en vain.

— Davey, ai-je murmuré.

Mais au moment où je parlais, une ombre est passée furtivement en bas de l'écran. Rapide et basse. Et puis une autre.

— Davey, rentre dans ta capsule.

J'ai bondi sur mes pieds, et le Chef s'est levé à son tour. Il a tendu la main pour éteindre l'ordinateur, mais j'ai attrapé son bras.

J'ai regardé les raptors se rassembler. Je les ai regardés encercler leur victime, comportement typique du prédateur. Il s'est accroupi par terre, hurlant de peur, ses bras ensanglantés au-dessus de sa tête.

— Max…, a dit Farrell.

Mais je devais regarder. Quoi qu'il ait fait, il avait été mon partenaire et mon ami. Je lui devais ça, et je me le devais à moi aussi.

J'ai regardé les deux premiers bondir dans un mouvement de tenailles. Des deinonychus. Et ce qu'on dit est vrai ; ils n'attendent pas que leur proie soit morte pour commencer à la manger. Je les ai regardés le mettre en pièces. Je les ai regardés se battre pour un bras. J'ai vu sa tête rouler sur le côté et j'étais soulagée, car c'était terminé pour lui. Je les ai regardés rugir et se bâfrer. Et puis je les ai regardés se disperser une fois leur repas terminé. J'ai scruté la clairière vide jusqu'à ce que le Chef referme lentement mon ordinateur.

— Tu n'avais pas besoin de voir ça, a-t-il dit à voix basse.

— Si. Si, il le fallait. C'est ma faute. J'avais verrouillé ma capsule. Il n'a pas pu se mettre en sécurité.

Ma voix était grave. J'ai dégluti plusieurs fois. Il s'est placé derrière moi et a passé ses bras autour de moi, m'enveloppant de sa présence chaude et réconfortante. Le silence dans la pièce me paraissait assourdissant. J'entendais mon propre souffle saccadé. Je suis restée immobile et tendue, essayant de le ralentir, de reprendre le contrôle. J'ai commencé à me détendre. J'ai penché ma tête en arrière sur son épaule et brièvement fermé les yeux, et puis j'ai laissé ma tête tomber en avant.

— Revenir dans la capsule ne l'aurait pas sauvé. Il se vidait de son sang. Rien n'aurait pu le sauver.

— C'était mon ami. Le premier que je me suis fait ici. On était amis depuis des années. On était partenaires. On s'est entraînés ensemble. On a triché ensemble. J'ai écrit des dissertations pour lui. Il m'a tenu les cheveux quand je vomissais. On était amis…

Je n'avais pas réalisé que je parlais tout haut.

— Vraiment ? Moi je vois quelqu'un qui t'a volé ton boulot et s'en est attribué le mérite. Te tenir les cheveux était le moins qu'il puisse faire. Je vois quelqu'un qui n'a jamais hésité à se servir de toi pour son propre profit. Combien de fois est-ce que tu l'as couvert avec le Boss ? Et ce qui s'est passé dans la capsule ? Il a mal fini et j'en suis désolé, mais je suis encore plus désolé de te voir te le reprocher. Tu n'y es pour rien. Ce n'est pas ta faute.

J'ai secoué la tête.

— Il n'a pas pu se réfugier dans la capsule. Je l'ai tué.

— Non. – Son ton était sec et autoritaire. – Je veux que ce soit bien clair, mademoiselle Maxwell. Sa mort est le résultat de ses propres actions. Et si ses projets n'avaient pas foiré, ça aurait été toi dans cette clairière, pas lui.

— Mais pourquoi y es-tu retourné ? Tu ne pouvais pas intervenir ? Quel était l'intérêt ?

— Après avoir vu les enregistrements, le Boss m'a envoyé faire quelques vérifications. Au début, on pensait juste que Sussman faisait… qu'il faisait son Sussman. On se trompait. On pense que ça a commencé…

Encore une fois, j'ai secoué la tête, beaucoup trop perturbée par tout ça pour parler.

— Je n'ai pas envie de te laisser seule ici, n'importe qui peut débarquer. Tu veux venir avec moi ?

— Où ça ?

— Là où je vais quand j'ai besoin de tranquillité. Viens.

J'ai repensé à ce que Mme Partridge avait dit.

N'ayant pas le courage de discuter, je l'ai suivi dans les couloirs et les escaliers, jusqu'au local à peinture où était cachée sa capsule. Je me suis assise en silence sur son siège pendant qu'il entrait des coordonnées, et puis le monde est devenu blanc.

Je ne sais pas pourquoi je m'attendais à me reposer et à me détendre. J'imagine que je pensais qu'après toutes ces épreuves, je méritais de me faire dorloter. Quelle arnaque !

Tout avait pourtant bien commencé. La porte s'est ouverte sur une mer turquoise scintillante et un ciel bleu sans nuages. Des pins odorants longeaient le littoral, projetant des ombres d'un pourpre profond. Leur feuillage vert pomme contrastait magnifiquement avec les rochers rouge brique. Je n'avais jamais vu autant de couleurs et de lumière.

— Où sommes-nous ? Et quand ?

— Une petite île à l'est de la Méditerranée, il y a environ cinq mille ans.

Je suis restée un moment dans l'embrasure de la porte, hésitant à sortir. Les vieilles habitudes préhistoriques ont la vie dure.

— Tu es en sécurité ici. L'île ne sera pas habitée avant au moins mille ans. Est-ce qu'il y a un problème ?

J'ai levé la tête.

— Aucun problème, ai-je répondu en sortant de la capsule. La lumière au-dessus de la mer était aveuglante et j'ai pu l'admirer pendant presque une seconde entière.

— Tu peux aller chercher du bois ?

— Quel genre de bois ?

— Comment ça, quel genre de bois ? Pourquoi les historiens doivent-ils toujours tout suranalyser ? Du bois, quoi.

— Je veux dire, du bois sec ? Du bois humide ? Du bois à brûler ? Du bois de construction ?

— Du bois de construction ?

— Venant de toi, ça ne m'étonnerait pas. Est-ce que tu vas construire un hôtel ? Un pont suspendu ? Installer un spa ? Est-ce qu'il y aura du mastic ?

— Pardon ?

— Ce n'est pas ce que font les hommes ? Tu sais, poser des joints, scier, s'asseoir dans un hangar. Des trucs de mec, quoi.

— Juste du bois pour un feu.

— Un feu ? Il fait chaud. Même moi, j'ai chaud.

— Pour faire cuire notre repas.

— Il faut qu'on fasse cuire notre repas ?

— Non, il faut d'abord qu'on l'attrape.

Je me suis tortillée nerveusement.

— Est-ce qu'il y a un problème ?

— Je viens d'une époque où c'est mon repas qui essaie de m'attraper.

— Eh bien, c'est l'occasion de te venger.

— On n'a pas de provisions ?

— Si, mais tu as mangé ça pendant trois mois. Tu n'as pas envie de nourriture fraîche ?

— Moi ce que je vois, c'est qu'il y a un pauvre petit poisson quelque part dans l'eau qui passe une journée tranquille et prévoit de rejoindre ses potes au pub ce soir, et je ne voudrais pas être celle qui recevra le regard plein de reproches quand je lui assénerai un coup sur la tête.

Il m'a contemplée d'un air perplexe.

— Ce que je veux dire, ai-je ajouté, sur la défensive, c'est que je n'aime pas tuer.

— Tu manges du poisson. Et de la viande. Et des œufs.

— Je sais, mais je ne sors pas de chez moi pour matraquer un petit agneau alors qu'il y a déjà des côtelettes dans le congélateur.

— D'accord, c'est pas faux. Va chercher du bois.

— Mais on n'a pas besoin de feu pour l'instant.

— On en aura besoin plus tard.

— Pourquoi ?

— Parce qu'il fait froid la nuit.

— On dort ici ?

— Est-ce qu'il y a un autre problème, mademoiselle Maxwell ?

— Non, ai-je répondu d'une voix qui voulait dire « oui ».

Il a soupiré encore plus fort que d'habitude.

— Ça fait dix minutes qu'on est là. Sans bois, sans feu, sans repas. Rappelle-moi déjà comment tu as survécu trois mois au Crétacé ?

— Sans faire de feu, sans cuisiner et sans dormir à la belle étoile.

Il y a eu un long, long silence.

— Quoi ?

— Va juste chercher du bois, s'il te plaît.

Si j'ai du mal à faire preuve de compassion, c'est parce que je n'en reçois jamais.

J'étais assise à côté de lui sur une couverture, adossée aux rochers chauds. Devant moi, la mer brillait et étincelait comme une boule à facettes géante. J'ai fermé les yeux et entendu un verre tinter.

— Tiens.

— Qu'est-ce que c'est ?

— De la slivovitz.

— Quoi ?

— Du brandy à la prune si tu préfères.

— Quoi ?

— Vois-le comme une sorte de jus de fruits.

— Génial. Je l'ajouterai à mes cinq portions journalières.

J'ai bu une gorgée, recommencé à respirer et écouté l'émail de mes dents s'éroder. En fait, ce n'était pas si mauvais. Je le lui ai dit.

— Il faut juste éviter de l'approcher d'un métal ; et bon sang, ne le renverse pas sur la console.

Nous avons bu en silence.

— Comment te sens-tu ?

Cette question demandait un peu de réflexion. Le classique « ça va » n'allait pas fonctionner, mais j'étais toujours incapable de parler de tout ça sans que ma voix tremble. Pourtant, il m'avait emmenée ici pour que je me change les idées, aussi ai-je décidé de faire un effort. Je lui ai donné une réponse honnête.

— Ça va mieux. J'étais… triste… quand il est mort. Et puis en colère contre lui, et là je suis de nouveau triste. – J'ai souri. – C'est parce que je suis superficielle. Je ne peux ressentir qu'une émotion à la fois, et encore, pas très longtemps.

Il ne m'a pas rendu mon sourire.

— Tu es plus généreuse que je ne le serais à ta place, je crois.

— Oui, eh bien, il est mort, et pas moi. Si c'était l'inverse, je serais probablement un peu fâchée.

— Alors, qu'est-ce que tu vas faire maintenant ?

— J'ai ma présentation à Thirsk qui approche, donc je vais me concentrer là-dessus pour le moment.

Il a dessiné une forme dans le sable.

— Non, je veux dire, est-ce que tu vas rester ?

— À St Mary ? Oui, bien sûr.

Il a hoché la tête.

— Kal et moi, on va sûrement se partager Peterson pendant quelque temps, et la prochaine promotion sera bientôt opérationnelle. Donc ce n'est pas un problème, j'espère. En tout cas, il n'y a aucun endroit où je préférerais être. C'est le boulot de mes rêves.

La forme sur le sable devenait de plus en plus complexe.

— Est-ce que c'est ton seul rêve ?

— Je t'ai prévenu que j'étais superficielle. – Il était temps de détourner l'attention de mes rêves. – Et toi ? C'est quoi, ton rêve ?

— En fait, je suis en train de vivre l'un de mes plus grands. – L'atmosphère était très calme dans le soleil chaud de l'après-midi, seuls les chants des insectes et les bruits distants de la mer brisaient le silence. – Même s'il ne s'est pas déroulé exactement comme je l'espérais.

J'ai englouti une nouvelle rasade de jus de fruits pour me donner du courage.

— Qu'espérais-tu ?

— Que ta première fois ici se déroule dans des circonstances plus joyeuses. J'espérais que nous pourrions regarder le soleil se coucher.

Nous avons tous les deux levé les yeux vers le soleil, qui restait obstinément haut dans le ciel.

— On aurait bu du champagne.

D'un même geste, nous avons regardé la substance visqueuse dans nos verres.

— Et j'espérais que tu aurais été un peu plus propre.

Il s'est penché, m'a regardée et a souri gentiment.

— Et sobre.

— Ne t'inquiète pas. Je pense que c'est parfait. Et il y aura d'autres rêves et d'autres occasions, a ajouté la slivovitz.

Il a pris ma main. J'ai posé ma tête embrumée par l'alcool sur son épaule et je me suis endormie.

— Alors, parle-moi de ce Ronan, ai-je dit après notre repas. Celui qui a… – J'ai réalisé que je ne parvenais pas à dire « tué Sussman », alors j'ai reformulé. – Celui du Crétacé.

Il s'est légèrement écarté de moi.

— C'est arrivé avant mon époque, a-t-il dit avant de s'interrompre. – J'ai attendu en silence. Je ne voulais pas le brusquer. Finalement, il a continué. – J'ai été recruté après.

— Après quoi ?

Je commençais à penser qu'il ne parlerait plus jamais lorsqu'il a fini par répondre.

— Ils étaient trois : Edward Bairstow, Annie Bessant et Clive Ronan. On disait qu'ils formaient une équipe de rêve, mais c'était plutôt une sorte de triangle. Tu comprends ce que je veux dire ?

— Oui.

— La mission était le roi Jacques VI. Annie s'est fait arrêter. Tu sais, Jacques et sa chasse aux sorcières. Le soupçon était partout. Peut-être qu'elle n'a pas été assez prudente, qu'elle a utilisé sa radio et que quelqu'un l'a vue, je ne sais pas. Ils ont fini par la secourir, mais elle avait été un peu malmenée. Un bras cassé, une commotion. – Il soupira lourdement. – Et elle avait attrapé quelque chose. C'est arrivé très vite. Elle disait qu'elle allait bien, mais les règles sont très claires sur ce genre de choses.

J'ai hoché la tête. Elles l'étaient. Elles étaient très, très claires. C'était notre cauchemar, libérer une horrible maladie dans un monde non protégé. Ça rendait le Boss paranoïaque. Je commençais à comprendre pourquoi.

— Elle toussait et avait de la fièvre, ce qui signifiait qu'elle ne pouvait pas rentrer immédiatement pour être soignée. Ils auraient dû rester, lui administrer des antibiotiques à large spectre, la garder au chaud, tu sais comment ça se passe. Ronan était dans tous ses états. Il insistait pour y retourner afin que ses blessures puissent être soignées, en particulier la commotion cérébrale. Edward a dit qu'il n'était pas d'accord. Annie non plus ne l'était pas, mais lorsqu'elle a essayé de parler, elle s'est mise à tousser sans pouvoir s'arrêter, et c'en était trop pour Ronan.

Il s'est tu à nouveau.

— Que s'est-il passé ?

— Il a tiré une balle dans la jambe d'Edward et l'a balancé hors de la capsule, il est rentré à St Mary avec Annie, désormais inconsciente.

J'étais consternée. Il avait abandonné le Boss à une mort certaine. J'ai essayé d'imaginer Kal ou Peterson faire la même chose. Ou même moi. Que ferions-nous ? J'aimerais penser que nous ferions ce qu'il faut, mais je suppose qu'il est impossible de le savoir avec certitude tant que ça ne vous arrive pas. Et après ce qui était arrivé avec Sussman, je commençais à penser que je ne connaissais vraiment personne.

Après une longue pause, il a poursuivi.

— Il a ramené Annie. Il a prétendu qu'Edward était mort ; tué pendant la mission de sauvetage. Évidemment, ils l'ont immédiatement conduite à l'infirmerie. Lorsqu'ils ont compris qu'elle était contaminée, ils l'ont placée en quarantaine. Enfin, tu nous connais, nous sommes St Mary. Nous n'abandonnons jamais les nôtres. Une mission de sauvetage est retournée chercher Edward et l'a trouvé en mauvaise posture, allongé sous une charrette. Ils l'ont ramené, l'ont opéré, et c'est depuis cette époque qu'il boite.

— Et Ronan ?

— Ils ont essayé de l'arrêter pour manquement au protocole médical et tentative de meurtre. Connaissant St Mary, probablement dans cet ordre. Il n'a pas traîné. Il a récupéré Annie à l'infirmerie et a tenté de rejoindre Hawking avec elle. Il a tiré sur deux techniciens. L'un est mort. Annie ne s'est pas laissé faire. Il a essayé de la forcer à entrer dans une capsule. Elle a refusé, s'est débattue. La sécurité est arrivée et elle a reçu une balle perdue. Il a volé la capsule Neuf et a disparu.

— Elle s'en est sortie ?

— Non.

— Elle est morte ?

— Oui.

— Est ce qu'il le sait ?

— Oui.

— Et il s'en veut ?

— Non. Il en veut à Edward et à St Mary, et à peu près au monde entier sauf lui.

— Donc c'est une vengeance ?

Il a haussé les épaules.

— Et le Boss ?

— Il n'en parle jamais. Va chercher les couvertures. Il commence à faire frais.

Au ton de sa voix, j'ai compris que le sujet était clos.

Et nous avons dormi dehors. Je me suis emmitouflée dans les couvertures et j'ai regardé les étoiles. Quelque chose a bougé près de nous. Je me suis redressée et j'ai tenté de percer l'obscurité.

— Qu'est-ce qui se passe ? a dit une voix étouffée.

— Rien. J'ai cru entendre quelque chose.

De l'autre côté du feu, sa respiration est devenue plus profonde.

Je me suis levée, j'ai pris ma couverture et contourné le feu.

— Décale-toi.

Il s'est écarté. Je me suis étendue près de lui et il a placé les couvertures sur nous. Allongée dos contre son torse, j'ai tiré ses bras autour de moi.

— Il paraît que tu ronfles, a-t-il dit.

— Tu n'imagines pas.

Je me suis endormie en écoutant son cœur battre.

Nous sommes restés deux jours, pendant lesquels il n'a pas cessé de m'enquiquiner. Il a cédé pour les provisions, mais je suis devenue ramasseuse de bois en chef, puiseuse d'eau, faiseuse de thé et tout ce à quoi il pouvait penser. Nous n'arrêtions pas de nous chamailler. Je sentais mes pensées s'aiguiser de nouveau et j'ai commencé à m'extraire de mon puits de désespoir, à cesser de m'apitoyer sur mon sort.

Nous n'avons plus parlé de Ronan.

Nous sommes discrètement revenus à St Mary. J'avais un coup de soleil sur le nez que personne n'a remarqué.

J'ai trouvé Kal et Peterson assis tranquillement sur les escaliers. J'avais oublié que même si j'avais été absente deux jours, pour eux ça ne faisait que deux heures. Petit à petit, la routine de St Mary a repris.

Ils m'ont aidée à organiser mes données pendant que je leur racontais ce qui m'était arrivé. Je m'attendais à toutes sortes de « je te l'avais bien dit », en particulier de la part de Kal, mais elle s'est contentée de me caresser brièvement le bras, a exprimé son regret de ne pas avoir pu le mettre en pièces elle-même, et a changé de sujet. J'ai tout décrit. Nous faisons toujours ça. Ça nous aide à nous préparer à notre rapport et à notre présentation – le prochain gros événement qui m'attendait.

Après le déjeuner, je me suis mise au boulot. Par chance, j'avais tellement travaillé sur place qu'il ne restait pas énormément à faire – une bonne chose, car j'avais eu une idée.

J'ai demandé à voir le Boss. Mme Partridge m'a fait signe d'entrer.

— Bonjour monsieur. Est-ce que je pourrais vous parler un instant ?

— Bien sûr. Asseyez-vous, je vous en prie. Que puis-je faire pour vous aujourd'hui, mademoiselle Maxwell ?

— J'ai eu une idée, monsieur.

Il a hoché la tête, mais n'a rien dit.

— Est-ce que vous vous souvenez quand nous nous sommes rencontrés, il y a longtemps, et que j'ai dit que c'était une bonne chose qu'il n'existe pas de voyage dans le temps accessible au grand public ?

Nouveau hochement de tête.

— À cause des dégâts que cela pourrait causer au public lui-même, mais aussi à la chronologie et à l'Histoire ?

Encore un hochement de tête.

— Vous savez que nous avons créé un hologramme ?

— Oui, mademoiselle Maxwell. Il paraît que c'est d'un tout autre calibre que nos comptes-rendus habituels.

— Eh bien, je me disais, monsieur, que c'était peut-être un moyen de rendre le voyage dans le temps accessible au public sans qu'il le sache. Nous pouvons continuer à filmer et à enregistrer comme nous le faisons habituellement. Mais au lieu de simplement classer les images aux archives pour les consulter plus tard, le département informatique pourrait s'amuser avec ; nous pourrions ajouter un commentaire et louer notre film pour qu'il soit diffusé dans des cinémas 3D. Les gens sauraient qu'ils regardent des dinosaures par exemple, sans se douter que ce sont de vrais dinosaures. Ils pourraient regarder la bataille d'Hastings, la fusée de Stephenson, la construction des pyramides ou l'exposition universelle au Crystal Palace. Le fait que les films soient produits par nous, monsieur, sous l'égide de Thirsk, assurerait leur crédibilité. – Je marquai une pause pour reprendre mon souffle avant de poursuivre. – Et nous pouvons les faire payer, monsieur. Le public, les chercheurs, les établissements scolaires, les cinémas, ils paieront tous pour voir ce que nous avons produit. Ce sera informatif, éducatif, distrayant et surtout fidèle à la réalité. Ils ne sauront simplement pas à quel point c'est fidèle à la réalité. Je pense que nous n'aurons jamais de meilleure opportunité qu'aujourd'hui. Tout le monde aime les dinosaures. Avec votre permission, j'aimerais soumettre mon idée à Thirsk et voir leur réaction. Si ça leur plaît, ils pourront contribuer aux frais des prochains films et prendre un pourcentage. S'ils ne veulent pas, alors nous garderons tout ça pour nous. Nous le présentons comme un produit d'appel. Si nous pouvons régulièrement leur fournir du contenu de ce calibre, monsieur, ils changeront peut-être d'avis quant à leur présence permanente ici ou, Dieu nous en garde, la présence d'un de leur représentant à chaque mission. Nous leur dirons qu'ils n'ont pas besoin de risquer leur vie. Ils n'auront qu'à récolter les bénéfices.

» Et, à titre personnel, le monde a les yeux rivés sur Mars en ce moment, monsieur. Où que je regarde, je vois les sciences humaines disparaître au profit de la technologie. Ce n'est pas forcément une mauvaise chose, mais peut-être que cela pourrait aider, ne serait-ce qu'un peu, à redresser la balance. L'Histoire est le nouveau sexe, monsieur.

Il regardait par la fenêtre, le visage dépourvu de toute émotion. Aucun indice. Je suis restée assise et j'ai laissé le silence prendre le relais. J'avais dit tout ce que j'avais à dire ; il était inutile de l'ennuyer avec des détails superflus. Je n'étais pas Barclay.

Il s'est de nouveau tourné vers moi et a attrapé son stylo.

— Parlez-en à Thirsk. Voyez comment ils réagissent. Je parlerai à la présidente, je lui dirai à quoi s'attendre pour qu'elle puisse faire circuler l'information et s'assurer que vous ayez un public digne de l'occasion. Nous verrons comment ça se passe, d'accord ?

Barclay m'a convoquée à 16 heures pour discuter de l'hologramme. Le Chef lui avait envoyé le matériel et je lui avais donné une liste des moments importants que je voulais inclure, mais pour le reste, je l'avais laissée faire. Une moitié de moi était impatiente de voir ce qu'elle avait fait, une autre moitié n'était pas encore prête à voir des gens et une autre moitié (probablement celle en trop) ne voulait pas la voir, car je savais qu'elle me reprocherait la mort de Sussman.

Finalement, elle s'est montrée relativement agréable, ce qui était probablement dû à la présence conciliatrice du Chef. Elle m'a montré ce qu'ils avaient assemblé jusqu'à présent. Elle avait modifié deux de mes suggestions – en mieux, pour être honnête – et ajouté de nouvelles idées. J'étais assez satisfaite.

— Il y a juste deux choses, Izzie, ai-je dit.

Elle s'est immédiatement braquée.

— Pouvez-vous faire en sorte que notre logo et notre copyright apparaissent sur la première page ? C'est quelque chose d'énorme et je suis sûre que le Boss voudra que St Mary apparaisse quelque part. Sinon, Thirsk récoltera tous les mérites.

Elle a hoché la tête.

— Et la deuxième chose ?

— La dédicace à Sussman.

Elle a ouvert la bouche pour parler, mais je l'ai interrompue.

— Placez-la au début. C'est tellement génial qu'ils ne seront pas en état de la remarquer à la fin, alors placez-la au début, quand ils seront encore attentifs. – J'ai regardé le Chef. – C'est son idée et son travail. Il est normal de le préciser.

Il m'a répondu par un de ses demi-sourires. Celui aux yeux plissés. Je me sentais un peu mieux et Barclay était visiblement furieuse, donc ça ne pouvait être que positif.

— Chef, avant que nous le projetions à Thirsk, je me disais qu'il pourrait faire sa première mondiale ici à Hawking, demain. Que tout le monde à St Mary le voie. Après tout, tout le monde a contribué. Si le Boss est d'accord, évidemment.

— Je vais lui en parler, mais je ne pense pas que ça pose problème.

— Oh et Izzie ?

— Quoi ?

— Mettez aussi votre nom et ceux des membres de votre équipe quelque part. C'est un boulot fantastique.

Et je suis partie avant qu'elle n'ait le temps de répondre. Ha !

La première mondiale à Hawking a été un énorme succès. Le service informatique, excité à l'idée d'accomplir quelque chose de créatif plutôt que de tenter comme tous les jours d'instruire des analphabètes en informatique, s'était vraiment démené. L'ensemble du personnel s'est rassemblé à Hawking pour s'en mettre plein la vue. Je ne tenais pas en place. Après être allée voir Barclay faire ses modifications de dernière minute, j'ai rejoint le Chef, qui installait les projecteurs. Ils m'ont tous les deux, chacun à leur manière, demandé de dégager. Finalement, j'ai terminé ma course près de Kal, qui m'a frotté le bras pour m'encourager.

— Ça va bien se passer.

— Ça a intérêt à se passer plus que bien. Ça doit être carrément fantastique.

— Ça le sera. Tiens-toi tranquille. Respire.

Les lumières ont baissé pour simuler l'aube et le spectacle a commencé. L'aurore aux doigts de rose, comme disent les poètes, se reflétait magnifiquement dans l'eau calme. Des boucles de brouillard flottaient au-dessus du sol. La qualité des images était incroyable. Le Crétacé était tout autour de nous, à 360 degrés. Et c'était réel, presque palpable – pas comme ces mauvaises simulations, tremblotantes et à moitié transparentes. J'ai regardé mes pieds, qui s'enfonçaient dans de la boue en hologramme.

Au loin, tout juste à portée de voix, j'ai senti un grondement. En regardant autour de moi, j'ai vu les spectateurs échanger des regards, la main posée sur la poitrine. Ils riaient, mais d'un rire nerveux.

Le grondement s'est intensifié et nous avons vu émerger du brouillard le long cou gris d'un alamosaure, puis un autre et encore un autre, et finalement tout le troupeau. Ils se saluaient et saluaient le jour. Un long cou serpentait vers les spectateurs, révélant une petite tête et des yeux de vache. La ressemblance est devenue encore plus flagrante lorsque l'un d'eux a émis un long vagissement. La caméra s'est mise à trembler. Rassurée de voir que nous ne constituions pas une menace, la tête s'est éloignée.

Le brouillard s'est dissipé et d'autres animaux sont arrivés. Nous avions réussi à obtenir des images magnifiques d'un groupe d'ankylosaures se déplaçant le long de la rive, essayant de boire tout en protégeant leurs petits. Une odeur verte familière s'est élevée autour de nous. Des pets de force industrielle. Même un tyrannosaure y réfléchissait à deux fois avant de planter ses crocs dans un de ces animaux. C'était un miracle que la caméra n'ait pas fondu. Un imposant troupeau de protocératops, qui traînaient leurs corps encombrants à travers les marécages, les ont prudemment contournés. Les queues d'ankylosaures pouvaient briser des os et des dents.

Les protocératops étaient suivis par un petit groupe d'oviraptors qui, rapides comme l'éclair, entraient et sortaient de l'ombre tachetée de lumière, à la recherche de nids.

La qualité des images était excellente. Les couleurs, les détails sur les peaux, les taches, collerettes, cornes, plaques jugales, crêtes, anneaux sclérotiques, tout ce qu'un dinosaure digne de ce nom portait à l'époque, tout était parfaitement net grâce à l'équipe de Barclay qui avait stabilisé les images tremblantes, recentré les gros plans et, d'une manière générale, fait un excellent boulot.

La journée avançait, il était midi passé à présent. Barclay avait réussi à incorporer les quelques images de tricératops que nous avions réussi à filmer, ainsi qu'un très bref aperçu d'un troupeau de deinonychus, qui suffisait à donner une idée de leur rapidité et de leur coordination mortelles. Je détournai le regard.

Sur la rive, les animaux désormais beaucoup moins nombreux commençaient à s'éloigner. On comprenait que c'était l'heure de la sieste. Nous avions délibérément placé cette séquence ici, pour donner un sentiment de quiétude et faire sauter tout le monde au plafond lorsque le tyrannosaure bondirait dans le champ de la caméra. Sa proie, un jeune edmontosaure boiteux et épuisé, vivait ses derniers instants. Nous avions eu beaucoup de mal à contenir notre excitation en filmant ces images, mais le meilleur était à venir. Le tyrannosaure bondit pour achever sa proie en broyant son crâne entre ses dents. L'edmontosaure s'effondra comme une masse, son sang giclant sur la tête, la mâchoire et le torse du T-rex. Les images montraient clairement ses petits bras s'ouvrant et se fermant convulsivement. Je me suis une nouvelle fois demandé si c'était un signe d'excitation – ce qui soutenait l'argument que ces petits bras, si courts qu'ils ne pouvaient même pas se toucher, servaient aux chatouilles sexuelles. À moins que ce ne soit simplement un réflexe. D'autres trancheraient.

Le tyrannosaure victorieux, cependant, a commis l'erreur de clamer son triomphe avec un rugissement strident qui a résonné dans les collines environnantes. Un nuage rouge de sang et de morceaux de chair a jailli de sa mâchoire effrayante. Tout le monde a reculé. L'écho venait à peine de se dissiper lorsqu'un autre T-rex, beaucoup plus gros, est apparu dans le champ ; sa taille suggérait que c'était une femelle. À ce moment-là, même Sussman avait hésité à prendre la fuite.

Les deux dinosaures ont exprimé leur rage d'un rugissement et ont commencé à se tourner autour. Des nuages de poussière se soulevaient à chacun de leur pas lourd. Leurs queues fouettaient l'air. Et puis ils ont commencé à se battre, à coups de tête énorme.

La femelle, qui avait l'avantage de la taille, a saisi le plus petit par la peau du cou. Au lieu de s'écarter, il s'est rapproché et a baissé la tête encore plus bas pour planter ses dents dans un de ses bras minuscules. Elle a hurlé, l'a secoué comme un rat et l'a projeté à plusieurs mètres d'elle. Avant même qu'il n'ait eu le temps de se redresser, elle a bondi sur lui, lui a labouré le ventre de sa griffe arrière et, alors qu'il levait la tête pour se défendre, a planté ses crocs dans sa gorge tendue. Pas de chichi. Quelques secondes plus tard, il était mort. La femelle s'est pavanée, a rugi sa victoire en direction du ciel, et a commencé à dévorer sa victime.

Le Pr Rapson rayonnait. « Finalement, ce n'est pas un poulet ! Pas une seule plume en vue ! Bravo, Max. » J'avoue que je ne comprenais pas bien comment je pouvais m'attribuer le mérite d'avoir réfuté la théorie selon laquelle le tyrannosaure n'était rien de plus qu'un poulet charognard géant, mais c'était quand même agréable de savoir que l'image du prédateur favori de tous restait intacte.

L'image s'est estompée et avant que les spectateurs n'aient le temps de reprendre leur souffle, la salle s'est mise à vibrer. De la poussière est tombée du toit. Les outils s'entrechoquaient et cliquetaient par terre. Et de l'extrémité du hangar, lentement et majestueusement, est apparu un troupeau d'alamosaures. Le premier était colossal – il mesurait au moins quinze mètres de haut et vingt de long, un corps de la taille d'une piscine. Ils n'avaient pas de carapace – ils n'en avaient pas besoin. La taille compte. Ne laissez personne vous dire le contraire. D'autres sont apparus derrière leur chef.

Izzie nous a donné peut-être trente secondes de plans d'ensemble. Assez pour apprécier leur taille et leurs proportions avant de passer à des images tournées par Sussman et moi, qui courions et plongions comme les idiots que nous étions cet après-midi-là. Nous nous faufilions à travers des jambes géantes, avançant lentement pour obtenir des gros plans de ventres, aisselles, pieds, orifices – tout ce qu'il était possible de filmer, nous l'avons fait. Un énorme étron d'alamosaure s'est écrasé sur le sol près de nous avec un gros ploc. Nous pouvions voir différentes textures de peau, les cals des articulations, les rides et les plis.

Tout le monde a retenu son souffle. Malgré le bruit assourdissant de leurs pieds frappant le sol, nous pouvions entendre les gargouillements effrayants de leur digestion. Ils étaient tellement plus énormes que tout ce que nous avions imaginé. Les estimations de taille précédentes avaient dû se baser sur des os immatures. Ils étaient splendides. Ils continuaient à avancer d'un pas lourd, sans jamais s'arrêter. Finalement, le dernier membre du troupeau a quitté le champ de vision et rejoint le monde perdu des dinosaures, laissant le silence le plus total derrière lui. Les spectateurs ont inspiré collectivement, mais il leur restait une séquence spectaculaire à voir.

Tandis que le soleil se couchait, incandescent derrière les volcans au loin, une ombre solitaire est apparue de derrière les nuages et le seul ptéranodon que nous avions vu a fondu vers le lac. Puis, lentement et sereinement, il a déployé ses ailes et plané au-dessus de la surface, faisant la course avec son ombre. Un long cou de serpent a alors jailli de l'eau, saisi son aile et l'a entraîné sous la surface sans autre bruit qu'un léger clapotis. Le soleil a disparu. La journée était terminée.

Dix

J'ai consacré les deux jours suivants à passer en revue les données. J'ai écrit un commentaire pour l'hologramme. J'ai vérifié que tous les cubes, disques, clés et piles de données étaient chargés correctement. J'ai récupéré toutes les documentations et les ai étiquetées. J'étais incapable d'abandonner tout ça. Peterson m'a emmenée boire un verre avec les autres, mais en voyant que je n'arrivais pas à me détendre, ils ont jugé plus sage de me laisser faire.

Le Chef et moi sommes partis tôt – le Boss nous avait prêté sa Bentley ; une faveur qu'il n'accordait que rarement. Le coffre et les sièges arrière croulaient sous les boîtes à archives remplies du fruit de notre travail. Maintenant que Sussman n'était plus là, le Chef m'aidait à gérer la partie technique de la mission.

— Ça ira mieux une fois qu'on aura commencé, a-t-il dit, lisant dans mes pensées.

Tournée vers la fenêtre, je regardais le paysage défiler en me rongeant les sangs. Avais-je mentionné les crêtes iliaques ? Le fait que les œufs de protocératops étaient disposés en spirale ? Et le rabat de peau couvrant les narines du saurolophus ? Oui, oui et oui. Détends-toi et concentre-toi, Maxwell.

Nous avons été reçus par le comité d'accueil, la présidente de l'université et son équipe, qui semblaient tous des gens très bien. J'ignorais pourquoi le Boss parlait toujours d'eux comme s'il s'agissait de l'Antéchrist et de ses suppôts, mais je le découvrirais peut-être rapidement si la présentation était un échec et qu'ils n'étaient pas convaincus par nos données. Le Chef a disparu en direction de la salle de conférence principale, et je me suis rendue seule dans la fosse aux lions pour rencontrer les doyens de l'université.

Dans l'intimité du bureau de la présidente, je me suis présentée, j'ai énoncé mes qualifications et mes expériences, et détaillé les paramètres de la mission. Je commence toujours comme ça. Pour permettre à mon cerveau de rattraper mes paroles.

J'ai suivi le même schéma pour toutes les catégories. J'ai exposé les exigences, décrit la méthodologie et les ai félicités pour la fiabilité de leur équipement. J'ai montré quelques extraits de la carte des étoiles, juste assez pour les mettre en appétit, avant de passer d'un air engageant à la géologie et au climat. Encore une fois, dès que j'ai réussi à éveiller leur intérêt, je suis passée à la flore et à la faune. Je leur ai montré comment accéder aux données brutes. Rien n'avait été préparé et aucune conclusion n'avait été tirée. C'était leur boulot.

J'ai désigné les piles de disques, cubes et cassettes sur la table à côté de moi et les ai formellement remis aux chefs de département concernés, qui se morfondaient d'impatience depuis vingt minutes. Par compassion, j'avais été aussi concise que possible et je comprenais qu'ils étaient impatients de mettre la main dessus, mais je voulais être sûre que St Mary reçoive les honneurs qu'elle méritait.

— Des questions ? ai-je demandé.

Quelqu'un s'est levé (encouragé par la présidente, je suppose).

— Oui, mais c'était comment, exactement ?

Il n'y aurait pas de meilleure opportunité. Avant que je ne puisse répondre, la présidente s'est levée.

— Par ici, s'il vous plaît.

Marmonnant dans leur barbe et regardant avec envie les précieuses données qui les attendaient sur la table, les professeurs ont obtempéré.

La salle de conférence était immense. L'inconvénient, c'est que vu le nombre de sièges, je risquais de me ridiculiser devant des millions de personnes. Le Chef avait déjà érigé et aligné les projecteurs, trois de chaque côté. Toutes les chaises étaient occupées. La zone debout à l'avant de la salle était bondée. Les spectateurs contrevenaient aux consignes de sécurité en s'asseyant sur le plancher des allées. Si un incendie se déclenchait, non seulement nous serions tous foutus, mais deux des meilleurs éléments de St Mary partiraient aussi en flammes. J'ai ravalé ma salive et me suis une nouvelle fois demandé si travailler dans un bureau ne me conviendrait pas mieux.

La présidente nous a présentés, déclenchant une petite salve d'applaudissements polis. Nous avons respecté une minute de silence pour Sussman. Elle s'est assise. Et le spectacle a commencé.

Les lumières se sont éteintes, les volets sont descendus automatiquement et les projecteurs sont entrés en action. Je me suis avancée pour parler.

— Mesdames et messieurs, grâce aux toutes dernières technologies développées à St Mary, j'ai l'honneur de vous présenter : *Une journée typique dans la période du Crétacé.*

La scène d'ouverture a commencé et des hoquets d'émerveillement ont parcouru la salle lorsque la tête de l'alamosaure a serpenté vers la présidente, la regardant droit dans les yeux. Et je dois avouer qu'elle l'a très bien pris.

Comme plus personne ne me prêtait attention, je me suis assise et les ai observés. Mon commentaire fonctionnait bien, même si je ne suis honnêtement pas certaine qu'ils l'aient entendu. Des cris de surprise retentissaient dès qu'une nouvelle espèce faisait son apparition, et soudain, la salle a sombré dans le chaos. Les spectateurs ont commencé à se bousculer et à grimper sur les meubles pour mieux voir les dinosaures. Des dizaines de disputes ont éclaté dans la salle à mesure que leurs théories chéries se voyaient impitoyablement rectifiées, embellies, ou rejetées.

J'ai regardé avec une horreur amusée un étron de grand dinosaure envelopper un groupe de vénérables académiciens qui se disputaient dans un coin.

— Eh bien dites donc, a murmuré la présidente, en plein sur les doyens !

— Oh mince, ai-je répondu.

— Non, non, ça fait des années qu'ils essaient de me faire la même chose. Toutes mes félicitations.

— À votre service, madame.

— Mes compliments au Dr Bairstow. Dites-lui que le chèque est en route.

Ils ont adoré le spectacle, et nous, ce qui était largement mérité. C'était une merveilleuse opération de communication pour St Mary. Le Boss m'avait demandé d'être polie, aussi ai-je parlé à tout le monde, donné ma carte et promis que St Mary serait disponible pour répondre à toute question concernant la collecte de données. Finalement, nous avons rejoint le parking.

Nous avons jeté nos vestes sur la banquette arrière désormais libre avant de prendre la route.

J'ai regardé défiler le paysage, toujours sur un petit nuage. Ils avaient aimé. Tout s'était bien passé. Je ne m'étais pas ridiculisée, et je n'avais pas ridiculisé St Mary. Je n'aurais pas pu être plus heureuse. À présent, je pouvais tirer un trait sur les événements récents et prendre un peu de repos bien mérité. Je pourrais faire de longues promenades, manger du chocolat, peindre, rattraper mon retard dans mes lectures et tout simplement flemmarder un peu. La mission était terminée et je pouvais me détendre. J'ai décidé de commencer en regardant simplement par la fenêtre, admirer le paysage et profiter de la balade.

Au bout de trois kilomètres, je m'ennuyais à mourir.

J'ai regardé autour de moi à la recherche de quelque chose à faire et, évidemment, la première chose que j'ai vue a été le Chef. J'ai laissé mon regard vagabonder un peu. Il avait remonté ses manches, révélant ses avant-bras. Déplacer d'énormes morceaux de capsule toute la journée lui avait donné des muscles magnifiques. Et des mains magnifiques. Alors que mon regard était toujours posé sur lui, il s'est tourné vers moi.

— Tout va bien ?

— Oui, ai-je répondu avec enthousiasme.

Il a bâillé.

— Tu veux que je conduise un peu ?
— Non. Je préfère la vie.
— Ce n'est pas très gentil, Chef.
— Mademoiselle Maxwell, j'ai le plus grand respect pour tes nombreuses compétences. Tu es une historienne talentueuse et passionnée, une artiste douée et une amie fidèle et loyale. Tu es chaleureuse, compatissante, intelligente, drôle et terriblement sexy. Mais tu es aussi la pire conductrice que le monde ait jamais connue. Dieu seul sait comment tu as réussi à avoir ton permis. Je suppose que ton examinateur était tellement ébloui par ta beauté qu'il a coché la case « favorable » avant même que tu ne mettes la clé dans le contact.
Mon cœur battait à tout rompre. J'ai laissé quelques secondes passer avant de pouvoir répondre.
— Merci. – Il a hoché la tête, les yeux toujours sur la route. – Et si tu arrêtes la voiture, je te taille la meilleure pipe de ta vie.
Nous avons percuté un arbre.
Le seul son était celui du moteur tournant au ralenti. Je suis sortie de la voiture pour évaluer les dégâts.
— Nom de Dieu, Chef !
Il s'est extirpé à son tour de la voiture et a enfoui sa tête dans ses bras sur le toit de la voiture. Je l'ai regardé avec inquiétude.
— Tu es blessé ?
Il a levé la tête, soupiré et sorti son téléphone.
— Dieter ! Oui, prépare le remorqueur s'il te plaît. On a eu un accident. Non, tout va bien. À environ cinq kilomètres, sur la route de Whittington, juste avant le croisement. Oui, en haut de la colline. Dans une demi heure ? D'accord.
Il a refermé le téléphone et contourné la voiture en déboutonnant son pantalon.
— Toi. Tu arrêtes tes conneries immédiatement. Sur le capot. Ici, et maintenant.
Avant que je ne puisse bouger, il m'a prise à bras-le-corps et jetée sur le capot, qui était chaud et dur. Comme lui. Il a remonté ma jupe sur mes hanches et déchiré ma culotte. Je ne sais pas ce qu'elle est devenue. Je ne l'ai jamais revue. Il a glissé deux doigts en moi

et, satisfait, s'est introduit avec force. Ça aurait dû être brutal, mais ça ne l'était pas. Je me suis cambrée pour le rejoindre, enroulant mes jambes autour de sa taille, pressant mon corps contre le sien. Il s'est couché sur moi et j'ai senti sa chaleur m'envahir. Ses mains étaient partout sur mon corps, brusques et impatientes. J'ai gémi, l'excitant encore plus. Il s'enfonçait en moi de plus en plus violemment, de plus en plus vite. C'était douloureux, mais aussi splendide, et pour rien au monde je n'aurais voulu arrêter. J'ai soulevé son tee-shirt et enfoncé mes ongles dans son dos. Il a hoqueté et gémi, mais a continué. Je lui ai mordu le cou et il a pris ma tête entre ses mains et m'a embrassée, sa langue s'enfonçant dans ma bouche au rythme de nos corps. J'entendais un gémissement, de plus en plus puissant. Oh Seigneur, c'était moi. J'ai enfoncé mes doigts dans ses cheveux, et il a murmuré le nom « Lucy » dans mon oreille, m'envoyant directement au septième ciel. Mon corps se soulevait, tremblant et hoquetant, submergé par des vagues de plaisir de plus en plus longues et intenses. J'étais incapable de me contrôler, m'abandonnant entièrement, perdue dans une mer de sensations et de plaisir. Et puis mon corps s'est contracté et un cri s'est échappé de mes dents serrées. Il a continué à s'enfoncer en moi jusqu'à ce que, dans une série de cris rauques et inarticulés, il se contracte à son tour et s'effondre sur moi. J'ai senti les pulsations de son corps dans le mien et nous sommes lentement redescendus, à bout de souffle.

Après quelques secondes, il s'est relevé et m'a regardée. J'étais étendue sur le capot, les seins à l'air, ma jupe remontée sur mes hanches, les jambes écartées. Mes cheveux s'étaient détachés et tombaient devant mon visage.

Il a pris appui sur ses mains et a tenté de reprendre son souffle. Lentement, il s'est retiré et redressé.

— Bon sang.

J'avais du mal à respirer. J'ai écarté mes cheveux de mon visage et regardé les rayons du soleil tachetés de vert et de doré dans le ciel bleu au-dessus de nous.

— Attends. Laisse-moi t'aider, a-t-il dit en me tendant la main. Il a remis mon soutien-gorge en place et baissé ma jupe. Ses gestes étaient lents, prudents et très doux. Ses mains tremblaient si fort que j'ai dû boutonner sa chemise à sa place. Finalement, nous étions de nouveau présentables. Pas décents. Nous ne serions plus jamais décents.

Je me suis laissée glisser du capot et j'ai jeté un regard rapide autour de moi pour vérifier que ma culotte n'était pas accrochée à une branche d'arbre. Il m'a aidée à garder l'équilibre. Pas encore remise de mes émotions, je tenais à peine debout.

Nous nous sommes assis sur un rondin, son bras autour de mon épaule. Il a délicatement embrassé mes cheveux tandis que j'essayais de me recoiffer.

— Je suis présentable ?

— Absolument pas. Tu es dévergondée, débraillée, déculottée et extrêmement désirable. Je suis un homme perdu.

J'ai placé ma main sur sa joue et il a pris appui dessus, tourné la tête et embrassé ma paume.

— On peut recommencer ?

— Eh bien, je crois que j'entends la dépanneuse, donc il vaut peut-être mieux que tu te contiennes jusqu'à ce qu'on soit rentrés, mais je te préviens, je n'en ai pas terminé avec toi. Je te veux encore. Et encore.

J'ai pris une courte inspiration et, l'espace d'un instant, j'ai perdu ma place dans le monde.

Dieter est arrivé. Il a bondi hors de la dépanneuse et nous l'avons rejoint.

— Vous allez bien tous les deux ? a-t-il demandé. Parce que ça n'a pas l'air. Nom de Dieu, Max, assieds-toi. Toi aussi, Chef. Je crois que vous êtes tous les deux en état de choc.

— Non, ça va.

— Tu as embouti la Bentley du Boss, Max. Je développerais un état de choc à ta place ; et de graves blessures internes. C'est la seule chose qui puisse te sauver.

— En fait, a dit le Chef, c'est moi qui conduisais.

Dieter a grimacé.

— C'est toi qui conduisais ? Que s'est-il passé ?

— Un cerf, ai-je répondu rapidement.

Ils m'ont tous les deux dévisagée.

— Un cerf a traversé la route. On a fait une embardée, évité le cerf, percuté un arbre. On aurait pu y rester. Sacrés réflexes. Heureusement que ce n'était pas moi. On serait déjà partis en fumée.

Le Chef a levé les yeux au ciel et croisé les bras.

— Un cerf ? a demandé Dieter. À 4 heures de l'après-midi ?

— Il était désorienté, ai-je aventuré.

— Ce n'était visiblement pas le seul. Tu t'es pris un coup à la tête ?

— Pas à la tête, non.

— Allez chercher vos affaires, a dit Dieter. Je prépare le treuil.

— Besoin d'aide ?

— Non, merci Chef. Tu devrais peut-être aider Max à monter. – Il a souri. – Vous m'avez l'air complètement vidés tous les deux.

Nous avons donc grimpé dans la cabine de la dépanneuse et sommes rentrés à St Mary sans piper mot.

La nouvelle de l'accident avait visiblement circulé puisqu'un petit groupe nous a couverts de railleries aux portes du hangar. Aucun signe du Boss en revanche. Il était probablement quelque part en train de préparer nos soldes de tout compte.

— Restez où vous êtes, a dit Dieter en contournant le véhicule par l'avant pour ouvrir la portière côté passager avant de m'aider à descendre.

— Le Dr Foster veut que vous montiez immédiatement, a dit Polly.

J'ai grogné. Bonté divine, n'avais-je donc droit à aucun répit ?

Helen, Dieu merci, n'avait pas envie de plaisanter.

— Pas de sang, pas de douleurs, pas de fractures. Chef, toi qui es le plus raisonnable des deux, même si ça se discute, surveille qu'il n'y ait pas de pâleur anormale, tremblements, baisse de la coordination et perte de connaissance.

— J'ai déjà eu tout ça, ai-je marmonné, ce qui m'a valu un coup de coude.

— Bien sûr docteur, pâleur, tremblements, perte de connaissance. Compris.

— Vous pouvez y aller. Je crois que le Boss veut vous voir. Mais avant, Maxwell, j'aimerais te dire un mot.

— J'attends dehors, a dit le Chef avant de sortir, refermant la porte derrière lui.

— Que se passe-t-il, Doc ?

Elle semblait étonnamment sérieuse.

— Je veux que tu répondes à cette question honnêtement. C'est important. Ça pourrait avoir de sérieuses conséquences.

J'étais soudain mal à l'aise.

— Quoi ?

Elle m'a regardée d'un air sévère.

— Est-ce que vous venez de coucher ensemble ?

J'ai fait fi de toute prudence.

— Je ne dirais pas qu'on a couché ensemble, plutôt baisé comme des bêtes et fait des trucs qui sont probablement illégaux dans plusieurs parties du monde. Pourquoi ? Est-ce qu'il y a des conséquences médicales ?

— Oh non, rien de ce genre. C'est juste qu'il y a une quantité incroyable d'argent qui circule dans le bâtiment en ce moment même, et je veux être sûre que Peterson me donnera ce qu'il me doit.

J'ai ouvert la bouche pour parler mais, ne trouvant rien à répondre, je l'ai refermée, j'ai rougi, dégluti et l'ai ouverte de nouveau.

— Tu es sans voix, n'est-ce pas ?

J'ai hoché la tête.

— Bien, ça fait un billet de plus que Peterson me doit. Tu peux y aller maintenant.

Nous avons quitté l'infirmerie. En sortant de l'ascenseur, j'ai pris à gauche pour rejoindre le bâtiment principal, mais il m'a attrapé le bras et poussée à travers le vestibule. Le local à peinture ! Il me poussait dans le local à peinture. Nous étions presque en train de courir lorsque nous avons heurté la porte de sa capsule, où nous nous sommes réfugiés.

— Déshabille-toi, a-t-il dit d'une voix rauque. Maintenant.

J'étais en train d'enlever ma veste lorsque le monde est devenu blanc. Je savais où nous allions ; dans un endroit calme et privé il y a cinq mille ans, où personne ne pouvait nous entendre.

Nous l'avons fait partout. Contre un mur dans la capsule, dehors sur une couverture, dehors sans couverture, dehors contre un arbre ; c'était une véritable machine. On dit que les personnes silencieuses sont les pires, mais croyez-moi, ce sont les meilleures.

Plusieurs heures plus tard, la nuit est tombée. Nous nous sommes allongés sur le sable, épuisés.

— Ça suffit, a-t-il dit dans un souffle. Pour l'amour de Dieu, femme, laisse-moi tranquille.

J'ai posé ma tête sur sa poitrine et senti son cœur battre à tout rompre. Nous étions en piteux état, transpirants, couverts de poussière, d'hématomes et de griffures. Je ne m'étais jamais sentie aussi bien. Il s'est levé et est revenu avec une bouteille de vin et une tasse, que nous avons partagées. J'étais assoiffée et reconnaissante.

— On ne devrait pas rentrer ?

— Je ne peux pas te ramener dans cet état. On dirait un ange déchu.

— Je ne suis pas tombée. On m'a poussée.

Il a resserré son bras et s'est penché pour m'embrasser.

— S'il te plaît, non, ai-je murmuré. Je peux à peine marcher.

— Même pas une dernière fois pour la route ?

J'ai baissé la tête.

— Bon sang, il n'y a pas un interrupteur pour t'éteindre ?

— Pas que je me souvienne. Tu n'imagines pas à quel point je suis heureux d'avoir cette combinaison trop ample !

— Vraiment ? J'ignorais que je pouvais faire ça !

— Depuis le moment où l'on s'est rencontrés. Tu te tenais sur les escaliers avec le soleil dans tes cheveux et tu m'as souri et l'espace d'un instant, je ne savais plus où j'étais.

Je me suis étirée et l'ai embrassé.

— Je peux te faire confiance si on prend une douche ?

— Tu seras chaude, humide et glissante. Mes mains seront savonneuses. Qu'est-ce que tu imagines ?

Il nous a fallu des heures pour sortir de la douche. Nous y serions probablement encore si nous avions eu assez d'eau. Lentement, nous nous sommes préparés pour le retour à la réalité et, enfin, vêtus de nos combinaisons et de nos bottes, nous sommes rentrés, pas plus d'une demi-heure après notre départ, et nous nous sommes rendus dans le bureau du Boss.

Il m'a félicitée pour ma présentation. Thirsk l'avait manifestement contacté, lui avait tout raconté et nous avait couverts d'éloges. « Satisfaisant » a été le mot exact employé, ce qui signifiait qu'il était ravi. Il n'a pas mentionné la voiture.

— On a eu chaud, ai-je dit quand nous sommes sortis. On va boire un coup ?

— Oui, donne-moi juste une minute. Je te rejoins au bar.

En poussant la lourde porte du vestibule, j'ai immédiatement entendu le tapage. Soit ils étaient en pleine reconstitution de la bataille de Marathon, soit il y avait encore une bagarre générale au bar.

Ça arrivait parfois.

Chaque service se considère, à tort ou à raison, comme le plus important de St Mary. Je ne comprends pas pourquoi, puisqu'il est évident que c'est le département d'Histoire qui fait tout le boulot, mais les techniciens et la sécurité, et parfois le R&D, n'arrivent pas à l'admettre et il suffit que quelqu'un dise quelque chose de malencontreux, parfois accidentellement, mais la plupart du temps volontairement, pour déclencher le chaos.

Cependant, depuis l'entrée, je voyais que ce n'était pas une bagarre de bar ordinaire. C'était une émeute. Des silhouettes orange, noires, vertes et parfois bleues se battaient, s'étreignaient, se roulaient par terre et s'agitaient dans tous les sens en poussant des jurons et des cris. Des verres étaient brisés, des meubles renversés. Le personnel du bar criait des rappels à l'ordre.

Je suis entrée, repoussant les spectateurs enthousiastes et les simples curieux, et j'ai cherché une ouverture. Dieter et Markham ont roulé à l'écart de la foule, se sont remis sur pied et se sont plantés face à face. Compte tenu de leurs tailles respectives, c'était un peu comme si un écureuil s'attaquait au mont Everest.

Sans réfléchir (une première !), j'ai tenté de me placer entre eux pour les séparer, juste au moment où Dieter balançait son poing de géant, qui m'a atteinte juste en dessous de l'œil et envoyée au sol. Il avait freiné son geste au dernier moment, mais ça m'avait quand même fait un mal de chien.

Le point positif, c'est que la bagarre a cessé, et tout le monde a attendu de voir ce qui arriverait ensuite. Typique. Le moins qu'ils auraient pu faire, c'est continuer à s'entretuer pour me donner le temps de retrouver mes esprits.

Je me suis relevée sur mes jambes tremblantes et j'ai essayé de remettre de l'ordre dans ma tenue.

— On n'est pas censés frapper les filles, a dit Markham d'un air provocateur. Ce n'est pas poli.

— Oh mince, Max, a dit Dieter horrifié (à juste titre). Je suis désolé.

Mon instinct était de le flanquer par terre et de noircir au moins un de ses yeux pour qu'on soit assortis, mais j'ai finalement décidé d'utiliser ma colère à bon escient.

— Qu'est-ce que vous foutez, bande de dégénérés ?

Personne n'a répondu, mais ils ne semblaient pas non plus particulièrement contrits. La bagarre allait reprendre d'une seconde à l'autre et d'une seconde à l'autre, le Boss pouvait entrer ; après le tragique épisode de la Bentley, il ne serait probablement pas d'humeur pour ça. J'ai pris une longue inspiration et me suis placée entre les deux groupes ennemis ; une zone tampon avec un œil au beurre noir.

— Bon, et si j'essayais de deviner ce qui est en train de se passer ici, hein ? Un abruti a raconté la blague : « Comment on élève le niveau d'intelligence d'une capsule ? En enlevant l'historien. » Après quoi un gros malin a dit : « Combien de techniciens faut-il pour changer une ampoule ? Seulement un, mais il faut beaucoup d'ampoules ! » et quelqu'un d'autre n'a pas trouvé ça drôle, et puis un petit plaisantin a montré sa carte d'identité au chien plutôt qu'à l'agent de sécurité, car tout le monde sait que c'est le chien le plus intelligent des deux et, une seconde plus tard, vous êtes tous en train de vous foutre sur la gueule.

Quelques murmures ont parcouru le groupe et quelqu'un a dit :

— Hé.

— Pas de « Hé » avec moi. J'ai honte de vous. Je vais vous dire une chose. Cette attitude : « Mon service est le meilleur et on est les seuls à avoir un cerveau dans cette combinaison » commence vraiment à me saouler. Tout le monde contribue ici. Les techniciens fournissent l'équipement nécessaire à notre métier. La sécurité nous protège. Mme Mack nous nourrit. Où serions-nous tous aujourd'hui sans ses friands aux saucisses du mercredi ? Le département des Costumes fabrique nos vêtements et nos accessoires. L'équipe de Mme Partridge s'assure que nous soyons tous payés à temps. Et vous pensez qu'ils ne sont pas importants ? – J'ai marqué une pause. – Et les historiens sont ceux qui vont saigner dans la boue. Quelqu'un veut faire notre boulot ? – J'ai pris une longue inspiration saccadée et j'ai commencé à parler plus lentement. – Nous sommes tous importants et nous sommes tous les meilleurs ici, mais parfois on est vraiment tous des trous du cul.

Silence. Mon discours n'avait eu aucun effet. La plupart des gens affichaient une mine boudeuse ; les techniciens avaient l'air hautains et les hommes de la sécurité se demandaient qui ils allaient frapper. Nous étions à un souffle de l'effondrement. Et mon visage me faisait foutrement mal.

Soudain, je me suis sentie épuisée par tout ça. Ce n'était pas un comportement acceptable. J'ai eu ce qui m'a semblé alors un éclair de génie. Je me suis tournée vers Dieter.

— Viens avec moi demain.

Il m'a dévisagée.

— Non, sérieusement. Viens avec moi, ai-je dit en improvisant à mesure que je parlais. Je dois retourner au Crétacé pour vérifier un truc auquel j'ai pensé après la présentation d'aujourd'hui. J'aurais besoin d'un partenaire, alors pourquoi tu ne viendrais pas voir ce que c'est réellement. Allez Dieter, viens dire bonjour aux T-rex !

Je l'avais placé dans une position impossible. Il ne voulait pas y aller. Tout le monde savait ce qui arrivait aux gens qui partaient avec moi. J'ai vu Kalinda s'agiter et Peterson attraper son bras.

— Qu'est-ce que t'en dis, Dieter ? Est-ce que tu vas joindre les actes à la parole ? Ou tu préfères rester tranquillement à la maison ? Je comprendrais si c'était le cas.

En le regardant, je voyais qu'il avait envie de dire non. Il cherchait simplement un moyen de le faire en sauvant la face. Eh bien, hors de question que je l'aide. Tout le monde nous regardait en silence.

— C'est bon Dieter, je comprends. – J'ai tapoté son bras gentiment. – C'est pas grave. Mais je pense que ça t'aurait plu. C'est dommage.

Pour augmenter encore la pression, j'ai touché mon visage et grimacé de douleur.

Il a repoussé ma main.

— Bien sûr que je viens. Les historiens sont des aimants à problèmes, il faut bien que quelqu'un vous surveille.

— Super. On se voit après le petit-déjeuner pour un rapide briefing. Ce n'est pas un long voyage, juste quelques heures, mais ce sera assez pour te donner une idée. Et habille-toi en vert au fait, surtout pas en orange. Certains chassent grâce à leur vision. Et plus d'alcool, cela va sans dire.

Il a hoché la tête, se demandant visiblement dans quoi il s'était laissé embarquer. Je me suis éloignée avant qu'il n'ait le temps de changer d'avis et j'ai rejoint Kalinda et Peterson.

— T'as intérêt à le ramener celui-là, a dit Kalinda d'un ton sinistre. Et entier, et bien vivant, a-t-elle ajouté au cas où je n'aurais pas compris le message.

— Ça va aller. Ce n'est que quelques heures. Vous serez en train de baiser comme des bêtes à la même heure demain.

— Oh s'il te plaît, a dit Peterson. Max, tu ne peux pas emmener un technicien voyager dans le temps.

— Pourquoi pas ? J'ai bien emmené un technicien à la présentation, qui s'est très bien passée, d'ailleurs, puisque vous insistez pour savoir.

Je voulais distraire leur attention avec la présentation – et les historiens sont facilement distraits. Ils ont la capacité de concentration d'un… qu'est-ce que je disais ?

Le Chef se tenait dans l'entrée et passait en revue le chaos. Il m'a regardée d'un regard qui voulait clairement dire : « Sérieusement ? Je te laisse dix minutes et je te retrouve avec un œil au beurre noir ? »

C'est à ce moment-là que je me suis souvenue du protocole – mieux vaut tard que jamais. J'ai fait signe à Dieter de me rejoindre.

— Chef Farrell, comme vous le savez, je dois retourner au Crétacé demain et, avec votre permission, j'aimerais que M. Dieter m'accompagne pour un voyage rapide. J'ai besoin d'un partenaire et il a exprimé son intérêt. Si vous n'y voyez pas d'objection, évidemment.

Il a regardé la salle, où le calme commençait lentement à revenir. Je me sentais un peu coupable. Je ne lui avais vraiment pas laissé le choix. Dieter le savait et il attendait patiemment qu'on lui refuse l'autorisation. J'ai déplacé légèrement ma main là où le Chef pouvait la voir et j'ai croisé les doigts.

Il a esquissé un sourire.

— Une nouvelle expérience pour vous, monsieur Dieter. Bravo pour votre initiative. Amusez-vous bien.

Dieter a pris une longue inspiration.

— Oui, monsieur. Merci monsieur, a-t-il répondu avant de me lancer un rapide regard et de disparaître.

— Leon…

— Je sais, a soupiré le Chef. La nuit avant un saut est traditionnellement passée dans la solitude et la sobriété.

— Eh bien, j'ai un passager demain. Tu veux que je m'occupe bien de lui, n'est-ce pas ?

— Je t'en serais reconnaissant, oui.

— Je le ramènerai sans la moindre égratignure.

J'avais fait cette promesse de bonne foi.

Nous nous sommes séparés dans le hall.

— C'est pas grave, a-t-il dit. On se rattrapera demain soir.

Mais il se trompait. Comme quoi, il suffit de baisser sa garde ne serait-ce qu'une seconde pour que le Destin, le Sort, l'Histoire, appelez ça comme vous voulez, en profite pour venir pisser dans vos frites.

Onze

J'ai préparé un rapide briefing pour Dieter et l'ai retrouvé au petit-déjeuner. Il avait pensé à porter du vert et semblait sobre et calme, bien qu'un peu inquiet.

Nous avons parcouru le programme. Il a posé des questions, de bonnes questions, et j'ai commencé à me sentir assez optimiste. Je prévoyais de lui montrer le bord du lac où, avec un peu de chance, nous verrions juste assez de dinosaures pour rendre l'expérience intéressante mais pas pour autant dangereuse. Peut-être même un tyrannosaure, tant qu'il était assez loin.

Des tas de curieux avaient trouvé des choses à faire ce matin-là à Hawking. J'ai fait signe à Kal et Tim sur la passerelle. Ils m'ont répondu. Quels grossiers personnages !

Nous nous sommes installés dans la capsule, la bonne vieille numéro Huit, et le Chef a procédé aux vérifications de dernière minute. Dieter était très silencieux. Enfin, nous étions prêts. J'ai commencé à actionner les interrupteurs. Le Chef s'est penché vers Dieter.

— Juste une dernière chose. Mlle Maxwell est responsable de cette capsule, de cette mission et de toi. Fais exactement ce qu'elle te dit et quand elle te le dit si tu veux rester en vie. Compris ?

Il a ravalé sa salive.

— Oui, monsieur.

— Bien. Bonne chance à tous les deux.

— Merci Chef. Mets l'eau à bouillir.

J'ai fermé la porte. Le monde est devenu blanc.

Encore une fois, le Destin, le Sort, ou je ne sais quoi encore, s'est immiscé dans notre mission. Nous avons atterri près du lac, mais plus haut sur le flanc, du côté nord, celui que nous n'avions pas encore exploré. L'atterrissage a été un peu mouvementé, et un des pieds hydrauliques s'est déplié automatiquement pour nous stabiliser. J'ai examiné toutes les mesures très attentivement. Cette mission se ferait dans les règles. Si je ramenais un Dieter en mauvais état, je n'aurais pas fini d'en entendre parler. Mais tout semblait calme. Rien d'inquiétant n'apparaissait à distance de mâchoire.

J'ai examiné mon passager – casque, gilet de protection, radio et pistolet laser : l'attirail classique de tout historien qui se respecte. Nous avons sauté sur place. Rien n'a cliqueté et rien n'est tombé. Nous avons activé les caméras et nous sommes mis en route.

Me souvenant de ma première fois, je lui ai laissé quelques minutes pour digérer ce qu'il voyait. Le ciel bleu et chaud, les bruits de la forêt, la chaleur, l'odeur, l'euphorie. Il tournait sur lui-même, regardant de tous les côtés.

— Waouh ! Je suis il y a 67 millions d'années ! Max, c'est génial, putain !

— Attends un peu, ai-je dit. On va par là et puis on descendra un peu.

Il a retrouvé son calme, et nous nous sommes dirigés vers une ouverture dans la forêt qui devrait nous offrir une bonne vue sur le lac et les terres alentour. Je restais vigilante, car même si je ne m'attendais à aucun problème, nous étions malgré tout au Crétacé. Et j'appréciais Dieter.

J'étais peut-être vigilante et alerte, mais je n'étais absolument pas préparée pour le choc énorme qui m'a percutée de plein fouet lorsque nous avons émergé du petit bosquet et vu ce qui se passait en contrebas. Je suis restée un moment clouée sur place, puis j'ai attrapé Dieter par le bras et l'ai entraîné au sol. Nous nous sommes approchés en rampant et avons essayé de comprendre ce que nous avions sous les yeux.

C'était comme une petite ville. Je voyais des tentes, des gens, des cages, des véhicules. Des haut-parleurs diffusaient de la musique pop. Je sentais une odeur de nourriture. Qu'est-ce que c'était que ce bordel ?

— Dieter, essaie de tout avoir.

J'ai commencé à parler dans ma radio. Je l'entendais faire la même chose. Il a estimé le nombre de personnes et les a décrites, a compté les capsules et noté leur position. J'ai inventorié les cages et identifié leurs occupants du mieux possible, tout en tournant la tête pour que la caméra puisse filmer l'ensemble de la scène.

Une grosse cage était légèrement à l'écart, occupée par un jeune tyrannosaure à mi-croissance. Même s'il n'avait pas encore atteint sa taille adulte, il était malgré tout trop gros ; il rugissait et hurlait, agitant la tête et se cognant contre les barreaux pour essayer de sortir. Sous mes yeux, un groupe d'hommes est passé devant la cage. Un d'entre eux a sorti ce qui ressemblait à un pistolet paralysant et a nonchalamment tiré sur le dinosaure en passant. L'animal a rugi de plus belle et s'est jeté contre les barreaux tandis qu'ils riaient. J'ai senti mon sang bouillir et, à côté de moi, Dieter grommelait.

Plus près de l'orée de la forêt, un autre groupe d'hommes sortait un hadrosaure de sa prison. Il portait des chaînes, mais cela ne les empêchait pas de hurler et de le rouer de coups en le forçant à avancer. Le dinosaure, qui ne comprenait pas ce qui lui arrivait, contrarié et inquiet d'être séparé de son troupeau, hurlait de détresse et de peur. Puis il s'est cabré. Les hommes ont violemment tiré sur les chaînes, et son corps s'est tordu maladroitement dans les airs. J'ai entendu le craquement d'un os cassé. Il s'est effondré lourdement sur le sol et est resté étendu, gémissant de douleur. Quelqu'un s'est approché et lui a tiré une balle dans le crâne. Dieter a hoqueté. Soudain, je l'aimais beaucoup. Un chariot élévateur est arrivé pour enlever la carcasse. Manifestement, ce n'était pas la première fois qu'une telle chose arrivait. Et pourtant, ils continuaient.

Le tyrannosaure et l'hadrosaure morts avaient tous les deux une tache de peinture verte sur le flanc et une rouge sur le front. En parcourant la zone du regard, je remarquai que d'autres animaux en cage étaient également marqués. Était-ce une sorte de classification ?

Dieter décrivait les véhicules et les plantes, et dressait la liste des sources d'électricité et des générateurs. J'ai activé la transmission radio vers la capsule et essayé d'identifier leur système de sécurité. Il ne semblait y avoir rien d'autre qu'une clôture électrifiée et une tour de guet près du portail. Le camp entier semblait construit autour d'une grosse structure centrale, que je ne parvenais pas à voir correctement de là où j'étais.

J'étais en train d'émettre des hypothèses sur l'origine et la raison du camp lorsque Dieter m'a donné un coup de coude.

— Regarde ça, par là. Tu ne trouves pas que ça ressemble à une sorte d'arène ? Et ça, c'est un entonnoir. Tu as déjà vu une migration de saumons ? Les poissons nagent dans l'entonnoir et ne peuvent plus revenir en arrière. Il va arriver la même chose à ces dinosaures. Ces types sont des chasseurs. Ils vont conduire les animaux à l'intérieur et leur tirer dessus. C'est à ça que servent ces taches de peinture. Ce sont des cibles. Ils peignent des cibles sur les dinosaures ; tant de points s'ils atteignent la cible rouge, et tant s'ils atteignent la verte. Peut-être même qu'ils leur tirent dessus dans leur cage. Max, on ne peut pas les laisser faire. C'est tellement cruel.

Il avait raison. J'imaginais très bien la scène ; des dinosaures paniqués et perdus fourmillant dans un enclos. En fonction de l'espèce, certains tenteraient en vain de fuir. D'autres (ceux pour lesquels j'avais secrètement une affection particulière) ne comprendraient pas la menace et essaieraient de se défendre, rugissant de défi. Ils hurleraient de douleur et de terreur lorsque des balles transperceraient leur peau ou leur carapace, déchiquetant la chair et les os avant qu'ils ne s'effondrent au sol dans le sang et la poussière pendant que ces sales lâches, parfaitement en sécurité, se féliciteraient en appelant cela du sport. Je me suis souvenue de cette nuit à l'hôtel, lorsque le Chef m'avait parlé des problèmes du futur. C'est pour ça qu'il était revenu. Soudain, les choses étaient devenues sérieuses. Les problèmes avaient commencé, et c'était à nous de nous en charger, même si nous étions tombés dessus par accident. Je n'ai pas pu m'empêcher de me demander ce qui serait arrivé si je n'avais pas décidé d'emmener un technicien au travail aujourd'hui.

Et une autre pensée – était-ce ce que Sussman avait tenté de protéger ? Nous nous trouvions dans la zone nord non explorée. Peut-être n'était-ce pas une coïncidence s'il m'avait attaquée ce jour-là. Quel était son rôle dans tout ça ?

J'étais tellement plongée dans mes pensées qu'il m'a fallu plusieurs secondes pour remarquer les cinq ou six explosions sourdes qui retentirent de l'autre côté de la vallée.

— Qu'est-ce que c'est encore que ça ? a demandé Dieter, me volant les mots de la bouche.

Le sol a commencé à trembler. J'ai entendu une sorte de coup de tonnerre. Nous avons tous les deux levé les yeux vers le ciel sans nuages, mais c'était un tonnerre ininterrompu, et qui se rapprochait de plus en plus. Des dizaines, ou peut-être même des centaines d'animaux couraient dans notre direction. J'entendais des arbres se briser et s'effondrer sur leur passage. Des reptiles volants jaillissaient dans les airs, poussant des cris stridents. Des petits rochers dégringolaient autour de nous. La course des dinosaures avait commencé.

— Dieter, il faut qu'on y aille. Maintenant !

Nous sommes partis en courant. Le sol tremblait sous nos pieds, et nous devions sans cesse nous arrêter pour aider l'autre à se relever. J'étais très inquiète pour la capsule. Même avec son pied de soutien, elle n'était pas aussi stable que je l'aurais voulu.

— Un peu comme sa propriétaire alors, a dit Dieter d'une voix haletante – et j'ai commencé à penser qu'on allait peut-être réussir à faire de lui un historien.

Numéro Huit était toujours là où nous l'avions laissée, mais l'argile molle sur laquelle elle tenait en équilibre commençait à couler, emportant la capsule avec elle. Le tonnerre était de plus en plus puissant à mesure que les dinosaures se rapprochaient, dévalant la colline, invisibles derrière un énorme nuage de poussière. Pas le temps de regarder – nous n'avions plus que quelques secondes avant de nous faire piétiner.

La force de Dieter nous a permis de traverser le terrain argileux. Il avait eu la bonne idée de prendre légèrement plus bas, ce qui nous a facilité les choses et nous a permis de rejoindre la capsule qui avait commencé à glisser. La porte s'est ouverte et nous avons bondi à l'intérieur. Pas le temps de s'attacher. Le pied s'est rétracté et la capsule a penché dangereusement. Et puis les dinosaures sont arrivés.

Quelque chose de gros et lourd est tombé sur le toit. Le plafond s'est affaissé, des carreaux sont tombés, révélant des câbles qui pendaient et s'enroulaient en crépitant. Les lumières ont vacillé furieusement. Quelque chose d'autre nous a heurtés et nous avons basculé, dégringolant la colline. Les portes des casiers se sont ouvertes, et leur contenu s'est écrasé sur nous. Nous avons été projetés à travers la capsule, rebondissant douloureusement contre les murs.

Dans un rugissement, quelque chose de très gros est tombé sur nous, les murs ont commencé à plier vers l'extérieur et, avec un bruit terrifiant ressemblant à un coup de feu, l'écran s'est craquelé. Je crois que Dieter hurlait. Je sais que je hurlais.

J'ai crié :

— Ordinateur, extraction d'urgence…

Et tout est devenu horriblement calme. À travers l'écran déformé, je voyais le sol – beaucoup plus bas. Nous avions basculé dans le vide.

— Maintenant ! ai-je ajouté, dans l'espoir que nous sautions avant de toucher le sol, qui se rapprochait à une vitesse terrifiante.

Et puis le monde est devenu noir.

Beaucoup plus tard, j'ai vu les images de notre atterrissage. Toutes les alarmes de l'institut se sont déclenchées. Le hangar grouillait toujours de curieux attendant notre retour. Lorsque notre capsule est apparue à plus de deux mètres au-dessus du rail, les gens se sont dispersés. Les techniciens ont lâché leurs cordons et ont pris leurs jambes à leur cou. La capsule a atterri sur le rail dans un fracas tonitruant. De la poussière et des débris sont tombés du toit. Le hangar entier s'est mis à trembler. Ils ont senti l'impact dans tout le bâtiment. Apparemment, le choc était tel qu'un de nos ananas en pierre décoratif est tombé de son support et s'est écrasé sur les marches de l'entrée, manquant de peu notre concierge, M. Strong, qui était sorti s'en griller une.

La capsule a rebondi sur le plancher du hangar comme tout droit sortie de l'imagination de Barnes Wallis, l'inventeur de la célèbre bombe rebondissante, dispersant les gens sur son passage avant de finalement s'immobiliser, à l'envers évidemment, devant le rail numéro Trois à l'autre bout du hangar.

Sur les enregistrements, il y a eu un long silence de stupeur. Des lumières rouges et bleues rebondissaient sur les visages abasourdis. Le chef Farrell a réagi en premier.

— Évacuation d'urgence ! Tout le personnel non essentiel dehors ! Maintenant. L'équipe d'urgence avec moi. Vite !

Kal et Peterson ont fait descendre les curieux de la passerelle tout en s'arrangeant pour y rester. Le Boss les a rejoints, impatient de voir qui essayait de détruire le bâtiment.

Le commandant Guthrie et l'équipe de sécurité sont arrivés du bout du hangar, suivis de près par Helen et d'autres soignants. Finalement, en deux minutes environ, le hangar s'est vidé et le personnel requis s'est réuni. Assez impressionnant. En découvrant que la capsule avait atterri sur la porte, le Chef a donné des coups de pied frustrés, crié un ordre et Polly Perkins a disparu.

À l'intérieur de la capsule – où se trouvaient les personnes importantes – Dieter et moi nous demandions encore où nous étions et ce qu'était ce bordel. Étonnamment, nous étions toujours conscients, ce que nous devions à nos vestes de protection et à nos casques.

— Bon sang, a murmuré Dieter. Je ne vais plus jamais nulle part avec toi, Max. Jamais. Je n'irai même pas à la cantine si tu y es. Tu es un putain de désastre ambulant !

— Je ne trouve pas ça très gentil, ai-je répondu faiblement. Tu ne vas quand même pas dire que c'est ma faute ?

S'est ensuivie une dispute qu'il serait inutile de relater, mais il semblait aller un peu mieux après.

— Comment ça va ? ai-je demandé.

— Eh bien, je suis allongé sur la porte, ce qui signifie qu'on ne peut pas sortir et qu'ils ne peuvent pas entrer, je suis enfoui sous le contenu de sept casiers, et des fils sous tension courent tout autour de nous. Et toi, Max, ça va ?

— Oui, je crois. Écoute Dieter, c'est important. Si je perds connaissance, tu dois leur dire de télécharger les enregistrements en premier. Je sais qu'il y a des fils sous tension partout, mais s'ils coupent le courant, on pourrait perdre les données. Je suis désolée, mon pote, mais elles sont plus importantes que nous.

Silence.

— Dieter, je suis désolée, mais tu viens de devenir un historien honoraire, ce qui signifie que tu te places quelque part entre l'algue bleue et l'ornithorynque dans le grand ordre des choses. Le Boss doit voir ces enregistrements.

Le silence s'est prolongé. Je ne savais pas quoi lui dire. Je l'avais emmené avec moi dans une tentative idiote de promouvoir l'égalité et la coopération, ce qui avait failli lui coûter la vie.

— Dieter, tu es toujours là ?

— Historien honoraire, tu dis ?

— Possible.

— Alors comment ça marche ? J'ai une jambe orange et une autre bleue ?

Ma radio a crépité.

— Max, tu m'entends ? a demandé le Chef.

— Bonjour, Chef.

— Est-ce que Dieter va bien ?

— Oui, on était juste en train de revoir les couleurs de son uniforme.

— L'un d'entre vous est-il blessé ?

— On est peut-être un peu secoués.

— On vous sort de là dans une seconde.

— Est-ce que le Boss est là ? Je peux lui parler ?

— Une minute.

À ma surprise, il a pris la parole immédiatement.

— Mademoiselle Maxwell. Vous savez faire une entrée.

— Monsieur, je suis désolée d'avoir perturbé votre après-midi. Mais nous avons des enregistrements que vous devez absolument voir. Ils sont plus importants que nous. Je vous en prie, ne les laissez sous aucun prétexte couper le courant dans cette capsule. Vous devez préserver les enregistrements. Vous comprendrez quand vous les verrez.

À sa décharge, je dois dire qu'il n'a pas essayé de discuter.

— Mademoiselle Barclay, téléchargez immédiatement ces enregistrements et prévenez-moi lorsque ce sera fait. Maintenant, s'il vous plaît !

De l'autre côté de la capsule, Polly Perkins est arrivée avec un chariot élévateur. Le but était d'utiliser ses dents – celles du chariot j'entends – pour ouvrir l'écran craquelé et nous faire sortir par là.

J'ai reniflé.

— On a bousillé les toilettes. Tu sens cette odeur ?

— Ah, non pardon. Je crois que c'est moi.

Polly s'est approchée prudemment, a fait vrombir le moteur et a percuté la capsule dans un fracas. Il lui a fallu quatre tentatives avant de réussir à percer l'écran. Les cris nous conseillant de « fermer les yeux là-dedans ! » auraient probablement été plus utiles s'ils avaient été émis avant l'impact. Enfin bon, on ne va pas chipoter.

Le Chef s'est introduit en premier, est allé directement vers le télérupteur et a appuyé sur le bouton, ignorant mes murmures de mise en garde.

— On a les données, a-t-il dit. Détends-toi, on va te sortir de là.

Ils ont d'abord sorti Dieter, le hissant à travers l'écran brisé. Il a tendu la main vers moi et je l'ai serrée.

— Alors, monsieur Dieter, en dehors de ce petit incident, c'était comment ?

— Super, Max ; la terre a bougé.

Et ils l'ont emmené.

Le Boss a attendu patiemment. Tandis qu'ils me transportaient sur un brancard, j'ai attrapé sa manche et dit d'une voix chevrotante :

— Les enregistrements ?

— En sécurité, mademoiselle Maxwell. Je les passe en revue dans quelques minutes.

Satisfaite, j'ai fermé les yeux et tenté de me détendre.

Je me suis réveillée à l'infirmerie. De fait, ça arrive tellement souvent que je devrais penser à faire un raccourci clavier. On m'a demandé de préparer un briefing. J'ai passé deux jours à mettre par écrit tout ce que je pouvais et à préparer une grande carte de la zone, incluant le lieu où Sussman et moi avions travaillé. J'ai pris mon temps, car je voulais faire les choses bien. C'est le bon côté de ce jeu ; nous pouvions prendre tout le temps dont nous avions besoin à l'institut et retourner dans le passé simplement dix minutes après notre départ.

Rongée par la culpabilité, je les ai convaincus de me laisser rendre visite à Dieter, qui occupait la chambre voisine. Il souffrait de vilaines contusions.

— Quels sont les dégâts ? ai-je demandé tout en essayant de ne pas laisser transparaître la pitié sur mon visage.

— Bras cassé, poignet cassé, cheville foulée, coupures, bleus, ongle incarné et une légère commotion cérébrale.

Il a très légèrement bougé le bras et attrapé ma manche. Je lui ai gentiment tapoté la main.

— Ne t'inquiète pas, ai-je dit. On va avoir ces fils de pute. Et les capsules dans lesquelles ils sont arrivés.

Il a hoché la tête, bâillé et s'est aussitôt endormi. Un vrai technicien.

Le lendemain, je parvenais à me déplacer en clopinant. Le chef Farrell est venu me chercher à l'infirmerie et m'a accompagnée jusqu'au bureau du Boss.

— On s'est trompés, a-t-il dit alors que je le suivais péniblement dans le long couloir. Enfin, je me suis trompé. On pensait qu'ils voulaient te tuer pour rapporter un corps qui conduirait à l'arrêt de la mission. Mais finalement, je pense que leurs plans étaient beaucoup plus élaborés. Le but était peut-être de te tenir éloignée de la partie nord de la vallée, où Ronan et son équipe conduisaient leur très illégal, mais extrêmement lucratif tourisme temporel. Les relevés de compte de Sussman montrent un récent dépôt d'argent assez conséquent.

Je l'ai regardé.

— Il a toujours été jaloux de toi, Max. Tu ne savais pas ?

J'ai secoué la tête.

Il n'a pas mentionné le fait que c'était peut-être aussi la raison du comportement de Sussman ; un petit coup rapide avant de me jeter aux raptors. J'ai levé les yeux et vu qu'il me regardait. Il avait suivi mon chemin de pensée. Il a posé sa main sur mon épaule.

— Ce salaud a eu ce qu'il méritait. N'y pense plus. Comment te sens-tu ?

— Un peu estropiée. J'ai une entorse au genou, une épaule esquintée, quelques coupures et des bleus, mais sinon ça va.

J'ai continué à réfléchir en marchant. Dans l'immensité du Crétacé, quelles étaient les chances que deux expéditions atterrissent à seulement quelques kilomètres l'une de l'autre et en même temps ? Ont-ils utilisé nos coordonnées ? Avons-nous utilisé les leurs sans le savoir ? N'était-ce qu'une coïncidence ?

— Qui s'est occupé des coordonnées ? ai-je demandé.

— L'informatique nous les a fournies et nous les avons entrées.

Barclay. Barclay et Sussman. Non, je ne devais pas laisser mes préjugés prendre le dessus.

Le Boss était assis au bout de la table de briefing. Mme Partridge était derrière lui. Le Chef s'est placé à sa gauche et le commandant Guthrie face à lui. Je me suis installée à l'autre bout de la table.

— Mademoiselle Maxwell, je suis heureux de vous voir debout. Nous avons passé en revue les enregistrements réalisés par vous et M. Dieter. Vous les avez vus ?

J'ai fait signe que non et il a lancé la vidéo. Nous avons regardé en silence. Les scènes semblaient encore plus violentes que lorsque je les avais vues en vrai. J'ai extirpé mon bloc notes de ma poche de genoux et tapé quelques remarques.

À sa demande, j'ai montré la carte avec courbes de niveau complète et détaillée que j'avais réalisée, qui montrait la localisation du site A, la position du lac, la plaine côtière, la forêt, les volcans et les pentes.

Puis je l'ai décalée de quelques kilomètres vers le nord, montrant le site B, où Dieter et moi avions atterri. Je leur ai montré le flanc argileux et la falaise, en les mettant en garde contre cet endroit. Je leur ai montré le chemin que Dieter et moi avions pris et la localisation du parc, et nous sommes retournés aux enregistrements et avons superposé les bâtiments, cages, capsules, clôtures, générateurs et sources d'électricité. Nous avons émis des hypothèses quant à la grosse structure au milieu. Je leur ai montré de quelle direction venait la débâcle, j'ai estimé l'endroit où nous étions tombés dans le vide, et nous avons ajouté la trajectoire des dinosaures et l'arène. À la fin, nous avions une idée assez précise de l'agencement du parc.

Le commandant Guthrie m'a demandé de décrire les conditions.

— Il fait chaud et humide. Les pluies sont torrentielles. L'humidité est très, très élevée. Ça sent mauvais. L'odeur fait monter les larmes aux yeux. On transpire en permanence. Il ne fait pas beaucoup plus frais la nuit, et ce n'est certainement pas plus sûr. La plupart des prédateurs semblent opérer 24 h/24. Leur vision nocturne est largement supérieure à la nôtre. Leur odorat est extrêmement développé. Je recommande de s'asperger généreusement de spray au chou et de répulsif à insectes.

» Le sol est difficile. En plus de l'argile flottante sur les hauteurs, il y a des marécages plus bas. Ces marécages sont habités. Il y a partout des rochers, des racines et des troncs d'arbre en décomposition. Les quelques chemins tracés par les animaux qui descendent boire sont surveillés par les prédateurs. La voie qui semble la plus facile n'est pas forcément la plus sûre. Il faut faire attention où l'on met les pieds. On progresse très lentement. Je conseille d'opérer en équipe d'au moins deux personnes. Personne ne devrait se rendre là-bas seul. Il faut veiller les uns sur les autres, à tout moment. Un T-rex qui attend sans bouger au milieu d'arbres tachetés est complètement invisible jusqu'à ce qu'il soit trop tard. Les raptors se déplacent plus rapidement que vous ne pouvez l'imaginer et ils arrivent sur vous de toutes les directions, même d'en haut. Il ne faut jamais oublier qu'il s'agit de leur monde. Nous sommes leurs proies. Ils ne verront aucune différence entre nous et les autres et ils n'en auraient de toute façon rien à faire. Je ne peux assez souligner l'importance de ne pas sous-estimer ces dinosaures. Et il faut agir rapidement. Plus nous restons longtemps, moins nous avons de chance d'en sortir avec succès.

Je n'ai pas aimé la pause qui a suivi.

— Nous ? a dit le Boss.

Je n'arrivais pas à croire qu'ils envisageaient de me laisser ici. J'ai inspiré.

— Je pense que mener cette… entreprise sans la seule personne de cet institut qui a passé trois mois sur place serait une erreur, monsieur.

— Vous pouvez à peine marcher. Qu'apporteriez-vous à cette… entreprise ?

— Mes connaissances, mon expérience, mon expertise, tout ce que vous voulez, monsieur. Je l'ai. Je suis la troisième historienne la plus expérimentée de cet institut. Même si je me contente de piloter la capsule, je libère quelqu'un d'autre.

Une autre pause.

— Merci, mademoiselle Maxwell. Ce sera tout pour le moment.

Dire que j'ai passé le reste de la journée à me ronger les sangs serait un euphémisme. Je n'ai pas pris la peine de retourner à l'infirmerie, mais j'ai passé la journée dans ma chambre, à arpenter la pièce pour tenter d'évacuer ma frustration et soulager mes courbatures. À 18 heures, je me suis rendue au briefing dans le hall.

Les trois historiens étaient présents, ainsi que la majeure partie du service de sécurité et quelques techniciens. Le Boss était là également, mais le commandant Guthrie présidait. Nous avons été séparés en trois équipes pour trois capsules, pilotées par Kal, Peterson et moi. Une fois ma principale inquiétude soulagée, je suis devenue plus attentive. Mon équipe comprenait Murdoch, Vissell, Evans et l'exubérant Markham. Ce dernier m'a adressé un grand sourire, que je lui ai rendu, ravie de connaître un aimant à désastre plus puissant que moi.

— Peut-être qu'on va s'annuler, a-t-il murmuré. Comme le bruit blanc.

Tu parles ! C'était la seule personne de l'institut qui avait plus de feuillets jaunes disciplinaires dans son dossier que moi. Malgré le fait qu'il mangeait comme un cheval, il était petit et menu et ses cheveux formaient des pics autour de son crâne. Il avait été impliqué dans la désastreuse expérience d'Icare l'année précédente, pendant laquelle il avait dégringolé du toit de l'étable avec ses ailes en feu. Il s'était écrasé lourdement sur le paddock, et les chevaux avaient paniqué, surpris de voir ce petit humain en feu leur tomber sous le nez. Il avait alors filé à toutes jambes, tout en regardant par-dessus son épaule, et avait foncé droit dans le cul d'un cheval avant de s'effondrer par terre, inconscient. Tout l'institut était plié de rire. Même le Boss avait émis un son à la frontière entre le rire et la quinte de toux. La sécurité s'était cotisée et avait envoyé une carte de rétablissement au cheval, qui n'en avait fait qu'une bouchée. St Mary dans toute sa splendeur.

Le Boss a fait un pas en avant.

— Vous avez tous vu les images pour le moins perturbantes rapportées par Mlle Maxwell et M. Dieter. Le but de cette mission, par conséquent, est de retourner au Crétacé et de mettre un terme, avec le plus de ravages possible, à ce qui se trame là-bas. À cet effet, je veux le chaos ; je veux du bruit, de la confusion et beaucoup de dégâts. Je veux qu'ils ne comprennent pas ce qui leur est tombé dessus. On traverse le camp, on détruit tout sur notre passage et on repart. Je veux que ce soit bouclé en vingt minutes. Vous pouvez tirer pour vous défendre, mais en dehors de ça, je veux juste que vous leur foutiez la trouille de leur vie. Je veux que les survivants retournent dans le futur avec des histoires si sanglantes et terrifiantes que personne ne voudra plus jamais retenter ce genre de conneries. Commandant.

Guthrie a désigné la carte.

— Nous atterrissons ici en formation en V, à environ vingt mètres d'écart. La capsule Trois sera au sommet et contiendra un appareil à impulsion électromagnétique. À l'atterrissage et à un signal donné, une impulsion sera envoyée vers le camp. Ce n'est pas mortel, mais extrêmement destructeur. À bas niveau, elle ne fait que brouiller les systèmes électroniques. Une impulsion plus forte corrompra les données informatiques et une impulsion plus forte encore détruira tout appareil électronique à proximité. Elle immobilisera les véhicules, coupera les communications, etc. – Il a marqué une pause. – Pour cette raison, les capsules Cinq et Six seront légèrement en retrait. Les capsules sont des cages de Faraday mais, pour plus de prudence, elles s'éteindront immédiatement. Peterson, Black et Maxwell, vous éteindrez vos capsules à l'atterrissage ; toutes les communications, tout. Dès que le parc sera plongé dans le noir – ce qui arrivera – vous remettrez le courant, rejoindrez les portes et attendrez. Maxwell, vous ne poserez pas le pied à l'extérieur. Surveillez vos capsules, faites en sorte qu'elles soient toujours prêtes et attendez que votre équipe revienne. On ne s'attardera pas.

» Dès que l'impulsion sera lancée, ce sera au service de sécurité de jouer. Vous franchirez leur portail principal ici. Chef, vous et moi nous irons à gauche, ici. Murdoch, votre équipe ira à droite, le long du périmètre ici, et Ritter, vous irez au milieu. Restez dans votre groupe. Ils seront aveugles, désorientés et vulnérables. Nous les attaquons de toutes les directions. Ne vous faites pas tuer. C'est un ordre.

» Bien, étudiez les plans ; je veux que vous les connaissiez par cœur, même si vous aurez des visières nocturnes. Si vous ne pouvez pas rejoindre votre propre capsule, alors rejoignez celle d'une autre équipe et informez-en votre supérieur. Des questions ?

J'ai levé la main.

— Et les animaux capturés ?

— Vous n'écoutiez pas Maxwell ? a répondu Barclay. L'appareil à IEM verrouillera tous les systèmes de porte électronique. Vous n'avez rien à craindre.

Je jure qu'un jour je mettrai la corde au cou de cette femme.

— Vous ne m'avez pas comprise, Izzie. Est-ce qu'on les libère ? Ou est-ce qu'on les laisse dans leur cage ?

Son long silence a répondu à la question. Ça ne me plaisait pas, pas plus qu'à Kal et à Peterson. Nous avons commencé à nous agiter, prêts à débattre. Le Boss est intervenu.

— Si cela s'avère nécessaire, nous ferons ce qu'il faut a posteriori. Pendant l'attaque, ils seront certainement plus en sécurité dans leur cage, et nous aussi. Je comprends votre inquiétude et c'est un problème qui sera pris en compte.

Nous avons passé trois heures à étudier les données disponibles et à discuter de la mission.

Nous avons assemblé nos kits et répété nos mouvements pour que le timing soit parfait. Je me suis fait injecter un antalgique dans le genou. Nous avons un peu mangé, participé à un dernier briefing et nous étions prêts à partir.

C'était ma toute première mission de combat. J'avais terriblement conscience des battements de mon propre cœur. Même si je n'allais pas quitter la capsule – et finalement, j'en étais assez heureuse – j'avais quand même les nerfs en boule. J'ai regardé Kal et Peterson à côté de moi – un peu silencieux peut-être, mais assez calmes. Eh bien, s'ils pouvaient le faire, alors moi aussi.

Nous avons commencé à descendre le long couloir. Je voyais Guthrie et Farrell au loin, et Murdoch et son équipe nous suivaient d'un pas lourd. J'entendais Vissell et Markham se disputer. Toutes les couleurs semblaient très vives, les sons assourdissants.

Nous nous sommes séparés à Hawking, et j'ai grimpé dans la capsule Six. Murdoch et son équipe m'ont suivie. J'ai procédé aux contrôles habituels, soulagée de pouvoir me changer les idées. De l'autre côté d'Hawking, le Boss et Farrell étaient penchés sur un bloc-notes. Ils ont échangé quelques mots à voix basse avant de s'écarter. Puis ils sont restés un moment silencieux et se sont serré la main. J'étais peut-être la seule à savoir à quel point c'était important pour eux. Le moment était bientôt venu.

J'ai sauté sur place dans l'équipement de nuit, auquel je n'étais pas habituée, pliant les bras et vérifiant mon arme.

Et puis nous avons attendu.

J'ai une nouvelle fois compté les membres de mon équipe : Murdoch, Vissell, Evans et Markham. Ils vérifiaient mutuellement leur équipement.

— Vous allez vous en sortir tout seuls les garçons ? ai-je demandé. Ou voulez-vous que je vienne avec vous pour vous tenir la main ?

Murdoch m'a considérée avec dédain.

— Toi ?

— Oui, moi. Est-ce qu'il y a un problème ?

— Contente-toi de mettre la bouilloire en route pour notre retour comme une bonne petite femme.

Il a examiné le sol de la capsule.

— Tu ferais peut-être bien de passer l'aspirateur aussi.

— Juste pour que ce soit clair : tu cherches des noises à la personne en charge de vous ramener sains et saufs ? C'est donc vrai ce qu'on dit au sujet de la Sécu.

Il n'a pas relevé. Une voix dans mon oreille a dit : « En position ». Ils se sont alignés près de la porte. La voix a dit : « Saute ».

Et le monde est devenu blanc.

Il ne faisait pas aussi sombre que je l'imaginais. La lumière et le bruit en provenance de l'enceinte se diffusaient dans toute la zone. Ces types étaient des trous du cul. Ils n'entendaient rien à cause de la musique et n'avaient aucun équipement de vision nocturne au cas où quelque chose de mauvais émergerait de l'obscurité. Comme nous, par exemple.

J'ai réglé ma montre. Barclay a commencé à préparer l'IEM. Il lui a fallu moins de quatre minutes, qui m'ont semblé durer une éternité.

— Bonne chance, les mecs, ai-je dit avant de leur ouvrir la porte. Ils ont disparu dans la nuit.

J'ai clopiné jusqu'au télérupteur, l'ai actionné et la console s'est éteinte. Je n'ai rien entendu du tout lorsque l'impulsion a été lancée, mais tout est soudain devenu très noir. Pendant de longues secondes, je n'entendais plus que le silence. Quelques voix se sont élevées de l'enceinte, plus d'exaspération que de colère. Ils ne se doutaient toujours pas que nous étions là. Soudain, une série inattendue de cliquetis et de fracas métalliques a retenti, assourdissants dans le silence de la nuit. J'ai regardé par la porte. Qu'est-ce que c'était encore ?

Et puis les cris ont commencé.

Merde, merde, merde. Soudain, j'ai compris. Saleté de Barclay et ses conneries high-tech. L'impulsion n'avait pas verrouillé les cages, elle les avait ouvertes. Il n'était désormais plus question d'accomplir la mission. La priorité était de mettre tout le monde en sécurité dans sa capsule aussi vite que possible. Comment les choses avaient-elles pu foirer aussi vite ?

J'ai croisé les doigts et actionné l'interrupteur. Comme lors de mon premier saut, tout s'est rallumé. J'entendais des voix parler dans la radio. J'ai activé l'éclairage nocturne.

Quelqu'un a commencé à tirer. Quelqu'un d'autre a riposté, et puis des touristes à la gâchette facile se sont lâchés sur tout ce qu'ils voyaient, ne s'épargnant pas eux-mêmes. Des voix se sont élevées, des cris demandant un cessez-le-feu, mais personne n'écoutait. Les touristes terrifiés tiraient à l'aveugle dans la nuit. Je priais pour que nos équipes reviennent, laissant ces types s'entretuer, ou se faire attraper par les bêtes qui hurlaient et rugissaient dans l'obscurité. Il était fort possible que nous nous fassions tous tuer par des idiots plutôt que par des méchants – ce qui serait vraiment typique.

Quelqu'un a donné l'alerte. Je craignais que nous n'ayons été découverts, mais ils ne savaient toujours pas ce qui se passait réellement, et dans l'obscurité soudaine ils étaient leurs pires ennemis. Par-dessus le vacarme, j'entendais les bruits caractéristiques de gros animaux se déplaçant dans la nuit. Que Dieu vienne en aide à tout ce qui se trouvait à l'extérieur.

Les tirs avaient cessé. Tout le monde courait. Nos hommes essayaient probablement de revenir, mais dans la confusion, je n'arrivais pas à les identifier. J'ai attendu devant la porte, armée et prête à repousser toute personne ou créature qui n'appartenait pas à St Mary.

Non loin de moi, j'entendais une respiration lourde. Très lourde. J'ai reculé en silence vers l'intérieur de la capsule et la respiration a disparu dans la nuit.

Les cris ont redoublé. Quand on met des dinosaures et des humains ensemble, les hurlements sont inévitables. Pour les dinosaures, évidemment, c'était un festin. Ils rugissaient, bondissaient sur leurs proies et les déchiquetaient. Des morceaux de choses qui n'étaient plus tout à fait humaines volaient dans les airs. La moitié supérieure d'un homme, qui hurlait toujours, a heurté le côté de la capsule avant de rebondir dans l'obscurité.

Je voyais des silhouettes vertes courir en direction de ma capsule. Dès qu'ils se sont rapprochés, j'ai ouvert les kits de secours pour pouvoir les soigner aussi vite que possible. Les rugissements et les hurlements étaient de plus en plus proches. Allez, les mecs ! Et puis, finalement, j'ai entendu Murdoch crier et ils se sont jetés dans la capsule.

— Au rapport, ai-je dit.

Tous présents sauf Markham. Deux blessés mais rien de sérieux. Evans a foncé dans un bâtiment. Il est un peu sonné, ce qui ne change pas grand-chose à son état naturel.

Evans s'est laissé tomber au sol et, tout en maintenant un bandage trempé de sang sur son œil droit, il m'a souri.

— T'as vu ces connards prendre leurs jambes à leur cou ?

— Du nouveau ? a demandé Murdoch.

— Les animaux sont en liberté.

— Ouais, on a cru comprendre. C'est le chaos là-bas, putain, a-t-il dit en flanquant un autre bandage au-dessus du premier souillé de sang.

Evans a glapi.

— Chochotte ! Ces choses sont assoiffées de sang. Il va falloir plus que du spray au chou pour nous mettre en sécurité ce soir.

Je suis retournée à la porte.

— Il manque encore Markham, et on va peut-être récupérer des traînards des autres capsules. Je monte la garde. Qui est l'autre blessé ?

— Moi, a dit Vissell d'une voix pâteuse.

Son nez était cassé et ensanglanté.

— Qu'est-ce qui t'est arrivé ? Tu as trébuché sur tes propres pieds ?

Je jure qu'il a rougi.

— Vas-y, a dit Murdoch. Dis-lui.

Vissell a secoué la tête.

— Il a été percuté par un morceau de corps volant. Une putain de jambe a volé dans les airs et l'a atteint pile entre les deux yeux.

Je sais que j'ai ouvert la bouche pour émettre une remarque sarcastique et je sais aussi que je n'ai jamais eu l'occasion de la dire. Un flash blanc et chaud m'a brûlé les yeux, ne laissant derrière lui que des ombres mauves et vertes. Puis la capsule a bondi et une onde de choc m'a projetée en arrière. Je suis tombée lourdement sur mon épaule blessée. Autour de moi, tout vacillait furieusement. Quelques secondes plus tard, j'ai entendu une longue et puissante détonation. La capsule vibrait. Tremblante, je me suis mise à genoux et j'ai attrapé mon pistolet, car la porte était toujours ouverte. À côté de moi, Murdoch, lui aussi à genoux, a secoué la tête.

— Qu'est-ce que c'était ? ai-je demandé, d'une voix qui semblait venir de plusieurs kilomètres.

J'ai rampé jusqu'à la console pour vérifier le système. Peut-être qu'un des volcans était entré en éruption. Mes jambes avaient du mal à me porter et mes oreilles sifflaient. L'écran s'est éteint, ne montrant plus que des parasites, avant de s'allumer de nouveau.

— Une idée ? ai-je dit à Murdoch. Ma voix me paraissait étrange à l'intérieur de mon crâne.

Il a secoué la tête, prudemment.

— Je suppose que ça pourrait être un largage de carburant, étant donné la chaleur et la férocité de l'explosion. Putain de merde.

Il a de nouveau secoué la tête.

J'ai examiné l'extérieur. Des incendies avaient éclaté partout. Il y avait beaucoup de silhouettes au sol. Des formes énormes fondaient sur les quelques-unes qui essayaient désespérément de s'enfuir. J'ai regardé à l'intérieur de ma capsule. Evans et Vissell avaient réussi à tout recouvrir de sang. On se serait cru dans un abattoir. Je n'aimais pas que la porte soit ouverte, mais je n'avais pas le choix. Les deux ou trois secondes qu'il fallait pour l'ouvrir pourraient faire la différence entre vivre et mourir d'une mort particulièrement déplaisante. Nous avons entendu un rugissement à proximité. Murdoch a attrapé son arme.

— Je m'en occupe, a-t-il dit. Tu t'occupes de Vissell ?

J'ai épongé le sang de ce dernier, qui coulait toujours à profusion.

— Ça va aller, a-t-il dit d'une voix chevrotante, déterminé à jouer les gros durs.

J'ai donc mis la radio sur haut-parleurs pour écouter les bruits et les voix et essayer de comprendre ce qui se passait.

Ça s'annonçait mal. J'entendais la voix de Kalinda s'élever au-dessus du vacarme dans sa capsule. D'après ce que je comprenais, ils avaient des blessés graves, dont le Boss. Son équipe était au complet. Je l'ai entendue donner l'ordre de rentrer.

— Attendez…, ai-je dit, mais elle était déjà partie.

Faiblement, j'ai entendu la voix de Barclay.

— Maxwell, retournez immédiatement à St Mary.

— Izzie…

— Immédiatement, Maxwell. C'est un ordre.

— Elle doit avoir Markham, a dit Murdoch. Quelle tête de nœud.

Je ne suis pas tout à fait sûre de savoir à qui il faisait référence.

J'ai refermé la porte, et les grondements et les hurlements se sont atténués. Soudain, le silence s'est abattu, brisé seulement par la respiration difficile de Vissell. J'ai regardé une dernière fois l'écran juste au cas où je verrais Markham quelque part, et nous avons sauté.

La lumière de décontamination était allumée avant même notre retour. Helen nous attendait avec son équipe de soignants. Je les ai laissés emmener mes camarades avant de me traîner vers la capsule de Kal tout en criant le nom de Markham. Personne ne l'avait vu. Kal et Helen étaient penchées sur le Boss. L'avant de sa combinaison était trempé de sang, et son visage était très blanc. Je n'arrivais pas à voir s'il était conscient.

Kal m'a attrapé le bras.

— Je monte avec le Boss voir ce qui se passe là-haut. Occupe-toi d'eux.

J'ai hoché la tête et me suis éloignée, me heurtant à Perkins.

— Suis-moi, Polly , on va les placer derrière la ligne de sécurité.

En jouant des coudes et de nos talents de persuasion, sans oublier quelques jurons, nous avons réussi à placer tout le monde derrière la ligne de sécurité. Je suis montée sur une caisse.

— Markham ? Est-ce que quelqu'un a vu Markham ?

Les gens secouaient la tête en regardant autour d'eux.

— Il a dû monter dans la mauvaise capsule, a dit quelqu'un. Tu le connais. Barclay doit être en train de lui passer un savon en ce moment.

J'ai envoyé une prière à toute déité qui voudrait bien montrer un intérêt temporaire pour St Mary et, au même moment, la capsule

Trois s'est matérialisée. Un soupir de soulagement s'est fait entendre, suivi d'un léger mouvement en avant.

— Restez où vous êtes, ai-je ordonné avant d'avancer vers la capsule.

La porte s'est ouverte et Barclay en est sortie. Elle avait une mine épouvantable ; si épouvantable que j'ai rapidement vérifié qu'elle n'était pas gravement blessée. Elle s'est penchée en avant et a placé ses mains sur ses genoux, à bout de souffle. Je lui ai gentiment caressé le dos. Elle travaillait au service informatique et ne faisait pas partie du personnel de terrain. C'était sa première mission. Il était normal de lui laisser le temps de reprendre ses esprits. Je suis passée devant elle pour entrer dans la capsule. Je ne sais pas à quoi je m'attendais. Dans le pire des cas : des hommes morts ou moribonds, du sang, de la douleur, des traumatismes, la totale…

La capsule était vide.

Je n'arrivais pas à comprendre. Je regardais autour de moi sans pouvoir m'arrêter. Ça ne voulait pas entrer dans mon cerveau. Je suis sortie de la capsule.

— Où sont-ils ?

— Ils sont morts. Tous. Tous les quatre. Oh, Seigneur.

Elle a vomi sur ses bottes. J'ai ignoré l'empathie que ressentait mon propre estomac et je suis de nouveau entrée dans la capsule. Toujours pas de Farrell, Guthrie, Markham ou Peterson, pas d'armes, pas de traces, pas même une tache de sang. J'ai senti ma tête tourner. J'ai pris deux ou trois longues inspirations et fermé les yeux un moment. Puis je suis sortie de la capsule et j'ai parcouru du regard ceux qui restaient.

— Murdoch, Ritter – avec moi.

Elle s'est redressée et s'est essuyé la bouche.

— Que faites-vous ?

— Mission de sauvetage. Vous deux ; chargez vos armes et venez avec moi.

— Non.

— Quoi ?

— Ils sont morts. Je vous l'ai dit.

J'ai répondu très gentiment.

— Même si c'est le cas, Izzie, on doit quand même aller chercher les corps. Faites-vous conduire à l'infirmerie et je m'occupe de ça.

— Non, je vous l'ai dit, ils sont morts. C'est inutile.

Je commençais à perdre tout espoir. Et bon sang, j'aurais aimé qu'elle arrête de dire qu'ils étaient morts.

— On n'abandonne pas les nôtres, Izzie, vous le savez. Ne vous inquiétez pas, personne ne vous demande d'y aller ; vous en avez fait bien assez. J'irai. Vous êtes prêts, les mecs ?

— Arrêtez, tous les deux. Reculez.

Ils m'ont regardée, ce qui l'a bien énervée, mais elle avait l'ancienneté, aussi ai-je gardé un visage neutre. Ils ont lentement reculé, visiblement énervés.

J'ai retenté ma chance.

— Écoutez Izzie, on doit retourner les chercher. On ne peut pas…

— Nom de Dieu, Maxwell ! – Sa voix est devenue un cri. Elle ne jurait jamais. J'étais si surprise que j'en ai perdu mes mots. – Je sais que vous n'obéissez à personne, mais est-ce qu'il vous arrive d'arrêter de vous écouter ? Combien d'autres personnes voulez-vous tuer cette nuit ? Tout ce bordel, c'est votre faute. Vous êtes un désastre ambulant. Dès que vous touchez quelque chose, dès que vous allez quelque part, quelqu'un meurt. Vous avez ramené Dieter en morceaux. Vous n'avez pas du tout ramené Sussman. Le Boss est grièvement blessé. La moitié de l'institut est blessé. Farrell, Guthric, Peterson, Markham sont morts. Et tout ça grâce à vous. Il n'y aura pas de mission de sauvetage. Il n'y aura pas d'autres vies mises en jeu. Maintenant rédigez votre rapport et venez me voir demain matin pour que je décide quoi faire de vous

— D'accord, si vous voulez. Mais bon sang, vous devez envoyer quelqu'un. Si ce n'est pas moi, alors…

— Bon Dieu de merde, Maxwell, qu'est-ce qu'il faut que je fasse pour que vous compreniez ?

Elle hurlait vraiment à présent. J'entendais les gens respirer dans le silence.

Je luttai pour garder mon calme malgré le sang qui bouillait dans mes veines.

— Izzie, je sais que vous ne comprenez pas à quel point c'est important, mais…

Je n'aurais rien pu dire de pire, mais j'étais blessée, effrayée et de plus en plus paniquée.

— Non, Maxwell, ce qui importe est la sécurité de tous les membres de cet institut, pas votre propre ego surdimensionné. Vous allez… où allez-vous ?

Je venais d'entrer dans la capsule.

— Je vous l'ai dit. Mission de sauvetage. J'irai seule. Comme ça, personne ne risquera sa vie avec moi.

— Murdoch, Ritter, sortez-la de cette capsule.

Je n'ai jamais vu l'institut aussi silencieux. Il n'y avait rien, pas un son, pas de bruit de fond, juste le silence et le sang cognant dans mon crâne. J'ai tenté une nouvelle approche.

— Izzie, j'irai seule si c'est ce qui vous inquiète. Laissez-moi juste prendre une arme.

— Non !

Elle était au bord de l'hystérie.

— Dans ce cas j'irai sans.

— Vous n'irez pas du tout.

Elle s'est tournée et a commencé à s'éloigner. J'ai tendu la main, attrapé son bras et je l'ai tirée en arrière, plus violemment que je n'aurais voulu.

— Izzie…, ai-je dit avant de réaliser ce que je venais de faire.

Tout le monde s'est figé. Elle a posé les yeux sur ma main. Je l'ai lâchée et j'ai reculé d'un pas. Ses yeux brillaient et elle semblait à moitié folle.

— Maxwell, vous êtes renvoyée de cet institut, avec effet immédiat. – Elle s'est tournée vers Murdoch. – Je veux qu'elle soit partie d'ici une heure. Elle ne peut emporter que ses effets personnels. – Puis de nouveau vers moi. – Aucun livre ni document imprimé d'aucune sorte. Pas d'appareils électroniques. Votre ordinateur sera formaté et vous sera retourné après une vérification de sécurité. Vous ne parlerez jamais de cet institut à qui que ce soit. Vous ne contacterez aucun membre de cet institut. Jamais. Pour vous, St Mary n'existe plus. Maintenant, partez. Si vous êtes toujours ici dans une heure, je vous ferai arrêter. Murdoch, elle ne doit parler à personne et personne ne doit lui parler. Est-ce clair ?

Elle a levé la tête et balayé le hangar d'un regard noir.

Aucune réponse. Ils étaient sous le choc. J'étais sous le choc. Elle a adressé un signe de tête à Murdoch.

— Faites-la sortir de ce bâtiment. Les autres, vous restez ici pendant une heure.

Il n'y avait rien que je puisse faire pour me tirer de là. Murdoch, qui semblait lui-même assez bouleversé, m'a attrapé le bras, probablement plus gentiment que Barclay l'aurait voulu, et nous avons pris le long chemin conduisant à ma chambre. Ritter nous suivait de loin.

Lorsque nous sommes passés devant les cuisines, j'ai vu Mme Mack diriger les opérations. Elle est sortie.

— Où est tout le monde ?

J'ai attendu que Murdoch réponde, mais il n'a rien dit. Ritter non plus. Je me suis souvenue que je n'étais pas la seule à avoir perdu quelqu'un ce soir.

— Max ? a dit Mme Mack avant de nous regarder tour à tour.

Finalement, d'une petite voix morte trouvée quelque part au fond de moi, j'ai répondu :

— Ils sont… confinés à Hawking pendant une heure. Ils sont probablement morts de soif. Vous voulez bien mettre ça sur un chariot et leur apporter, s'il vous plaît ?

Elle a hoché la tête et regardé d'un air dérouté Murdoch et Ritter, qui fixaient le sol. Ils semblaient tous les deux bouleversés et pendant un moment je me suis demandé… Non, Guthrie entraînait bien ses hommes. Ils suivraient les ordres qu'ils avaient reçus.

J'ai gravi péniblement les escaliers conduisant à ma chambre. Ma maison pendant ces cinq dernières années. Mais c'était terminé. Je me suis arrêtée d'un air absent près du lit, et c'est Murdoch qui a attrapé mon sac de sport dans le placard. Il l'a dézippé, a vérifié qu'il était vide et l'a posé sur le lit.

— Allez, Max. Le temps presse.

Comme si quelqu'un le savait mieux que moi.

Ce que je voulais faire, c'était me rouler en boule dans un coin, le visage face au mur, et lâcher prise. Ce que je devais faire, c'était me reprendre, emballer ce dont j'avais besoin, abandonner le reste et trouver un endroit où aller.

Et ne pas penser. Ne pense pas. Ne pense à rien. J'avais été entraînée à gérer les catastrophes. Première règle : occupe-toi du présent. Occupe-toi du reste plus tard. Ce n'est pas comme si tout cela était important. Plus rien n'était important. Plus rien ne comptait.

J'ai attrapé la photo du Chef et l'ai glissée dans une poche extérieure du sac. Murdoch l'en a sortie.

— Non, Max. Désolé.

— Mais c'est un objet personnel.

— C'est une photo d'un membre de cet institut.

Ma voix a tremblé.

— Non, plus maintenant.

— Je ne peux pas te laisser la prendre, désolé.

Sa voix non plus n'était pas très stable.

Je ne voulais pas lâcher la photo. Il a essayé d'écarter mes doigts.

— Max, s'il te plaît, je ne veux pas te faire mal.

Je me suis souvenue qu'il s'agissait du Gros Dave Murdoch et que, malgré toutes les fois où il était tombé pour moi en cours d'autodéfense, en fin de compte, il pouvait me faire très mal. Il ne le voudrait pas, mais il le ferait.

Il ne m'a pas non plus laissée emporter le cheval de Troie.

— Dave, l'ai-je supplié – et ma voix s'est brisée.

Il a secoué la tête, sans me regarder.

Je ne pouvais pas non plus emporter mon petit livre sur Azincourt, le seul souvenir de mon enfance ; ni aucun de mes autres livres ; ni mes peintures. Juste mes sous-vêtements, quelques sweats, jeans, tee-shirts. Je devais abandonner ma belle robe dorée et ses beaux souvenirs dorés. Je portais mes bottes et mon imperméable. J'ai pris mes affaires de toilette dans la salle de bain et une serviette. Et c'est tout. Cinq années de ma vie et je partais avec encore moins que lorsque j'étais arrivée.

Mme Partridge est venue me faire signer des papiers. Pendant qu'elle les posait sur la table, j'ai caché le cheval et la photo sous la serviette, dans le but de les récupérer l'air de rien et de les mettre dans mon sac. Murdoch et Ritter attendaient dehors pendant que je signais une nouvelle fois tous les documents confidentiels. Elle m'a remis un mois de salaire. Lorsque j'ai levé les yeux, la serviette était soigneusement pliée et le cheval et la photo avaient disparu. C'était une cruauté tellement inutile. Le choc et l'incrédulité commençaient à se dissiper, et j'ai soudain pris conscience de toute l'horreur de la situation. Où allais-je aller ? Qu'allais-je faire ? J'ai ouvert mon portefeuille et lentement tendu mon badge.

J'ai regardé à l'extérieur. Il faisait sombre. Il pleuvait. Il était 22 h 30. Je ne savais même pas quel jour de la semaine on était. Qui était Premier ministre ? Que se passait-il dans le monde ? Je me souvenais un peu tard du conseil du Boss concernant l'importance de maintenir un lien avec la réalité. Mme Partridge a récupéré ses documents, m'a regardée d'un air sans expression pendant un moment et a disparu. Elle n'avait aucune raison de rester. Je ne faisais plus partie de l'institut.

Flanquée de Murdoch et de Ritter, j'ai lentement descendu les escaliers. Personne ne parlait. Le bâtiment était totalement silencieux. Les couloirs étaient déserts. Je pensais que Kal réussirait à s'échapper un instant, mais il n'y avait aucun signe d'elle ni de qui que ce soit. Personne n'est venu me dire au revoir. Je n'existais officiellement plus. Je n'avais jamais imaginé que je partirais comme ça. J'ai remonté mon col, me suis emmitouflée dans mes vêtements, et j'ai discrètement traversé le hall comme le fantôme que j'étais déjà.

M. Strong, qui semblait préoccupé, a déverrouillé la porte d'entrée, que j'ai franchie pour la dernière fois. Personne n'a rien dit. La tête penchée sous la pluie, j'ai descendu péniblement l'allée. Le portail s'est ouvert silencieusement devant moi et s'est refermé tout aussi silencieusement derrière moi.

Je me retrouvais seule, à 11 heures du soir, sous une pluie torrentielle, le portail de St Mary verrouillé derrière moi et sans la moindre idée de ce que j'allais faire ni de l'endroit où j'allais aller.

Je me suis tournée et j'ai regardé le bâtiment une dernière fois. Des lumières brillaient derrière les fenêtres. L'infirmerie scintillait comme un arbre de Noël. Peterson ne se tiendrait plus jamais sous les fenêtres, à attendre que sa bien-aimée lui jette son mégot sur la tête. Une porte s'est ouverte et un faisceau de lumière est brièvement apparu avant de disparaître aussitôt. Quelque part à l'intérieur, Kal pleurait Peterson. Murdoch pleurait certainement Guthrie et le Boss luttait pour rester en vie.

Quant à l'homme que j'aimais, il était mort depuis 67 millions d'années. J'ai laissé tomber mon sac sur la route humide, je me suis penchée en avant et j'ai placé mes mains sur mes jambes. Des sanglots épais et rauques me déchiraient la gorge. Je suis tombée à genoux, me suis roulée en boule et j'ai passé mes bras autour de ma tête. La pluie battait contre mon dos. J'étais trempée jusqu'aux os.

J'ai toujours dit que ma vie avait commencé le jour où j'avais passé les portes de St Mary. Maintenant que je les avais franchies dans l'autre sens, ma vie se terminait.

Je n'ai aucun souvenir de la façon dont je suis arrivée à Rushford, ni de la raison pour laquelle j'ai choisi cet endroit, mais une fois là-bas, je n'avais ni la force ni la volonté d'aller plus loin. Chaque fois que j'essayais de comprendre, mon esprit s'éparpillait.

La partie de moi qui m'avait permis de survivre à mon enfance a trouvé un appartement deux-pièces dans un vieil immeuble au fond de la rue St Stephen. Il était froid, humide et sale, et je pouvais à peine payer le loyer. J'ai postulé à des emplois, mais j'ai rarement reçu ne serait-ce qu'une réponse. Sans expérience professionnelle, sans anciens employeurs ni références à fournir, je n'avais aucune chance.

C'était un monde complètement étranger. J'avais passé presque cinq ans à St Mary, et tout avait avancé sans moi. La réadaptation aurait été difficile si j'avais quitté l'institut dans des conditions normales, mais ce changement était si soudain que j'étais complètement déboussolée. Je n'avais pas ma place ici. J'étais davantage chez moi dans les forêts du Crétacé que dans les rues de Rushford. Le chagrin et le choc ont détruit mes défenses, me laissant faible et vulnérable dans un monde que je ne parvenais pas à comprendre.

Je possédais une petite plaque électrique et me nourrissais uniquement de haricots à la sauce tomate et de soupes en brique mais, malgré tout, mes maigres économies fondaient comme neige au soleil.

Le froid n'aidait pas. Certains jours, je bougeais à peine, sans parler de sortir. J'étais submergée par une affreuse léthargie dont je ne parvenais pas à me libérer. J'ai coupé mes cheveux. Je n'arrivais pas à les garder propres, et il était impossible de les sécher dans mon appartement humide et moisi. En plus, je n'en avais plus besoin. Ils formaient des épis sur mon crâne. Ils m'effrayaient – Dieu sait ce qu'ils inspiraient aux autres.

Les jours se ressemblaient tellement que j'ai été choquée de découvrir que trois mois avaient passé. À travers de petits signes, le printemps commençait à faire discrètement son apparition. Et puis la toux a commencé.

Au début, je l'ai ignorée. J'ai souvent été blessée ; parfois, par mon propre camp, mais je suis rarement malade, alors j'ai attendu qu'elle disparaisse. Mais elle ne disparaissait pas. Je buvais des litres d'eau, que je transpirais entièrement une demi-heure plus tard. Ma température était si élevée que je me suis demandé si je ne pouvais pas me brancher au chauffe-eau cassé. Ma poitrine était de plus en plus serrée et douloureuse. Mon dos a commencé à me faire mal. Inspirer me causait une douleur et expirer m'en causait une autre.

Et puis, un matin, j'ai ressenti un mal encore différent.

Par chance, un dispensaire était installé au bout de ma rue. Je m'y suis traînée, j'ignore comment, en m'attendant à recevoir des antibiotiques et peut-être des antidouleurs si leur budget le leur permettait. Assise dans un box, j'ai tenté d'expliquer. Je voyais bouger les lèvres des gens, mais ce qu'ils disaient n'avait rien à voir avec moi, alors je me suis roulée en boule, j'ai fermé les yeux et j'ai laissé quelqu'un d'autre régler le problème.

Douze

Savoir que vous êtes enceinte depuis vingt minutes n'est pas la même chose qu'être enceinte pendant vingt minutes. J'aurais aimé que ce soit le cas.

J'ai fixé le plafond au-dessus de moi et essayé de ne penser à rien. Dans ma tête, Izzie Barclay répétait : « dès que vous touchez quelque chose, dès que vous allez quelque part, quelqu'un meurt », encore et encore, incessante et impitoyable. Elle avait raison. Combien d'autres vies allaient être perdues à cause de moi ? Quels autres dégâts pouvais-je encore causer ? La dernière partie de Leon Farrell avait disparu. Maintenant, il était vraiment mort. Maintenant, j'étais vraiment seule.

Ils m'ont mise dehors au bout de quatre jours.

J'ai attendu sous la pluie de neige fondue et tenté de réfléchir. Même mes os étaient froids, et cela n'avait rien à voir avec la température. Ce n'est que lorsqu'une camionnette m'a aspergée d'eau glacée en passant que j'ai réalisé que je me tenais là depuis plus d'une demi-heure.

Mon avenir austère consistait en un appartement froid et humide rongé par la moisissure et très peu d'argent. Il ne me restait plus rien. J'avais perdu l'homme que j'aimais et j'avais aussi perdu son enfant. Soudain, je me sentais si lasse, lasse de tout, lasse d'essayer de m'en sortir, lasse de souffrir et de perdre les gens que j'aimais. J'avais l'impression que les ficelles de ma vie avaient été coupées d'un coup de ciseaux. C'était la fin. J'en avais assez.

C'est ainsi que ça se termine. Vous avez un boulot, un endroit où vivre, des amis, et aucune économie pour un futur que vous n'imaginiez pas. Enlevez le boulot, et vous verrez que les amis et la maison disparaissent d'eux-mêmes. Et puis l'argent se tarit, les allocations qui étaient de toute façon insuffisantes ne sont pas versées, le loyer est à payer et soudain votre vie entière s'effondre, sans espoir de la voir un jour se reconstruire.

J'ai erré sans but sur High Street et me suis arrêtée devant le Copper Kettle. Le plat du jour était du rosbif et j'avais juste assez d'argent. Je pouvais faire un bras d'honneur à l'univers et partir l'estomac plein. Ça me paraissait être un bon plan.

L'intérieur était chaud et embué. J'ai commandé le bœuf avec une tasse de thé et, en mangeant lentement, j'ai réussi à faire durer mon repas plus d'une heure. La théière a duré une demi-heure de plus et j'ai aussi lu tous leurs journaux. Je n'étais pas pressée, mais ils allaient bientôt fermer. Il était temps de partir.

Alors que je commençais à rassembler mes affaires, j'ai senti qu'on s'agitait autour de moi ; puis quelqu'un a tiré une chaise.

— Bonjour Madeleine, comment allez-vous ?

C'était Mme de Winter. Je l'ai regardée. En dehors de quelques apparitions furtives à St Mary, je ne l'avais pas vue depuis qu'elle m'avait confiée au Boss.

— Je vais bien merci, suis-je parvenue à dire. Et vous ?

— Oh très bien, a-t-elle répondu en touchant la théière. Reprenons une théière, d'accord ?

Elle a fait signe à la serveuse et a commandé. J'ai commencé à me lever et puis je me suis demandé où je pourrais bien aller, et je me suis rassise.

Elle a raconté des banalités pendant qu'on nous servait, mais dès que la serveuse est partie, elle s'est penchée vers moi et a dit à voix basse :

— Où étiez-vous passée ? Je vous ai cherchée partout.

— Ah bon ? Pourquoi ?

— Le Dr Bairstow voulait vous trouver au plus vite. Il était très inquiet pour vous. Et il avait raison, je crois. Vous avez une mine effroyable. Que s'est-il passé ?

— Je suis à Rushford depuis que j'ai quitté St Mary, ai-je dit prudemment. Mais je viens de passer quelques jours au dispensaire.

— Rien de grave, j'espère.

« *J'ai perdu mon bébé.* »

— Non, j'avais une infection pulmonaire, mais je suis guérie. Et je dois y aller.

Je ne sais vraiment pas quelle pulsion stupide me poussait à quitter la chaleur du café pour rejoindre ma glacière pleine de champignons. La fierté, probablement, mais la fierté ne tient pas chaud.

Elle a posé sa main sur mon bras.

— Attendez une minute. Je dois vous parler. Mais pas ici.

Elle m'a regardée prudemment.

— J'ai une proposition pour vous. J'aimerais que vous veniez chez moi.

J'ai ouvert la bouche pour protester.

— Non, juste pour quelques jours. J'ai des affaires à vous. Ma sœur me les a données pour que je les mette à l'abri.

— Votre sœur ?

— Cleo Partridge, ma sœur.

Cleo ? Sa sœur ? Maintenant je savais à qui Mme Partridge me faisait penser.

J'y ai réfléchi, m'efforçant de ne pas céder à l'appel d'une maison chaude et peut-être d'un autre repas. J'ai ouvert la bouche pour dire non, mais c'est un oui qui est sorti. J'avais honte. J'avais encore plus honte quand elle a payé la note. Nous avons débattu. J'ai perdu, mais je me suis dit que je pourrais laisser l'argent chez elle plus tard. Elle a insisté pour me conduire chez moi où, sous ses brimades bienveillantes, j'ai fait mes bagages. Toutes mes affaires rentraient encore dans un petit sac de sport. J'ai regardé autour de moi. Je savais, pour une raison ou une autre, que je ne reviendrais jamais ici. J'ai claqué la porte derrière moi et laissé les clés sur la table à côté de l'entrée sans un regard en arrière.

Elle habitait une très grande maison à la périphérie de la ville.

— Je fais parfois chambre d'hôtes, a-t-elle dit. La vie est ennuyeuse depuis que je suis à la retraite. Ça me permet de rencontrer des gens intéressants. Mais la maison est vide en ce moment.

Nous avons franchi la grande double porte d'entrée. L'intérieur était chaud et joliment meublé. J'aimais beaucoup.

— Faites comme chez vous. Je vais aller chercher vos affaires et je vous rejoins en bas.

J'ai envisagé de défaire mon sac, mais ça me semblait présomptueux, aussi l'ai-je laissé tel quel. J'ai retrouvé Mme de Winter dans sa grande cuisine et nous nous sommes assises à table. Elle a poussé une petite boîte vers moi. À l'intérieur, j'ai trouvé la photo du Chef et moi, ainsi que mon cheval de Troie.

Je les ai regardés tous les deux avant de tendre lentement la main vers le cadre. La tristesse m'a transpercée comme un couteau. Je l'ai posé sur la table devant moi. Lui et moi, riant comme des idiots à cause des jonquilles. J'ai touché le cadre du bout du doigt. Puis j'ai sorti le petit cheval. Toujours aussi merveilleux que le jour où il me l'avait offert. De nouvelles vagues de souvenirs m'ont submergée.

J'aurais pu montrer la photo à mon fils et dire : « Regarde, c'est ton père. »

J'aurais pu montrer le cheval de Troie à mon fils et dire : « Regarde, c'est ton père qui l'a fait. »

J'ai levé les yeux vers elle.

— Ils signifient beaucoup pour moi, ai-je murmuré d'une voix rauque. S'il vous plaît, transmettez mes remerciements à Mme Partridge la prochaine fois que vous la verrez.

— Je n'y manquerai pas. Je peux ?

Elle a pris le cheval.

— C'est un modèle réduit du cheval de Troie ?

— Oui. Le Chef l'a fait pour moi. Il disait toujours qu'il aurait donné cher pour voir Ulysse et ses hommes tomber de sous la queue du cheval. Il ne pensait pas que la trappe était au niveau du ventre, car il disait que ça aurait affaibli la structure, mais il me taquinait.

Elle a retourné le cheval.

— Eh bien, il a quand même mis la trappe au niveau du ventre.

Je lui ai pris le cheval des mains. Elle avait raison. J'ai haussé les épaules.

— Il me faisait juste marcher, ai-je répondu avant de le reposer.

Elle a versé une autre tasse de thé.

— Alors, dites-moi ce qui vous est arrivé ?

— Si vous me dites ce qui est arrivé à St Mary, ai-je répliqué.

— Rien ne s'est passé, c'est bien le problème, a-t-elle dit avec colère. Cette femme stupide a tout bloqué. Personne ne va plus nulle part. Enfin, ils ne peuvent pas. Elle n'a plus d'historiens.

— Attendez une seconde, ai-je dit, alarmée. Et le Dr Bairstow ? Il n'est pas mort, n'est-ce pas ?

— Non, on ne peut pas tuer Edward, mais il est toujours en « congé maladie » et elle fait de son mieux pour le tenir à l'écart.

— Et elle n'a plus d'historiens ?

— Eh bien, non, qui reste-t-il ? Vous êtes partie, Peterson est mort et Kalinda…

Un frisson m'a traversée.

— Et Kalinda ?

— C'est assez amusant, en fait. Barclay a commencé à jouer les gros bras, à instaurer des inspections, à faire circuler toute sorte de paperasse inutile et je crois que la redoutable Mlle Black les a incités à un peu de désobéissance civile. Mais ça a dégénéré quand Barclay a essayé de mettre les dégâts subis par la capsule Huit sur le dos de Dieter. Apparemment, des mots ont été échangés et Mlle Black et M. Dieter ont quitté le bâtiment sous les cris et les applaudissements.

Je n'ai pas pu m'empêcher de rire. Sacrée Kalinda. Je me demandais dans quelle mesure la désobéissance avait été civile. Je sais mieux que personne à quel point les membres de St Mary peuvent se montrer créatifs dans leur désobéissance tout en faisant exactement ce qu'on leur dit.

— Mais bien sûr, les personnes les plus importantes sont maintenant parties. Il ne reste qu'Andrew Rapson et il fait profil bas. Et le Dr Foster, mais il paraît qu'elle en a assez de se battre. Je crois qu'elle n'avait pas réalisé à quel point elle tenait à Peterson. Barclay dirige un institut de recherche historique sans aucun historien. Rien ne bouge et le personnel part en masse. Mais parlez-moi de vous.

Elle était tenace. Mais elle avait été enseignante après tout. Finalement, je lui ai juste retranscrit les faits tels quels. Virée. Pas d'expérience professionnelle à faire valoir. Incapable de trouver du travail. Pas d'argent. Un appartement froid. Une infection pulmonaire.

J'ai réussi à tout caser dans six courtes phrases. Elle m'a gentiment tapoté la main mais n'a rien dit, ce que j'appréciais. Je ne sais jamais quoi faire de la compassion. Mais elle continuait à tapoter.

— Quoi ? ai-je dit.

— Je suis tellement en colère. Et Edward aussi. Cela n'aurait jamais dû arriver. On ne jette pas les nôtres dans la rue, Max. Vous croyez que ça n'est jamais arrivé avant ? Il y a une procédure à suivre. On aurait dû vous proposer un emploi alternatif à Thirsk pendant un an pour vous donner un semblant d'expérience professionnelle et faciliter votre retour à la vie normale. Vous vous souvenez de Stevens ? Et de Rutherford ? Vous pensez que nous les avons laissés à la dérive ? Elle le savait. Ce n'est qu'une sale mégère jalouse.

Elle a ruminé pendant un moment avant de dire d'un air déterminé :

— Vous devez rester ici. Non, ne dites rien, Max. Je vous ai observée à travers la fenêtre du café et je ne sais pas à quoi vous pensiez, ou peut-être que si, mais j'aimerais que vous voyiez ma maison comme un refuge, au moins pour quelques jours, le temps que vous recouvriez vos forces. Mais j'espère que vous resterez. C'est une grande maison, vous savez, et parfois…

Elle a laissé sa phrase en suspens pour me laisser le temps de comprendre sa solitude. La redoutable Mme de Winter n'avait jamais connu un moment de solitude de toute sa vie, mais elle me faisait une proposition généreuse que je ne pouvais pas refuser.

J'ai esquissé un sourire.

— Eh bien, si vous êtes sûre que je ne vous dérangerai pas…

Elle a ri et, au bout d'un moment, moi aussi.

Pour soulager mon embarras, j'ai repris le cheval dans mes mains.

La sensation était agréable et il me réconfortait un peu. Mais c'était curieux cette histoire de trappe. Il parlait toujours avec tellement de certitude de la façon dont ils s'extirpaient de sous la queue du cheval comme autant de vers solitaires héroïques. J'ai regardé sous la queue et j'ai vu un petit trou, exactement là où…

— Vous avez un trombone ? ai-je demandé.

Elle a semblé surprise, mais a fouillé dans un tiroir et en a sorti une petite boîte. J'ai pris un trombone, l'ai déplié et l'ai inséré dans le petit trou. J'ai entendu un cliquetis, la trappe sur le ventre du cheval s'est ouverte et une petite boîte est tombée sur la table. La télécommande de sa capsule.

Une idée a germé dans ma tête.

J'ai essayé de réfléchir calmement. Je pouvais m'en servir. Je pouvais retourner, maintenant, au Crétacé, aussi près que possible de cette affreuse nuit et les ramener. S'ils étaient toujours en vie. Et s'ils n'étaient pas… enfin, ce n'était pas important. L'important, c'est que je pouvais y aller. Maintenant. J'ai commencé à me lever.

— Non, attendez, a-t-elle dit. Apparemment, en plus d'être enseignante, elle savait aussi lire dans les pensées.

— Non, je ne veux pas dire que vous ne devez pas y aller. Il est évident que vous devez, mais vous n'aurez qu'une seule chance et vous ne devez pas la gâcher. En premier lieu, nous devons faire venir la capsule ici pour vérifier les réserves, l'équipement, etc. Une fois que nous aurons vérifié nos ressources, nous pourrons réfléchir à un vrai plan.

Une surprise après l'autre. Non seulement elle savait ce qu'était l'appareil, mais aussi ce qu'il commandait. J'étais de plus en plus intriguée par ces deux sœurs.

— Vous avez un jardin à l'arrière de la maison ?

Elle a écarté le rideau, révélant un jardin de la taille de la moitié du Rushfordshire. Je n'avais jamais utilisé cet engin ni vu personne l'utiliser, mais ça semblait relativement simple, même pour moi. Il n'y avait qu'un bouton. Vraisemblablement, il fallait le presser. Je suis sortie dans le jardin et, après avoir choisi un endroit qui me semblait approprié et en priant pour que la capsule soit dotée d'une marge de sécurité et ne se matérialise pas sur moi, j'ai appuyé sur le bouton. À trois mètres de moi, un de ces étendoirs à linge rotatifs s'est retrouvé écrasé sous le poids d'une capsule invisible.

— Désolée, ai-je dit. Apprentie conductrice.

Dieu merci, mon hôte semblait beaucoup plus détendue avec ce genre de choses que sa sœur Mme Partridge. Je me suis avancée vers ce que j'espérais être l'avant de la capsule et j'ai dit, d'une voix pleine d'espoir : « Porte ». Elle s'est ouverte et je suis entrée.

Rien n'avait changé. J'ai respiré l'odeur familière. C'était mon monde. C'était ma place. Je me suis demandé à quel moment il m'avait donné accès à l'ordinateur de bord. Et pourquoi m'avait-il donné une télécommande sans me le dire ? Il affirmait toujours qu'il ne savait rien du futur après le jour de son arrivée dans ma ligne temporelle, mais je me demandais parfois si c'était vrai. Et s'il ne le savait pas, je parie que le Boss oui. Je n'arrive pas à imaginer le Boss ne pas tout savoir.

Je me suis soudain aperçue de la présence de Mme de Winter sur le seuil.

— Entrez, je vous en prie.

Elle a commencé à ouvrir les casiers et j'ai activé la console.

— Vous savez faire ? a-t-elle demandé tandis que je parcourais les coordonnées récentes.

— En théorie, oui. Son avant-dernier saut était au Crétacé. Je devrais pouvoir retrouver les coordonnées.

J'ai entendu ma propre voix lui demander : « Mais pourquoi y es-tu retourné ? Tu ne pouvais pas intervenir ? Quel était l'intérêt ? » Le but était-il d'enregistrer les coordonnées dans le système pour que je puisse les utiliser plus tard ? Oublie ça. Occupe-toi du présent.

— Oui, les voilà. Il faut que je prenne un moment pour essayer de calculer combien de jours ont passé entre ces coordonnées et notre mission au Crétacé. Ensuite il faudra peut-être que j'ajoute un jour pour être sûre – je ne veux pas me croiser là-bas – et s'ils sont en vie, je devrais pouvoir les ramener. J'espère.

J'étais loin d'être aussi sûre de moi. Ce n'était pas ma capsule. Je ne l'avais jamais conduite. Il était même possible qu'elle n'accepte pas de commandes venant de moi.

— Vous avez une calculette ?

Elle a hoché la tête et s'est éclipsée, revenant quelques minutes plus tard avec une calculatrice, deux stylos et une pile de papier. Je l'ai remerciée d'un air absent et je me suis mise au travail, lentement et prudemment, soignant mes calculs comme je ne l'avais pas fait depuis ma formation. J'ai tout vérifié. Ils semblaient corrects. J'ai recommencé dans le sens inverse et les coordonnées correspondaient.

Lorsque Mme de Winter est revenue, j'ai réalisé que j'avais travaillé pendant deux heures. Elle m'a demandé comment ça avançait. Je lui ai montré en lui demandant de vérifier.

— Mais je n'y connais rien en voyage dans le temps ! a-t-elle protesté.

— Non, mais vous pouvez vérifier les calculs, c'est mon point faible.

Elle s'est exécutée et, vingt minutes plus tard, elle m'a donné son verdict.

— Vos calculs sont corrects.

Ce qui était encourageant. J'espérais juste que c'étaient les bons calculs. Elle a rempli le frigo de bières. Je n'y avais pas pensé.

J'étais assez optimiste jusqu'à ce que je commence à entrer les chiffres. Ce foutu ordinateur refusait de les accepter. Au début, je ne savais pas si c'était moi ou les chiffres qu'il n'aimait pas, mais comme il avait accepté mes commandes pour la porte et les lumières sans problèmes, ça devait donc être les chiffres. J'ai rajouté un jour, augmentant l'intervalle entre notre attaque nocturne et mon nouveau saut, et il m'a de nouveau recraché les chiffres au visage. J'ai ajouté un autre jour, encore un autre et, avec le plus grand désarroi, encore un autre. Pendant tout ce temps, Mme de Winter se tenait à côté de moi en silence, murmurant de temps en temps :

— Essayez encore, Max, essayez encore.

Finalement, la machine a accepté les coordonnées pour onze jours après la nuit désastreuse. Onze jours ! Comment pouvaient-ils survivre aussi longtemps ? Personne ne savait mieux que moi à quel point onze jours dans le Crétacé pouvaient être longs. Ces quatre hommes, peut-être gravement blessés, étaient échoués là-bas sans munitions, sans abri, sans nourriture, sans eau potable ; les conditions n'auraient pas pu être pires.

— Arrêtez ça ! a dit Mme de Winter, devinant avec justesse ce qui se passait dans ma tête. Ils vont bien. Ils se sont réfugiés quelque part, en sécurité, pour attendre les secours, vous verrez. Il y a peut-être même d'autres survivants là-bas. Ils ne sont peut-être pas seuls.

J'ai secoué la tête.

— J'en doute. Onze jours, ce serait un miracle qu'ils soient encore vivants.

— Il s'agit de Guthrie, Farrell, Peterson et l'indestructible Markham. Vous voulez parier ? Bien, en plus des réserves essentielles de bière, je vous ai préparé des bouteilles d'eau et des sandwiches. Il y a deux lampes torches avec des piles qui fonctionnent. Huit fusées éclairantes dans ce casier. Concernant les armes, il y a un pistolet laser grand angle, chargé. Il y a aussi un pistolet paralysant un peu chargé et une bombe lacrymogène géante, à moitié pleine. Il y a des allumettes, des allume-feu et du papier toilette. De quoi avez-vous besoin d'autre ?

Quoi d'autre, en effet ?

J'ai pris une longue inspiration et j'ai regardé Mme de Winter.

— Je peux vous accompagner, a-t-elle proposé – mais j'ai secoué la tête.

— Si je ne reviens pas, il faudra que quelqu'un dise au Boss où je suis allée et pourquoi. Ne les laissez pas risquer la vie de quelqu'un pour venir me chercher.

— Vous reviendrez. Je le sais.

Soudain, alors qu'elle franchissait la porte, j'ai pensé à quelque chose.

— Quel jour sommes-nous ?

— Vendredi.

Eh merde.

Elle est sortie et j'ai refermé la porte derrière elle. J'étais seule à présent, et l'odeur familière de la capsule m'a enveloppée. Appareils électriques chauds, moquette humide, toilettes, incinérateur, un discret effluve de chou ; des souvenirs se sont réveillés en moi, aussi douloureux que du jus de citron sur une plaie. Eau de Capsule : l'odeur la plus évocatrice au monde.

Je me suis installée sur le siège et j'ai vérifié la console. Tout semblait O.K.

J'ai ordonné à l'ordinateur de lancer le saut. Et le monde est devenu blanc.

Et il est resté blanc. Quoi ? Il y avait du brouillard. Du brouillard ! Dieu tout-puissant, rien n'irait donc jamais dans mon sens ? Ça signifiait que les huit fusées éclairantes étaient inutiles. Idem pour le feu – la fumée passerait inaperçue. L'univers ne pouvait-il pas me laisser tranquille ? J'ai réfléchi un peu, puis j'ai commencé à fouiller dans les casiers. Il devait bien y avoir quelque chose quelque part. Là. J'ai trouvé quatre ou cinq disques, dont *Sgt Pepper's* – si ça ce n'est pas un signe. Tout ce que j'avais à faire à présent était d'activer les haut-parleurs externes et, même moi, j'en étais capable.

Cinq minutes plus tard, j'étais prête à mettre le feu. Littéralement. J'ai vérifié les données de proximité et il n'y avait aucun mouvement. Mais l'aube venait probablement de se lever, ce qui me laissait toute la journée. Une fois la nuit tombée, si le brouillard s'était dissipé, je pourrais utiliser les fusées. Ou allumer un feu. Bien sûr, ce spectacle de son et lumière attirerait l'attention de tout ce qui se trouvait dans un rayon de dix kilomètres, mais ce n'était pas grave. Tant que mes camarades savaient que j'étais là, on pourrait se soucier des bêtes sauvages plus tard. Le plus important était qu'ils sachent que j'étais là. S'ils étaient toujours en vie. Onze jours, c'était une éternité. J'ai chassé cette pensée de mon esprit et ouvert prudemment la porte. Je ne voyais pas ma propre main devant moi. Tout était étrangement silencieux. Enfin, plus pour très longtemps.

J'ai désactivé le système de camouflage pour être parfaitement visible, murmuré « que la fête commence », appuyé sur un bouton et, une seconde plus tard, les Beatles demandaient à un monde préhistorique interloqué de s'imaginer dans un bateau sur une rivière. Avec des mandariniers et un ciel de confiture. J'ai fermé la porte et repris des forces avec un jus de fruits slivovitzeux.

Il y a un protocole pour ce genre de choses. Certaines informations doivent être énoncées calmement et clairement, il faut transmettre une localisation, un itinéraire, des avertissements, le nombre et la disposition des sauveteurs – ce genre de choses. Je l'avais fait des dizaines de fois en simulations et maintenant, maintenant que c'était vraiment important, que des vies étaient en jeu, je ne pouvais pas me souvenir d'un seul mot.

Inquiète que ma voix me lâche aussi cruellement que ma mémoire, j'ai lancé la musique et ouvert la bouche.

— Bonjouuuuuur St Mary ! Je suis votre réveille-matin.

» À tous les passagers retournant à St Mary aujourd'hui, merci de vous diriger immédiatement à environ cent mètres au sud du lieu de l'explosion, juste sous la limite des arbres.

» Merci de préparer vos tickets d'embarquement pour inspection et d'ouvrir vos passeports à la page de la photographie.

» Veuillez noter que quiconque emmerdera le pilote ne sera pas autorisé à monter à bord et puisque le pilote est déjà à la fois saoul et saoulé, il y a de grandes chances que certains d'entre vous ne soient pas admis.

» Merci à tous les passagers du vol de nuit en direction de Rushford de se diriger immédiatement vers les portes d'embarquement. Finies les branlettes, à vos chaussettes. Vous rentrez à la maison.

J'ai coupé le micro, englouti une nouvelle rasade de slivovitz et regardé une nouvelle fois à l'extérieur. À mesure que le soleil se levait, le brouillard se dissipait. La bonne nouvelle était que j'étais presque exactement là où je voulais être. La mauvaise était que c'était une scène de dévastation totale. Le sol était jonché d'arbres et de branches brisés dans tous les sens. Des débris enchevêtrés et tordus formaient des piles un peu partout. Vraisemblablement le résultat de l'explosion ; ou peut-être de la débandade des dinosaures. De l'autre côté, j'ai aperçu le cratère fumant, un spectacle si caricatural qu'il semblait tout droit sorti d'un film. C'était visiblement le lieu de l'explosion. Un voile de fumée grasse flottait toujours au-dessus du sol, même après tout ce temps. Ça avait dû être une sacrée explosion. Plus choquant encore, le sol était jonché d'os de reptiles et de morceaux de corps. C'étaient les restes des animaux (et peut-être des humains) qui n'avaient pas survécu à cette nuit. J'ai décidé d'y jeter un œil plus tard.

J'ai attrapé le gros pistolet laser et la bombe lacrymogène à usage industriel. Puis j'ai grimpé sur le toit et lancé ma première fusée éclairante. Elle a vacillé un peu avant de jaillir dans le ciel où elle est restée accrochée, une grosse boule rouge pétillante formant un signal lumineux à des kilomètres à la ronde. J'avais assez pour tenir huit heures – une par heure. Après ça, il faudrait que j'allume un feu. Après ça, je resterai jusqu'à ce que je n'aie plus de provisions. Après ça… je n'avais pas de plan.

J'ai posé le pistolet laser sur le toit à côté de moi et accroché la bombe lacrymogène à ma ceinture, juste au cas où. Puis j'ai sorti des jumelles et exploré lentement l'horizon à 360 degrés, tournant sur moi-même pour suivre la cime des arbres et le cours d'eau, scruter derrière les rochers, à la recherche d'un quelconque mouvement.

Il n'y avait rien, mais il fallait leur laisser un peu de temps. Si des carnivores avaient fouillé les lieux à la recherche de carcasses, les survivants s'étaient peut-être déplacés à un ou deux kilomètres d'ici pour éviter les ennuis et essayer de trouver de l'eau et un abri. J'ai lancé une autre fusée, puis j'ai continué à tourner. À plusieurs reprises, j'ai entendu un puissant fracas dans la forêt, mais je n'ai rien vu. Chaque fusée produisait une nouvelle cacophonie de sons, mais ce n'était pas une mauvaise chose. Tout ce qui était vivant devait savoir que j'étais ici. Ainsi je saurai que s'ils ne venaient pas, c'est qu'ils étaient morts. Je me suis efforcée de chasser cette pensée, mais elle continuait à ronger mon cerveau. J'ai persévéré. Tournant et tournant sur moi-même. Une autre fusée. Tourner encore. Des vies dépendaient peut-être de ma vigilance.

Midi est arrivé. J'avais utilisé la moitié de mes fusées, et toujours aucun signe de vie. J'ai sauté à terre, retiré ma veste, et je l'ai utilisée pour récupérer des pommes de pin et des petits morceaux de bois en m'assurant que certains étaient humides. J'avais décidé d'allumer un feu et d'utiliser la fumée pour signaler ma position lorsque je n'aurai plus de fusées. J'ai noué les manches de la veste pour les maintenir à l'intérieur, laissé tomber le paquet près de la porte et je suis allée chercher à boire. Je n'avais pas réalisé à quel point j'avais soif. J'ai bu une autre gorgée de quelque chose de slivovitzeux, suivi d'un verre d'eau, avant de ressortir.

Vers le milieu de l'après-midi, j'étais épuisée. Ma poitrine était douloureuse et j'avais du mal à respirer, mais je devais persévérer. Je refusais de me laisser aller à penser qu'ils étaient morts. Si quelqu'un pouvait survivre à ça, c'était bien eux.

J'ai allumé le feu et regardé la fumée s'élever paresseusement. Il n'y avait pas de vent.

Puis, tandis que les ombres s'allongeaient, j'ai aperçu un mouvement furtif, à l'orée de la forêt, à environ deux cents mètres de moi. Et un autre. Le cœur battant à tout rompre et les mains soudain tremblantes, j'ai fait le point avec les jumelles et vu quatre hommes se déplacer en groupe, lentement, le long de la lisière. J'ai recompté. Quatre. Ils étaient tous là.

Et à cet instant, avec ce genre d'inéluctabilité horrible qui est tellement... horriblement inéluctable... un T-rex a surgi de l'autre côté de la clairière. À en juger par sa petite taille, c'était probablement un mâle ou une jeune femelle. Ignorant notre présence, il fouillait le sol et examinait les os. Preuve, si j'avais été d'humeur, que le tyrannosaure était à la fois un prédateur et un charognard. Mais dans tous les cas, il allait finir par se retrouver entre eux et moi. La fête avait bien commencé.

Ça aurait pu être pire. Un gros lézard est plus facile à gérer qu'une meute de raptors plus petits. Je me souvenais de la violence avec laquelle ils avaient attaqué Sussman.

J'ai sauté à terre, titubé un peu et couru jusqu'à un affleurement rocheux proche, d'où j'ai crié :

— Hé ! Hé ! Par ici !

Des têtes sont apparues d'entre les arbres. J'ai levé le pistolet laser pour qu'ils le voient et l'ai posé contre les rochers pour qu'ils le récupèrent, avant de partir à toutes jambes sur le terrain rocailleux. L'éloigner de la capsule. Leur donner une chance.

Je ne réfléchis jamais assez. Le dinosaure a poussé un rugissement enthousiaste et s'est lancé à ma poursuite. Cependant, plus par chance que grâce à mon bon sens légendaire, j'avais choisi un terrain extrêmement cahoteux, parsemé de débris et d'arbres cassés, sur lequel il progressait avec difficultés. Il donnait des coups d'épaule pour se frayer un chemin à travers les petits obstacles, mais sa grosse queue s'y accrochait dès qu'il devait faire une embardée. De mon côté, j'esquivais les débris et je zigzaguais entre les arbres, rochers et détritus divers jusqu'à en perdre le souffle. Pour gagner un peu de répit, je me suis glissée dans la fissure d'un rocher et j'ai essayé de reprendre mon souffle. Il ne pourrait jamais m'avoir ici, c'était un refuge parfait.

Un peu trop parfait. Il a reniflé autour de moi pendant un moment puis, privé de sa proie, il s'est tourné et a aperçu les silhouettes qui couraient vers la capsule. Alors qu'il commençait à marcher dans leur direction, je me suis extirpée de la fissure et j'ai recommencé à crier en agitant les bras.

Alors, cette saleté de T-rex s'est immobilisée, s'est tournée vers moi, a baissé son énorme tête à mon niveau et m'a regardée. Sa tête était vraiment énorme ! Il n'était qu'à environ cinq mètres de moi – seulement un pas de géant. En y repensant, c'était sans aucun doute le moment le plus effrayant de ma vie. Le monde extérieur a disparu, et tous les bruits se sont tus.

Quand on voit des tyrannosaures au cinéma ou en hologrammes, ils sont toujours si propres, si beaux avec leur dentition parfaite et leur peau joliment tachetée. Dans le monde réel, ils sont bien différents. Celui-là avait le bas des jambes et le ventre couverts de boue séchée. Balafré et meurtri, il avait une vilaine entaille le long de son flanc gauche. Il lui manquait plusieurs dents, et du sang séché et de la chair en décomposition formaient une croûte sur son museau. Son haleine était l'odeur la plus immonde qui soit. Des narines de la taille de casseroles se gonflaient et se dégonflaient, assimilant mon effluve non familier. L'intérieur était rouge pâle. Je voyais ses yeux. Je ne sais pas pourquoi, je m'étais dit qu'il n'était pas adulte. Il était absolument colossal. Et il me regardait. Son instinct lui disait d'attaquer. Mais son expérience lui disait d'éviter les humains. Cette indécision était en train de me sauver la vie, mais plus pour très longtemps. Son instinct prendrait rapidement le dessus.

Le son est revenu lentement. J'entendais à présent sa puissante respiration. J'avais depuis longtemps arrêté de respirer moi-même et lentement, très lentement, j'ai décroché la bombe lacrymogène de ma ceinture. Il a bondi. J'ai fermé les yeux, retenu mon souffle et pressé la gâchette. Le dinosaure a rugi, m'enveloppant d'un souffle d'air fétide. Je me suis jetée en arrière, atterrissant sur quelque chose de dur. J'ai roulé derrière un rocher et risqué un regard dans sa direction. Il secouait la tête et déplaçait son poids d'une jambe à l'autre, visiblement gêné, mais pas assez pour ralentir. Pour être honnête, je crois que ça l'a juste énervé. Bien joué, Maxwell !

J'ai entendu un cri au loin, et le sol a explosé à mi-chemin entre le dinosaure et moi. Joli tir ! Ils avaient récupéré le pistolet laser. Sans perdre plus de temps, j'ai tourné les talons et couru aussi vite que possible vers la capsule. Je sentais le sol trembler sous mes pieds, mais je n'osais pas regarder en arrière. Un autre tir d'avertissement. Le dinosaure s'est éloigné avant de revenir à la charge de l'autre côté.

La capsule se rapprochait, mais le souffle commençait à me manquer. Même si mes jambes continuaient à bouger, je n'avançais plus. Je devais constamment regarder où je mettais les pieds pour éviter les débris qui jonchaient le sol. Si je tombais maintenant, ce serait la fin.

Et puis j'ai vu quelque chose qui m'a figée sur place. Juste à ma gauche se trouvait un gros morceau de métal vert foncé avec les lettres RD T peintes en jaune.

— Ne t'arrête pas maintenant, espèce d'andouille ! a beuglé une voix. Une autre petite explosion derrière moi. J'ai recommencé à courir, tout près du but, puis un long bras m'a attrapée et tirée vers la capsule.

— Je l'ai. Tire sur ce truc !

J'ai entendu tirer et de la terre et des petits cailloux ont plu sur moi. J'ai essayé de leur crier de ne pas le tuer, mais je n'avais plus de souffle. Une autre main a attrapé mon autre bras. Dans un dernier effort qui a failli faire exploser mes poumons, nous avons franchi la porte ensemble et la mission s'est terminée comme le veut la tradition à St Mary – dans un enchevêtrement paniqué de bras et de jambes et des voix terrifiées hurlant de fermer la porte.

Treize

Pendant un long moment, je n'ai entendu que des halètements et un gémissement occasionnel.

— Max, ça va ? a finalement demandé Farrell.

— Bien sûr que ça va, a répondu Peterson avec colère. Elle est tombée sur moi.

Celui qui était allongé sur moi a roulé sur le sol. Étant moi-même allongée sur Peterson, j'ai fait de même pour le libérer, et nous avons tous repris notre souffle.

J'ai fait le point sur la situation. La porte était bien fermée. Une bête énorme et très frustrée rôdait à l'extérieur, mais ça n'avait plus d'importance. Ils étaient tous là. Ils étaient tous sains et saufs. Pour la première fois depuis des mois, le soleil a brillé. Guthrie a rangé leurs armes inutiles. Markham s'est appuyé contre le mur, les coudes posés sur les genoux, ses mains écorchées devant lui. Elles avaient été enduites d'une couche de colle médicale, mais au bout de onze jours, elle commençait à s'enlever. J'ai tendu le bras pour attraper la trousse de secours.

— Allons donc, jeune Markey. Comment ça va ?

— Ça va. C'était un peu casse-pieds de garder ces vieillards en sécurité, mais ouais, ça va. Et toi ?

— Oh, tu sais, on fait aller.

Je me suis tournée et me suis trouvée face à Peterson. J'ai fait un pas en avant et l'ai pris dans mes bras. Il m'a serrée fort contre lui.

— Oh Seigneur, Max, a-t-il dit, à court de mots pour exprimer ce qu'il ressentait.

J'étais moi-même sous le choc.

— Tim, mon vieil ami.

Je l'ai embrassé sur la joue et me suis tournée vers Ian Guthric, qui m'a serré la main d'une poigne de fer et, dans une rare démonstration d'affection, m'a donné une tape sur l'épaule. Manifestement, c'était un moment d'émotion pour lui. Restait Leon Farrell.

Nous nous sommes regardés. C'était étrange. C'est Markham qui a mis fin au malaise.

— Oh, bon sang, Chef, embrasse-la !

Il ne s'est pas fait prier. Il m'a soulevée, me serrant si fort que mes os ont failli craquer. J'ai senti un baiser aussi léger qu'un papillon dans mes cheveux. Il sentait – ils sentaient tous – terriblement mauvais ; le spray de dissimulation au chou, la transpiration, la boue, et ils s'étaient tous généreusement enduits de merde de dinosaure dans le but de masquer leur propre odeur.

J'ai ouvert le frigo et j'en ai sorti un pack de bières. Je pense qu'il est juste de dire qu'ils ont été impressionnés.

— Nom de Dieu ! s'est exclamé Markham. Tu es vraiment une femme parfaite. Tu veux m'épouser ?

— J'aimerais beaucoup, ai-je répondu. Je suis malheureusement sans emploi en ce moment et j'ai besoin de quelqu'un qui puisse subvenir à mes coûteux besoins en chocolat.

— Non, je suis désolé, mais c'est hors de question, a dit Peterson. Il est hors de question que vous soyez tous les deux unis par les liens du mariage. Ce monde n'est pas encore prêt pour votre progéniture.

J'ai fait mine de me sentir insultée, mais j'étais en fait assez heureuse de poursuivre cette conversation. Peterson a regardé autour de lui. Il devait comprendre que ce n'était pas une capsule ordinaire. J'ai jeté un coup d'œil au Chef avant de regarder son siège d'un air entendu. Il a légèrement secoué la tête, aussi me suis-je assise à sa place, plaçant ma jambe de façon à pouvoir donner un discret coup de pied à Peterson s'il commençait à poser des questions gênantes.

Il m'a regardée de haut en bas.

— Tu es adorablement informelle aujourd'hui. Qu'est-il arrivé au code vestimentaire et qu'as-tu fait à tes cheveux ?

— Il va falloir que tu t'y habitues. Ce n'est pas juste une coupe de cheveux, c'est un mode de vie.

— Pourquoi es-tu seule ? Où est ton partenaire ?

— Je vous l'ai dit, j'ai été virée, je n'ai pas de partenaire. Je suis venue seule.

— Tu veux dire que Kalinda n'est pas impliquée là-dedans ?

— Kal n'est plus à St Mary. Elle a démissionné.

— Quoi ? Mais si elle est partie et que nous sommes ici, ça veut dire qu'il n'y a plus d'historiens à St Mary !

— Exact. Et Dieter aussi est parti. C'est pour ça que je vous emmène à Rushford.

— Tu n'as pas essayé de contacter Kal quand elle est partie ?

— Je ne savais pas qu'elle était partie. Je n'ai pas le droit d'avoir un quelconque contact avec le personnel de St Mary, dans aucune ligne temporelle. Alors si l'un d'entre vous me balance, ce sera quinze ans de travaux forcés pour moi.

— Alors où as-tu eu cette capsule ?

— Je l'ai volée, ai-je répondu, non sans une certaine fierté.

Il a regardé autour de lui.

— Oui mais…

J'ai appuyé sur son pied. Il m'a dévisagée, a levé un sourcil et bu une gorgée de bière.

— Es-tu ivre ?

— Complètement, ai-je répondu joyeusement. Qui s'embarquerait sobre dans un tel merdier ?

— En effet.

Guthrie aspergeait Markham de colle. Peterson sirotait sa bière. Restait le quatrième. Je savais qu'il était heureux de laisser les autres parler et intervenir sur les détails, ce qui n'était pas toujours ce que je voulais.

— Pourquoi as-tu été virée ? a-t-il demandé.

— Oh, je me suis pris le bec avec Barclay, qui m'a invitée à vider les lieux.

— Pourquoi ?

J'ai décidé de jouer l'idiote.

— Pourquoi quoi ?

— Tu as vécu relativement en paix avec Mlle Barclay ces cinq dernières années. Que s'est-il passé pour que tu te fâches soudain avec elle ?

J'ai bu une gorgée d'eau et regardé mes pieds. Je n'avais vraiment pas envie de faire ça. Mais il valait mieux qu'ils l'entendent maintenant, venant de moi, en privé.

— Je n'ai pas réussi à la persuader d'envoyer une équipe de secours pour vous chercher.

Au début, personne n'a percuté, et puis Peterson a dit :

— Tu veux dire que personne ne nous cherchait ? On pensait qu'on ratait juste les secours à chaque fois. C'est pour ça qu'on n'est pas allés très loin. On pensait…

Silence. C'était ce que je ne voulais pas leur dire. Ils s'étaient tous réfugiés dans leurs propres pensées, mais leur expression était la même. Chaque visage, déjà voilé de gris et hagard, s'est assombri un peu plus. Nous sommes St Mary – nous n'abandonnons pas les nôtres. Or ils avaient été abandonnés. Si je n'étais pas venue, ils seraient morts ici, et très vite. C'était un miracle qu'ils aient tenu aussi longtemps. Ils seraient morts en attendant des secours qui ne seraient jamais venus. Ça me peinait de regarder leurs visages. Oubliant la douleur de ses mains, Markham a écrasé sa canette et l'a jetée dans le sac.

— Je vais en toucher un mot à Mlle Barclay, a dit Peterson calmement.

— Non, ai-je répondu. Elle est à moi.

Personne ne m'a contredite.

C'est le Chef qui a posé la question. Seuls lui et moi savions à quel point c'était important pour lui.

— Et le Boss ? J'ai entendu quelqu'un dire qu'il était blessé. Si Barclay est responsable de St Mary, ça veut dire qu'il ne s'en est pas sorti ?

— Autant que je sache, ai-je répondu, il est toujours en convalescence. Il n'est pas encore revenu à St Mary en tout cas. –

J'ai bu une nouvelle gorgée d'eau. – Donc je ne vous emmène pas là-bas.

— Oh ? Où allons-nous alors ?

— À Rushford.

— Rushford ? Pourquoi on ne peut pas rentrer à St Mary ? a demandé Markham. Qu'est-ce qu'il y a à Rushford ?

— Eh bien, pour commencer, un ragoût d'agneau aux épices, suivi d'une tarte à la mélasse avec sa crème anglaise, une douche chaude, un lit douillet, plus de bière que vous ne pouvez en ingurgiter et probablement une bouteille de quelque chose de puissant. Mais bien sûr, si vous n'êtes pas intéressés, je peux vous relâcher dans la nature...

— Donc pas de femmes ? a demandé Markham, fidèle à lui-même.

— Tim, ai-je répondu. Ouvre la porte et jette-le dehors, tu veux bien ?

Je voulais entendre leur histoire, mais il était important que je les ramène. J'ai lancé le saut, le monde est devenu blanc, et nous étions de retour à Rushford, où la nuit était tombée. Immédiatement, la porte arrière s'est ouverte et un rayon de lumière s'est répandu sur l'herbe sombre. J'ai ouvert la porte et les ai aidés à se lever.

— Dirigez-vous vers la lumière. – Je n'aurais jamais imaginé dire ça un jour. – Ils sont partis en file indienne vers la porte ouverte, où Mme de Winter les attendait.

J'ai éteint la console et je m'apprêtais à les suivre lorsque Leon m'a arrêtée en tirant sur l'arrière de ma chemise. Je me suis tournée et me suis une nouvelle fois retrouvée dans ses bras.

— Je savais que tu viendrais.

Je l'ai serré aussi fort que possible et nous avons pris un moment pour être rien que tous les deux.

— Tu ferais bien de les suivre, ai-je dit finalement. Markham est bien capable de s'attirer des problèmes entre ici et la porte.

Il a eu un petit rire et les a suivis. J'ai fini ce que j'avais à faire dans la capsule et l'ai suivi à mon tour après avoir verrouillé la porte.

La cuisine débordait de lumière, de chaleur et de bruit. C'est le Boss que j'ai vu en premier. Évidemment, Mme de Winter l'avait contacté dès mon départ. Combien de temps étais-je partie ? Environ quatre heures d'après ce que je pouvais voir ; assez longtemps pour que des odeurs incroyables envahissent la pièce. Ça ne plaisantait pas. Les garçons semblaient prêts à dévorer les meubles.

Nous nous sommes assis. Le Boss s'est levé.

— J'aimerais porter un toast. Messieurs, ravi de vous revoir.

Nous avons tous levé nos verres.

Farrell s'est levé à son tour.

— Avec votre permission, monsieur. Max, de la part de nous tous : merci.

Ils m'ont tous remerciée en levant leur verre. Markham m'a décoché un clin d'œil.

— C'est un honneur et un privilège, les mecs, ai-je dit, rayonnant intérieurement.

Une énorme marmite fumait au milieu de la table, qui contenait le meilleur ragoût d'agneau que j'aie jamais mangé. Nous nous sommes servis et j'ai aidé Markham à couper sa viande.

La bière coulait à flots et les conversations devenaient de plus en plus bruyantes. Évidemment, nous voulions tous savoir ce qui leur était arrivé et ils ne se firent pas prier pour tout nous raconter.

Comme je m'y attendais, tout s'est déroulé comme prévu jusqu'à l'explosion. Des gens ont été projetés dans les airs. Des reptiles et des touristes se percutaient – au détriment des touristes évidemment. En tentant de retrouver leur chemin à travers la fumée, étourdis et désorientés, Guthrie et Farrell se sont perdus de vue. Peterson, envoyé par Barclay pour les trouver, s'est perdu à son tour, est tombé sur Markham, et a failli se faire tirer dessus. Personne n'avait vu le moindre signe de Barclay.

J'ai retourné tout ça dans ma tête pendant qu'ils mangeaient. Il y avait quelque chose…

Les quatre hommes engloutissaient tout ce qui se trouvait sur la table tout en riant, en plaisantant et en se chamaillant, et puis c'est arrivé. J'étais en train de glousser à cause de cet idiot de Markham lorsque soudain, sans que je m'y attende, une vague d'épuisement m'a submergée, comme si le poids de tous les événements du mois passé venait de s'abattre sur moi. Ma vision s'est brouillée. Le repas copieux et l'alcool n'avaient pas aidé. Je me suis levée.

— Si vous voulez bien m'excuser, ai-je dit. Je me sens soudain très fatiguée, je n'arrive pas à garder les yeux ouverts. On se voit demain.

À ma surprise, ils se sont tous levés. Guthrie m'a ouvert la porte et le Boss m'a offert son bras pour m'accompagner jusqu'à la sortic.

— Bonne nuit, mademoiselle Maxwell, et encore merci.

— Un honneur et un privilège, monsieur.

Je voulais mettre mes vêtements au sale comme Mme de Winter me l'avait demandé, mais je ne m'en suis souvenue qu'après m'être mise au lit, et en ressortir était au-dessus de mes forces. Je voulais aussi prendre quelques minutes pour savourer le luxe d'un lit douillet et de draps propres (de draps tout court, en fait), mais je me suis endormie dès que ma tête a touché l'oreiller.

Je me suis réveillée un peu plus tard, vaguement consciente que quelqu'un était couché à côté de moi. J'espérais que ce soit Leon, mais j'étais trop dans le cirage pour vérifier. Si vous étiez en train de lire un certain genre de livre, vous auriez alors droit à trois pages de sexe torride. La réalité est qu'il m'a attirée contre lui en murmurant « mfhbnnnntx » et que j'ai passé son bras autour de mon épaule en murmurant « truite ». Et nous en sommes restés là.

Je me suis réveillée relativement tôt le lendemain matin et j'ai tenté de faire le point sur la situation. Je voyais une touffe de cheveux bruns sur l'oreiller à côté de moi. J'ai soulevé le drap juste pour vérifier que j'étais au lit avec la bonne personne. Typique – notre toute première nuit dans un vrai lit et on était tous les deux trop K.-O. pour en profiter.

J'ai tendu l'oreille et perçu au loin des cliquetis de vaisselle. Mme de Winter était réveillée et s'affairait déjà dans la cuisine. Je me suis glissée hors du lit, me suis passé de l'eau sur le visage, me suis habillée et je suis descendue à pas feutrés.

En poussant la porte de la cuisine, j'ai eu la surprise de voir le Boss boitiller à travers la pièce pour mettre la table du petit-déjeuner. Il a levé la tête.

— Bonjour, mademoiselle Maxwell. Une tasse de thé ? L'eau vient de bouillir.

— Hmm…

— Je n'ai pas eu l'occasion de vous dire hier à quel point ça me faisait plaisir de vous revoir. Je vous en prie, venez vous asseoir un moment.

Je ne travaillais plus pour lui et, l'espace d'un court moment suicidaire, j'ai envisagé la possibilité d'affirmer mon indépendance en restant debout. Le bon sens et la lâcheté ont pris le dessus.

— Vous êtes partie brusquement hier soir.

— Oui, j'étais fatiguée, ai-je menti.

— Vraiment ?

Le moment était venu de mettre les choses au clair.

— J'ai été renvoyée, monsieur. On m'a mise dehors. Poussée dehors, même. En plus de ça, je suis coupable d'avoir volé une propriété du gouvernement à un établissement sécurisé, d'avoir fréquenté des membres de St Mary après qu'on m'eut expressément interdit de le faire et d'avoir enfreint… Enfin, je suis toujours coupable d'avoir enfreint quelque chose, vous n'avez qu'à compléter avec l'infraction de votre choix.

— Mademoiselle Maxwell, vous avez été, vous êtes toujours et vous serez toujours un membre de St Mary. Je vous considère comme un des éléments clés de mon institut et cela me causerait une grande inquiétude (et une grande surprise) si, à un moment ou à un autre, vous n'étiez pas en train de commettre une quelconque infraction.

Je ne pouvais pas le regarder. Il m'a observée un moment avant de dire calmement :

— Je comprends.

J'ai risqué un regard. C'était le Dr Bairstow, je savais qu'il comprenait vraiment. Il s'est penché vers moi.

— Retournez à St Mary et je vous donnerai ce que vous voulez.

— C'est-à-dire ?

— Isabella Barclay.

J'ai laissé passer une longue pause pour me reprendre. Puis j'ai hoché la tête. Il m'a resservie et a rempli une deuxième tasse pour le Chef, qu'il m'a tendue.

— Le petit-déjeuner sera servi dans une heure.

— Oui, monsieur, ai-je répondu – mais comme il était le Dr Bairstow, il devait avoir le dernier mot.

— Mademoiselle Maxwell.

— Oui, monsieur ?

— Laissez pousser vos cheveux.

— C'est comme si c'était fait, monsieur ! ai-je répondu avant de m'éclipser pour qu'il n'ait pas le temps de rajouter quoi que ce soit.

Les choses étaient revenues à la normale.

Quand je suis retournée dans ma chambre, le Chef venait tout juste de se réveiller et tapait ses oreillers. Je lui ai tendu son thé.

— Hé, comment tu te sens ?

— J'étais un peu inquiet que ce ne soit qu'un rêve, mais non, tu es bien là avec une tasse de thé. Est-ce que tu t'entraînes pour être si parfaite ?

— Non, c'est naturel.

Je me suis assise et l'ai regardé. Il était toujours maigre et épuisé, mais son visage n'était plus aussi blême que la veille.

— J'aime bien ta barbe.

Il a caressé son menton rugueux.

— Oh, ça disparaîtra dès que j'aurai mis la main sur un rasoir.

J'ai passé la main dans mes cheveux en épis.

— Je comprends – et il a éclaté de rire, ce qui était une bonne chose, mais il y avait une sorte de malaise.

— Tu n'as pas l'air en forme, a-t-il dit.

C'était le moment. C'était le moment de lui dire. Dis quelque chose. Maintenant. Je me suis dégonflée.

— Infection pulmonaire, mais je suis guérie, ai-je dit en sirotant mon thé.

— Je sais ce qui m'est arrivé, mais que t'est-il arrivé à toi ? a-t-il répondu au bout d'un moment pour briser le silence.

J'ai fait tourner ma tasse de thé.

— Oh tu sais… Je me suis crêpé le chignon avec Barclay, j'ai été mise à la porte, j'ai trouvé un appartement à Rushford, rencontré Mme de Winter, trouvé la télécommande, volé la capsule et je suis allée secourir mes potes. La routine, quoi.

Il m'a souri derrière ses cheveux ébouriffés. Ses yeux brillaient.

— Je veux savoir – raconte-moi le crêpage de chignon. Vous portiez du cuir ? Est-ce qu'il y avait de la boue ?

Je n'ai pas pu m'empêcher d'éclater de rire.

— Dans tes rêves ! C'était assez ennuyeux en fait. Loin des fantasmes classiques.

— Je ne comprends pas pourquoi tu es allée à Rushford. Merde, pourquoi tu n'es pas allée à Thirsk comme tous les anciens employés sont censés le faire ?

J'ai répondu sèchement, un peu exaspérée.

— Eh bien, c'est ce que j'aurais fait si j'avais été au courant, mais puisqu'on m'a escortée hors du bâtiment avec moins d'une heure de préavis et à peine plus que les vêtements que je portais, je n'ai pas eu le temps de dire au revoir à quiconque, et encore moins de demander un entretien de départ.

À peine les mots étaient-ils sortis de ma bouche que je réalisais que j'en avais trop dit. Je suis un cas désespéré.

— Attends un peu, tu n'as pas eu le préavis d'un mois ?

— Non.

— Le contrat de douze mois à Thirsk ?

— Non.

— Les références ? Les antécédents professionnels ?

— Encore une fois, non.

Il était en colère à présent. Je le voyais dans ses yeux.

— Alors maintenant, dis-moi ce qui s'est vraiment passé.

En général, mon instinct me pousse à garder les choses secrètes. Pas à les aggraver. Lui m'avait raconté ses secrets. Maintenant, je devais lui dire le mien. Pour que ce soit plus facile pour moi, je ne l'ai pas regardé. Je lui ai presque tout dit, même si j'ai essayé de minimiser certains événements. Dans cette chambre calme et douillette, ce qui m'était arrivé ne me semblait pas réel. J'ai décrit la moisissure noire, en essayant de rendre la chose plus drôle qu'elle ne l'était réellement.

Il n'a rien dit pendant tout ce temps, et même si je savais que ce n'était pas une bonne idée, je continuais à parler pour remplir le silence.

— Donc la moisissure s'est propagée et a envahi la chambre, mais ce n'était pas trop grave puisque je vivais dans une seule pièce à ce moment-là, pour pouvoir regarder la télé au lit. Et je pensais que ça marchait bien, puisque je me suis réveillée une nuit en ayant très chaud et, même si j'avais un peu de fièvre, j'étais plutôt contente. Ce qui était vraiment stupide puisque c'était une infection pulmonaire, qui a rapidement empiré. Ma poitrine me faisait mal et j'avais de plus en plus chaud, alors je me suis dit qu'il faudrait peut-être que je trouve des antibiotiques. Donc je suis allée au dispensaire et je pensais qu'ils me donneraient juste des médicaments et me renverraient chez moi, mais ils ne l'ont pas fait et je suis restée quatre jours, je suppose à cause de mon état et du fait que je ne mangeais pas beaucoup, ce qui n'était pas vraiment ma faute et, de toute façon, j'étais trop grosse. Ils m'ont gardée aussi longtemps que possible, mais ils avaient besoin du lit, donc je suis allée en ville parce que ça n'avait plus d'importance et j'ai rencontré Mme de Winter, qui m'a proposé une chambre ici pour quelque temps. Je me sentais un peu coupable, mais elle a insisté et j'étais soulagée de ne pas avoir à retourner affronter la moisissure. Ensuite elle m'a donné la photo et ton cheval de Troie, que j'avais dû laisser à St Mary, et j'étais si heureuse de les retrouver et puis la télécommande est tombée sur la table, alors j'ai calculé les coordonnées pendant que Mme de Winter réunissait les fournitures. Mais je ne pouvais pas arriver plus tôt que onze jours après l'accident, malgré toutes mes tentatives, parce que l'ordinateur refusait les coordonnées. Donc j'ai entré les coordonnées les plus proches possible, croisé les doigts et sauté, et quand j'ai vu le désastre autour de moi, j'ai vraiment cru que j'arrivais trop tard ; mais je ne suis pas assez douée pour forcer le protocole de sécurité de ton ordinateur, donc je n'ai pas pu arriver avant onze jours et je suis vraiment désolée.

À ce moment-là, j'ai arrêté de parler, car je commençais à devenir bleue.

Un horrible silence a suivi. Je veux dire, vraiment horrible. Ce n'était pas tant le fait qu'il ne disait rien ; c'était les choses qui n'étaient pas dites – si tant est que ça veuille dire quelque chose. Et ça a duré une éternité. Je me suis demandé laquelle de mes catastrophes pathétiques il allait relever en premier. J'ai posé mon poing sur ma poitrine et j'ai essayé de ne pas tousser.

— Que veux-tu dire par « parce que ça n'avait plus d'importance » ?

Je ne m'attendais pas à ça.

— Quoi ?

— Tu as dit : « je suis allée en ville parce que ça n'avait plus d'importance ». Qu'est-ce que tu veux dire ?

Dans tout ce charabia, il avait choisi de relever cette petite phrase. Dis-lui. Dis-lui maintenant.

J'ai pris une inspiration douloureuse avant de répondre.

— Parce que tu n'étais plus là. St Mary non plus. Je n'avais plus rien. Pas d'argent, pas de travail et aucun moyen d'en trouver. J'avais froid et j'étais malade. J'étais mal dans ma tête et mal dans mon corps, et plus rien n'avait d'importance. Tu as dit : « je savais que tu viendrais », comme si j'avais fait quelque chose de merveilleux, mais j'ai vraiment foiré. Si vous êtes en vie, c'est grâce à vous, pas à moi.

— Donc tu sors de l'hôpital sans être vraiment remise d'une maladie grave à… quoi, 11 heures du matin ? Tu passes prendre un rapide déjeuner, rencontres une amie, voles une capsule d'un établissement de haute sécurité, résous une série d'équations complexes et, une heure plus tard, tu te balades au Crétacé, tu sauves quatre hommes et affrontes le plus grand prédateur au monde avec une bombe lacrymo et un regard mauvais. Je te trouve personnellement assez incroyable.

J'ai souri, secoué la tête, craché mes poumons et fini mon thé. Nous ne parlions pas de ce dont nous devions réellement parler.

— Alors Max, comment vas-tu ? Pour de vrai ?

C'était le moment de lui dire, mais je me suis encore dégonflée.

— Je suis très, très heureuse de te revoir.

Le moment était passé. Il s'est penché et a pris la photo sur la table de nuit.

— Je me souviens de ce moment.

Je la lui ai prise des mains et j'ai passé mon doigt sur le cadre avant de la lui rendre.

— C'est tout ce que tu as rapporté de St Mary ?

— Non, ils ne m'ont pas laissée l'emporter.

Nous savions tous les deux que « ils » était en réalité Izzie la Harpie.

— Je ne l'ai récupérée qu'hier.

Il a souri en regardant la photo.

— Cette journée me paraît si lointaine. Je n'ai jamais oublié ton visage. Je le voyais chaque fois que je fermais les yeux. Malgré ce que tu dis, je savais que tu viendrais. J'ai répété aux autres que tu viendrais. Tu ne le penses peut-être pas, mais tu as commencé à nous sauver bien avant que tu ne débarques avec ton allure de petite terreur et une photo pour te souvenir de mon visage.

— Je n'ai pas besoin d'une photo pour me souvenir de ton visage. Je connais ton visage. Je connais ta voix. Je sais quand tu entres dans une pièce sans avoir à lever la tête. Je sais comment je me sens quand tu me touches. Je n'ai pas besoin d'une photo pour savoir tout ça. J'aime cette photo et j'aime le cheval parce que tu me les as donnés.

Dans le silence, j'ai pensé « merde, merde, merde ». Il doit bien y avoir des femmes sur cette planète qui savent quand la fermer. Pourquoi pas moi ?

— Max, regarde-moi. Regarde-moi.

Il y avait quelque chose d'étrange dans sa voix. Je l'ai regardé. Il y avait quelque chose d'étrange dans mes yeux.

Et encore une fois, je n'ai rien dit.

Le petit-déjeuner a été très animé. J'écoutais d'une oreille les bavardages, j'aidais Markham quand il renversait sa nourriture sur la table, croisais le regard de Leon de temps en temps, et pendant tout ce temps, je réfléchissais.

Finalement, au bout d'environ une heure et alors que le grille-pain commençait à surchauffer, nous avons commencé à parler de notre retour à St Mary. Il y avait quelque chose qui me titillait depuis des mois, un détail sur lequel je n'arrivais pas à mettre le doigt, étant de toute façon trop apathique pour y réfléchir sérieusement. Et je savais que si j'essayais de l'identifier, il disparaîtrait dans un nuage de fumée, aussi l'ai-je laissé de côté, me réfugiant dans mon propre monde.

Un éclat de rire de Peterson m'a ramenée à la réalité.

— … Donc après ça, disait-il, on est tous les quatre repartis vers le sud…

Et j'ai soudain compris ce qu'était ce détail qui me perturbait. C'était bien pire que tout ce que j'avais imaginé.

Je suis restée assise en silence pendant que j'y réfléchissais, refusant de parler tant que je n'étais pas sûre. Je pensais vraiment avoir gardé un visage assez neutre, mais le silence m'a fait lever les yeux. Tout le monde me dévisageait.

— Monsieur, est-ce que je pourrais vous parler un moment ?

— Oui bien sûr, a-t-il dit en se levant de sa chaise. Un peu d'air frais ?

— On revient dans une minute, ai-je dit d'un air distrait en le suivant à l'extérieur.

Nous avons marché lentement dans le jardin. Il faisait froid, mais le soleil brillait. Nous avons atteint le bout du chemin et regardé un tas de compost. Un décor parfait pour ce que je m'apprêtais à dire.

J'ai pris mon temps, parlant lentement. Pas de baragouinage cette fois. Et j'ai surveillé mon langage. C'était le travail et c'était important. J'ai expliqué ce qui s'était passé après qu'on l'eut envoyé à l'infirmerie. Il ne semblait pas très surpris, il devait en avoir déjà entendu une bonne partie.

J'ai parlé de l'attitude de Barclay, expliqué qu'elle avait vomi, refusé d'envoyer des secours et insisté sur le fait qu'ils étaient morts.

Il a déplacé son poids d'une jambe à l'autre.

— Où voulez-vous en venir, mademoiselle Maxwell ?

Ce n'était pas facile à dire.

— Eh bien, monsieur, autant que je me souvienne, ses mots exacts ont été : « Ils sont morts. Tous les quatre. »

— Et ?

— Eh bien, comment savait-elle qu'ils étaient quatre ? Markham faisait partie de mon équipe. J'ai signalé sa disparition avant qu'elle ne revienne. J'ai du mal à le dire, monsieur, parce que je déteste cette femme, mais je pense qu'à un moment donné, elle a *dû* les voir tous les quatre, dans le chaos, elle a compris qu'ils étaient blessés, saisi l'opportunité et décidé de revenir seule. En une seule manœuvre, elle s'est débarrassée d'eux et de vous. Elle s'est nommée directrice par intérim en sachant très bien qu'il n'y avait personne d'autre et que ce serait définitif. Le seul problème, c'était moi, et elle m'a virée moins de vingt minutes après son retour. Elle n'avait pas le choix. Je serais retournée au Crétacé dès qu'elle aurait eu le dos tourné et elle le savait. Quant à Mlle Black, je suppose qu'elle ne l'a pas lâchée jusqu'à ce qu'elle craque et décide de partir, emportant M. Dieter avec elle. Il faut bien le reconnaître, monsieur, que c'est un plan parfait. Impitoyable, mais parfait.

Il m'a considérée d'un air grave.

— Un moment, s'il vous plaît.

Il a sorti son téléphone, s'est éloigné de moi et a parlé à voix basse pendant quelques minutes. Je me suis poliment tournée et j'ai regardé un rouge-gorge sautiller. Il a rangé son téléphone et il est revenu vers moi, le visage vide.

— Savez-vous que Mlle Barclay a soumis un rapport affirmant qu'elle avait vu les corps ?

— Vraiment ? Dans ce cas, on la tient.

— Comme nous en avons déjà discuté, mademoiselle Maxwell, j'aimerais que vous régliez le problème. En public et avec des dégâts.

— À votre service, monsieur, avec beaucoup de dégâts.

Nous avons passé le reste de la journée à élaborer un plan. Nous pouvions évidemment nous contenter d'enfoncer la porte d'entrée, mais ce ne serait pas aussi drôle. Nous allions faire les choses à la manière de St Mary.

À la fin de la réunion, Ian Guthrie m'a prise à part.

— Si tu as un quelconque problème avec la sécurité, a-t-il dit à voix basse, crie juste : « Hawthorn ».

— Pourquoi ? Qu'est-ce que ça veut dire ?

— Peu importe, dis-le et ils te laisseront tranquille. Ne pose pas d'autres questions ou je devrai te tuer.

— Hawthorn !

— Très drôle.

Le lendemain, nous nous sommes tous entassés dans la capsule, même Mme de Winter, qui refusait catégoriquement de rester chez elle, et comment lui en vouloir ? Nous avons atterri dans le local à peinture et nous nous sommes dispersés en silence pour rejoindre nos positions respectives.

Cette partie du bâtiment était déserte. Tout le monde finissait de prendre son petit-déjeuner et se rassemblait pour le briefing désormais quotidien, pendant lequel, je suppose, ils discutaient de toutes les choses qu'ils ne feraient pas ce jour-là. Barclay aimait beaucoup le son de sa propre voix.

Je suis montée à la mansarde pour rejoindre l'autre partie du bâtiment. En ouvrant délicatement une porte, j'ai entendu sa voix, trois étages plus bas. Elle venait de commencer. J'ai consulté ma montre. Parfait.

J'ai quitté la moquette élimée et commencé à descendre doucement les marches en bois, sachant d'expérience à quel point elles pouvaient être bruyantes. J'ai marché très lentement, en partie pour gagner du temps et en partie pour faire monter le suspens.

J'ai atteint un premier palier, puis un second. Mes pas lents et prudents résonnaient devant moi. En bas, j'ai entendu sa voix s'interrompre un moment avant de reprendre sur une note légèrement plus aiguë. L'attention de l'assemblée se dispersait, ce qui était probablement passible de peine de mort dans ce nouveau régime.

J'ai ensuite longé la galerie en restant près du mur pour être invisible depuis le hall. Encore une dizaine de marches et je serais en haut des escaliers.

J'ai pris une longue inspiration, enfoncé profondément mes mains dans les poches de mon manteau à la Clint Eastwood, levé la tête, et j'ai commencé à descendre les escaliers.

Que le spectacle commence !

Quatorze

— Vous les avez abandonnés, sale lâche ! Vous avez pris la fuite et vous les avez abandonnés. Vous les avez assassinés aussi certainement que si vous leur aviez tiré une balle dans le crâne.

Barclay a tourné sur elle-même, la mâchoire béante et, l'espace d'un instant, j'ai vu la panique et la peur dans ses yeux, j'ai su que j'avais raison. J'ai senti mon rythme cardiaque chuter et j'ai soudain eu très froid. Cette salope allait tomber.

— Maxwell ! Comment êtes-vous entrée ?

J'ai parlé très calmement, car plus vous parlez calmement, plus les gens vous écoutent. Convaincus qu'ils allaient entendre quelque chose d'intéressant, les membres de St Mary se sont penchés en avant dans un même mouvement.

— Je regrette qu'en raison de circonstances indépendantes de ma volonté, je n'aie pas pu présenter mon rapport final sur ce qui s'est révélé être la dernière mission de St Mary.

J'ai avancé vers son lutrin, attrapé sa pile de notes et les ai laissées tomber avec dédain sur le sol sans les regarder. Le Dr Bairstow n'a jamais eu besoin d'un lutrin.

— Permettez-moi de rectifier cette omission.

Elle a esquissé un mouvement brusque, puis elle a reculé. Elle avait visiblement décidé de me laisser assez de corde pour me pendre.

— À environ 22 heures, heure locale, trois capsules, les numéros Trois, Cinq et Six, ont atterri sur une zone préprogrammée de la période du Crétacé, il y a 67 millions d'années.

» Suivant les instructions, le Dr Barclay, aujourd'hui Mme la directrice, bien sûr, a allumé un appareil à impulsion électromagnétique qui a brouillé les systèmes électroniques de nos adversaires. Les équipes de sécurité ont alors été dépêchées pour infliger autant de dommages que possible pendant les vingt minutes que devait durer la mission.

» Résultat imprévu du lancement de cette impulsion (bien que possiblement pas si imprévu que ça pour le Dr Barclay), les cages contenant les dinosaures capturés se sont ouvertes, libérant vingt à trente dangereux prédateurs sur le lieu des opérations.

» Comme vous pouvez l'imaginer, le personnel de St Mary a rebroussé chemin pour rejoindre les capsules le plus rapidement possible.

» Cependant...

J'ai marqué une pause. On aurait pu entendre un ver de terre éternuer. Tout le monde était captivé par ce que je disais.

— Cependant, leur retraite a été entravée par une explosion massive et complètement imprévue, qui a semé la confusion et, selon Mme la directrice ici présente, conduit à la mort du chef Farrell, du commandant Guthrie, de M. Peterson et de M. Markham.

» Dès son retour à St Mary, Mme Barclay a annoncé la mort de ses collègues, interdit toute tentative de secours, s'est nommée directrice par intérim et a, depuis ce jour, présidé au déclin graduel de cet institut.

J'ai marqué une nouvelle pause, jeté un coup d'œil vers elle et élevé la voix pour qu'elle résonne dans tout le hall.

— Vous avez maintenant un choix à faire... Madame la directrice. Vous pouvez, avec effet immédiat, vous dérober à ma vue et ainsi sauver votre peau. Vous avez dix minutes pour quitter ce bâtiment. Vous ne pouvez absolument rien emporter à l'exception de vous-même. Et vous m'en serez reconnaissante. Ou...

J'ai laissé ma phrase en suspens.

Elle a posé les poings sur ses hanches et m'a défiée du regard.

— Ou quoi ?

Elle s'était ressaisie et était prête à se défendre.

Bien.

— Ou… Madame la directrice… Je vous traînerai à Hawking par la peau des fesses. Je vous renverrai au Crétacé. Je vous jetterai dans l'obscurité de la nuit et refermerai la porte derrière vous, et je vous laisserai là, seule pour toujours, hurlant à l'aide, une aide qui ne viendra jamais. Je vous le dis maintenant… Madame la directrice… si je dois en arriver là, personne ne lèvera le petit doigt pour vous aider. À vous de choisir.

— Je ne choisis ni l'un ni l'autre. Sécurité : arrêtez cette femme et gardez-la jusqu'à ce que je puisse organiser son incarcération.

Derrière elle, Murdoch, désormais vraisemblablement chef de la sécurité, et deux autres hommes se sont levés lentement.

Je l'ai regardé dans les yeux.

— Hawthorn.

Il s'est figé, est resté immobile pendant quelques secondes, puis a fait signe aux autres de se rasseoir. Il s'est lui-même déplacé en silence jusqu'au bout de la rangée et s'est arrêté, attendant de voir ce qui allait se passer.

Je me suis de nouveau tournée vers Barclay.

— C'était votre version des événements. Écoutons maintenant la vérité.

— C'était la vérité, a-t-elle dit, la mâchoire serrée. Ils sont morts. Tous les quatre.

Je m'adressais directement à elle, positionnée de manière à ce que, pour me faire face, elle doive tourner le dos à la salle.

— Parlons de ce qui s'est réellement passé, vous voulez bien ?

— Je vous l'ai déjà dit. Sécurité…

Je l'ai interrompue.

— À 22 h 05, l'équipe de sécurité a quitté les capsules. À 22 h 12, l'explosion a eu lieu. Ces faits ne font aucun doute.

» À 22 h 15, Mme la directrice a envoyé M. Peterson localiser le chef Farrell et le commandant Guthrie, la laissant ainsi seule dans la capsule. À 22 h 20, elle a ordonné à Mlle Black de rentrer à la base avec le Dr Bairstow, qui était blessé. Deux minutes plus tard, elle m'a ordonné à mon tour de rentrer à St Mary ; avant que je n'aie le temps de signaler que M. Markham manquait à l'appel.

Des murmures ont parcouru le hall. Murdoch a levé un bras et le silence est revenu.

— Et ? a-t-elle répliqué. Tout cela est dans le rapport. Dites-moi quelque chose que je ne sais pas déjà.

— Je vais vous dire une chose que JE ne sais pas, ai-je dit calmement. Je ne sais pas comment vous pouviez être si sûre qu'ils étaient quatre à manquer à l'appel.

— Je ne comprends pas.

Elle comprenait très bien. Elle était devenue si pâle que je pouvais voir ses taches de rousseur sous son maquillage. Mon rythme cardiaque s'est accéléré.

— M. Markham était dans mon équipe, pas la vôtre. J'ai signalé son absence avant votre retour. Je répète : comment saviez-vous que quatre hommes étaient morts ?

Silence.

— Je vais vous dire ce qui s'est passé, *Madame la directrice*, ai-je poursuivi, prononçant ces mots comme une insulte. Ils ont émergé de la fumée et du chaos, ont couru vers votre capsule pour échapper à une mort certaine et vous leur avez claqué la porte au nez. Vous avez laissé ces hommes mourir là-bas. Est-ce que vous les avez entendus cogner à la porte ? Est-ce qu'ils ont crié votre nom ? Supplié que vous les laissiez entrer ? Est-ce que vous les entendez parfois dans votre tête cogner à la porte avec leurs armes sans munitions ? Combien de temps avez-vous attendu ? Vous ne pouviez pas partir trop vite, n'est-ce pas ? Vous deviez être la dernière à rentrer. Alors vous avez attendu, attendu et ils hurlaient et hurlaient, et puis *vous* avez appuyé sur le bouton et *vous* vous êtes mise en sécurité, et *vous* avez abandonné ces hommes. Au milieu d'un carnage ; au milieu d'un champ de bataille, sans nourriture, sans eau et sans abri ; *vous les avez abandonnés* !

Quelqu'un, je pense que c'était Helen, a hoqueté d'effroi.

— Ce n'est pas ce qui s'est passé, a dit Barclay. Je jure que ce n'est pas ce qui s'est passé.

Ce qui était vrai, mais je voulais la laisser s'enfoncer encore plus.

Ce qu'elle s'est empressée de faire, car cette femme était incapable de se taire.

— Je… – Elle a marqué une pause et dégluti, ravalant fièrement ses sanglots. Mes doigts me démangeaient. – Je suis sortie pour vérifier. Je sais que ça allait à l'encontre des ordres du Dr Bairstow, mais je devais en être sûre. Il… il ne restait pas grand-chose de leurs corps, mais c'étaient bien eux.

Elle s'est soudain souvenue qu'elle avait envoyé Peterson après l'explosion.

— Peterson gisait un peu plus loin. Il avait reçu une balle.

Elle avait prononcé ces mensonges éhontés sans la moindre hésitation, convaincue qu'il était impossible de prouver le contraire. Personne n'était jamais retourné vérifier.

Sauf moi.

— Vous dites que vous avez vu *quatre* cadavres ?

J'ai laissé l'incertitude transparaître dans ma voix, juste pour la pousser encore un peu.

Elle a levé la tête et répondu clairement et sans la moindre hésitation.

— Oui. J'ai vu quatre cadavres. Les corps étaient très abîmés, mais reconnaissables.

— Donc vous les avez vus ?

— Oui.

— Ces quatre corps que vous avez vus, est-ce, par hasard, les mêmes que ceux qui se tiennent derrière vous, en ce moment ?

Elle n'a pas bougé. Un petit sourire incrédule s'est dessiné sur son visage.

— Vous n'avez toujours pas compris, n'est-ce pas ? ai-je dit calmement et avec le plus grand mépris. Et c'est pour ça que vous ne serez jamais l'une des nôtres. Nous sommes St Mary. Nous n'abandonnons jamais, *jamais* les nôtres.

Finalement, elle a compris. Elle s'est tournée lentement et les a vus, qui se tenaient tranquillement de l'autre côté du hall, le chef Farrell à leur tête. Comme tout le monde, j'avais toujours vu en lui un homme gentil et aimable, mais je jure que l'expression sur son visage m'a glacé le sang.

Dans le silence, quelqu'un a prononcé un juron à voix basse.

Helen s'est levée, tremblante, prenant appui sur le dossier d'une chaise.

— Peterson ?

Il a crié.

— Helen !

Et a commencé à grimper par-dessus les chaises et les gens pour la rejoindre.

Le charme s'est rompu, et tout le monde s'est levé d'un bond, riant, criant, applaudissant – nous sommes des gens bruyants.

Me rappelant soudain où j'étais, je me suis tournée face à Izzie la Harpie, qui fixait le Chef, la bouche toujours grande ouverte.

— Hé, ai-je dit à voix basse, et elle a tourné la tête.

Soudain, nous étions face à face, nos yeux à quelques centimètres d'écart. Je sentais des vagues de haine m'envahir. J'étais à deux doigts de lui bondir dessus et de lui arracher la tête. Le hall était rempli de gens qui criaient de joie, mais pour moi, il n'y avait qu'elle.

J'ai regardé des milliers d'émotions passer sur son visage. Il lui a fallu plusieurs tentatives, mais finalement, les mots sont sortis.

— Vous m'avez volé ma vie. – Je m'attendais à tout sauf à ça. – Tout ça.

Elle a donné un coup de tête en arrière, sans que je sache s'il était adressé à Leon Farrell, à la horde d'historiens bruyants, ou à St Mary en général.

— Vous m'avez volé ma vie. C'était moi qui avais un futur en or. Je travaillais si dur… Il aurait fini par me remarquer. Il aurait vu ce que j'avais à offrir. Tout ça – ça aurait dû être à moi. Ça aurait pu être à moi. – Ses yeux se sont plissés. – Un jour, ça le sera. – De la salive jaillissait de ses lèvres. Elle tremblait d'une fureur qu'elle tentait de contenir. – Un jour, Maxwell, je vous aurai. Je le jure.

J'aurais dû laisser couler, mais j'ai pensé à ce que j'avais déjà perdu, et quelque chose, quelque part, réclamait la vengeance.

Mon poing, se déplaçant à la vitesse combinée de la rage et de la haine, a violemment percuté son nez. Un puissant craquement a retenti, accompagné d'un bruit de succion et une énorme goutte de sang a noirci l'avant de son uniforme parfaitement repassé.

Elle a basculé en arrière et s'est effondrée sur son stupide lutrin, l'emportant dans sa chute.

J'ai levé les yeux vers la galerie.

— C'était ce que vous attendiez de moi, monsieur ?

Le Boss a lentement descendu l'escalier sous une énorme salve d'applaudissements. Quel showman ! Il s'est placé à côté de moi et nos regards se sont posés sur la dépouille du lutrin, dont dépassaient des morceaux d'Izzie Barclay.

— Très satisfaisant, a-t-il dit avant d'aller parler à Mme Partridge.

Le Chef m'a rejointe. Il est resté là, à me regarder dans les yeux avec son petit sourire. Nous avons eu une de ces conversations qui n'ont pas besoin de mots.

— Tu t'es cassé la main, hein ? a-t-il dit au bout d'un moment.

— Ouaip.

— Tu as oublié de sortir ton pouce ?

— Ouaip.

— Ça fait un mal de chien ?

— Ouaip.

Le Boss s'est éclairci la voix.

— Pour clarifier quelques points mineurs : je suis le Dr Edward Bairstow et je suis le directeur de l'institut de recherche historique St Mary.

Tout le monde a applaudi. Il s'est penché vers Barclay, qui bougeait à peine.

— Madame, vous êtes relevée de vos fonctions.

Nous avons tous été expédiés à l'infirmerie, même Barclay. Apparemment, il y a quelque chose dans la Convention de Genève ou le machin des Droits de l'homme qui stipule qu'on ne peut pas abandonner une personne blessée. Il allait falloir un peu plus que ça pour me convaincre.

Ils m'ont placée dans le scanner et, comme je m'en doutais, l'infirmière Hunter a regardé rapidement les sorties papier avant de repartir. J'ai soupiré et essayé de défaire mes bottes d'une main. Hunter est revenue et m'a aidée. Assise dans ma stupide robe blanche, j'ai attendu que la tempête se déclenche. Ils apportaient quelqu'un dans le box voisin. J'ai soudain réalisé que, directement ou indirectement, c'était à cause de moi que toutes ces personnes étaient à l'infirmerie. Ça devait être un record. Hunter a terminé de placer l'attelle sur ma main. Elle a commencé à refroidir et à se plier délicatement, et la douleur s'est dissipée.

Helen est entrée d'un air affairé.

— O.K., Max. Je veux écouter tes poumons.

J'ai fait ce qu'elle me demandait : inspirer – expirer, la routine.

— Retiens ton souffle. Et relâche.

Je me suis penchée en avant et elle m'a tapée dans le dos. J'ai inspiré et expiré une nouvelle fois. J'ai un peu toussé. Puis j'ai beaucoup toussé.

— Tu peux t'allonger s'il te plaît ? Les genoux relevés.

— C'est légal ?

Elle s'est contentée de me regarder, alors j'ai obéi.

— Je suis impressionnée, Helen. C'est le genre de trucs que font les vrais docteurs.

Elle m'a ignorée et a retiré ses gants.

— Hunter, vous voulez bien nous préparer du thé, s'il vous plaît ?

Tout est devenu très calme dans le box après le départ de Hunter. Helen a poussé un long soupir.

— On ne peut pas te laisser seule cinq minutes, hein ?

— Quels sont les dégâts ?

— Comment veux-tu qu'on procède ? De la tête aux pieds ? Par ordre alphabétique ? Chronologique ?

— Surprends-moi.

— Eh bien, tes pieds s'en sortent très bien.

— Ravie de l'apprendre. Donc je peux y aller.

— Dis-moi ce qui t'est arrivé.

— Exactement ce que les scans te disent.

— Non, je veux l'entendre de ta bouche et tu resteras ici tant que ce ne sera pas le cas.

J'ai donc une nouvelle fois débité mes mésaventures. Hunter a apporté du thé. Helen lui a tendu les résultats et elle a une nouvelle fois disparu.

Helen a allumé une cigarette et s'est installée à sa place habituelle devant la fenêtre.

— O.K., tu souffres de malnutrition. Je veux que tu prennes au moins quatre repas par jour. Que tu manges plusieurs portions de fruits et légumes à chaque repas. Que tu boives beaucoup de fluides. Pas d'alcool évidemment. Je te prescris de nouveaux antibiotiques pour l'infection, que tu prendras jusqu'au bout. Tu es anémique. Je veux que tu manges de la nourriture riche en fer. Je donnerai une liste à Mme Mack. Je veux aussi que tu passes huit heures par jour au lit, même si tu ne dors pas. Tu as le droit de lire, mais pas de télévision, d'hologrammes ou d'ordinateurs. Je veux que tu prennes une semaine de congé maladie pendant laquelle tu ne travailleras pas – du tout. Tu feras un peu d'exercice modéré chaque jour. Tu ne monteras pas à cheval et tu ne courras pas.

J'ai fixé le plancher du box.

— Si tu essaies de discuter, tu passeras les sept prochains jours à l'infirmerie. Je te laisse partir si tu t'engages personnellement à accepter ces conditions. Dans tous les cas, Max, tu obéiras.

— Bon sang, je le savais. Tu es un Borg, n'est-ce pas ?

Silence.

— O.K. Dormir, lire, manger, chier, compris.

— Est-ce que tu vas lui dire ?

C'était la grande question. Et je n'en avais honnêtement aucune idée.

— Probablement pas.

— Pourquoi ?

— Parce que je n'ai pas envie. Parce que c'est mon problème. Parce que soit ça le fera souffrir, soit il s'en fichera, ce qui me fera souffrir moi. Parce qu'il a déjà assez d'enfants qui sont morts. Choisis.

— Je comprends tes raisons, mais il a le droit de savoir.

Je ne savais pas quoi répondre.

— Comment le prendrais-tu si c'était l'inverse ?

— Il n'a pas besoin de savoir.

— Il n'y a rien de honteux à perdre un enfant.

— J'ai su que j'étais enceinte pendant environ vingt minutes, et il ne l'a jamais su du tout. Je ne pense pas que ça compte.

Même moi, je me rendais compte que ça sonnait creux.

— Et s'il l'apprend ?

— Comment pourrait-il l'apprendre ? ai-je répondu en la dévisageant.

— Réfléchis bien, Max. Tu n'es pas la seule à être impliquée.

Elle s'est levée et a marqué un temps d'hésitation. J'ai attendu. Elle n'était pas douée pour ce genre de choses. Sans me regarder, elle a dit maladroitement :

— Merci d'avoir ramené Peterson.

— Je t'en prie, Helen.

Elle a aussitôt changé de sujet.

— Tes vêtements sont là. On peut les laver si tu veux et tu pourras repartir en robe de chambre.

— Non merci. C'est littéralement tout ce que j'ai au monde.

— Avec Mme Partridge, on a récupéré certaines de tes affaires. Elle viendra te voir plus tard. Alors qu'est-ce que tu choisis, ta surveillance ou la mienne ?

— La mienne, ai-je répondu en attrapant mes vêtements.

De retour dans ma chambre, j'ai posé le cheval de Troie sur l'étagère vide et la photo à côté du lit. J'étais de nouveau chez moi. À ma place. Autour de moi, j'entendais St Mary vaquer à ses occupations. Des portes s'ouvraient et se refermaient ; des gens s'interpellaient. Les lames du plancher de ma chambre craquaient à mesure que le radiateur chauffait la pièce. J'ai reniflé – il y aurait du curry au déjeuner. À ce même moment, la semaine dernière, revenir à St Mary était tout ce dont je rêvais. Beaucoup de choses s'étaient passées cette dernière semaine. Pourquoi n'étais-je pas plus heureuse ?

Je me suis allongée sur le canapé, et tout le monde est arrivé en même temps. Peterson, libéré de l'infirmerie, est apparu en premier avec deux cartons.

— Certains de tes livres, a-t-il dit. Comment tu les classes ?

— Par ordre de plaisir.

— Merci, ça m'aide beaucoup.

— La fiction sur l'étagère du haut, par ordre alphabétique, et tout le reste en dessous par ordre chronologique.

— Apparemment, plusieurs personnes ont récupéré une partie de tes affaires avant que Barclay n'arrive. Helen a pris tes livres et Kal certains de tes vêtements. Tu auras bientôt tout récupéré.

Mme Partridge le suivait de près, chargée de dossiers et d'une longue impression papier qui traînait derrière elle.

— Mademoiselle Maxwell, j'ai des documents à vous faire signer. – Elle a reniflé et regardé autour d'elle. – Vous devriez vraiment faire la lessive.

— Avant que nous ne commencions, l'ai-je interrompue, j'aimerais vous remercier de m'avoir gardé ces deux objets. Ils signifient beaucoup pour moi. Merci beaucoup.

— Je vous en prie, mademoiselle Maxwell. Pouvons-nous commencer ? Bien, le Dr Bairstow a approuvé les dépenses suivantes. Premièrement, licenciement injuste ; vous avez été licenciée sans raison valable et la procédure n'a pas été suivie. Deuxièmement, des indemnités de subsistance pour la période que vous avez passée hors de l'institut. Troisièmement, une compensation pour la saisie illégale de vos biens personnels et de votre ordinateur. Je suis désolée que nous n'ayons pu sauver vos peintures ; tout a été détruit. Votre ordinateur a été reformaté et même le système d'exploitation a été effacé, je le crains. Quatrièmement, un rappel de salaire pour la période allant de votre renvoi à aujourd'hui, jour de votre réintégration.

— Hmm, est-ce qu'il n'y a pas une incohérence ? Vous ne pouvez pas me dédommager pour mon licenciement et en même temps dire que j'étais payée. C'est l'un ou l'autre, non ? En plus, le montant de mon salaire n'est pas correct.

Regardez-moi dire à Mme Partridge qu'elle a fait une erreur. On m'appelle Maxwell Trompe-la-mort.

— Non, je pense que les chiffres du Dr Bairstow sont corrects, a-t-elle dit d'une voix égale.

— Mais…

— Ils sont tout à fait corrects, mademoiselle Maxwell.

— Mais…

— Signe, Max, a dit Peterson. J'ai eu un deal du même genre. Pas aussi généreux que le tien, mais quand même satisfaisant. Tu as perdu plus que quiconque ici. Alors souris et signe.

C'était le Boss. C'était le Boss qui avait fait ce qu'il pouvait pour remettre les choses en ordre. J'ai regardé les colonnes de chiffres. Le total était énorme, trop énorme. J'ai secoué la tête et dit :

— Mais, madame Partridge…

La porte s'est brusquement ouverte, s'enfonçant dans mon mur déjà marqué et le chef Farrell est entré dans la pièce. Il avait une mine atroce. Encore pire que lorsque je l'avais quitté deux heures plus tôt. Son visage était hagard et des ombres mauve-vert cernaient ses yeux, sombres et brillants. J'ai pris une inspiration pour parler, mais aucun mot n'est sorti. J'ai compris dans un soulèvement d'estomac qu'il savait. J'ignorais comment, mais il savait, et il était en colère. Non, plus qu'en colère. J'avais fait une très, très grosse erreur.

Il a commencé à parler. Sa voix tremblait et j'ai réalisé avec une pointe de peur qu'il était en train de perdre le contrôle et que ça n'allait pas être joli. Les mots sont sortis d'une voix râpeuse, rappelant celle de la petite fille dans *L'Exorciste*. Ma poitrine s'est serrée.

— Quand comptais-tu me le dire ? Je pensais qu'on avait mis tout ça derrière nous, mais visiblement ce n'est pas le cas. Tu ne changeras jamais, hein ? J'ai perdu mon temps avec toi. Pourquoi tu ne m'as rien dit ?

Il fallait que je dise quelque chose. Il a marqué une pause pour reprendre son souffle, me laissant une minuscule fenêtre de tir, mais les mots ne voulaient toujours pas sortir. Peterson et Mme Partridge semblaient paralysés.

— Tu comptais ne jamais m'en parler, n'est-ce pas ? Tu ne peux même pas me parler maintenant. C'est quoi ton problème ? Tout le monde penserait – oh, je vois, bien sûr. Tu me prends pour un imbécile ? Je comprends maintenant. Ce n'était pas le mien. À qui était-il ? À toi, Peterson ? À toi ? Vous étiez très proches tous les deux. Oh, non, bien sûr que non. C'était ce fils de pute de Sussman, hein ? Tu n'as jamais eu d'yeux que pour ce connard de bon à rien. Et tu allais probablement me faire croire que c'était le mien, mais heureusement tu l'as perdu, donc tu n'as même pas eu besoin d'en parler. Et personne d'autre n'allait me le dire. Il a fallu que je l'apprenne de Barclay. Tu l'as toujours traitée de salope, mais tu vaux pas mieux qu'elle.

Il a tourné les talons et a disparu, emportant tout l'air de la pièce avec lui. Mon monde s'effondrait autour de moi. Malgré tout, je me suis ressaisie et j'ai pris une longue inspiration. Je n'allais pas craquer.

Je me suis tournée vers Mme Partridge.

— Je suis vraiment désolée, j'ai oublié ce que vous vouliez que je signe, ai-je dit à voix basse. Vous voulez bien me montrer ?

Elle a tendu le doigt en silence et j'ai déplacé le stylo à l'aveugle. La moitié de la signature a terminé sur la table, mais elle n'a pas fait de commentaire. Elle a rassemblé ses papiers, croisé mon regard, et dit calmement :

— Faites votre lessive, mademoiselle Maxwell, avant de partir, refermant la porte derrière elle. Je me suis tournée vers Peterson, qui était assis parmi mes livres, aussi immobile que la femme de Loth.

— Tim, que se passe-t-il ?

Il avait le regard perdu, dans le vide, ce qui n'est jamais bon signe.

— Tim, regarde-moi. Regarde-moi.

J'ai pris ses mains froides dans les miennes. Finalement, à mon grand soulagement, ses yeux se sont posés sur moi, mais il semblait toujours à moitié aveugle. Je comprenais ce qui n'allait pas : un choc de trop.

— Ça va aller, Tim. Reste assis là un moment pendant que je nous prépare du thé. À moins que tu ne préfères que j'aille chercher Helen ?

Qui allait avoir des choses à expliquer.

— Je n'aurais jamais imaginé que ce serait vous deux. Je pensais que rien ne pourrait vous séparer. Je n'aurais jamais imaginé qu'il… qu'il puisse… Quand on était perdus, avant ton arrivée, il n'arrêtait pas de dire : « Elle viendra. Elle viendra. » Il n'a pas douté une seule seconde que tu viendrais. Parfois, il disait : « Si elle ne peut pas venir, elle enverra quelqu'un. » Il y croyait. Et je croyais en ce qu'il croyait. – Il a dégluti. – Je nous regardais tous les quatre et je me demandais qui partirait en premier. Évidemment, ce serait Markham, à cause de ses mains, et puis je me suis dit que le Chef serait le prochain parce qu'il mourrait en essayant de le protéger, parce qu'il est comme ça, et puis Guthrie irait aider le Chef et j'aurais été le dernier encore en vie, et qu'est-ce que j'aurais ressenti ? Seul dans cet endroit ? Mais il ne perdait jamais foi en toi, et quand on a entendu ta voix à travers les haut-parleurs, il s'est assis sur un rocher, et les larmes coulaient sur son visage et il m'a dit : « Je savais qu'elle viendrait », et vous connaissant tous les deux, j'aurais mis ma main à couper que vous seriez ensemble pour toujours. Et maintenant, même pas quarante-huit heures plus tard, penser que… dire ces choses à ton sujet, te dire ça à toi, devant…

Il a secoué la tête.

J'ai serré sa main un peu plus fort.

— Ce n'est rien, Tim. Je ne sais pas de quoi il parlait…

Il a continué à secouer la tête.

— Si, tu sais. Et moi aussi.

Oui il savait. Comme Barclay apparemment. Comment ? Et pourquoi Barclay était-elle allée parler à Farrell ? Oui, c'était évident – pour créer des problèmes. Mais surtout, pourquoi avait-il accepté de lui parler ? J'étais trop fatiguée pour y réfléchir.

Nous sommes restés assis longtemps. Je lui tenais la main et lui caressais le dos. Il a soupiré.

— Ça ne me concerne pas.

— Moi non plus, ai-je dit avec entrain. Tu as faim ?

— Non. Mais si on allait prendre un des quatre repas par jour qu'on nous a prescrits ?

— Pourquoi pas ? Donne-moi dix minutes pour me laver le visage et les mains.

Je n'avais pas besoin de dix minutes, mais lui oui.

— Je te retrouve là-bas, a-t-il dit en se redressant péniblement.

Il s'est immobilisé un instant. Je lui ai souri.

— Sors de là.

J'ai essayé de m'arranger un peu avant de descendre les escaliers de la mansarde. Je passais devant les Costumes lorsque Vissell le Vicelard en est sorti, me faisant sursauter. Je me souvenais qu'il faisait partie de mon équipe du Crétacé – celui avec le nez cassé. Ça n'avait pas vraiment arrangé son apparence. Et je me souvenais aussi de lui à l'époque de ma formation. Je ne l'avais jamais aimé et il le savait. Un homme dont on pouvait légitimement se demander s'il possédait un cerveau. Je me suis immobilisée, et le duvet sur mon cou s'est dressé. Mon instinct me disait de me méfier. Merde, merde, merde.

Il s'est approché de moi.

— Salope !

Oh Seigneur, est-ce que tout le monde était au courant ? Comment la nouvelle avait-elle circulé si vite ? Est-ce que les choses allaient être toujours ainsi à présent ?

— Connard !

— Quoi ? a-t-il répliqué, pris au dépourvu.

— Pardon. Connard dur d'oreille !

— Pouffiasse !

Ah, on avançait.

— Pendant toutes ces années tu t'es comportée comme mademoiselle Parfaite, comme si tu étais trop bien pour nous et, finalement, on découvre aujourd'hui que n'importe qui peut t'avoir, mademoiselle Salope.

Il a attrapé mon bras et m'a attirée dans la pièce. Mon crâne a rebondi contre le mur.

J'étais à St Mary depuis cinq ans. On ne m'avait jamais appris à gérer les relations personnelles difficiles, mais sur le sujet des tentatives d'agression dans n'importe quel siècle, ils en avaient fait des tonnes.

J'ai attendu qu'il attrape ma veste puis j'ai tendu mes bras en arrière et tiré. Il tenait maintenant ma veste vide. J'étais loin d'avoir sa force physique, mais j'avais repéré un balai-brosse à portée de main et ça, c'était dans mes cordes. J'ai attrapé le manche et je suis passée à l'attaque. On dit « voir rouge », eh bien, c'était le cas, littéralement. J'étais tellement en colère. Une colère bouillonnante, incandescente, terrifiante. Quelque chose a explosé en moi comme un soleil enragé. J'avais besoin de faire du mal à quelqu'un, et c'était la cible parfaite. Une proie légitime !

Finalement, à bout de souffle, j'ai reculé. Il chancelait, mais il était toujours debout. J'ai avancé et lui ai balancé un coup de poing de mon autre main, sans oublier de déplier mon pouce cette fois. C'était quand même douloureux. Il s'est effondré par terre. J'ai secoué la main pour soulager la douleur en attendant qu'il se relève.

Une partie de moi était choquée et incrédule. Nous étions à St Mary, bon sang. Comment une telle chose pouvait-elle arriver ? Nous étions en train de nous effondrer. Les dégâts que Barclay avait infligés à cet institut étaient profonds.

À ce moment-là, Peterson est apparu à côté de moi avec l'air d'un homme prêt à en découdre.

— Qu'est-ce que c'est que ce bordel ?

Soudain, j'en ai eu assez. Je ne pouvais pas rester ici. C'étaient des gens dont l'opinion m'importait et cette opinion était ternie. St Mary était dans ma chair, et je souhaitais plus que tout y revenir, mais ils l'avaient détruit, pour toujours. Il fallait que je me tire d'ici. J'ai tendu la main vers une table sur laquelle était posée une tasse à café remplie de stylos et de feutres. J'ai choisi un marqueur indélébile, je me suis agenouillée à côté de Vissell et j'ai écrit « JE DÉMISSIONNE » sur son front, signant et datant mon message.

Peterson a eu un petit rire, il s'est approché et m'a pris le marqueur des mains. Il a écrit « MOI AUSSI » sur une joue, et a signé et daté l'autre joue, ramassé ma veste et nous sommes sortis. Nous avions descendu la moitié des escaliers lorsqu'il m'a demandé :

— Est-ce que tu comptes reposer ce balai ?

— Je pense pas, ai-je répondu. Je n'ai pas faim. Je vais aller au bar et passer ma dernière soirée à St Mary à me bourrer la gueule. Vous voulez bien m'accompagner, monsieur Peterson ?

— À votre service, mademoiselle Maxwell. Voyons si nous pouvons battre un record d'abus d'alcool, comportement déshonorant et emmerdement d'autrui.

— En tout cas, on a bien commencé, ai-je observé.

— Oui, mais on peut faire encore mieux.

Nous sommes entrés dans le bar, gonflés de défi, et évidemment, il n'y avait personne d'autre que les serveurs. Ils nous ont observés d'un air gêné. Comme s'ils n'avaient jamais vu une femme brandissant un balai.

— Bon, leur a dit Peterson. Nous ne travaillons plus ici, donc vous allez devoir ouvrir une note que nous réglerons à la fin de la soirée ou, plus vraisemblablement, en début de matinée. Une margarita pour la demoiselle et un single malt pour moi. Et veillez à ce que nos verres restent pleins, je signerai la note.

J'ai protesté.

— Ouais, comme si t'étais capable de tenir un stylo. Viens.

Nous avons trouvé une table et nous avons attaqué. Je buvais pour oublier la colère et la trahison. Mes propres camarades m'avaient trahie. D'autres verres sont arrivés. Peterson a signé, m'a regardée et a commandé une autre tournée.

Nous étions soit en fin d'après-midi, soit en début de soirée, selon la manière dont on voyait les choses. Étant donné que Vissell le Vicelard avait probablement fini à l'infirmerie, j'étais surprise de ne pas voir arriver de superviseurs souhaitant m'interroger. Enfin, ce n'était qu'une question de temps. Ils avaient le chic pour débarquer lorsque St Mary était au bord de l'effondrement. J'ai bu une longue gorgée et senti l'alcool commencer à faire effet.

— Tim, tu n'as pas à faire ça, tu sais. C'est mon combat.

— Quoi ? a-t-il répliqué, simulant un air horrifié. Tu vas quand même pas me laisser seul ici avec tous ces affreux personnages ?

Je l'ai regardé.

— Sérieusement.

— Si, a-t-il dit. Je dois le faire. Premièrement, je n'ai pas oublié ce que je te dois, même si ce n'est pas le cas de tout le monde ici. Quatrièmement, nous avons donné notre vie pour ce putain d'institut sans jamais rien demander en retour. Tu avais besoin de quelqu'un aujourd'hui et où étaient-ils ? – Il a désigné la pièce de sa main qui ne tenait pas le verre. – Troisièmement, j'ai eu une brillante idée pour faire fortune, et deuxièmement, je veux les voir essayer de gérer cet endroit sans historiens. Barclay a essayé et regarde ce qui lui est arrivé. D'ailleurs, je dois dire que je suis impressionné Max, c'est la première fois que je vois quelqu'un mettre deux personnes K.-O. en une journée. C'est un plaisir de boire avec toi. Hé les gars, encore deux s'il vous plaît !

— Que fera Kal quand elle reviendra et verra qu'on est partis ?

— Elle ne s'arrêtera que pour foutre le feu en partant.

— Et pour Helen et toi ?

Il a haussé les épaules.

— Je lui expliquerai et lui donnerai ma nouvelle adresse. Si elle veut me voir, elle saura où me trouver.

— Et Kal et Dieter ?

— Max, tu n'es pas responsable de tous ces gens. On est assez grands. Concentre-toi sur tes propres problèmes. Et bois !

J'ai donc bu, léché le sel sur ma lèvre inférieure, et les coins de la pièce sont devenus flous.

D'autres ont commencé à arriver petit à petit. Ils nous ont observés de loin, ce qui valait mieux pour eux. J'ai regardé mon tee-shirt taché de sang.

— C'est officiel. Je n'ai plus rien à porter.

J'ai reniflé et essuyé mon nez humide avec ma manche.

— Quelle classe, a dit Peterson d'un ton plaintif. C'est peut-être un peu tard, mais c'est pas une mauvaise idée de mélanger alcool et antibiotiques ?

— Détends-toi, ai-je dit. J'ai arrêté de les prendre pour laisser de la place pour l'alcool.

— J'admire ton sens des priorités.

— Alors, c'est quoi ton projet fantastique pour gagner de l'argent ?

— Ah oui, ça va te plaire. On va miser sur nos points forts.

— Je suis pas sûre d'en avoir en ce moment.

— Max, tes présentations sont légendaires. Celle que tu as faite sur Azincourt pour ces gamins à l'école était épique.

— Je leur ai appris l'origine du V de la victoire. Tu as vu la tête de leur prof ?

— Ils ont adoré. Ils buvaient tes paroles. Tu l'as adaptée à ton public. C'était juste ce qu'il fallait – de la boue, du sang, des batailles, de la violence et un gros final. Ils ont adoré. Comme on dit aujourd'hui : « ils étaient à fond dedans ». J'ai toujours cru que ça voulait dire autre chose, mais peut-être que je me fais vieux.

En le voyant se mettre à ruminer sur sa supposée vieillesse, je lui ai donné un coup de coude pour le ramener à la réalité.

— Ah oui, écoute, ce que je veux dire, c'est qu'on devrait faire ça de façon professionnelle. Nous renseigner sur le programme scolaire et créer nos présentations à partir de ça ; amusant et léger pour les petits, sanglant et violent pour les ados, sérieux et savant pour les étudiants. On leur fera mettre des armures, on devrait en trouver sur eBay ou à la Foire aux armures, ou un truc du genre. On leur montrera des armes, on leur apprendra quelques mouvements. On les maquillera comme des malades souffrant de la peste, de furoncles, de bubons, de pustules, ce genre de joyeusetés. On a un peu d'argent à nous deux ; assez pour commencer, donc on n'aura pas besoin de faire payer trop cher au début et ensuite, quand ils verront à quel point on est doués, on pourra augmenter un peu nos prix. Et soyons honnêtes, à nous deux, on a autant de compétences qu'un curé peut en bénir. En fait, ceux qui ne nous connaissent pas pourraient penser que nous sommes des gens tout à fait respectables.

Il était vraiment enthousiaste. Et à vrai dire, j'aimais aussi assez cette idée. Il a continué.

— Je peux faire des démonstrations de tir à l'arc. On pourrait préparer des repas médiévaux ou fournir le menu d'un dîner romain. Et pas seulement pour les écoles, mais aussi des groupes privés, des sociétés, des cours du soir. Max, ce serait vraiment amusant. Et on sera nos propres chefs. Et il est même possible qu'on gagne un peu d'argent. Réfléchis – L'histoire à but lucratif.

J'ai gardé un visage impassible et retiré mes lunettes sans trembler. Dans ma tête, les pensées fusaient à toute vitesse. L'histoire à but lucratif – était-ce comme ça que tout avait commencé ? Étais-je responsable de cette « filiale » de St Mary qui causera un tel chaos dans le futur ? Est-ce que ça a commencé de manière aussi inoffensive ? Deux personnes créant une organisation qui en viendrait à menacer St Mary et la ligne temporelle elle-même, tout ça parce que Tim et moi avions eu une mauvaise journée et une bonne idée ?

Et que répondre ? « Oui, c'est une idée fabuleuse, Tim, c'est parti ! » et me faire confiance pour empêcher les événements futurs de se diriger en terrain dangereux ?

Ou : « Non, Tim, ce n'est pas une bonne idée » et m'inquiéter qu'il le fasse tout seul ; ou pire, le fasse avec quelqu'un qui ne saurait pas ce que je sais du futur ? Ou est-ce que cela arriverait quelles que soient mes actes ? Fallait-il revenir à Calvin et à la prédestination ? Oh merde, j'étais ivre !

On nous a servi une autre tournée et Mme Partridge est apparue.

— Avec les compliments du Dr Bairstow, qui invite Mlle Maxwell à le rejoindre dès que cela l'arrange.

— Avec les compliments de Mlle Maxwell, ai-je baragouiné, qui craint qu'en raison de la quantité copieuse d'alcool consommé, cela soit non seulement peu souhaitable, mais probablement impossible, étant donné la localisation de son bureau au sommet d'un nombre de marches outrageux. Les excuses de Mlle Maxwell seraient probablement plus appropriées. Demain matin me conviendrait mieux.

— Le Dr Bairstow est actuellement en bas, dans la bibliothèque, m'a-t-elle informée.

Eh bien, ça réglait le problème.

J'ai aidé Peterson à se lever et nous avons commencé à avancer de guingois. Mme Partridge a froncé les sourcils en le regardant.

— Pour les besoins de cet exercice, a-t-il dit prudemment, vous devez considérer que Mlle Maxwell et moi sommes reliés par la hanche.

Préférant laisser couler, elle s'est mise en marche et nous avons suivi son dos désapprobateur.

Le Dr Bairstow n'était pas seul à nous attendre. Il y avait aussi le commandant Guthrie et le Pr Rapson, et ils n'avaient pas bonne mine. Nous nous sommes assis et le Boss s'est lancé.

— De la part des responsables de St Mary, j'aimerais vous présenter mes excuses, mademoiselle Maxwell. L'incident qui s'est produit cet après-midi est inexcusable et le fait que cela vous arrive à vous, aujourd'hui, est particulièrement gênant. J'espère que vous accepterez nos excuses.

J'ai marmonné quelque chose.

— C'est très généreux de votre part, a-t-il dit, choisissant d'interpréter cela comme un oui. Je peux vous assurer qu'après avoir reçu un traitement adapté dans les mains du Dr Foster (encore un envoyé à l'infirmerie grâce à moi. J'étais très en forme aujourd'hui !), M. Vissell a été expulsé de l'établissement. J'espère que vous serez bientôt capable de mettre cela derrière vous. Soyez assurée que rien de similaire ne vous arrivera plus jamais sur ce campus, que vous choisissiez de partir ou de rester.

Il a marqué une pause, attrapé son verre et bu une gorgée. Je n'arrivais pas à regarder Guthrie. Si le Boss était mortifié, je n'ose pas imaginer comment il se sentait. À côté de moi, Peterson s'est agité, trahissant son agacement.

— Je comprends votre réaction, monsieur Peterson. Mais il y a plusieurs raisons pour lesquelles je n'ai pas souhaité intervenir. Premièrement, vous êtes tous les deux capables de vous occuper de vous-mêmes. Et vous aviez besoin d'expulser tout ça de votre système. Vous comprenez, on ne peut pas simplement ordonner aux gens de bien s'entendre. Vous n'êtes pas des enfants, a-t-il ajouté, malgré toutes les preuves du contraire.

» Maintenant, concernant vos démissions, je comprends parfaitement pourquoi vous vous sentez obligée de partir, mademoiselle Maxwell, et pourquoi vous, monsieur Peterson, vous ressentez le besoin de la soutenir. Je ne vais pas, pour le moment, tenter de vous dissuader. Personne ne devrait prendre de décision importante aujourd'hui. Cependant, cet institut a besoin de se remettre sur pied et, pour ça, j'ai besoin de vous deux. Et de Mlle Black, si j'arrive à la convaincre de revenir. Par conséquent, je n'accepte pas vos démissions pour le moment. Si vous ressentez toujours la même chose – disons dans trois jours – alors, si je ne peux pas vous faire changer d'avis, je les accepterai à regret. Êtes-vous d'accord ?

Le vieux fourbe !

— Je pense que je peux parler pour nous deux, a dit lentement Peterson. Nous pouvons accepter ces conditions. Mais je dois vous dire que Max et moi avons passé la soirée à discuter de notre futur, que, pour être honnêtes, nous attendons tous les deux avec impatience. Nous pensons tous les deux qu'il est temps de repartir à zéro. Je vous dis cela uniquement pour que vous ne soyez pas surpris par notre départ.

Le jeune fourbe ! Les mots « augmentation de salaire », même s'ils n'avaient pas été prononcés, flottaient dans la pièce en lettres fluorescentes. Pour le soutenir, j'ai fait de mon mieux pour ressembler un peu moins à une ivrogne et davantage à une jeune femme promise à un avenir glorieux.

Le Boss ne voulait rien entendre.

— Dans trois jours, vous aurez peut-être changé d'avis. Nous en discuterons à ce moment-là, a-t-il dit en se levant lentement. Pendant ce temps, je vous suggère d'éviter toute source de danger. Et faites examiner votre main, mademoiselle Maxwell.

Sur ces mots, il se retira en boitant.

Derrière lui, le Pr Rapson s'est levé et s'est étiré.

— Ce n'est pas notre moment le plus glorieux, a-t-il murmuré dans sa barbe. Mais j'espère que vous déciderez tous les deux de rester.

Et il est parti. Il ne restait que Ian Guthrie, qui avait exactement la mine qu'on pouvait attendre du chef de Vissell.

— Ce n'est pas grave, commandant, ai-je dit.

— Si, a dit Peterson avec colère. Ça l'est.

— Oui, a admis Guthrie. C'est très grave, et je suis vraiment désolé, Max.

Et il est parti à son tour. Nous l'avons regardé s'éloigner.

— Je suis épuisée, ai-je dit

— Moi aussi. Je veux mon lit.

Mais la journée était loin d'être terminée.

Nous nous sommes mutuellement aidés à monter les escaliers. Nous avons dû nous arrêter deux fois pour recoordonner certains de nos membres et arrêter de glousser. Nous chantions « Stairway to Heaven » à pleins poumons lorsque nous avons trébuché sur le Chef, qui était assis en bas des escaliers conduisant à la mansarde, les avant-bras sur les genoux, la tête courbée.

— Ah ! a dit Peterson, qui cherchait manifestement la bagarre.

Farrell s'est levé.

— Je me demandais si je pouvais vous parler un instant, mademoiselle Maxwell.

— Tu rêves ! a dit Peterson sur un ton agressif. Regarde-la. C'est ce qui lui est arrivé la dernière fois que tu lui as parlé.

Combien de temps cette journée pouvait-elle encore durer ?

Le Chef a fait quelque chose qu'il avait rarement à faire.

— Rompez, monsieur Peterson.

Peterson a renâclé.

— T'es à la bourre, mon pote. On ne travaille plus ici. C'est toi qui dois partir, alors casse-toi d'ici, O.K. ?

— Vous avez démissionné ?

— Dans trois jours, ai-je dit, Tim et moi on se tire d'ici.

— Mais vous ne pouvez pas partir.

— Si.

— Je dois vraiment te parler.

— Tu n'écoutes pas, a dit Peterson. Est-ce qu'il faut qu'on en vienne aux mains ?

— Ce n'est pas nécessaire. Je voulais te dire que je partais aussi, a-t-il dit en se tournant vers moi. Comme ça, tu n'as pas à partir. J'ai postulé pour rejoindre le programme spatial.

J'ai eu une pensée pour le Boss, qui vivait vraiment une journée de merde niveau ressources humaines.

— Je voulais juste...

Sa phrase est restée en suspens. Il ne savait pas ce qu'il voulait « juste » faire.

Peterson s'est tourné vers moi.

— À toi de voir.

— Ça va aller. Regarde-le, il s'envolerait au premier coup de vent.

— Tu es sûre ?

— Qu'est-ce qui peut encore m'arriver aujourd'hui ? ai-je dit, me trompant encore une fois.

Il regimbait un peu, mais a hoché la tête.

— Pourquoi tu ne vas pas voir Helen ? ai-je dit.

Il a de nouveau hoché la tête et soupiré.

— Bonne nuit.

— Tim. Merci.

Il a lancé un regard noir au Chef.

— Ne le laisse pas t'emmerder.

Et il s'est éloigné d'une démarche chancelante.

J'ai réussi à me traîner en haut des escaliers et jusqu'à ma chambre. Je n'étais pas encore habituée à la voir si vide. J'avais fait le lit et mon sac de sport puant était posé dans un coin. J'ai entendu la voix de Mme Partridge : « Faites votre lessive, mademoiselle Maxwell ! » Le sol était toujours jonché des livres que Peterson avait rapportés.

Je ne me suis pas assise. Je suis restée au milieu de la pièce pour qu'il soit rapide et j'ai croisé les bras.

— Comment puis-je t'aider ?

Il a posé sa hanche contre le canapé pour se soutenir. Il semblait ne pas savoir quoi dire. Je détestais ça. Je ne voulais pas avoir à ressentir de nouvelles émotions compliquées aujourd'hui. Va droit au but. Mais il restait silencieux. Alors j'ai parlé.

— Chef, je comprends que tu veuilles partir. Moi aussi, je veux partir. On a tous les deux besoin de repartir à zéro. C'était sympa, mais c'était une erreur, et je comprends maintenant pourquoi le Boss déconseille les relations entre collègues. Mais on n'a pas besoin de rendre les choses plus difficiles qu'elles le sont déjà. Je suis désolée que tu ressentes le besoin de partir. C'est une perte pour St Mary, mais un gain pour le programme spatial. J'espère qu'un jour, dans un futur pas trop lointain, tu pourras repenser à tout ça et trouver quelques souvenirs heureux.

O.K., j'admets que j'aurais pu faire mieux, mais j'étais ivre, épuisée, stressée et triste. Il s'est levé brusquement, m'a regardée un moment et puis a dit, d'une voix si grave que je la reconnaissais à peine :

— Je ne veux pas être seulement un souvenir. Je sais que tu ne peux pas… que tu ne… ce n'est pas facile pour toi, mais pour moi non plus. Je ne demande pas grand-chose. Juste que tu me dises que tu m'aimes parfois.

J'ai soupiré.

— Oui, mais tu vois, c'est impossible.

Il a tourné la tête.

— Parce que je t'aime tout le temps.

Il a ouvert la bouche pour parler, mais sa poitrine s'est soulevée, et il s'est effondré sur l'accoudoir du canapé, toussant des sanglots secs et déchirants, le visage enfoui dans ses mains. Je ne savais pas quoi faire. Je ne savais vraiment pas quoi faire. Je me suis approchée de lui, j'ai passé mes bras autour de ses épaules, posé ma joue au sommet de sa tête et j'ai découvert quelque chose.

Certains comportements sont contagieux. Il suffit que quelqu'un bâille devant moi pour que je passe la journée à bâiller. Idem si quelqu'un vomit. Si je n'entends ne serait-ce qu'un haut-le-cœur, je vomis tout ce que j'ai mangé au cours des dix dernières années. Je découvrais à présent que pleurer aussi était contagieux. Alors que je me tenais contre lui, quelque chose s'est insinué dans ma poitrine et j'ai éclaté en sanglots. C'était incontrôlable. Je ne pouvais pas m'arrêter. Il a passé ses bras autour de moi et nous avons pleuré ensemble.

Ce n'était pas romantique. Ce n'était pas un doux mélange de larmes. C'était douloureux, violent... et humide. Mes larmes coulaient dans ses cheveux, les siennes trempaient l'avant de mon tee-shirt, déjà couvert de divers fluides corporels. Au bout d'un moment, nous nous sommes un peu calmés, mais il ne m'a pas lâchée. Il était vraiment mal en point. Je veux dire, encore pire que quand il est arrivé. Je ne pouvais pas laisser qui que ce soit le voir dans cet état.

L'ayant persuadé de me lâcher, je suis allée dans la salle de bain et j'ai mouillé un gant de toilette d'eau tiède. Je lui ai délicatement lavé le visage et les mains, lui ai retiré ses bottes et je l'ai mis au lit. Il s'est endormi comme une masse.

Les choses n'ont pas été si faciles pour moi. Je n'avais jamais autant pleuré, et c'était aussi désagréable que je l'imaginais. Mon crâne palpitait (mais c'était peut-être l'alcool), mes sinus étaient bouchés et ma gorge à vif. J'avais une mine effroyable, mal à la poitrine et aux mains. Je n'allais pas recommencer de sitôt. Sans faire de bruit, je me suis préparé une tasse de thé et je me suis assise pour ranger mes livres. Une demi-heure plus tard, j'avais terminé et il m'était toujours impossible de m'endormir. En plus, mon lit était occupé. J'ai regardé autour de moi, à la recherche d'une activité.

Mon sac de sport. Je l'ai tiré vers moi et j'ai commencé à trier les affaires puantes qui se trouvaient à l'intérieur. J'ai posé le sac sur le toit pour l'aérer. J'ai maladroitement retourné toutes les poches et tout enfoui dans mon panier de linge sale. Il ne restait que ma veste ; brûlée et déchirée, mais c'était toujours la seule que je possédais. J'ai commencé à tâter les poches et j'ai senti quelque chose coincé dans la doublure. Tâtonnant à l'aveugle, j'ai localisé l'objet au niveau de l'aisselle et je l'ai sorti prudemment. Et le monde a changé. Pour toujours.

Quinze

J'ai honnêtement cru que j'allais m'évanouir.

Quelle journée.

Je me suis appuyée contre le dossier du canapé et j'ai tenté de respirer profondément. Ça n'a pas aidé. Je me suis assise et penchée en avant, plaçant ma tête entre mes genoux. Ça fonctionne mieux si vous placez votre tête entre les jambes de quelqu'un d'autre, mais au bout d'un moment, j'ai commencé à retrouver mes esprits. Je me suis redressée et j'ai ouvert ma main. Il était difficile d'imaginer qu'une si petite chose puisse changer le monde.

J'avais sous les yeux une pomme de pin. Pas très grosse, seulement sept ou huit centimètres de long, et elle avait eu une journée au moins aussi merdique que la mienne. Elle était presque entièrement brûlée d'un côté et roussie de l'autre. Je l'ai posée délicatement sur la table, je me suis frotté le visage et j'ai essayé de réfléchir. Quelques minutes plus tard, je me suis levée et j'ai refait bouillir de l'eau. Puis je me suis assise pour laisser mon cerveau bouillonnant divaguer à son aise.

Une vingtaine de minutes plus tard, je me suis levée et j'ai attrapé du papier et un stylo. J'ai écrit des mots un peu au hasard. J'ai tracé des lignes pour les relier. J'étais tellement lente et maladroite qu'il m'a fallu une heure. J'avais trop mal aux mains pour écrire, aussi ai-je sorti ma table de données et dicté à voix basse. C'était le milieu de la nuit. Assise dans un petit rayon de lumière, je changeais le monde.

À partir de ces notes, j'ai maladroitement construit ma pile de données, que j'ai indexée et classée par couleurs. Mon cerveau était en ébullition, les mots se présentant à moi à mesure que j'en avais besoin. J'ai tout relu, réalisé deux organigrammes, écrit l'introduction et la conclusion, et me suis enfoncée dans le canapé. Je réalisais seulement maintenant à quel point j'étais fatiguée, courbaturée et frigorifiée. Je l'ai relu encore une fois sans rien trouver à redire. J'ai intitulé le dossier *Boss, vous allez halluciner* – manifestement, je n'avais pas encore complètement dessaoulé – et je le lui ai envoyé.

Le jour n'allait pas tarder à se lever et j'étais bien trop excitée pour dormir. Je me suis préparé une autre tasse de thé, que j'ai emportée dans la salle de bain. J'ai passé une heure dans l'eau chaude à me demander si j'avais raté quelque chose, puis je suis sortie et j'ai enfilé un vieux sweat qui était tout ce qu'il me restait. Farrell n'avait toujours pas bougé. Après avoir vérifié qu'il n'était pas mort, j'ai attrapé ma vieille veste tout abîmée et je suis sortie en silence.

Assise sur l'escalier, j'ai appelé le pauvre Peterson, qui allait probablement me haïr. Il lui a fallu un moment, mais il a fini par répondre.

— Quoi ?

— Où es-tu ?

— Étonnamment, au lit.

— Lève-toi, j'ai besoin de toi.

— Que s'est-il passé ?

— Quelque chose d'important, je dois te parler dès que possible.

— Salle à manger. Cinq minutes. Prépare du café.

Il avait une mine effroyable. Ses cheveux mouillés étaient hérissés sur sa tête, et il portait toujours ses vêtements froissés de la veille. Je lui ai tendu une tasse de café.

Jenny Fields, l'aide-cuisinière, était de service. Je l'ai interpellée.

— Sandwiches au bacon, s'il te plaît Jenny. Aussi vite que possible.

J'ai indiqué une table à Peterson.

— Tim, tu es avec moi ? J'ai besoin que tu te concentres. C'est vital.

Quelque chose dans ma voix a dû l'interpeller, puisqu'il a bu une longue gorgée de café, a brièvement fermé les yeux et a dit :

— Vas-y.

— Imagine-toi au Crétacé.

Il a hoché la tête.

— O.K., tu es à la lisière de la forêt et tu regardes en direction de la capsule. J'agite le pistolet laser.

J'ai mimé ce geste. Il a hoché la tête.

— Je m'éloigne de la capsule en courant. Il y a un putain de lézard géant à mes trousses et le Chef et Guthrie pourchassent le lézard. Tu accompagnes Markham à la capsule. Tu es toujours avec moi ?

Nouveau hochement de tête.

Je me suis penchée vers lui.

— Que s'est-il passé ensuite ? Raconte-moi tout. Avec autant de détails que possible.

C'était un si bon ami. Il n'a posé aucune question.

— Je l'ai fait entrer dans la capsule et l'ai aidé à s'asseoir. Je suis retourné à la porte que j'avais laissée ouverte pour vous, mais je ne voulais pas que quoi que ce soit d'autre entre. Je te voyais te baisser et esquiver des obstacles. Tu étais dans un creux et…

— Peu importe. Toi, qu'est-ce que tu faisais ?

— Je suis resté dans l'embrasure de la porte et j'ai regardé. J'ai senti une odeur de brûlé. Ta veste commençait à fumer. Je l'ai piétinée.

Il s'est interrompu.

— Continue.

— J'ai entendu des cris. J'ai levé la tête et j'ai vu que vous étiez tous en train de courir vers la capsule. J'ai attrapé ta veste, je l'ai un peu secouée parce qu'elle était pleine de bois et de pommes de pin, et j'ai rapidement regardé autour de moi pour vérifier que tout était à l'intérieur de la capsule – le pire CNOP de l'histoire. J'ai balancé ta veste à l'intérieur de la capsule et je suis rentré. Vous êtes apparus tous les trois et vous vous êtes engouffrés dans la capsule. Je suis tombé et tu es tombée sur moi et Guthrie est tombé sur toi. Quelqu'un a fermé la porte et dit…

— Non, peu importe. C'était cette partie qui m'intéressait.

Les sandwiches au bacon sont arrivés et nous avons tous les deux réalisé que nous étions affamés. Il m'a aidée à le couper. Il a repris du café. J'ai repris du thé. Il est allé chercher d'autres sandwiches. Lorsqu'il est revenu, il a demandé :

— Une chance pour que tu me dises de quoi il s'agit ?

— Oui, ai-je dit en ouvrant la main pour lui montrer la pomme de pin brûlée.

Pendant un long moment, il s'est contenté de la regarder, comme je l'avais fait. Puis j'ai vu le sang quitter son visage – comme le mien l'avait fait.

— Oh mon Dieu, a-t-il soufflé. Oh mon Dieu. Oh mon Dieu.

— Chut ! ai-je fait en regardant par-dessus mon épaule les personnes qui commençaient à arriver.

— Comment c'est possible ?

— Eh bien, j'ai une théorie. C'est de ça que je voulais te parler. Allons à la bibliothèque.

Nous avons trouvé un coin tranquille. Le lieu était de toute façon désert, mais je préférais être prudente. Je crois bien que c'était la première fois de ma vie que je disais ça. J'ai parlé pendant environ une demi-heure, en lui donnant simplement les grandes lignes. À la fin, j'ai demandé :

— T'en penses quoi ?

— Bon sang, Max, ce que j'en pense ? J'en pense que ça change tout. Je pense… Je pense qu'on ne partira pas dans trois jours.

— Non, ai-je admis.

— Quand vas-tu en parler au Boss ?

— C'est déjà fait. J'ai passé la nuit à rédiger une proposition, à esquisser les développements futurs et à restructurer l'institut. Il va avoir un sacré choc quand il va ouvrir ses e-mails ce matin.

— J'aimerais voir sa tête.

— Tu la verras, c'est grâce à toi tout ça.

— Quoi ?

— Eh bien, c'est toi qui as, malgré toi, placé ce petit bonhomme dans la doublure de ma veste, sortant pour la toute première fois un objet de sa ligne temporelle. C'est toi qui as fait ça, Tim. Tout ce que j'ai fait, c'est m'en mêler.

» Réfléchis. La petite pomme de pin se retrouve dans ma veste. Je la rapporte à Rushford. Je suis trop fainéante pour donner ma veste à laver à Mme de Winter comme elle me l'a demandé. On aurait pu la perdre si je l'avais fait. Je la porte quand j'arrive à l'infirmerie. Si je m'étais changée là-bas, comme ils le voulaient, on aurait encore une fois pu la perdre. Je porte encore la veste quand Vissell m'attaque et elle vole à travers la pièce. Imagine que quelqu'un ait marché dessus. Et enfin, je n'arrive pas à dormir. Je cherche quelque chose à faire et j'entends Mme Partridge dire : « Faites votre lessive, mademoiselle Maxwell », et c'est à ce moment-là, et seulement à ce moment-là, que je trouve ce petit bonhomme – qui a bien vécu, mais qui tient le coup, finalement en sécurité à St Mary.

Nous avons regardé la pomme de pin avec tendresse.

— Oui, a dit Peterson, mais c'est ça justement, non ? C'est le fait qu'il était en fin de vie qui a rendu ça possible.

Il avait compris !

— Je vais monter du café, ai-je dit nonchalamment. Je reviens dans une minute.

— Tu ne bois pas de café, a-t-il dit d'un air suspicieux.

— Non, je supporte pas ça.

J'ai récupéré un thermos de café et deux autres sandwiches au bacon à la cuisine, et je les ai montés. Il dormait toujours d'un sommeil de plomb. J'ai vérifié une nouvelle fois qu'il était vivant et j'ai laissé les victuailles sur ma table de nuit.

Je venais de rejoindre Peterson lorsque Mme Partridge est apparue ; encore quelqu'un qui ne dormait jamais, visiblement.

— J'ai fait ma lessive, ai-je dit avant qu'elle ne puisse parler.

C'était censé être une plaisanterie, mais une extraordinaire expression de soulagement est passée sur son visage. Intéressant. J'y réfléchirai plus tard. En attendant, le Boss réclamait une nouvelle fois ma présence.

— C'est parti, a dit Peterson tandis que nous grimpions les escaliers avec entrain.

Il nous a dévisagés de derrière son bureau.

— Je n'arrive pas à me souvenir d'une époque où je ne vous avais pas constamment en face de moi.

Ne trouvant rien à répondre, j'ai fait un grand sourire, juste pour l'agacer encore plus.

— Asseyez-vous, a-t-il dit. Je veux passer cela en revue avec vous deux. Pas à pas, ligne à ligne. Premièrement, je veux être absolument certain que cet – objet – vient du Crétacé, et non du parc municipal de la ville. Puis-je le voir, je vous prie ? Ainsi que la veste ?

J'ai étalé la veste sur le bureau et lui ai montré la doublure déchirée. J'ai décrit son état lorsque je l'avais achetée, avec la doublure intacte, dans une friperie un mois plus tôt. J'ai posé la pomme de pin à côté. Je lui ai expliqué comment j'avais ramassé les pommes de pin et les avais enveloppées dans ma veste. Peterson a décrit le moment où il l'avait jetée dans la capsule.

— J'aimerais que le professeur y jette un œil, a dit le Boss. Je sais qu'il ne reste pas grand-chose à étudier, mais il pourra peut-être identifier l'espèce, avec un peu de chance comme quelque chose qui n'a pas existé depuis plusieurs millions d'années. Ce serait l'idéal. Maintenant, au travail.

Pendant deux heures, nous avons étudié mes propositions. Il a tout remis en question. Je devais justifier chaque mot. Il insistait. J'insistais à mon tour. J'ai défendu mon projet sous tous les angles possibles, avancé tous les arguments qui me venaient à l'esprit. C'était difficile – le Boss est sans pitié.

Ce brave Peterson m'a soutenue dans toutes les étapes de ce pénible labeur. Je voyais les ombres se déplacer sur la moquette. L'heure du déjeuner approchait. Ma bouche est devenue sèche et Peterson commençait à s'enrouer. Je refusais de céder d'un seul pouce. J'ai arrêté de défendre et je suis passée à l'attaque. J'ai remis en question les pratiques établies de St Mary et la pensée existante. J'étais au milieu d'une diatribe lorsqu'il a levé la main.

— Ça suffit. – Il a regardé par la fenêtre pendant un moment. – Je parlerai aux superviseurs cet après-midi. Présentez-vous à mon bureau à 18 heures. Merci pour votre travail.

Et c'était tout.

— Qu'est-ce que t'en penses ? ai-je demandé à Peterson sur le chemin de la cantine.

— J'en pense que j'ai faim.

— Mais il va le faire ?

— Bien sûr que oui. C'est du génie. Il voulait juste tester ton engagement. Essaie un peu de lui dire qu'on part maintenant !

Mme Mack m'a tendu une assiette de verdure.

— Qu'est-ce que c'est que ça ?

— Une omelette aux champignons et de la salade. Ordres du médecin.

— Mais c'est vert.

— Les aliments verts sont bons pour vous.

— Je pourrais pas plutôt avoir de la glace à la menthe et aux pépites de chocolat ?

— Et voici un verre de jus d'orange.

— Quoi ?

— Vous aussi, monsieur Peterson.

— Quoi ?

— Et si vous mangez tout, il y a du crumble à la groseille juste pour vous.

Je savais qu'elle ne nous laisserait pas tomber.

— Je vais voir Helen, a dit Peterson une fois le repas terminé.

Je l'ai regardé. Il a rougi légèrement.

— On a encore du temps à rattraper.

— Tu vas devenir aveugle, ai-je répondu – et nous nous sommes séparés.

Le Chef était assis sur le lit et buvait du café dans le thermos que je lui avais apporté. Les sandwiches au bacon avaient disparu. Il semblait aller beaucoup mieux, comme tout le monde en général après avoir ingurgité du gras, des calories, du sel, du sucre et du cholestérol. Vaseux et mal rasé, mais il avait quand même meilleure mine. J'ai tiré une chaise et posé les pieds sur le lit. Nous nous sommes regardés, décidés à agir prudemment.

Il a soulevé le thermos.

— Merci.

— Je t'en prie.

J'ai pris une longue inspiration.

— Comment l'as-tu su ?

Il a soupiré.

— Je suis allé voir Barclay pour débriefer. Il y a quelque chose que nous devons savoir. Vissell la surveillait. Je pensais que j'aurais du mal à la faire parler. En fait, j'ai eu du mal à la faire taire. Elle mourrait d'envie de me le dire. Je ne sais pas ce que tu as fait à cette femme, mais elle ne t'aime vraiment pas.

— Comment l'a-t-elle su ?

— Elle se faisait soigner dans le box voisin du tien. Vissell était avec elle. Ils ont entendu tout ce que tu as dit.

— Et où est-elle maintenant ?

J'avais envie de lui rendre une petite visite.

— Pas ici, a-t-il dit d'un air évasif.

Avais-je vraiment envie de savoir ?

— Alors, a-t-il dit pour changer de sujet. Que se passe-t-il dans le monde ?

— J'ai soumis une proposition au Boss et il est en train d'y réfléchir. Il veut voir les superviseurs cet après-midi.

— Je finis ça et je te laisse tranquille.

— Il n'y a pas d'urgence.

Une pause.

— Alors, comment vas-tu ?

J'ai commencé à dire : « Parfaitement bi... » et puis j'ai réalisé mon erreur. J'ai soupiré.

— Je suis fatiguée. Très, très fatiguée. Usée jusqu'à la corde. Je suis perdue. Je ne sais pas quelle est ma place dans le monde. Je ne sais pas si je suis une héroïne ou une méchante. Mais je sais que mon monde est rempli de chagrin, de perte et de douleur, et que plus rien ne sera jamais comme avant.

Il a hoché la tête.

— Et toi, comment te sens-tu ?

Ses yeux se sont assombris de nouveau.

— J'ai honte. J'ai détruit ce qui comptait le plus au monde pour moi. J'ai tout gâché.

Je me suis souvenue de la colère et de la peur que j'avais ressenties avec Vissell, le besoin urgent de détruire tout ce qui se trouvait sur mon passage. Pour soulager ma propre souffrance en me défoulant sur les personnes autour de moi.

— Tu te trompes, ai-je dit. Tu n'as rien détruit.

Je me suis assise à côté de lui sur le lit. Il a passé son bras autour de mes épaules et a posé sa tête sur mes cheveux.

— Je suis vraiment désolé, a-t-il dit.

— Tu n'étais pas toi-même. Personne ne l'était. Je crois que tout le monde est devenu un peu fou.

— S'il te plaît, dis-moi. Dis-moi ce qui t'est vraiment arrivé, Lucy.

J'ai pris une longue inspiration.

— Je ne suis pas sûre. Quand j'ai été en état de comprendre ce qu'ils me disaient, il était déjà trop tard.

J'ai fermé les yeux et parlé et parlé, en faisant semblant de ne pas remarquer les larmes qui tombaient.

Lorsque je me suis réveillée, il avait disparu. J'ai pris une douche avant de filer dans le bureau du Boss.

Peterson m'attendait avec Mme Partridge. Nous sommes entrés directement. Le Boss était assis en compagnie du commandant Guthrie, du Pr Rapson et du chef Farrell. La table était couverte de disques, cubes, clés, bloc-notes, documents, dossiers. À voir leur tête, on devinait qu'ils y avaient passé l'après-midi.

— Bonsoir, a dit le Boss. Comme vous pouvez le voir, nous avons discuté de tout ça en détail. Messieurs, avez-vous quelque chose à ajouter ? Non ? Mademoiselle Maxwell, il y aura une réunion avec toute l'équipe demain, pendant laquelle vous présenterez vos propositions. Ensuite, nous aviserons.

J'étais surprise.

— Je pense qu'il vaut mieux que ça vienne de vous, monsieur, ai-je dit.

— Non, je veux que vous vous en chargiez.

— Très bien.

Bon sang !

Kal et Dieter sont revenus ce soir-là. Elle a frappé à ma porte et ce n'est qu'en la voyant devant moi que j'ai réalisé à quel point elle m'avait manqué. Elle avait apporté du vin, que nous avons commencé à boire. Contrairement aux autres, Kal a tout compris. Absolument tout, du moment où elle a escorté le Boss à l'infirmerie jusqu'à maintenant. Nous avons ri de la désobéissance créative de St Mary. Je lui ai parlé de la pomme de pin et nous avons discuté pendant une grande partie de la nuit. Finalement, j'ai pris une grande inspiration et je lui ai parlé de la clinique. Elle n'a rien dit, mais elle a mis son bras autour de moi. J'ai posé ma tête sur son épaule et nous nous sommes endormies.

— Bonjour tout le monde, je suis heureux de vous voir de nouveau réunis. Je souhaite un bon retour à Mlle Black et M. Dieter ; une pensée particulière à nos collègues qui sont rentrés de leur long séjour au Crétacé ; et une pensée encore plus particulière à Mlle Maxwell qui est retournée à la vie civile avec l'impact d'un petit astéroïde.

» Ces derniers mois ont été traumatisants pour tout le monde, mais je pense malgré tout que nous avons gagné plus que nous avons perdu. Un trait a été tiré sur cette période, et nous nous préparons désormais à avancer dans une nouvelle direction. Des moments palpitants nous attendent tous…

— C'est vrai qu'on se faisait chier jusqu'à présent, a murmuré Peterson.

— … et j'aimerais laisser Mlle Maxwell esquisser ses propositions pour le futur de St Mary. Mademoiselle Maxwell.

J'ai pris place avec une certaine appréhension. C'était bien pire que ma présentation à Thirsk.

— Bonjour, j'aimerais vous présenter ce petit bonhomme.

J'ai placé la pomme de pin, désormais en sécurité dans un bocal, sur la table. Les gens tendaient le cou pour mieux voir, aussi l'ai-je affichée sur l'écran.

— C'est une petite pomme de pin, longue d'environ huit centimètres, en grande partie brûlée, d'une espèce encore inconnue, et il y a trois ou quatre jours, elle vivait encore tranquillement avec ses amis au Crétacé.

Le silence s'est fait tandis qu'ils essayaient de comprendre. J'ai poursuivi.

— Vous avez devant vous le tout premier objet à avoir été transporté hors de sa ligne temporelle et ramené dans la nôtre. Pour résumer, nous avons accompli l'impossible, et sans même essayer. Imaginez ce que nous pourrions faire si nous faisions un effort.

— Mais comment ? a dit une voix que je ne reconnaissais pas. On nous a toujours dit que c'était impossible.

Un murmure d'approbation s'est propagé.

— C'est vrai, ai-je dit. Mais la première chose que l'on remarque chez ce spécimen est à quel point il est abîmé. Deux minutes de plus et il aurait été entièrement détruit.

Je me suis interrompue et les ai regardés pour voir qui comprendrait en premier.

Dieter s'est levé.

— Tu as pu le ramener justement parce qu'il était sur le point d'être détruit. Il n'avait aucun futur ; par conséquent, il ne pouvait pas influencer la ligne temporelle puisqu'il n'existerait plus. C'est ça, n'est-ce pas ?

Je lui ai adressé un grand sourire. Champion !

— Je pense que la raison pour laquelle toutes les tentatives précédentes ont échoué est que ces objets avaient encore une existence dans le futur ; ils avaient un rôle à jouer, par conséquent l'Histoire ne pouvait pas le permettre. Prenez la Joconde par exemple. Pensez à tous les événements dans lesquels elle a été impliquée au fil des siècles. Maintenant imaginez ce qui se passerait si nous avions volé le portrait à Leonardo alors que la peinture était encore fraîche et l'avions transporté ici, dans le futur. Ces événements n'auraient pas eu lieu. Nous aurions changé l'Histoire, ce qui n'aurait pas été une bonne chose. Mais si nous réfléchissons en termes de mission de sauvetage, alors toutes sortes de possibilités s'offrent à nous.

Certains semblaient intéressés, d'autres plus circonspects.

— Laissez-moi vous donner un exemple. Monsieur Murdoch, vous voulez bien vous lever ?

Je l'ai choisi lui, parce que si j'avais choisi Peterson ou Dieter, tout le monde aurait pensé qu'ils étaient dans le coup.

— Félicitations, monsieur Murdoch, ai-je dit alors qu'il se tenait mal à l'aise à côté de moi. Vous êtes désormais Tarquin le Superbe, dernier roi de Rome.

— N'importe quoi. Aucun roi ne porte un nom aussi ridicule.

— Eh bien si. Mesdames et messieurs, j'ai l'honneur de vous présenter le roi Tarquin le Superbe, dirigeant bienveillant et éclairé de Rome.

Les républicains du public ont commencé à huer et à siffler. Dave, en revanche, s'est levé et lui a adressé un salut royal.

Au fond du hall, Sibyl de Winter a décroisé les bras et m'a regardée d'un air étrange.

— Le roi Tarquin vaque à ses affaires quotidiennes, administrant la justice, prélevant les impôts et autres tâches de souverain, lorsqu'on lui annonce qu'une vieille bique dépenaillée – non, pas moi, monsieur Markham – souhaite lui parler. Quelque peu surpris, il ordonne à ses employés de faire venir la vieille femme. Elle est sale, vêtue de guenilles et s'est visiblement enfuie d'une institution de soins quelconque. Elle pose neuf livres devant le roi. À l'époque, évidemment, il s'agissait de parchemins, qu'elle dépose soigneusement, un par un, à ses pieds. Elle propose ensuite de les lui vendre, mais sans qu'il puisse en connaître le contenu. Amusé, il demande le prix. Elle répond une somme qui correspond au budget entier du pays pour un an. Tout le monde éclate de rire, dont le roi.

— Oh ! oh ! oh ! a fait Murdoch, jouant son rôle à la perfection.

— Il lui demande pourquoi il achèterait ces livres à un tel prix. « Qu'ont-ils de si important ? » Elle ne répond pas. Elle dit simplement : « Oui ou non ? » Évidemment, le roi dit non.

— Non, a tonitrué Murdoch d'un air royal.

— La vieille femme ne dit rien. Elle récupère les parchemins et quitte la salle d'audience. Pris d'une impulsion soudaine, le roi ordonne à l'un de ses sbires de la suivre…

Murdoch a agité le bras, manquant de m'arracher la tête.

— … pour découvrir ce qu'elle fera ensuite. L'homme revient et lui dit qu'elle est allée dans la cour, a pris trois des livres et les a brûlés. Puis elle est partie.

» Tout le monde en conclut que la femme est une illuminée, et plus personne n'y pense. Mais le lendemain, à la surprise de tous, elle revient, avec seulement six manuscrits cette fois. Encore une fois, elle dispose les livres devant le roi. Encore une fois, elle demande le même prix : le budget entier du pays pour un an, mais seulement pour six livres. Cette fois, personne ne rit. Alors, monsieur Murdoch, que feriez-vous ?

J'ai réalisé un peu trop tard qu'il allait probablement suggérer de tuer la vieille et de prendre les livres sans payer. Mais j'avais tort. Il était parfait, et quand je pense à ce qui lui est arrivé plus tard, ça me fend le cœur.

Il est resté un moment silencieux avant de répondre.

— Que contiennent les livres ?

— Personne ne le sait. Peut-être rien ; peut-être les secrets de l'univers. Mais ça vous coûtera le budget entier de votre pays pour le découvrir. Que faites-vous ?

— Oui ! a crié quelqu'un au fond de la salle.

— Non ! ont crié plusieurs autres voix.

Il a froncé les sourcils et s'est tourné vers moi.

— Il n'y a aucun moyen de savoir ce qu'ils contiennent ?

— Aucun.

— Alors non. Je ne gaspille pas cet argent. Si je n'achète pas les livres, je n'ai rien perdu.

— En êtes-vous sûr ?

— Non.

— Le roi non plus. La légende dit qu'il a réfléchi longuement mais, finalement, il a dit non. Encore une fois, elle a récupéré les livres en silence et elle est partie.

Sans que je lui demande quoi que ce soit, le roi Murdoch a royalement demandé à un employé de la suivre et de revenir lui dire ce qu'il en était. Je lui ai adressé un regard. Il m'a souri en retour. Maintenant, je comprenais comment se sentait le Boss parfois.

Mme de Winter souriait et secouait la tête.

J'ai repris mon histoire.

— Encore une fois, le soldat explique qu'une fois sortie, elle a brûlé trois des livres et qu'il n'en restait que trois. Le roi, ai-je ajouté avec emphase, ne dit rien.

» Le troisième jour, elle revient avec les trois livres restants, qu'elle pose une nouvelle fois aux pieds du roi et propose de lui vendre. « Combien ? » demande le roi, même s'il connaissait déjà la réponse. Elle lui donne le prix. Le roi regarde les trois livres restants. Cette fois, la salle est plongée dans le silence. Comme toujours, la vieille femme ne dit rien. Elle n'en a pas besoin. S'il refuse, elle brûlera les trois derniers livres et personne ne la reverra jamais. Alors, monsieur Murdoch. *C'est la seule chance que vous avez.*

Les mots sonnaient étrangement. Je me suis tournée vers Mme de Winter, dont le visage affichait un petit sourire. Je me suis de nouveau tournée vers le roi Dave.

— Que décidez-vous ?

Tous les regards étaient sur lui. Il se frottait la nuque en me regardant d'un air indécis. On aurait vraiment pu croire qu'il y avait trois livres à ses pieds et que le futur de son royaume dépendait de sa réponse.

— Oui, a-t-il dit d'une voix forte. Je les achète.

Nous étions tous tellement captivés par l'histoire que des applaudissements ont retenti. Je lui ai tapoté l'épaule.

— Merci, Dave. Vous avez été super. Vous pouvez retourner vous asseoir.

— Ah non, non, non. Je veux savoir ce que contiennent les livres. Après tout, je les ai payés.

— Eh bien, les trois livres ont été emmenés dans la partie la plus profonde de la crypte du temple de Jupiter et examinés par les hommes les plus sages du royaume. Ils ne contenaient aucune prophétie, comme beaucoup le pensaient, mais les observations religieuses nécessaires pour éviter de grandes catastrophes. Ils étaient si importants pour les Romains que dix, et plus tard quinze citoyens, ont été choisis pour les garder. Ces citoyens n'avaient aucun autre rôle que celui de s'assurer que rien n'arriverait à ces livres.

» Rome, comme nous le savons, a conquis l'Italie avant de s'étendre sur le monde connu. Les livres étaient appelés les « Livres sibyllins » d'après le nom de leur ancienne propriétaire, la vieille femme, Sibyl. On disait que quelle que soit la crise que connaîtrait Rome, de l'aide et des conseils seraient trouvés dans les trois « Livres sibyllins ». C'était un des trésors les plus précieux de l'Empire, et ils étaient surveillés nuit et jour pour éviter qu'ils ne tombent entre de mauvaises mains. Finalement, les livres n'ont été perdus que parce que Stilicon a ordonné leur destruction lorsque Alaric et ses barbares se sont trouvés aux portes de la ville. On ne peut pas s'empêcher de se demander : si ces trois livres avaient pu accomplir autant, qu'auraient-ils pu faire avec les neuf ?

Polly Perkins s'est levée.

— Êtes-vous en train de dire que nous pouvons aller sauver les six Livres sibyllins ?

— Nous pourrions en effet, mademoiselle Perkins, mais est-ce qu'il ne vaudrait pas mieux aller sauver les neuf ?

— Mais ils ont gardé les trois derniers.

— Qui ont quand même été détruits. Il suffit de choisir le bon moment.

Un courant électrique parcourait le hall.

Mme de Winter riait.

— Et ce n'est pas tout. Si on y réfléchit, il y a de nombreux exemples de trésors perdus au fil des ans. La grande bibliothèque d'Alexandrie, dont on dit qu'elle contenait un exemplaire de tous les livres du monde, est partie en flammes pas moins de trois fois. Qui peut imaginer ce qui a été perdu ? Rome elle-même a brûlé sous le règne de l'empereur Néron. Saint-Paul pendant le grand incendie de Londres en 1666. Les possibilités sont presque infinies.

— Mais comment pourrions-nous faire tout ça ? a demandé une voix. Sauf votre respect, vous n'êtes que trois. Ce travail serait-il fait à la place ou en plus de notre travail pour Thirsk ?

C'était l'opportunité que j'attendais. J'ai jeté un coup d'œil au Boss, qui a légèrement hoché la tête.

— Eh bien, réfléchissez-y un moment. Nous ne sommes pas que trois, n'est-ce pas ? Il y a au moins onze historiens dans cet institut.

Ils n'ont pas compris au début, et puis les têtes ont commencé à se tourner vers la rangée du fond, où étaient assis nos huit apprentis. On lisait sur leur visage l'expression habituelle de l'apprenti de St Mary – un mélange d'épuisement, de confusion et de terreur.

Je me suis lancée.

— Nous proposons de diviser cet institut en trois sections. La première poursuivra le travail déjà commencé. Les membres de cette section seront appelés les Éclaireurs. Votre mission, ai-je dit en m'adressant directement à la rangée du fond, se résumera à ça : éclairer le chemin. Vous établirez, visiterez et confirmerez les coordonnées d'événements historiques clés. Dans de nombreux cas, vous serez les premiers sur place. Votre mission sera de structurer et de maintenir notre Carte temporelle. On vous demandera, dès que vous serez plus expérimentés, d'aider dans d'autres opérations. Vous participerez aussi à l'entraînement des nouveaux Éclaireurs. Félicitations à vous – vous venez de monter en grade.

» La deuxième section sera responsable de la surveillance de la ligne temporelle et de l'identification de toute anomalie. Il y aura beaucoup d'interactions, et ce n'est pas un métier pour les âmes sensibles. En plus des dangers habituels du métier, il y aura presque certainement des interférences hostiles du futur. Vous vous souvenez tous de notre succès au Crétacé. Ne vous méprenez pas, nous avons eu de la chance. Aucun dommage permanent n'a été subi, en tout cas pas de notre côté. Dans le futur, nous devrons être plus prudents. Nous ne sommes pas les seuls à faire ce que nous faisons, et les autres n'ont absolument rien à faire de la continuité temporelle tant qu'il y a du profit à la clé. Cette stupidité nous met tous en danger. Cette section ne sera pas permanente, mais elle sera établie en fonction des besoins. Il va sans dire que les besoins de cette section auront toujours la priorité sur tout engagement existant.

» La troisième section, comme je l'ai déjà dit, sera dédiée aux missions de sauvetage. Ce sera notre rôle principal dans le futur et cela concernera l'intégralité de l'institut. Prenons, par exemple, Alexandrie. Imaginez que nous partions secourir le contenu de la grande bibliothèque. L'équipe pour cette mission comprendra au moins un historien pour préparer le thé, des membres de la sécurité entraînés à la lutte contre les incendies, ainsi que des membres de notre équipe de recherche pour nous conseiller sur les livres à sauver. Et ça ne s'arrêtera pas là. Nous aurons besoin de personnel médical, d'archivistes pouvant nous conseiller sur la meilleure manière de conserver ces documents, et une personne ayant des connaissances archéologiques pour trouver l'endroit où les cacher. Réfléchissez, nous ne pouvons pas ramener quoi que ce soit à notre époque et risquer une contamination. Il faudra gérer tout ça sur place, les stocker et les cacher jusqu'à ce que, et c'est là que c'est vraiment du génie, nous donnions un tuyau à Thirsk. Ils organiseront une expédition basée sur les informations que nous leur transmettrons et ils feront la découverte archéologique de la décennie. Peut-être même du siècle. Et une fois que nous aurons fait ça deux ou trois fois, notre réputation sera telle qu'ils iront partout où nous leur dirons d'aller, et non plus l'inverse, et nous n'aurons plus jamais à nous inquiéter du financement.

Je marquai une pause pour reprendre mon souffle. Je ne les avais jamais connus si silencieux. Je sais que personne n'osait jamais interrompre le Boss en plein discours, mais je m'attendais à un peu de chahut.

— Bien, je sais que ce n'est pas ce pourquoi certains d'entre vous ont signé. Vous avez vu les historiens quitter cet institut comme des laxatifs dans le corps d'une grand-mère de petite taille. Je souhaiterais donc insister sur le fait qu'il n'y a aucune obligation ; si vous ne voulez pas le faire, aucun problème. Je vous garantis personnellement qu'il n'y aura aucune répercussion. Je vous laisse y réfléchir. Parlez-en à vos chefs de section et…

— J'en suis, a dit Dieter en se levant.

— Eh bien, tu as la mémoire courte, ai-je répondu avec un grand sourire. La dernière fois qu'on s'est parlé, tu as juré que tu n'irais même plus à la cantine si tu savais que j'y étais !

— Ouais, O.K., mais tant que tu ne conduis pas, ça devrait aller. Mais oui, je veux le faire. Tu peux m'inscrire.

D'autres se sont levés. C'était encourageant. Les choses s'amélioraient. Le Pr Rapson a agité une feuille de papier.

— J'ai rassemblé quelques idées de futurs sauvetages, a-t-il dit. Des grosses missions, d'autres plus modestes et j'accepte toutes les suggestions.

Des bavardages excités ont rempli la salle.

— La partie perdue de la tapisserie de Bayeux.

— Le livre d'Aristarque sur le système héliocentrique.

— Quoi ?

— Ce type qui a dit que la Terre tournait autour du Soleil.

— Oh.

— Des tas d'œuvres de William Blake ont été perdues.

— Et le Margitès d'Homère ? ai-je dit, temporairement dissipée.

C'est toujours un risque avec les historiens.

Et puis, sur le côté, j'ai aperçu Jenny Fields. Ses lèvres bougeaient, mais elle était tellement discrète que je ne l'entendais pas.

— La ferme, tout le monde, ai-je crié. Que dis-tu, Jenny ?

— Les dodos. On pourrait ramener les dodos.

Et ça a été le moment. Le moment où le véritable potentiel de tout ce que nous pouvions accomplir nous est apparu. C'est le moment où l'imagination de tout le monde s'est emballée et où rien ne pouvait plus nous arrêter.

Seize

Dieter a froncé les sourcils.

— Si nous allons vraiment à Alexandrie, il nous faudra quelque chose de plus grand qu'une capsule classique. Quelque chose qui pourrait héberger jusqu'à, disons dix personnes, et qui comporte une zone de travail.

— Et de la place pour l'équipement, a ajouté une voix.

— Et une zone de stockage, a dit quelqu'un du R&D. Des contenants adaptés au stockage de manuscrits sur le long terme. Et soit une sorte de résine ou de gomme pour les sceller, soit le matériel nécessaire à leur fabrication.

— Du bitume. Pourquoi pas du bitume ? Les manuscrits de la mer Morte ont été conservés avec du bitume.

— Mais ça ne doit pas être trop gros. Ça doit passer relativement inaperçu. On ne veut pas d'un truc de la taille d'une mairie. On ne parle pas de Thunderbird 2.

Le Chef a pris la parole.

— On peut quand même fabriquer une capsule plus grande, qui serait ravitaillée par des capsules de taille normale qui permettraient aussi la rotation du personnel ; comme un service de navettes.

— Il faudrait que ce soit assez gros pour l'équipement anti-incendie, a ajouté Guthrie.

— Nous aurions différents containers pour l'équipement anti-incendie, pour le sauvetage sous-marin ou l'excavation, et il suffirait de charger celui dont on aurait besoin.

— Comment savoir lequel prendre ?

Kal et Peterson ont rejoint la conversation.

— Il faudra organiser des sauts de reconnaissance. Parcourir la bibliothèque. Voir où se trouve chaque chose. De quoi est fait le bâtiment. Localiser la source d'eau la plus proche. Les Éclaireurs pourront s'en charger.

— Je pense que mon équipe peut aider, a proposé Guthrie. J'ai deux anciens pompiers.

Il s'est éloigné, a crié les noms de Weller et d'Evans, et une petite foule s'est réunie autour d'eux.

— Nous aurons aussi besoin d'une équipe pour trouver des méthodes de stockage appropriées, a dit Peterson. Il faudra tout récupérer sur place. Il faut que ce soit contemporain. Toute anomalie serait un désastre.

— Le Dr Dowson est la personne la plus qualifiée pour ça, a dit le Pr Rapson. Il faudra aussi qu'il nous fournisse une liste des manuscrits souhaités, juste au cas où nous aurions le temps de choisir, plutôt que d'utiliser la méthode chère à St Mary consistant à attraper la première chose qui nous tombe sous la main et à prendre nos jambes à notre cou.

Dieter avait sorti son bloc-notes, sur lequel il pianotait furieusement.

— Disons dix personnes à bord, de la nourriture et de l'eau pour dix jours – madame Mack, combien de…

Il disparut vers le personnel de cuisine, emportant avec lui la fin de sa phrase.

Tout autour de moi, des groupes commençaient à se former. Les gens tiraient des tables, sortaient leur bloc-notes, couraient d'un groupe à l'autre, traînant de longues sorties papier derrière eux. Des piles de données ont commencé à apparaître, scintillantes et fantomatiques.

— Dieu tout-puissant, nous avons créé un monstre, a dit calmement le Boss, qui venait d'apparaître derrière moi. Peterson, arrêtez d'écrire sur les murs. Vous ne savez pas que c'est un bâtiment classé ?

Des tableaux blancs ont été apportés. Le niveau sonore était impressionnant. Je ne contrôlais plus rien. Je me suis tournée vers le Boss, qui a haussé les épaules. « Bienvenue dans mon monde. »

Je me suis dirigée vers le Chef et son équipe, qui étaient penchés sur une table holographique.

— Et si nous plaçons des portes à chaque extrémité, disait quelqu'un, alors le matériel, l'équipement, peu importe, pourra entrer et sortir en roulant. Pas de marche arrière. Nous sortons l'équipement et l'emplacement libre devient une zone de travail. Ensuite nous pouvons installer les logements à l'étage, ou sur une mezzanine, pour ne pas gêner. Comme ça, les réservoirs peuvent aller ici…

Il y a eu une pluie de protestations.

Je les ai laissés débattre et j'ai rejoint Guthrie.

— Je dis qu'on ne peut pas utiliser de mousse, c'est trop moderne. Nous ne pouvons pas non plus utiliser d'eau – aucun intérêt à sauver les livres si c'est pour les noyer ensuite. Nous avons besoin de tapis anti-feu – il faudra demander au Pr Rapson de voir en quoi ils peuvent être faits. Et des piliers équipés de crochets. Et des échelles en bois, mais il faudrait qu'on puisse les traiter avec un matériau ignifuge…

— Et l'équipement de protection ? Qu'allons-nous porter ? Est-ce qu'il faudra qu'on lutte contre le feu en sandales et en tunique ? Est-ce qu'il y aura des autochtones ? À quel point faut-il que nous passions inaperçus ? Professeur… ?

— Et des médecins de terrain. Tout le monde devra être entraîné à soigner les brûlures et les fractures. Peut-être qu'au moins un docteur devrait faire partie de l'équipe. Docteur Foster… ?

Je les ai laissés discuter et me suis dirigée vers Mme Mack.

— Dix personnes, disons trois repas par jour pendant dix jours. Ça fait trente fois dix… Est-ce qu'ils auront du matériel de cuisine ? Ou est-ce qu'ils dépendront uniquement des provisions apportées par la navette ? Et l'eau ? Ils vont avoir chaud et soif. Combien pèse un cube d'eau ? – Elle a levé la tête et remarqué ma présence. – Eh bien, mademoiselle Maxwell, vous avez laissé entrer le loup dans la bergerie, n'est-ce pas ? Dire qu'il y a deux jours, nous étions au bord de l'effondrement.

J'ai souri.

— Je ne veux pas vous interrompre, mais je veux que cette effervescence dure aussi longtemps que possible. De bonnes choses sont en train de se passer. Vous pouvez nous apporter de quoi boire et manger ?

— Je m'en suis déjà occupée. Soupe et sandwiches dans dix minutes.

— J'aurais dû m'en douter. Et vous et votre équipe, madame Mack ? Arriverai-je à vous convaincre de mettre le pied hors de St Mary ?

Elle m'a répondu avec un grand sourire, dans lequel j'ai aperçu la jeune femme qui avait pris les armes avec son mari la nuit où ils avaient expulsé les fascistes de Cardiff. Elle serait là.

Même le déjeuner n'a pas réussi à nous ralentir. Deux heures plus tard, le hall ressemblait à une zone de guerre. Le sol était jonché de documents, de tasses et d'assiettes en plastique. Presque toutes les surfaces étaient couvertes de blocs-notes, disques, clés, cubes, papiers, dossiers et divers détritus. Trois ou quatre piles de données inachevées tournaient lentement dans le vide. Les tableaux blancs étaient entièrement noircis. Le bruit avait considérablement diminué. On s'attaquait maintenant aux détails.

Je me suis assise sur les marches avec Kal et Peterson. Ensemble, nous avons réalisé une ébauche de programme et une pile de demandes pour les autres équipes.

Et puis un cri a retenti.

— Max ! Par ici une minute !

Je me suis forcée à me lever et me suis traînée jusqu'à la table de Dieter. Des centaines de morceaux de papier recouvraient la surface. Des équations, des diagrammes, des esquisses, des listes griffonnées – ils n'avaient vraiment pas chômé ici.

— Regarde, a dit Dieter en étalant une grande feuille de papier par-dessus le reste. C'est une esquisse de la capsule vue de l'extérieur.

Il a bloqué les coins avec une tasse de café froid, deux cubes et un bloc-notes qui traînait. Nous nous sommes rassemblés autour.

La capsule était rectangulaire et son toit était plat.

— Le toit pourra fournir une zone de travail supplémentaire.

Il y a une porte à chaque extrémité de la capsule. Ici et ici. Les portes se transforment en rampes, et ici nous avons…

Le Boss m'a tapoté l'épaule.

— Au boulot, mademoiselle Maxwell. Vous avez un mois.

Et c'est ainsi que nous nous apprêtions à partir à Alexandrie.

Un mois plus tard, je me tenais devant la porte du bureau, profitant de quelques minutes de calme. J'avais travaillé vraiment très dur là-dessus. De fait, nous avions tous travaillé très dur, mais c'était moi qui prenais les décisions. Et c'était moi qui présentais. Mon mois était terminé. Il était temps de passer à l'action.

J'ai pris une longue inspiration et ouvert la porte. Mme Partridge a levé les yeux.

— Entrez, mademoiselle Maxwell ; ils vous attendent.

J'ai serré mes notes encore plus fort et je suis entrée. Elle avait raison ; ils m'attendaient tous. Le Boss était assis à sa place habituelle en tête de table, le chef Farrell à sa droite, le commandant Guthrie à sa gauche. À côté de ce dernier se trouvaient Helen Foster, puis Mme Mack et Mme Enderby des Costumes. De l'autre côté, le Pr Rapson et le Dr Dowson, qui n'auraient probablement pas dû être autorisés à s'asseoir côte à côte.

Ils étaient tous là. J'avais insisté pour que tous les départements soient représentés, mais à l'époque, je n'aurais jamais imaginé que ce serait moi qui dirigerais le briefing.

Mme Partridge a rejoint Kal, Peterson, Dieter et Jamie Cameron du R&D, qui étaient tous assis le long d'un mur. Tout le monde avait ouvert son carnet et me dévisageait d'un air enthousiaste et impatient. Le Boss m'a fait signe de commencer d'un signe de tête. J'ai bien failli tourner les talons et partir en courant.

— Bonjour à tous. C'est un briefing en trois parties : un rapide aperçu du contexte, un récapitulatif de l'avancement des différentes équipes et un planning provisoire.

» Nous allons commencer avec le contexte.

» Ptolémée II d'Égypte a fondé la bibliothèque d'Alexandrie au début du IIIe siècle av. J.-C. Selon les estimations, elle contenait entre 400 000 et 700 000 manuscrits, même s'il est possible que la quantité exacte ait été bien supérieure, ou bien inférieure. Personne ne sait réellement. Ne prenez pas cet air consterné, nous ne serons en mesure d'en sauver qu'une infime partie.

» Comme il y a des doutes quant au contenu de la bibliothèque principale à ce jour, nous avons décidé de cibler son annexe, qui se trouve dans le sérapéum et dont la destruction est très bien documentée.

» En 391 ap. J.-C., Théophile, le patriarche d'Alexandrie, lance une campagne anti-paganisme dans la ville. Il incite les chrétiens à détruire le sérapéum et d'autres sites païens. La foule, évidemment, ne se fait pas prier. C'est donc lorsque la bibliothèque prendra feu et que des combats éclateront un peu partout que nous nous mettrons au travail.

» Grâce aux Éclaireurs, nous connaissons désormais la localisation exacte du sérapéum. Nous connaissons aussi l'agencement interne. Il y a plusieurs zones, chacune consacrée à un sujet unique – les mathématiques, l'astronomie, les sciences naturelles, l'anatomie, l'histoire antique, le discours scientifique, etc.

» Les plans détaillés se trouvent dans vos dossiers. Les zones d'atterrissage sont signalées en jaune, avec le numéro de la capsule. C'est grand, mais pas si grand que ça. Pour éviter qu'une capsule ne se matérialise à l'intérieur d'un mur, le chef Farrell entrera personnellement toutes les coordonnées.

» Ce à quoi nous devons faire attention, en revanche, c'est le chaos qui régnera autour de nous. Mais si nous nous montrons assez prudents, tout ira bien.

Quelqu'un a soufflé d'un air dédaigneux.

— Des questions ?

Apparemment non.

— Chef Farrell, pouvons-nous faire le point sur l'avancement de la nouvelle capsule ?

Il a levé les yeux.

— Nous sommes dans les temps. Il reste quelques difficultés logistiques avec l'organisation interne, mais rien d'insurmontable. Nous n'aurons pas le temps pour la coquille extérieure, mais nous pourrons nous en occuper plus tard. Personne d'autre que nous ne la verra. J'aimerais profiter de cette opportunité pour rappeler à tout le monde qu'Hawking sera fermée à tout le personnel à l'exception de M. Dieter et de moi-même pendant trois jours, à partir d'après-demain. Merci d'informer vos équipes qu'il n'y aura aucun accès possible pour quelque raison que ce soit jusqu'à ce que nous donnions le feu vert.

Dieu sait ce qu'ils fabriquaient là-dedans. Il était inutile de poser la question. J'avais essayé et il s'était contenté de sourire. Tellement pénible.

J'ai poursuivi.

— Docteur Foster, vous êtes responsable de tout ce qui touche au médical. Comment avance la formation ?

— Nous avons déjà vu les brûlures aux premier, second, troisième et quatrième degrés et les effets de l'inhalation de fumée. Nous en sommes maintenant au traitement des blessures par écrasement. Tous ceux qui partent en mission devront repasser leur examen de médecine de terrain. Mais nous sommes dans les temps.

J'ai hoché la tête.

— Docteur Dowson ?

— J'ai localisé un emplacement où nous pourrons cacher tout ce que nous parviendrons à sauver. C'est une zone assez proche d'Alexandrie, mais qui devrait rester entièrement inexplorée pendant deux mille ans. Vous comprenez bien que je ne peux donner aucune garantie ?

— Nous comprenons, docteur. Et cette zone se trouve en Égypte, bien sûr. Une règle inviolable pour le futur, sachez-le. Tout ce que nous sauvons reste dans le pays où nous l'avons trouvé. C'est un trésor égyptien. Il restera en Égypte.

» Professeur Rapson, il me semble que vous êtes déjà allé à Alexandrie.

Il y était effectivement allé, astucieusement déguisé en chercheur distrait. Pas vraiment un déguisement donc. Nous l'avions simplement enveloppé d'un drap et lui avions indiqué Alexandrie.

— J'ai réussi à localiser une source de jarres en terre cuite qui devraient convenir, Max. Je peux y retourner et conclure la vente dès que vous êtes prêts.

— Comment payez-vous ?

Nous ne pouvions payer qu'avec une monnaie de l'époque.

— Nous avons... convaincu le département d'Égyptologie de Thirsk de se séparer d'un ou deux petits trésors.

— Excellent. Madame Mack ?

— Oui, Max.

Elle était assise avec son carnet, tout ouïe.

— Nous avons besoin que vous nous fournissiez de l'eau et de la nourriture. Le Dr Dowson m'a informée que le site B ne contenait aucune source d'eau. Comme nous ne savons pas combien de documents nous parviendrons à sauver, ni combien de temps il nous faudra pour tout empaqueter et emmener dans la chaleur du désert, nous n'avons aucune idée de la quantité de provisions dont nous avons besoin.

— Ça ne devrait pas être un problème, a dit le Chef. On peut organiser un service de capsules navettes qui transportera les provisions sur demande.

— Bien, ai-je dit. Organisez-vous entre vous et tenez-moi au courant.

J'étais vraiment cruelle d'ignorer la personne qui bondissait d'excitation à côté de moi. J'ai finalement mis fin à ses souffrances et lui ai souri.

— Madame Enderby. – Elle rayonnait. – Nous avons besoin que le département des Costumes nous fournisse des vêtements ignifugés, un abri en toile pour nous protéger du soleil, et quelque chose de stérile à porter lorsque nous travaillerons. C'est extrêmement important. Toute découverte archéologique est sujette à un examen minutieux. C'est d'autant plus important pour ce que nous nous apprêtons à faire. Les gens vont crier à la contrefaçon si le moindre détail leur paraît bizarre. Et si on se plante là-dessus, on ne nous fera plus jamais confiance. Ce sera la fin. Nous ne pouvons pas nous tromper. C'est pour cette raison qu'il est important de minimiser au maximum nos contacts avec les manuscrits. Toutes les têtes devront être couvertes – aucun rapport avec la religion, ou le soleil d'ailleurs –, mais nous ne pouvons pas nous permettre de laisser tomber un cheveu sur ces manuscrits.

Surtout si ce cheveu est couvert de produit capillaire moderne. Je ne sais pas ce qui survivrait à deux millénaires, mais je ne veux prendre aucun risque. Nous ne voulons pas contraindre les scientifiques à se demander si les Anciens utilisaient vraiment du shampoing antipelliculaire. Donc, madame Enderby, je veux que vous soyez extrêmement rigoureuse. Et pas de crème solaire sur les manuscrits. Des gants en coton. Nous ne savons pas comment les produits chimiques réagiront avec le papyrus sur une si longue période.

» Des questions avant que nous passions au planning ?

Ils ont secoué la tête, tripoté leurs documents, rangé leurs blocs-notes et nous avons poursuivi.

— Professeur Rapson, vous et votre équipe vous rendrez à Alexandrie, site A, pour acquérir les jarres, le matériel nécessaire à la fabrication du bitume, des provisions, etc. et vous les emporterez au Dr Dowson, sur le site B. Vous serez dans la capsule Trois. M. Dieter vous accompagnera.

» Docteur Dowson, votre équipe sera dans TB2 et vous sauterez directement au site B, l'emplacement d'enfouissement, pour préparer le terrain et attendre le professeur. Le chef Farrell vous accompagnera.

» L'équipe de sauvetage des manuscrits, que je dirigerai, utilisera la capsule Un, qui est la plus petite. Il y a trois équipes – la mienne, avec Markham et Van Owen ; celle de M. Peterson avec Schiller et Evans ; et celle de Mlle Black, avec Weller et Clarke. Un historien, un Éclaireur et un chargé de sécurité dans chaque équipe.

» L'équipe médicale utilisera la capsule Deux et les équipes de sécurité et de lutte contre les incendies les numéros Cinq et Six. Nous rejoindrons tous le site A en même temps et nous nous mettrons immédiatement au travail.

» Une fois que nous en aurons terminé dans le sérapéum, nous emmènerons tout ce que nous avons réussi à sauver au site B. L'équipe médicale retournera à St Mary avec les blessés graves, s'il y en a.

» Nous commencerons à décharger les manuscrits et, sous la direction du Dr Dowson et du Pr Rapson, nous les placerons dans les jarres et nous les scellerons. Comme je l'ai dit, nous devrons travailler dans des conditions presque stériles. Puis nous les enterrerons, emmurerons, ou les déposerons dans un gouffre, selon ce que le Dr Dowson juge le plus approprié, pour qu'ils soient récupérés par l'expédition commune Thirsk/Égyptologie qui est en train d'être organisée en ce moment même. Nous ferons le CNOP le plus rigoureux de l'histoire et nous rentrerons à St Mary sous une nuée d'applaudissements.

» Des questions ou des commentaires ?

— Les manuscrits de la mer Morte étaient scellés avec du bitume, mais je ne sais pas trop, a dit le Pr Rapson d'un air pensif. Peut-être que de la poix conviendrait mieux.

Le Dr Dowson a reniflé avec dédain.

— Et comment allons-nous la fabriquer ?

— Pourquoi pas avec des excréments ? Les fibres végétales sont un excellent liant. J'essaierais avec du crottin de cheval. Ou des crottes de lapin. Ou peut-être des excréments humains. Une source organique et renouvelable.

Ouais, amusez-vous bien. S'ils comptaient sur moi pour leur fournir la matière première, les jarres resteraient ouvertes à jamais. Après des années à me nourrir de rations, je vais au petit coin environ deux fois par an, généralement aux solstices d'hiver et d'été. J'aime que ce soit solennel.

Nous avons encore discuté pendant plus d'une heure, et quelques points ont été modifiés, mais dans l'ensemble, c'était le programme.

Un mois plus tard, le plan de mission final était sur le bureau du Boss.

— Ça me semble satisfaisant, a-t-il dit en hochant la tête. – Ce qui, dans son langage, signifiait que c'était un excellent travail. – Je suppose que vous avez des plans de secours ?

— Eh bien, oui et non, monsieur. Selon la loi de l'emmerdement maximal, tout ce qui peut mal se passer se passera mal. Nous avons fait de notre mieux, mais il se passera sûrement quelque chose que nous n'avions pas prévu et il faudra faire avec.

— Ah, a-t-il répondu. La devise du département d'Histoire. – Il a esquissé un sourire. – Je vous envie presque.

J'ai arrêté de rassembler mes affaires et levé la tête.

— Vous voulez venir avec nous ?

Il est resté immobile et nous nous sommes regardés.

— Pourquoi pas, monsieur ?

Après une longue pause, il a répondu à voix basse.

— Oui, pourquoi pas ? Mais pas la bibliothèque. Je n'aurai rien à apporter là-bas, mais je ferais bien un tour au site B.

— Je vous laisse décider, monsieur, mais vous serez le bienvenu.

À l'extérieur, Mme Partridge m'a attrapé le bras.

— Il va à Alexandrie ?

Sa violente réaction m'a surprise. Elle me faisait mal.

— S'il en a envie.

— Il ne devrait pas.

— C'est à lui de décider.

— Vous êtes la chef de mission. Vous devriez utiliser votre droit de veto.

— Pourquoi ?

Mais le moment était passé. Son visage s'est adouci. Elle a relâché mon bras et reculé.

— Vous avez quelque chose pour moi, mademoiselle Maxwell ?

Si j'étais de nouveau « Mlle Maxwell », je devais vraiment être tombée en disgrâce. Je lui ai remis les cubes de données, plannings et listes de diffusion. Elle a hoché la tête, les a emportés dans son bureau et a commencé à marteler son clavier.

Je me suis faufilée dans le couloir.

Une odeur infecte se dégageait du deuxième étage. Sans vraiment savoir pourquoi je me donnais la peine, je suis montée voir ce qu'il se passait.

— De la merde de lapin ? Tu fais cuire de la merde de lapin ici ? Tu as perdu la tête ? Bon sang, mon vieux, tu ne peux pas faire cuire de la merde de lapin ici. Es-tu sérieusement en train de me dire… ?

— Docteur Dowson, ai-je dit d'un ton apaisant. Quel est le problème ?

Il a tendu un doigt tremblant.

— Cet idiot… cet illuminé est en train de faire cuire de la merde de lapin. Comment peut-on être aussi stupide ? De la merde de lapin, nom de Dieu…

Il s'est interrompu, à bout de souffle.

— Calme-toi, Octavius, a dit le Pr Rapson, sans manifester le moindre repentir. – Il venait d'émerger de la brume et d'enlever le mouchoir couvrant la partie inférieure de son visage. – Tu vas nous faire une crise cardiaque à ce rythme-là. Jamie, tu veux bien ouvrir la fenêtre s'il te plaît ?

L'ignoble fumée a commencé à se dissiper un peu. Les alarmes incendie ne s'étaient pas déclenchées. Je suis montée sur une table et j'ai retiré le capuchon pour enquêter. Les piles avaient été retirées.

— Professeur…

— Je n'avais pas le choix, Max ; cet objet stupide n'arrêtait pas de sonner. C'est très pénible.

— De la merde de lapin, a grondé le Dr Dowson, faisant preuve d'une obstination rarement vue à St Mary. Parmi toutes les idioties, stupidités…

— Bon sang, Occy, tu pourrais faire preuve d'un peu de gratitude. Nous travaillons sur une recette de poix et j'ai besoin d'un liant fibreux. Je dois dire, avant que tu ne t'enflammes sur place, que cette fournée est très prometteuse. Alors un peu de gratitude, s'il te plaît.

Le Dr Dowson s'est mis à gonfler et à rougir dangereusement.

— De la gratitude ? Pour quoi ? Je savais que je finirais par faire le boulot du R&D à sa place. Dis-moi une chose, Andrew, combien de crottes de lapin penses-tu trouver dans une ville égyptienne ? Avec cette chaleur ? Dans le désert ? Je te le dis, tu perds ton temps. Ce qu'il te faut, c'est de la merde de vache, de chameau ou d'âne. Disponible en abondance et en plus gros étrons. Tu t'es sérieusement demandé combien de crottes de lapin il te faudrait pour obtenir l'équivalent d'une bouse de vache moyenne ?

— Eh bien, ça devrait être assez facile de le savoir, a dit le Pr Rapson, qui se laissait plus facilement distraire, Dieu merci. Disons entre soixante-dix et cent crottes pour une bouse – on pourrait aussi calculer en poids, bien sûr... Jamie, mon garçon, tu veux bien me trouver quelques bouses de vache, s'il te plaît ? Il faudra qu'on les fouille un peu pour vérifier le contenu en fibres, donc tu demanderas aussi des fourchettes à Mme Mack. Maintenant, Occy, il faut qu'on réfléchisse à une source de résine...

Et ils ont tous les deux disparu dans la fumée odorante.

Lors de son dernier briefing, le commandant Guthrie n'y est pas allé par quatre chemins.

— Écoutez tous. Je ne le dirai qu'une fois. Dès que nous atterrissons, avant même de mettre un pied dehors, vous serez tous sous mes ordres. Je veux que tout le monde en ait bien conscience. Si vous ne pouvez pas l'accepter, alors vous ne pouvez pas venir. C'est aussi simple que ça. Donc personne ne quitte sa capsule avant que j'en aie donné l'ordre. Et lorsque je dis : « Revenez », vous revenez. Vous ne vous arrêtez pas pour attraper encore quelques manuscrits ou regarder ce qu'il y a derrière le mur ; vous partez. Vous arrêtez ce que vous êtes en train de faire et vous retournez à vos capsules. C'est compris ?

Nous avons murmuré une réponse.

— Bien, j'ai déjà briefé mon équipe sur ce point et je vais maintenant le faire pour vous. Nous n'allons pas là-bas pour combattre le feu. Nous essaierons de le contenir pendant que vous travaillerez, mais notre mission principale est de vous protéger pendant que vous récupérerez autant de manuscrits que possible. Nous ferons de notre mieux pour vous laisser faire votre travail, mais votre sécurité est notre priorité. Et ne chargez pas mes hommes de piles de manuscrits, ils ne sont pas là pour ça.

» Quelques-uns d'entre nous seront en tenue complète de pompier. Tous les autres porteront des tenues ignifugées. Les historiens, inutile de secouer la tête en marmonnant dans votre barbe. Je n'ai rien à faire des incohérences historiques. Acceptez-le, un point c'est tout.

» Ceux de mon équipe qui ne sont pas en charge de la lutte contre le feu s'occuperont du contrôle des foules – autrement dit, ils vous protégeront des contemporains hostiles. Encore une fois, ne les enrôlez pas dans des activités de sauvetage de manuscrits. Leur mission est de vous protéger assez longtemps pour que vous rentriez sans encombre dans vos capsules.

» La capsule numéro Deux est convertie en infirmerie et le Dr Foster et son équipe seront positionnés sur place. Si quelqu'un est blessé, *tous* les membres de l'équipe devront aller la voir. Vous devrez rester avec votre équipe à tout moment. Personne ne part vadrouiller tout seul.

» Quoi qu'il arrive, nous ne passerons pas plus de deux heures sur place. Même si tout se passe bien. La capsule Six aura un conducteur qui surveillera les niveaux d'oxygène, gardera un œil sur l'heure et m'informera lorsqu'il sera temps de partir. Ce qui m'amène à insister encore une fois sur ce point. Lorsque je dis que nous partons, nous partons. Des questions ?

Le pire nous attendait encore avec le briefing médical d'Helen, qui nous a donné une longue liste déprimante des circonstances et/ou blessures qui nous rendraient inaptes à participer. Apparemment, tout ce qui était plus grave qu'un léger mal de tête résulterait en notre retour immédiat à l'envoyeur.

Je m'agitais nerveusement sur mon siège lorsque, à côté de moi, Peterson a murmuré :

— Bon sang, Max, il faut qu'on arrête de travailler avec ces amateurs. On ne va rien accomplir du tout à ce rythme-là. Malheureusement, Helen a arrêté de parler à ce moment-là, et la voix de Peterson s'est fait entendre dans tout le hall avec une clarté désastreuse.

— On peut dire ce qu'on veut des historiens, qu'on est des vrais aimants à désastres imbibés de thé, mais bon sang, nous au moins on peut réfléchir vite quand il le faut.

En remarquant sa gaffe, il s'est tourné sur son siège, a fixé le pauvre Ian Guthrie d'un regard noir et dit : « Chut ! »

Évidemment, ça ne l'a pas sauvé. J'ai fait ce que j'ai pu pour l'aider, mais Helen l'a pris à part et lorsqu'elle en a eu terminé avec lui, c'est Ian Guthrie qui l'attendait pour lui demander des comptes.

Après ça, je l'ai emmené boire un verre.

— Espèce d'idiot.

— Oui, a-t-il dit en vidant son verre d'un trait. Mais on se réconcilie toujours sur l'oreiller après.

— Vrai, ai-je dit. D'ailleurs, je me suis toujours demandé : il est comment au lit ?

Le chef Farrell a soumis ses coordonnées. La grosse capsule, désormais connue sous le nom de TB2, était prête et chargée seulement deux jours après la date prévue. Toutes les autres capsules étaient en service et prêtes à partir. Il n'a pas réussi à y mettre le feu. Il n'y a eu aucun hurlement. Aucune alarme n'a retenti.

Quel ennui.

Et puis, soudain, il n'y avait plus rien à faire et nous étions prêts.

Nous nous sommes rassemblés à Hawking, engoncés dans nos combinaisons antifeu raides et inconfortables.

Le Dr Dowson et le chef Farrell avaient chargé TB2 et se tenaient sur la rampe, vérifiant l'inventaire. Helen et son équipe attendaient devant la capsule Deux. Les équipes de Guthrie, déjà en uniformes de pompiers, étaient alignées devant les capsules Cinq et Six. Peterson, Kal et moi avons rassemblé nos équipes et les avons escortées jusqu'à la capsule Un. Le Pr Rapson sautillait d'excitation devant la numéro Trois. La passerelle était bondée. Tout le personnel de St Mary s'était rassemblé à Hawking pour voir ça. Le moment était enfin arrivé. Celui de la Très Grosse Mission. Notre futur était en jeu. Toutes les capsules seraient utilisées, et plus de la moitié du personnel était sur la liste des participants. Thirsk était sur le pied de guerre. Si les choses se passaient mal, c'en était fini de St Mary.

Qu'avais-je fait ?

Le silence régnait dans le hangar. Il était inutile d'attendre plus longtemps. J'ai donné l'ordre et le monde est devenu blanc.

Dix-sept

Tout a foiré. Dès le départ, tout a foiré.

Nous avons atterri une heure plus tard que prévu et une bonne moitié de la bibliothèque était déjà en feu. Par chance, nous étions de l'autre côté. Les chrétiens, faisant preuve d'une intelligence rarement associée à la ferveur religieuse, avaient pris la fuite. En sortant de la capsule, nous nous sommes retrouvés face à un mur de chaleur et de bruit, comme si nous nous apprêtions à franchir les portes de l'enfer. Sans perdre de temps, nous nous sommes mis au travail.

À peine sortie de la capsule, j'étais déjà trempée de sueur. La chaleur était étouffante. J'entendais ma respiration saccadée à l'intérieur de ma propre tête. Du coin de l'œil, je voyais les flammes dévorer les murs de la bibliothèque. J'aurais été incapable de la décrire ; tous les détails étaient masqués par le brouillard de fumée. Mon monde se limitait aux quelques centimètres carrés autour de moi.

Nos équipes se sont déployées à leurs positions respectives. J'étais avec Markham et le jeune Van Owen. Nous nous sommes adressé un signe de tête pour nous souhaiter bonne chance et nous avons avancé. Nous nous étions entraînés, mais c'était bien plus difficile que je ne l'avais imaginé. Le moindre effort me faisait suer plus encore. Mon crâne palpitait. Je n'arrivais pas à reprendre mon souffle.

Nous avons établi une méthode. Markham forçait la porte de l'armarium et j'entrais avec Van Owen. Markham tenait la lampe torche pendant que nous jetions le contenu de l'étagère supérieure dans le bac, puis la suivante, et la suivante, et ainsi de suite. Nous renvoyions le bac à la capsule et en attrapions un nouveau. Une fois l'armarium vide, nous passions au suivant, Markham forçait la porte, etc.

De temps en temps, quelqu'un nous donnait de l'eau. Des silhouettes noires traversaient la pièce, hurlant par-dessus le bruit du feu. Qui étaient-ils ? Aucune idée. Je les ignorais, faisant confiance à Guthrie pour nous protéger. Concentre-toi sur ton boulot. Occupe-toi du présent. Respire. Ignore la chaleur de plus en plus accablante, ton mal de crâne et ta vision floue. Fais ton boulot.

Nous sommes passés à l'armarium suivant. Markham a brisé la porte. Cette putain de bibliothèque était immense. Nous étions en train de récupérer les parchemins de l'étagère supérieure lorsque, par-dessus la clameur, j'ai entendu un nouveau bruit.

Quelque chose est tombé dans un fracas. J'ai vu des flammes courir le long du plancher vers nous. Le sol était en marbre. Comment pouvait-il brûler ? Il devait y avoir de l'huile – peut-être qu'une lampe s'était renversée. Non, ce n'était pas une lampe. Les fichus chrétiens étaient de retour. À travers la fumée, j'entendais des cris. Ils avaient dû nous voir ou nous entendre. Nous n'avions fait aucun effort pour nous cacher. Markham s'est écarté pour tenter de reprendre son souffle.

L'équipe de sécurité est entrée en action. Leurs instructions étaient très claires. Aucune violence. Aucun contemporain ne devait être blessé. Se déplaçant en une seule masse, ils ont chargé vers la foule, inquiétants dans leur équipement anti-incendie, proférant des cris à glacer le sang en agitant les bras. D'un même mouvement, les chrétiens ont tourné les talons et pris leurs jambes à leur cou. Ils pensaient peut-être que nous étions des démons païens venus défendre notre temple. Ils allaient se regrouper dans un coin, retrouver leur courage et leur zèle religieux, et revenir. Ce serait violent. Il était temps de partir.

J'ai senti un changement de pression soudain et entendu la voix de Guthrie hurler un avertissement. Dans mon oreille, quelqu'un a crié : « Baisse-toi, baisse-toi. »

Nous n'avions pas perdu notre temps ces derniers mois. Nous nous sommes jetés au sol.

Trop tard. Un vent chaud nous a percutés et j'ai été projetée en arrière dans un armarium, qui a basculé sur moi avec le million de manuscrits qu'il renfermait. La chaleur s'est intensifiée, atteignant une température insupportable. Étais-je en feu ? J'ai hurlé et roulé sur moi-même, grattant le sol pour m'extirper du poids écrasant de l'armoire.

Lorsque j'ai ouvert les yeux, Markham était penché sur moi devant un mur de flammes orange.

— Max. Tu m'entends ?

J'ai hoché la tête. Il m'a pris un bras et Van Owen a saisi le second.

J'ai hurlé : « Attendez ! », me suis arrachée à leurs mains et j'ai attrapé le bac à moitié rempli. Il pouvait y avoir n'importe quoi là-dedans – la localisation exacte de la tombe d'Alexandre, la véritable histoire de l'armée perdue de Cambyse, ou même une note de Platon demandant de ne pas tenir compte de toute cette histoire d'Atlantide (il avait mangé trop de fromage ce soir-là). Je ne laissais rien derrière moi si je pouvais faire autrement.

Tout autour de moi, des silhouettes attrapaient ce qu'elles pouvaient et couraient vers les capsules. Au-dessus de nous, un craquement a retenti et quelque chose d'énorme est tombé du plafond, fissurant le sol en marbre tandis que les flammes déchaînées continuaient à rugir.

— Évacuez ! a hurlé Guthrie. Immédiatement. Tout le monde sort. Allez, allez.

Quelqu'un m'a attrapée et nous avons couru vers la capsule numéro Un sous une pluie de blocs de pierre, de tuiles et de morceaux de bois enflammés. Le toit était en train de s'effondrer. La bibliothèque vivait ses derniers instants. Je me suis tournée vers la porte. Je voulais regarder une dernière fois la plus grande bibliothèque du monde, mais il n'en restait déjà plus rien. Juste du feu, de la fumée et des cendres. Je ne pouvais qu'imaginer ce qui allait être perdu. Quelqu'un m'a attirée dans la capsule au moment où une poutre en feu tombait devant la porte.

J'ai entendu Peterson amorcer le saut et le monde est devenu blanc.

Le dieu des historiens veillait sur nous. Nous sommes arrivés dans le désert en pleine nuit. Ce qui était une bénédiction, car nous suffoquions, entassés dans la capsule. Peterson a défoncé la porte, et nous nous sommes effondrés dans l'air froid et salvateur de la nuit. J'ai tiré frénétiquement sur ma combinaison ignifugée fumante. J'avais tellement chaud que je ne pouvais pas la supporter une seconde de plus. Si je n'en sortais pas, j'allais me mettre à hurler. Mes doigts gantés n'arrivaient pas à attraper les fermetures et j'ai paniqué. Et puis j'ai perçu la voix lointaine du Chef. Il a écarté mes mains et d'autres sont venus nous aider. Je n'ai jamais été déshabillée par autant de gens. Mes bottes ont été enlevées et je me suis retrouvée en tee-shirt et en short. Puis quelqu'un m'a enveloppée d'une serviette mouillée délicieusement froide et a versé de l'eau sur ma tête et mon cou. J'ai gémi de soulagement. Je me suis laissée tomber par terre et j'ai pris une minute pour me reposer. Quelqu'un d'autre m'a donné un verre que j'ai saisi aussitôt, soudain consciente de la soif terrible qui me tiraillait.

— Doucement, a dit Leon en s'accroupissant à côté de moi. Vas-y doucement.

Il m'a pris le verre des mains, a essuyé mon menton, m'a laissée boire encore un peu et m'a aidée à me redresser.

Il a souri.

— Un succès, donc ?

— Qu'est-ce qui te fait dire ça ?

— Vous êtes tous là. Personne n'est en feu. Les capsules sont intactes. Il n'y a pas de hurlements. Un homme intelligent et perspicace sait déchiffrer ces petits détails.

J'ai hoché la tête.

— Tu crois qu'un jour j'en rencontrerai un ?

Il m'a essuyé le visage avec quelque chose de froid.

— Je suis sûr de t'avoir vue en robe une fois. Tu étais propre. Et tu sentais bon. Parfois, ça ressemble à un rêve.

Il m'a caressé le bras avant d'aller s'occuper des autres.

Je suis restée un peu allongée à regarder plus d'étoiles que j'en avais vu au Crétacé. De temps en temps, je souriais toute seule. On l'avait fait. On avait réussi à sauver une partie de la grande bibliothèque d'Alexandrie. Pas une grosse partie, certes, plutôt une petite fraction, mais c'était mieux que rien. On l'avait fait. Et personne n'était mort. L'Histoire, apparemment, avait d'autres chats à fouetter. À moins qu'elle n'ait décidé de ne plus s'occuper de St Mary, jugeant notre cas irrécupérable.

Et ce n'était que le début ! Si cette mission était un succès…

Nous avions été rassemblés dans une zone carrée, délimitée par TB2 et la capsule Trois d'un côté, et les capsules Six et Un de l'autre. Toutes les portes s'ouvraient sur le carré, permettant de le défendre si besoin. Ils avaient déposé des tapis sur le sable pour nous offrir une surface relativement confortable et dans l'espoir vain de ne pas salir les capsules. Des auvents en toile étaient tendus au-dessus de nos têtes et autour des capsules pour nous abriter du soleil durant la journée.

Nous étions installés dans un petit ravin, fermé d'un côté et accessible de l'autre uniquement par un petit chemin étroit et rocailleux. Quelque part entre ces rochers se trouvait la grotte où nous allions cacher les parchemins.

Le ravin piégerait la chaleur. Une chaleur de plomb, étouffante et accablante. Nous étions passés directement du brasier au chaudron. Ce serait presque insupportable pendant la journée. Je sentais encore l'odeur des rochers brûlants. Les auvents nous protégeraient du soleil, mais pas de la chaleur.

Je me remettais péniblement sur pied lorsque le Boss est arrivé.

— Excellent travail, a-t-il dit à voix basse.

Il était temps de mériter mon salaire.

— Au rapport, ai-je dit en élevant la voix.

— Tout le monde est plus ou moins présent, a croassé Guthrie. Et plus ou moins sain et sauf. Evans et Ritter ont été évacués. Rien de sérieux, mais un désert de sable n'est pas ce qu'on fait de mieux pour les brûlures suintantes. On a tous été légèrement roussis, mais personne n'a réussi à s'immoler.

— Qu'est-ce qu'on a eu ?

Peterson a toussé et craché.

— Ce pour quoi on est venus. À vue de nez, entre 1 500 et 1 700 manuscrits. Aucune idée du contenu. On en a pris un peu partout dans la bibliothèque, donc ça devrait être assez varié. Bien sûr, avec notre chance, ce sera sûrement divers exemplaires de l'inventaire des meubles.

Mais il souriait. Tout le monde souriait. Moi aussi. 1 500 manuscrits. 1 500 manuscrits contenant les secrets du monde antique.

— Merci à tous, a dit le Dr Bairstow. C'est un travail extrêmement satisfaisant.

Le Pr Rapson et le Dr Dowson m'ont serré longuement la main, incohérents dans leur excitation. Nous avons dissuadé nos deux fanatiques d'examiner immédiatement le contenu de la capsule.

— O.K. les mecs, ai-je dit. Reposons-nous un peu. Demain, on commence.

Guthrie a programmé le réveil. Nous avons éteint les lumières, nous nous sommes étendus par terre et nous nous sommes endormis.

Ils sont arrivés pendant la nuit. Ils avaient bien choisi leur moment. La plupart d'entre nous dormaient comme des marmottes, épuisés par cette longue journée.

J'ai ouvert les yeux au son des crépitements des coups de feu et me suis redressée comme une flèche, désorientée et vaseuse. Guthrie hurlait par-dessus le vacarme. Quelqu'un m'a lancé un pistolet et deux chargeurs. Le Boss donnait des ordres avec urgence pour sécuriser les capsules.

J'ai renvoyé Van Owen, Schiller et les autres Éclaireurs, ainsi que toute l'équipe du R&D, à leur capsule avec ordre de ne pas en sortir. Sous aucune circonstance. Ignorant moi-même l'ordre de rentrer, j'ai attrapé mes bottes et rejoint ceux qui étaient cachés dans le chemin étroit, regardant dans l'obscurité pour essayer de comprendre ce qui se passait. Qui que soient ces gens, il était hors de question qu'ils mettent la main sur les manuscrits.

Les coups de feu ont cessé. Je n'entendais que la respiration des autres autour de moi.

Tactiquement, Guthrie nous avait placés à un endroit très judicieux, où nous contrôlions l'accès à notre ravin, les capsules regroupées derrière nous. Toujours essayer de prendre le contrôle d'un passage étroit. Léonidas l'avait fait aux Thermopyles, retardant l'armée perse pendant trois précieux jours qui ont permis au reste de la Grèce de s'organiser. Henry V l'avait fait à Azincourt, positionnant son armée dans un passage étroit situé entre des régions densément boisées, d'où ils ont regardé les chevaliers français se courir dessus et se noyer dans la boue. Léonidas et Henry V. Deux hommes qui auraient beaucoup à se dire s'ils se rencontraient. Et où étaient-ils quand on avait besoin d'eux ?

Je n'avais aucune idée de ce qu'il se passait. Les autres non plus. Guthrie a tenté de nous expliquer.

— Nous sommes ici. Les autres membres de St Mary sont en sécurité dans les capsules. Par conséquent, tirez sur tous les hommes qui s'aventurent sur ce chemin. Ce ne sont pas des contemporains. Ils ont des armes modernes. Ce sont des cibles légitimes. Descendez-les.

Eh bien, voilà qui était simple. Nous sommes des historiens. Nous aimons les choses simples.

J'ai chargé mon arme, tapé mes bottes l'une contre l'autre pour déloger un éventuel scorpion et les ai lacées tout en regrettant de ne pas avoir de gilet pare-balles. Murdoch m'a expliqué la situation. Quelqu'un avait entendu un bruit dans les rochers et interpellé une silhouette indistincte. L'échange de coups de feu qui avait suivi avait réveillé tout le monde. Mais après cette première salve, le silence était revenu. Et il régnait toujours. Nous avons attendu, mais rien ne se passait.

Nous commencions à nous demander si ce n'était pas une fausse alerte lorsqu'ils ont surgi de l'obscurité. Guthrie a donné l'ordre :

— Les voilà. Feu à volonté. Bonne chance à tous.

Je me suis accroupie derrière un rocher et j'ai tiré sur les éclairs des canons. Le bruit était assourdissant et une puissante odeur de cordite flottait dans l'air. Des douilles et toutes sortes de débris volaient autour de moi. Je ne pouvais pas m'empêcher de penser qu'on aurait un sacré CNOP extérieur à faire. Ma petite arme n'avait pas un gros recul, mais la maintenir stable demandait malgré tout un certain effort et mes mains, mes poignets et mes avant-bras commençaient à souffrir. J'avais l'impression que la fusillade durait depuis une éternité. Je tirais sans relâche, ne m'arrêtant que pour recharger mon arme. Les coups de feu, qui résonnaient contre les parois du canyon, me perçaient les tympans. Mon pistolet était de plus en plus chaud dans mes mains humides de sueur, et l'odeur âcre m'avait redonné soif. Une voix a crié dans la nuit et ils ont battu en retraite. Le silence s'est abattu.

— À vos postes, a dit Guthrie.

Notre groupe était composé de Murdoch, Peterson, Markham et moi. Guthrie et un autre groupe, plus nombreux, étaient positionnés un peu au-dessus de nous, sur la gauche. Le Boss commandait une équipe de l'autre côté du chemin. Vraiment, nous contrôlions toute la zone. Rien ni personne ne pouvait passer.

Faux.

C'était ma faute. J'avais comparé notre situation à celle de Léonidas et d'Henry V. Mais je n'avais pas poussé la comparaison assez loin. Ils ont tous les deux employé des tactiques similaires. Et ils ont tous les deux rencontré les mêmes problèmes. Tout va bien tant que personne ne débarque derrière vous. Car dans ce cas, si vous vous trouvez dans un passage étroit, vous êtes piégés.

Dans le cas d'Henry, les prisonniers de guerre français, placés en sécurité à l'arrière des troupes dans l'espoir d'en tirer une rançon, se sont rebellés en essayant d'attaquer Henry par-derrière. Les Français dans toute leur splendeur. Ils ont tué les soldats chargés de les surveiller, et Henry a jugé la situation si périlleuse qu'il a lui aussi oublié les règles et les a tous tués. Problème résolu.

Léonidas a été trahi par ce salaud d'Éphialtès, qui a mené un contingent perse à travers les montagnes pour surprendre les Spartiates par-derrière. Ça a mal fini pour lui, mais Léonidas et ses hommes ont dû se battre.

Nos ennemis sont revenus à la charge, dans un assaut de front. Beaucoup de bruit et de fureur. Des morceaux de rochers fusaient dans toutes les directions. Nous étions coincés. Nous ne pouvions pas partir, mais ces gens, quels qu'ils soient, ne pouvaient pas non plus franchir le barrage que nous formions. Nous étions bien placés ; les capsules étaient en sécurité et nous ne courions pas de grand danger.

Encore faux.

Tous les coups de feu ont cessé et, dans le silence vibrant, j'ai entendu la plainte caractéristique des puissants pistolets laser, chargés et prêts à tirer. Derrière nous. Les salauds étaient derrière nous. Pendant que nous essuyions leurs tirs nourris, ils se faufilaient derrière nous. J'ai entendu Guthrie jurer avec colère dans sa barbe. Nous aurions pu essayer de défendre notre territoire, mais honnêtement, nous n'avions aucune chance.

Une voix s'est élevée dans l'obscurité pour nous demander de baisser nos armes. J'étais plutôt d'avis de me battre jusqu'au bout, mais le Boss a donné le seul ordre qu'il pouvait. Dans le silence et l'incrédulité, Guthrie a dit à voix basse :

— Personne n'ouvre de capsule sauf sur ordre du Dr Bairstow. C'est un ordre.

Des silhouettes floues ont émergé de l'obscurité et nous ont forcés à rejoindre notre petit bassin sous la menace des pistolets.

Le ciel commençait à s'éclaircir. Le jour se levait derrière les montagnes. Et avec lui viendrait la chaleur.

Ils étaient moins nombreux que nous, mais ils étaient mieux armés et mieux équipés. Et ils avaient l'avantage de la surprise.

Ils nous ont alignés sur le sable, devant nos capsules, en deux rangées se faisant face. Nous étions à genoux, les mains derrière la tête. Ils ne faisaient pas dans la délicatesse. Nous allions probablement en baver. Des ordres ont été criés, et quelques hommes sont partis vérifier les rochers environnants pendant que les autres prenaient position derrière nous.

J'ai regardé autour de moi. Face à moi se trouvaient Farrell, Peterson, le Boss, Markham et Dieter. Je ne voyais aucun Éclaireur. J'espérais qu'ils soient en sécurité dans la capsule contenant les manuscrits. Je suis historienne. Je pensais qu'ils venaient pour les manuscrits. Encore une fois, je me trompais.

Jamie Cameron du R&D était présent, mais pas le Dr Dowson ni le Pr Rapson. Ils devaient être dans TB2. J'étais un peu inquiète qu'ils ouvrent la porte. Les capsules Trois, Cinq et Six étaient normalement vides et verrouillées. Oui, la majorité d'entre nous était ici, à genoux sur le sable. Impuissante.

Nos ennemis n'étaient pas des amateurs. À la lumière du petit matin, je voyais désormais qu'ils portaient des tenues de camouflage beige, des gilets pare-balles et des casques et ils transportaient assez d'armes pour déclencher un changement de régime. Aucune parole n'a été prononcée. Ils avaient l'air durs et professionnels. Nous ne savions pas encore à quel point.

L'un d'entre eux s'est approché et a retiré son casque.

Ronan.

L'homme qui avait tué Sussman.

Nous lui avions tendu une embuscade et il venait de prendre sa revanche. J'ai essayé de rester forte. Les choses s'annonçaient mal. J'avais vu de quoi il était capable.

De près, il était étonnamment quelconque. Pas de vilaine cicatrice, pas de sourire sinistre. Ses cheveux bruns étaient clairsemés et son visage ridé lui donnait l'air plus âgé qu'il ne l'était probablement, mais en dehors de ça, il semblait en très bonne forme.

Vous savez, les gens pensent que c'est facile de vivre dans le passé. Vous débarquez avec un gros sac d'or et assez de connaissances du futur pour soutenir le bon cheval, ou le bon roi, ou la bonne start-up, et vous vous retirez avec un pactole assez conséquent pour vous la couler douce.

Ce n'est pas aussi simple.

Essayez de faire ça au cours des cent dernières années et vous découvrirez que sans numéro de Sécurité sociale, carte d'identité, ou preuve de solvabilité, vous n'êtes officiellement personne. Et depuis que l'Amérique a fermé ses frontières, vous déclenchez en plus toutes sortes d'alertes de sécurité sur votre passage.

Ou vous vous dites que vous allez remonter un peu plus loin pour éviter cette saleté de bureaucratie, mais ça ne fonctionne pas non plus. La société est rigide. Tout le monde connaît tout le monde dans son univers. Tout le monde a sa place dans l'ordre des choses. Si vous n'appartenez pas à une famille, une tribu, un village, une confrérie, peu importe, vous n'existez pas non plus. Et vous ne pouvez pas débarquer quelque part sans connaissances mutuelles, recommandations ou lettre d'introduction. Vivre en marge de la société, quelles que soient la société et l'époque, est difficile. J'en sais quelque chose. Les quatre mois que j'ai passés seule à Rushford me le rappellent constamment.

Si c'était ainsi que vivaient ces gens, alors ils auraient dû être mal en point, ainsi que leurs capsules. Les capsules ont besoin que leur parallélisme soit contrôlé régulièrement ou elles se mettent à dériver. Et pourtant, ces gens semblaient en relativement bonne santé. En tout cas plus que nous à ce moment-là. Ils avaient une base quelque part. Le contraire était impossible. Quelqu'un, quelque part, leur fournissait un abri.

J'ai mis de côté ce problème pour me concentrer sur celui plus urgent que j'avais face à moi.

Ronan a parcouru du regard les rangées de silhouettes agenouillées. Il ne montrait pas plus d'émotion qu'un cadavre. S'il ressentait quoi que ce soit, il le gardait en lui, enfermé, réprimé. Je suis habituée à St Mary, où personne n'hésite jamais à exprimer les émotions qu'il ressent, et ce calme silencieux et lugubre me donnait la chair de poule.

Il a désigné quelqu'un, apparemment au hasard. Un coup de feu a résonné contre les parois et Jamie Cameron est tombé en avant dans le sable, une partie de son visage arrachée.

Le choc était tel que mon cœur a cessé de battre. Le jeune Jamie Cameron. Avec sa tignasse de cheveux bruns et ses sourcils perpétuellement roussis. Qui était encore vivant une minute plus tôt. J'ai ravalé l'hystérie qui enflait en moi et j'ai détourné le regard. Qui serait le prochain ? Car il y aurait un prochain. Il y en aurait un jusqu'à ce que Ronan nous dise ce qu'il voulait et que le Boss refuse de le lui donner.

Ils ont forcé Markham à se lever.

— Ouvrez les capsules.

J'ai retenu mon souffle. Jamie venait de mourir sous nos yeux. Je craignais que notre petit troglodyte maladroit ne prenne la mauvaise décision, mais je l'avais sous-estimé. C'était un garçon en or. De l'or pas toujours très propre, mais de l'or quand même.

Il s'est redressé de toute sa hauteur – certes peu impressionnante – et a dit calmement :

— Je reçois mes ordres du Dr Bairstow.

Un sourire inquiétant est passé sur le visage de Ronan, qui a levé son arme.

— Plus maintenant. Ouvrez les capsules.

Je n'aurais jamais imaginé que le chef Farrell craquerait en premier. Il s'est levé d'un bond.

— Non. Arrêtez. Ne faites pas ça.

Deux hommes l'ont saisi.

Je l'ai regardé, choquée. Que faisait-il ?

Ronan l'a observé d'un air impassible pendant un moment, avant de se tourner vers Markham. Un autre coup de feu a rebondi contre les rochers et Markham s'est effondré sur le sable, qui s'est peu à peu gorgé de sang.

Le visage du Boss était pâle et amer. S'il en échappait vivant, je ne donnais pas cher de Ronan. Ou de Farrell.

— Qu'est-ce que tu veux, Clive ?

— Ce que je veux, Edward ? Je veux tout. Je veux tes capsules, dont la grosse flambant neuve juste là. Je veux le contenu. Ces manuscrits vaudront une fortune. Je veux que tu saches que ce désastre mettra fin à ton commandement de ce petit institut pathétique. Mais surtout Edward, je veux te laisser ici, le dernier homme encore debout, avec tous tes brillants petits protégés qui se vident de leur sang dans la poussière autour de toi. Je veux que tu saches que j'ai gagné et que tout ce que tu as tenté d'accomplir m'a juste permis d'obtenir exactement ce que je voulais.

La haine entre eux était palpable. Je la sentais flotter dans l'air. Ils ne pensaient plus du tout à ceux qui se trouvaient autour d'eux. C'était intime et personnel. Nous assistions à la fin de St Mary telle que nous la connaissions. Il n'aurait pas dû venir. J'avais eu tort de l'inclure. S'il était resté en sécurité à l'institut, alors quoi qu'il nous arrivait ici, ça n'aurait pas été la fin. Il aurait pu tout reconstruire. Était-ce ce qui avait plongé Mme Partridge dans une panique qui lui ressemblait si peu ?

— Non.

Net et précis. Pas de discussion, pas de plaidoyer, pas de conneries. Juste « non ».

Ronan a souri de nouveau.

— On a déjà vécu ça, Edward, et regarde comment ça a fini. Comment va ta jambe ?

— Combien ça fait maintenant, Clive ? Quel est ton score ? Combien de personnes as-tu tuées depuis Annie ?

— Je n'ai pas tué Annie. St Mary a tué Annie.

— Si elle était ici aujourd'hui, que ferais-tu ?

— Si elle était ici aujourd'hui et sachant ce que tu ressens pour elle, Edward, elle serait la première à partir. Mais je pense que nous avons une alternative très satisfaisante, n'est-ce pas ? Ah, oui. Bonjour, mademoiselle Maxwell.

Merde, merde, merde.

J'ai entendu quelqu'un bouger derrière moi. Des bruits de pas dans le sable, des vêtements qui bruissent. Et le clic caractéristique du cran de sûreté.

Je me suis redressée, j'ai levé la tête et vraiment, vraiment regretté de ne pas travailler dans un bureau. On y était. J'ai fermé les yeux.

L'attente semblait interminable. Je sentais la sueur dégouliner sur mon visage et mon dos. Je me balançais, mais j'ignore si c'était sous l'effet de la chaleur ou de la peur. Probablement les deux. Est-ce que je m'en rendrais compte ? Valait-il mieux être la première à partir ? Ne pas avoir à regarder mes amis se faire tuer autour de moi ? Est-ce que ce serait douloureux ? Je venais de me convaincre que j'étais prête à mourir lorsque…

— Non !

Le cri soudain m'a fait bondir sur place. Aussi courageuse que je pensais l'être, j'ai bien failli m'oublier.

— Je vous l'ai dit, arrêtez. Je vais ouvrir les capsules.

La voix du Boss a claqué comme un fouet.

— Reste où tu es, Farrell.

— Non, a-t-il répondu d'une voix grave. Tu ne vas pas la perdre comme tu as perdu Annie. Je vais ouvrir les capsules. Mais ne la tuez pas.

Soulagement et honte en proportions égales.

— Non, Chef. Je…

Quelqu'un m'a poussée en avant dans le sable.

— La ferme.

J'ai tourné la tête et craché du sable, déterminée à voir ce qui se passait. Quelqu'un m'a attrapée par la peau du cou et m'a tirée en arrière pour me remettre à genoux, m'offrant une vue excellente sur la suite des événements.

Le chef Farrell et Ronan se sont dirigés vers les capsules.

— Farrell ! a crié le Boss. Ne fais pas ça. C'est un ordre.

Sa voix dégoulinait de mépris. Et de désespoir, je crois.

Ma poitrine était serrée et j'avais du mal à respirer. Ça ne pouvait pas être en train d'arriver. Il ne pouvait pas faire ça. Il était la dernière personne que j'imaginais pouvoir faire ça. Pensait-il sérieusement qu'ils nous laisseraient partir ? Il s'apprêtait à leur remettre notre unique avantage. Il était venu du futur précisément pour empêcher que cela arrive. Pourquoi faisait-il ça ? Je connaissais la réponse et j'avais honte. À cause de moi, il nous tuerait tous. À cause de moi…

J'ai bandé mes muscles, prête à bondir. Bondir et mourir. Car si j'étais morte, il n'aurait plus à ouvrir la porte…

Et puis une voix portée par un vent qui ne soufflait pas a murmuré : « Attendez. »

Qui avait dit ça ? J'ai regardé désespérément autour de moi et la confusion m'a fait perdre mon occasion. Farrell avait atteint TB2 et se tenait à présent d'un côté de la porte. Ronan et ses hommes de main ont pris position devant la porte. Ils n'auraient pas dû.

— Porte, a dit Farrell d'une voix claire et distincte.

La rampe est descendue.

Et une énorme flamme rouge chatoyante leur a explosé au visage.

Le Pr Rapson et le Dr Dowson se tenaient dans l'embrasure. Le professeur tenait l'aspirateur industriel que nous avions apporté pour enlever le sable des capsules. Une flamme vive jaillissait du tuyau, qu'il agitait de droite à gauche. Derrière lui, le Dr Dowson s'activait furieusement sur une sorte de pompe à main artisanale fixée à ce qui ressemblait à un bidon à lait. Comment avaient-ils réussi à fabriquer ça ? Ils étaient couverts de suie et le peu de cheveux qu'ils possédaient était hérissé sur leurs têtes. Le professeur a hurlé :

— Dieu soit avec Harry, l'Angleterre et saint Georges !

Et Ronan s'est jeté au sol. Les hommes qui l'accompagnaient, pas aussi rapides, ont été engloutis par les flammes et se sont effondrés par terre en hurlant.

Nous avions l'avantage de la surprise.

— St Mary, à terre ! a crié le Boss.

Et nous nous sommes jetés au sol, évitant de justesse l'énorme flamme qui s'est agitée au-dessus de nos têtes. Les hommes de Ronan ont fait feu frénétiquement, hésitant entre nous tirer dessus ou être incinérés sur place. Guthrie a fait un croche-pied à l'un d'entre eux et attrapé son arme. D'autres l'ont imité. Le Boss, qui n'arrivait pas à se relever tout seul, brandissait sa canne. Il a réussi à faire tomber un homme, qui s'est effondré avec un cri de douleur. Je me suis jetée sur lui pour tenter de lui arracher son pistolet.

De nouveaux coups de feu ont retenti et j'ai entendu Guthrie hurler à l'attention de Dieter.

L'homme que j'avais attaqué s'est libéré et a pris la fuite à toutes jambes, poursuivi par Murdoch et moi. Tout le monde cherchait désespérément à récupérer des armes.

Le crépitement d'une mitraillette a retenti, rebondissant contre les parois du ravin. Je n'arrivais pas à voir de quelle direction il venait. Murdoch m'a poussée devant lui. Ce qui m'a sauvé la vie et lui a coûté la sienne. Nous sommes tous les deux tombés à terre. J'étais en dessous, son corps protégeant le mien des coups de feu. J'ai tourné la tête vers lui. Ses deux jambes étaient en charpie à partir des genoux. Je voyais des fragments d'os blanc au milieu de la chair. J'ai eu la nausée. Son visage était à quelques centimètres du mien. Il savait. Je l'ai regardé dans les yeux. Son corps était pris de convulsions, sa mâchoire crispée par la douleur. J'ai fini par entendre sa voix à travers le bruit de la bataille.

— Max…

— Dave…

Je voulais lui dire de tenir le coup, que j'allais le tirer de là, qu'il allait s'en sortir, mais je n'en ai pas eu le temps. J'ai vu le moment exact où la lumière a quitté ses yeux et il est mort, emportant avec lui une petite partie de moi.

Je me suis extirpée de sous son corps et j'ai couru me mettre à l'abri.

Derrière moi, le Pr Rapson et le Dr Dowson avaient quitté la capsule et agitaient toujours leur lance-flammes de fortune, projetant un jet incandescent sur tout ce qu'ils percevaient comme l'ennemi. Dieu seul sait comment ils étaient encore en vie. J'ai entendu le docteur hurler : « En avant ! Hereward l'Exilé à la rescousse ! »

Et puis on s'est retrouvés dans la merde jusqu'au cou. Littéralement.

Le professeur avait acquis une quantité considérable d'excréments variés. Comme il ne savait pas de quelle quantité il aurait besoin, il avait vu large. Évidemment, ils l'avaient placée aussi loin que possible des capsules, à l'extrémité nord du ravin. Mais pas assez loin. Elle fumait quand ils en ont fait l'acquisition. Elle avait couvé au soleil pendant plusieurs jours. Elle était devenue plus chaude. Et plus active. Nous avions donc du méthane. Et maintenant, nous avions un lance-flammes. C'était inévitable. St Mary était capable de faire exploser un tas de mouchoirs humides.

De beaucoup plus loin, j'ai entendu Guthrie crier :

— Attention, professeur.

Je me suis jetée sur le sable chaud, me suis recroquevillée en position fœtale et j'ai essayé de me faire aussi petite que possible.

Une seconde interminable a passé. Une énorme explosion a expulsé l'air de mes poumons. Tout est devenu noir, puis rouge, puis un craquement a retenti, suivi d'un rugissement, puis d'une nouvelle vague de chaleur et j'ai volé dans les airs. J'ai heurté violemment le sol et un morceau de montagne m'est tombé dessus.

Une fois, quand j'étais petite, je jouais sur une balançoire, et le gamin en face de moi s'est levé alors que j'étais toujours en l'air. Je me souviens toujours du choc lorsque j'ai heurté le sol. L'impact a expulsé tout l'air de mes poumons et je suis restée allongée sur le sol, à essayer de respirer, tout en sachant que la prochaine respiration serait une torture. C'était exactement la même chose, en mille fois pire.

J'ai retardé le moment aussi longtemps que possible, mais au bout d'un moment, je n'avais plus le choix, aussi ai-je inspiré. Une fois. Deux fois. Des barbelés incandescents coincés dans ma poitrine.

J'arrivais à voir, mais mes yeux me brûlaient horriblement. J'ai essayé de cligner pour faire monter des larmes, mais mes paupières étaient comme du papier de verre. De toute façon, il n'y avait pas grand-chose à voir. Des nuages noirs de poussière épaisse flottaient partout, derrière lesquels je discernais des silhouettes étendues sur le sol.

J'ai tourné la tête très délicatement. Je gisais sur et sous un tas de gravats. Mon bras gauche avait disparu. Je ne le voyais nulle part. J'étais heureuse de ne pas ressentir de douleur. Je voyais mon bras droit, lui toujours attaché à mon corps, ainsi que mes jambes, même si rien ne semblait fonctionner correctement. J'ai senti mes yeux se fermer…

Quelqu'un m'a attrapé la cheville. Le choc m'a réveillée en sursaut, ravivant la douleur. Chaque centimètre de mon corps me faisait souffrir. Même mon bras gauche manquant. La main qui serrait ma cheville l'a relâchée et a attrapé ma jambe.

En levant un peu la tête, j'ai vu une silhouette poussiéreuse se traîner dans les gravats, se servant de moi pour s'en extirper. J'aurais aimé que ça cesse. J'avais déjà assez mal comme ça. Un bras s'est tendu et a saisi mon tee-shirt. La personne a alors levé la tête, et j'ai su immédiatement que j'allais avoir des problèmes.

Izzie Barclay.

Je n'ai pas perdu de temps à essayer de comprendre comment elle était arrivée là. Le vrai problème était de savoir ce qu'elle allait faire maintenant qu'elle était là. Comme si elle lisait dans mes pensées, elle a gratté la terre d'une main et a saisi une pierre.

Elle était salement amochée. Son nez avait une forme bizarre et elle saignait de plaies profondes à la tête et aux bras. Le sang coulait dans ses yeux et, de temps en temps, elle secouait la tête pour le chasser. Malgré cela, elle ne me quittait pas du regard et ses intentions étaient très, très claires. Je n'avais jamais vu une haine aussi aveugle et brutale. Je n'allais pas m'en sortir.

Elle a dit quelque chose. J'ai vu ses lèvres bouger.

— Je n'entends pas ce que vous dites, ai-je dit – et j'ai vu son regard devenir perplexe.

Elle aussi était sourde.

Elle a levé le bras et abattu la pierre. Au dernier moment, j'ai tourné la tête pour l'éviter. Ce n'était pas un coup puissant, car elle était un peu sonnée, mais tôt ou tard, elle atteindrait sa cible et me réduirait le visage en bouillie. Ses lèvres n'arrêtaient pas de bouger. Je suppose qu'elle me disait à quel point elle m'avait toujours détestée. Elle s'est redressée et s'est assise à califourchon sur ma poitrine, puis elle a levé la pierre des deux mains au-dessus de sa tête. Ce n'était vraiment pas comme ça que je voulais mourir.

Et ce n'était pas comme ça que je devais mourir.

J'ai senti une brise froide sécher la sueur sur mon visage. J'ai soupiré de soulagement. J'étais morte.

Mme Partridge était assise sur un rocher et m'observait d'un air impassible. Ses cheveux bruns étaient coiffés en anglaises relevées par une pince argentée. Elle portait une magnifique robe drapée. Ses pieds étaient nus. Elle tenait un manuscrit.

J'ai dit :

— Je suis morte, n'est-ce pas ?

Ce qui n'est pas une phrase qu'on a souvent l'occasion de prononcer.

Elle a secoué la tête.

D'accord, j'étais peut-être juste en train d'halluciner alors.

J'ai essayé de lever la tête, mais rien ne bougeait. Tout s'était arrêté. Je ne ressentais aucune douleur. Le sifflement dans mes oreilles créait une petite musique, comme lorsqu'on passe son doigt sur le rebord d'un verre à vin.

Soudain, j'ai compris. Tout était là. Je savais exactement qui était Mme Partridge. Je n'arrivais pas à croire qu'il m'avait fallu si longtemps. Le coup que j'avais reçu à la tête avait dû remettre mes idées en place. Elle ne s'appelait pas Cleo, mais Clio ! Clio, la muse de l'Histoire. Qui était toujours présente à des moments vitaux ? Qui m'a empêchée de demander à Barclay de nous rejoindre à Rushford ? Leon Farrell ne serait certainement pas monté dans ma chambre si elle avait été là. Qui a suggéré un changement de décor ? Qui n'arrêtait pas de me dire de faire ma lessive pour que je trouve la pomme de pin ? Qui a récupéré mon cheval de Troie et l'a gardé en sécurité jusqu'au bon moment ? Qui a essayé de protéger le Boss du danger ? Et maintenant, j'avais aussi une petite idée de l'identité de Sibyl de Winter. Pas étonnant qu'elle ait ri de l'histoire du roi Dave le Superbe. Et vu la manière dont je l'avais décrite, j'avais de la chance qu'elle ne m'ait pas donné une claque.

— C'est vous qui m'avez dit d'attendre tout à l'heure. C'était vous.

Elle a hoché la tête.

— Vous m'avez sauvé la vie.

Nouveau hochement de tête.

— Pourquoi ? – Elle n'avait pas sauvé Jamie, Markham ou Murdoch. – Pourquoi moi ?

Elle n'a pas répondu.

— Que faites-vous à St Mary ?

Un murmure lointain a traversé les siècles.

— L'Histoire est importante. Beaucoup plus importante que beaucoup de gens ne le pensent. Et elle est attaquée. Quelque chose est en train de se passer.

Bon, ça je le savais. C'était présentement en train de se produire. La plupart des meilleurs éléments de St Mary étaient soit morts d'une balle dans le crâne, soit enterrés sous une montagne d'excréments en feu.

Son expression familière d'exaspération est passée sur son visage. Elle faisait référence à autre chose.

— Qu'est-il en train d'arriver ?

— C'est sous la quatrième marche.

— Quoi donc ?

— L'anomalie.

— Quelle anomalie ?

Mais elle avait disparu et j'étais revenue.

Le soleil a émergé de derrière les montagnes, brillant et ardent. Un éclat de lumière aveuglant s'est posé sur le visage de Barclay, lui faisant plisser les yeux.

J'ai tenté de toutes mes forces de la repousser, en vain. Je ne pouvais pas bouger du tout. Et puis, hors de mon champ de vision, quelque chose a fait « bam ». Ses yeux ont roulé dans ses orbites et elle s'est effondrée sur moi. Je ne pouvais plus respirer.

J'ai cru entendre Mme Partridge dire : « Je ne vous ai jamais aimée, Isabella. »

Elle ne m'avait jamais aimée non plus, et il semblait qu'elle ait fait d'une pierre deux coups. Littéralement.

J'ai secoué la tête pour tenter de me libérer. J'imaginais très bien le rapport d'autopsie d'Helen. Malgré de graves brûlures, les blessures provoquées par l'explosion, les fractures, le traumatisme crânien, le choc et la perte d'un membre, Mlle Maxwell a réussi à mourir étouffée.

Quelqu'un a tiré le corps de Barclay. J'ai avalé une grosse bouffée d'air et, derrière mes paupières plissées, je l'ai vu. Ronan. Un côté de son visage était brûlé, ainsi que ses cheveux. Il aurait dû garder son casque. Et toujours cette absence effrayante d'expression, même s'il devait souffrir le martyre.

— Vous, a-t-il dit simplement en braquant son pistolet laser sur moi.

Une nouvelle fois, l'au-delà m'appelait.

Un nouveau crépitement de coups de feu a retenti, et j'ai entendu quelqu'un crier son nom. Son pistolet laser sifflait toujours ; pas encore chargé. J'ai entendu un autre cri, plus urgent cette fois. Il a regardé par-dessus son épaule avant de se tourner de nouveau vers moi. Les blessés se relevaient péniblement, titubant et chancelant. Des cris retentissaient. Il pouvait attendre quelques secondes que le chargement soit terminé et risquer d'être capturé, ou il pouvait écouter le bon sens. Il a choisi la deuxième solution. Il s'est tourné et a pris la fuite. J'ai murmuré « non » et tenté d'attraper sa cheville, en vain.

Notre campement était en ruines. Les capsules étaient intactes, mais le sol était jonché d'hommes et de débris en feu. Toutes les tentures étaient tombées, déchirées, brûlées.

C'est ainsi que j'ai vu pour la première fois TB2 sans sa protection en tissu. Un petit malin avait écrit « THUNDERBIRD TWO » sur le côté à la peinture jaune. Je l'ai observé, sentant mon sang se figer dans mes veines. Soudain, j'étais de nouveau au Crétacé, courant comme une dératée, et je voyais un morceau de métal gondolé sur lequel étaient écrites les lettres RD T.

Et j'ai enfin compris ce que le chef Farrell et Dieter avaient fait pendant ces trois jours à Hawking. Je savais pourquoi ils ne voulaient – pouvaient – pas laisser qui que ce soit entrer et je savais que cette scène entre Farrell et le Boss n'avait été qu'un coup monté. Mais quel risque. Quel risque énorme, fou, incroyable. Quand je pense à tout ce qui aurait pu mal tourner…

J'ai ouvert la bouche, mais quelqu'un a plaqué une main rugueuse et brûlante dessus et dit :

— Tais-toi.

Je me suis débattue avec ce qu'il me restait de forces, c'est-à-dire pas grand-chose, et Farrell a répété :

— Tais-toi. Pas un mot. Ne bouge pas.

J'ai regardé Ronan emmener deux ou trois hommes dans TB2. Les autres s'étaient dispersés dans leurs capsules. La rampe est remontée. Pendant de longues secondes, rien ne s'est passé. J'ai senti le souffle d'air chaud familier et TB2 a disparu. Ils s'étaient enfuis.

Lentement, il m'a lâchée et aidée à me relever. J'ai pris une longue inspiration et me suis préparée à le tuer sur place.

— Tu es blessée, Max ? a-t-il demandé.

— Espèce de salaud, ai-je répondu, la gorge serrée.

Et puis toutes les montagnes sont devenues floues et j'ai plongé dans l'obscurité.

Dix-huit

Vingt-quatre heures plus tard, j'étais allongée dans la fraîcheur bénie de la capsule Six, avec tous les autres blessés capables de marcher. Ils avaient retrouvé mon bras. Il était entre mon épaule et mon poignet, exactement à sa place donc. J'étais allongée dessus. Je me sentais un peu bête.

Jamie, Murdoch et Markham avaient fait leur dernier voyage jusqu'à St Mary, accompagnés par le Boss. Le reste d'entre nous se faisait rafistoler et réhydrater. J'ai posé la tête contre le mur et essayé de comprendre ce qui venait d'arriver.

Ils étaient partis avec TB2 et l'avaient emmené au Crétacé. Nous étions arrivés et avions lancé l'impulsion électromagnétique, enclenchant le compte à rebours jusqu'à l'explosion qui détruirait TB2 et une grande partie des hommes de Ronan. Peut-être même Ronan lui même. Nous savions que nous nous en sortirions indemnes, puisque ça nous était déjà arrivé. Notre passé. Leur futur.

Et Barclay. Était-elle morte ? Elle avait été frappée par une déesse vengeresse, mais avec ma chance…

Et ce sacré Leon Farrell. Qui avait construit une bombe et ne m'avait rien dit. Et je parlais comme sa chef de mission à présent : il nous aurait laissés vivre et travailler dans une fichue bombe géante. C'est bien beau de dire qu'elle était inoffensive tant qu'elle n'était pas activée, mais une simple coupure de courant aurait pu tout faire voler en éclats.

Non, ça ne serait pas arrivé. Nous savions déjà – elle avait explosé au Crétacé. Nous ne courions aucun danger. Et il avait fait de son mieux pour empêcher Ronan de massacrer tout le personnel de l'institut, sans trahir quoi que ce soit. Il devait complètement flipper de me voir faire quelque chose de stupide. Et j'avais bien failli. Mais à qui la faute ? J'étais de nouveau contrariée qu'il ne m'ait rien dit.

Et qu'en était-il de Mme Partridge, qui m'avait empêchée de faire cette chose stupide ? Était-elle vraiment la muse de l'Histoire ? La fille de Zeus, travaillant en silence à St Mary, manipulant les hommes et les événements ? Travaillait-elle pour St Mary ? Ou était-ce St Mary qui travaillait pour elle ?

J'ai ouvert les yeux et j'ai vu quelqu'un installer une chaise pour le Boss. Il était revenu. Même s'il semblait toujours terriblement fatigué, il avait bien meilleure mine que la dernière fois que je l'avais vu.

— Mademoiselle Maxwell, comment vous sentez-vous ?

— Je vais bien, monsieur. Dans une heure et une autre bouteille de boisson au glucose, je serai de nouveau sur pied. Le Dr Dowson m'a dit qu'ils avaient déjà déchargé les jarres, et le professeur pense qu'il peut encore faire de la poix, même si, apparemment, nous devons tous faire une contribution très personnelle.

Il semblait amusé à cette idée.

— J'ai de bonnes nouvelles pour vous. La dernière fois que j'ai vu M. Markham, il essayait, bien que tout juste sorti de sa léthargie, de convaincre Mlle Hunter de participer à un jeu de cartes dont le but aurait été, d'après ce que j'ai compris, d'obliger la perdante, ou le perdant bien sûr, à se délester de ses vêtements. Il semblait très déterminé. Je ne serais pas du tout surpris que sa tentative soit un succès.

Cette nouvelle me fit beaucoup plus de bien que tous les médicaments que l'équipe médicale m'administrait.

— Il est vivant ?

— Très vivant. Sa réputation d'indestructibilité est saine et sauve.

Je me suis allongée et j'ai fermé les yeux, sentant la piqûre perfide des larmes.

— Vous allez avoir un nouveau visiteur, a-t-il dit en souriant. Soyez gentille avec lui.

Et il est parti.

— Ne t'approche pas de moi, espèce de sale traître fourbe et sournois. Je vais t'étriper avec un couteau rouillé et planter ton cul couvert de miel sur une fourmilière sous le soleil de midi.

— Tu es bien grincheuse aujourd'hui. Alors que je t'ai emmenée dans cette capsule bien fraîche au lieu de te laisser rôtir au soleil. Quelle ingrate !

— Après avoir survécu à des coups de feu et à une explosion, je me suis retrouvée couverte de merde, j'ai été assommée avec une pierre et j'ai compris qu'on m'avait raconté des bobards. Tu as de la chance que je sois seulement grincheuse.

— Je ne t'ai pas menti. Est-ce que tu m'as demandé si j'avais placé une bombe dans TB2 ? Non. Et pour le reste, tu n'as reçu aucune balle et tout le monde a subi l'explosion, tu n'es pas la seule, alors arrête de faire du cinéma. Et je ne sais pas ce que tu as fait à Izzie Barclay, mais elle était dans un état bien pire que le tien quand elle est partie, alors de quoi te plains-tu ?

Il était calme et apaisant, et avait une explication raisonnable pour tout. Aucune femme ne devrait avoir à subir ça.

— Eh bien, dis-moi une chose. Comment a-t-elle réussi à s'enfuir ?

— Je l'ai laissée partir.

J'ai pris une profonde inspiration.

Il a reculé d'un pas.

Les blessés ont commencé à se diriger vers la porte.

— Attends une seconde avant d'exploser comme le tas d'excréments du professeur. Je devais la laisser partir.

J'aurais bien levé un sourcil incrédule, mais mon visage était trop douloureux. J'ai dû me contenter de siroter ma boisson d'un air perplexe.

— Il y a quelqu'un d'autre. Quelqu'un a recruté Sussman et viré cet argent sur son compte bancaire. Quelqu'un a fait entrer Barclay à St Mary. Quelqu'un fournit un refuge et une base d'opérations à Ronan. Nous pensions – je pensais – que si je laissais partir Barclay, elle pourrait nous conduire à lui. Ou elle. Ou eux.

— Vraiment ? ai-je répliqué avec sarcasme, car j'étais arrivée exactement à la même conclusion, mais sans lâcher Izzie la Harpie sur le monde. Et ça a fonctionné ?

— Eh bien, manifestement, pas tout à fait. Nous n'avons pas vraiment eu l'information que nous cherchions.

— Tu veux dire qu'elle vous a semés, a réussi à retrouver Ronan et ce mystérieux protecteur, et que tu ne sais toujours pas qui ni comment. Et maintenant ils ont pris la fuite avec TB2. Et une bonne partie de notre équipement. Et les capsules dans lesquelles ils sont arrivés. À vrai dire, ça pourrait être la nouvelle définition de St Mary des mots « foirade totale ». Et ne me dis pas que son corps est probablement éparpillé aux quatre coins du Crétacé parce que je ne veux rien savoir.

— Tu n'es pas dans ton assiette, a-t-il dit d'un ton apaisant. Je sais que c'est naturel chez les historiens, mais essaie de ne pas trop t'appesantir sur le passé. Cette opération sera un énorme succès. Nous serons des héros à notre retour, et Edward prévoit déjà d'autres missions, alors vraiment, essaie d'être un peu plus positive.

Je suis restée de marbre.

— Mais j'admets que le moment où nos deux adorables canailles ont joué les héros avec leur lance-flammes maison était un peu stressant. Qui aurait imaginé que le méthane finirait par nous sauver la vie ?

La capsule était vide à présent. Un nombre impressionnant de blessés s'étaient soudain rétablis et avaient vidé les lieux, préférant visiblement la brûlure du soleil à celle de la dispute que j'essayais de déclencher – en vain – avec le Chef.

Il s'est préparé à donner le coup de grâce.

— Tu sais que je t'aime, n'est-ce pas ?

— Je ne sais rien de ce genre. Tu m'as juste jetée sur la voiture et labourée comme un rhinocéros sous amphét.

Il a ricané.

— C'est pas faux.

J'ai soupiré de frustration.

Il a pris ma main abîmée et l'a embrassée.

— Je dois y aller. Quand ce sera terminé – quand on aura fini ce qu'on a à faire ici, j'aimerais t'emmener quelque part pendant quelques jours. Qu'est-ce que t'en dis ?

— Plus de camping ?

— Eh bien, pour cette fois, je me disais qu'il pourrait y avoir des lits moelleux – des grands lits moelleux, de bonnes choses à manger, et beaucoup d'alcool. Et une plomberie décente, bien sûr. T'en dis quoi ?

Oui, mille fois oui, aurait probablement été la réponse appropriée, mais j'ai fait semblant d'y réfléchir.

— Quelque part où il fait froid.

— Eh bien, tu ne sortiras pas du lit, et encore moins de la chambre, donc ce n'est pas si important, mais oui, quelque part où il fait froid si c'est ce que tu veux. Bien, tu comptes rester allongée là toute la journée ?

Après ce que nous venions de vivre, enfermer les manuscrits dans des jarres était presque une partie de plaisir. C'était simplement pénible et éreintant. Et bon sang, il faisait chaud.

Nous travaillions autant que possible à l'intérieur, triant les manuscrits sous la supervision du Dr Dowson. C'était un travail lent, principalement parce que Peterson et moi n'arrêtions pas de dérouler les parchemins pour voir ce qu'ils contenaient. J'ai trouvé une sorte de bestiaire avec des dessins assez réussis de lions et de crocodiles et un impressionnant schéma représentant un appareil technique qui ne me parlait pas, mais devant lequel le Pr Rapson était en pâmoison, prophétisant une répercussion mondiale lorsqu'il serait découvert.

Nous avons travaillé sur la poix chaude sous le soleil brûlant, mais le plus difficile fut de traîner les jarres à travers les rochers et de les faire prudemment descendre dans la caverne. Nous en avons cassé quelques-unes, mais rien de grave. Nous n'étions pas pressés, il était donc inutile de faire risquer à tout le monde une insolation. Il fallait faire les choses bien. Des gens avaient donné leur vie pour ça. Imaginez que Thirsk et les Égyptologues arrivent et ne trouvent qu'un tas de poussière et de poterie brisée simplement parce qu'on avait bâclé le travail.

Ils ont descendu la dernière jarre jusqu'à moi. Je l'ai entreposée avec soin, m'assurant qu'elle soit bien calée entre les autres, et en me relevant lentement, j'ai pensé au prix que nous avions payé pour ça. Est-ce que ça en valait la peine ? J'avais été prête à me sacrifier pour sauver les capsules. Dave Murdoch et Jamie Cameron avaient, eux, vraiment fait ce sacrifice. J'ai adressé aux bocaux un petit signe de reconnaissance.

Et c'était fini.

Tout ce que nous pouvions faire à présent, c'était croiser les doigts pour que personne ne tombe dessus avant Thirsk. Ou que la caverne ne s'effondre pas. Ou ne soit pas inondée. Ou que les manuscrits eux-mêmes résistent à l'épreuve du temps…

Il nous a fallu une semaine pour réaliser le CNOP extérieur. J'ai tenu à ce qu'on le fasse deux fois, avec des détecteurs de métaux. Toutes ces douilles et ces éclats d'obus me rendaient paranoïaque. Les archéologues fouilleraient cet endroit dans ses moindres recoins. La dernière chose qu'ils devaient découvrir, c'étaient des balles de pistolet vieilles de deux mille ans.

Il ne restait plus à Thirsk qu'à découvrir la cachette. En bon état.

Le Chef a entré les dernières coordonnées. Nous retournions à St Mary six mois après notre départ et presque trois mois après le départ de l'expédition de Thirsk.

Nous sommes tous rentrés en même temps. Ça avait été un travail d'équipe et nous sommes rentrés en équipe. Je me suis immobilisée sur le seuil de la capsule numéro Un et j'ai regardé une dernière fois autour de moi. Nous étions probablement ce qu'il était arrivé de plus excitant ici. Mais bon, d'ici environ deux mille ans… Je suis rentrée dans la capsule, Peterson a fermé la porte – et le monde est devenu blanc.

L'annonce a été faite le jour de notre retour. Le Boss nous avait promis une surprise et ce n'étaient pas des paroles en l'air. Il avait allumé le grand écran dans le hall. Thirsk pouvait être fier. Dans le monde entier, les gros titres des journaux annonçaient leur découverte capitale dans la caverne des trésors que nous avions si soigneusement enterrés près de deux mille ans plus tôt. Ou la semaine dernière, question de point de vue.

Nous sommes sortis de la capsule en file indienne ; brûlés, cuits, les cheveux en pétard, du sable dans tous les replis de nos corps.

Le bâtiment entier était habillé de bannières médiévales, lumières stroboscopiques, drapeaux de tous les pays, guirlandes, chaînes en papier, lanternes chinoises, rennes aux nez clignotants, boules à facettes, banderoles et musique assourdissante. Ça nous ressemblait – bruyant et d'un glorieux mauvais goût.

Nous avons passé la journée devant la télévision, à regarder la nouvelle parcourir le monde. Personne ne savait précisément ce qu'ils avaient trouvé, mais tout le monde savait que c'était important. Pour une fois, nous avions pris la place du programme spatial en Une des journaux.

La présidente de l'université avait appelé personnellement le Boss pour lui annoncer la découverte.

— Qu'est-ce qu'elle a dit ? ai-je demandé.

— Aucune idée, a-t-il répondu en sirotant son champagne. Elle était incohérente. Autant que je sache, elle a très bien pu me lire sa liste de courses.

On a bu. On a mangé. On a encore bu. On a chanté. On a dansé. On a fait le Time Warp – plusieurs fois. Et on a peut-être encore un peu bu.

Un peu plus tard, Leon et moi nous sommes éloignés prudemment du buffet, les bras chargés de victuailles, et nous avons cherché un endroit tranquille où manger et parler. Ce que nous avons trouvé, c'est Markham et Hunter qui jouaient aux cartes dans une des vieilles salles de lecture.

Elle était entièrement vêtue. En dehors d'un gros pansement, il semblait nu comme un ver.

Leon a reculé.

— Je ne mangerai plus jamais de chipolata.

Il nous a salués avec son habituel sourire radieux. J'ai gardé les yeux fixés sur son visage.

Hunter nous a adressé un grand sourire.

— Il voulait jouer aux cartes. Alors on joue aux cartes.

Leon a posé son assiette et attrapé le jeu.

— Ces cartes sont marquées.

— Évidemment, a dit Hunter. Je les ai marquées moi-même.

Markham a eu un petit sourire.

— Laissez-nous, a dit Hunter.

Et nous avons obéi.

Nous nous sommes assis dans le hall et avons regardé la sécurité et les techniciens se défier à la traditionnelle course de plateaux dans les escaliers. Comme d'habitude, les deux équipes se sont écroulées à mi-chemin, dégringolant sans grâce jusqu'au hall dans un fracas qui a fait trembler le bâtiment entier. Par chance, rien n'a été délogé. Pas comme la fois… pas comme la fois…

J'ai levé les yeux et vu Mme Partridge m'observer depuis l'autre bout de la pièce d'un air de dire : « Enfin ! » À côté d'elle, Mme de Winter souriait. J'ai cru entendre une petite musique ce qui, étant donné le vacarme qui faisait rage, était tout simplement impossible.

… pas comme la fois où Dieter et moi nous étions écrasés dans la numéro Huit et avions délogé un de ces ananas décoratifs au-dessus de la porte d'entrée et qui avait fêlé… qui avait fêlé une des marches.

Quelle marche exactement ?

J'ai enjambé des corps gémissant. Ils s'en remettraient. L'application interne d'une nouvelle couche d'alcool les remettrait rapidement sur pied – même si ce n'était que brièvement.

J'ai glissé mon corps instable à travers des groupes de gens tout aussi instables ; je suis passée devant le Dr Dowson et le professeur qui discutaient tranquillement de la possibilité de mourir d'une indigestion de lamproies et de la manière de procéder, puis je me suis faufilée à l'extérieur et je suis restée là un moment, savourant l'air frais du soir. Cette dernière mission m'avait appris une chose : apprécier le froid. Je ne me plaindrai plus jamais d'avoir froid.

La quatrième marche était fissurée. Une fêlure en forme de toile d'araignée se déployait à partir d'un petit cratère rond. Le Boss m'avait suivie.

— Ah, a-t-il dit en regardant les dégâts. Une autre séquelle de votre visite imprévue au Crétacé.

J'ai attendu qu'il dise combien ils allaient retirer de mon salaire, mais il semblait de plutôt bonne humeur.

J'ai touché la marche avec le bout de mon pied et un morceau de pierre s'est détaché. Je l'ai observé. Le Boss me regardait d'un air amusé.

— Il faudrait la faire réparer, ai-je dit finalement. Environnement de travail dangereux.

À peine avais-je prononcé ces mots, qu'une puissante détonation a retenti de l'intérieur du bâtiment, suivie d'un bruit de vaisselle cassée et d'applaudissements ironiques.

— En effet, a-t-il dit. Ce n'est pas souhaitable, n'est-ce pas ? Mais vous avez raison ; il faudrait la faire réparer. Maintenant que nous avons un peu de temps pour souffler, j'en informerai la SPEH.

La Société pour la protection des édifices historiques était l'organisme officiel en charge de superviser les réparations et la maintenance de ce bâtiment, que nous adorions mais qui était, il faut bien l'avouer, sérieusement délabré. Leur numéro de téléphone était dans nos raccourcis. Le nôtre était sur leur liste noire.

Une autre détonation a retenti.

Il m'a offert son bras.

— Il n'y a aucune raison de vous inquiéter de ça pour le moment, mademoiselle Maxwell. On rejoint les autres ?

L'alarme incendie s'est déclenchée.

— Bonté divine, a-t-il dit. Enfin ! Leon va être heureux.

À vrai dire, il y avait un moyen beaucoup plus simple et légèrement moins bruyant de rendre Leon heureux, mais il valait probablement mieux ne pas en parler.

Peterson est arrivé en courant.

— Viens voir, Max ! Des cygnes dans la bibliothèque !

— Quoi ? Comment ?

— On s'en fiche !

Pas faux.

Au loin, j'entendais des cris. Des hurlements. Des sons familiers. Et tout St Mary a accouru dans un bruit de tonnerre, toujours prêt à transformer un incident mineur en une crise majeure.

C'était bon d'être à la maison.

Épilogue

Trois semaines plus tard, nous avions terminé. Tous nos rapports étaient rédigés et classés, et nos coups de soleil s'estompaient. Nous avions organisé le service pour Murdoch et Jamie Cameron, dont le nom était désormais inscrit sur le Tableau d'honneur. Le monde entier continuait à parler de la découverte, mais nous restions en dehors de tout ça. Thirsk a eu la gloire – nous avons eu le chèque. Le Boss était tellement satisfait qu'il nous a donné trois jours entiers de congé.

Nous avons profité d'une des dernières belles journées d'automne pour nous prélasser sur la pelouse sud, à l'ombre d'un cèdre. Quelques optimistes avaient jeté une ligne de pêche dans le lac, puis avaient sombré dans le coma. Quelques personnes lisaient, quelqu'un grattait une guitare, d'autres jouaient aux cartes sans grand sérieux. Les techniciens, tous autant qu'ils étaient, semblaient incapables de compter jusqu'à vingt et un. Ou même quinze.

— Ils n'ont pas inventé le fil à couper le beurre, a murmuré Kal.

J'étais assise à côté de Leon, profitant de ce jour de repos inhabituel. De temps en temps, ses doigts effleuraient les miens.

Le calme a été brisé lorsque trois hommes, menés par le monsieur de la SPEH (avec qui nous avions reçu l'ordre d'être polis), sont passés bruyamment tout près de nous avec une brouette chargée d'outils et se sont attaqués à la quatrième marche devant la porte d'entrée. Nous nous sommes redressés d'un même mouvement, heureux de voir quelqu'un d'autre travailler, pour une fois.

Je regardais Mme Partridge, qui regardait le Boss. Celui-ci regardait les travailleurs, et quelqu'un qui l'aurait bien connu aurait pu apercevoir un soupçon d'inquiétude sur son visage.

Le cri d'un des ouvriers a attiré mon attention. Ils semblaient penchés sur quelque chose. Le monsieur de la SPEH a fait quelques pas dans notre direction, crié des paroles incompréhensibles et agité les bras.

— Occy, je pense que c'est pour toi, a murmuré le Boss, et le Dr Dowson est parti en trottinant clopin-clopant, suivi par le Pr Rapson, qui ne voulait rien rater.

Ils se sont tous penchés sur le trou et puis, très lentement et prudemment, quelque chose a été extrait et posé avec révérence sur une large planche. Ils ont disparu à l'intérieur du bâtiment.

— Ça alors, a fait le Boss. Vous pensez qu'ils ont trouvé quelque chose ? – Tout l'institut s'est tourné vers lui et l'a regardé d'un air suspicieux. Il a esquissé un sourire suffisant. Véridique. – Vous ne trouvez pas ça excitant ?

J'ai retrouvé ma voix.

— Vous savez ce qu'ils ont trouvé, monsieur ?

— Eh bien, si on me demandait de spéculer, ce qui est le cas, merci beaucoup mademoiselle Maxwell, je dirais qu'ils ont peut-être découvert une petite boîte, soigneusement imperméabilisée et enterrée sous notre quatrième marche il y a cinq cents ans. Ou en février dernier. Ah, les voilà.

Manifestement prévus à l'avance, deux chariots transportant du champagne et des verres nous ont été apportés sur la pelouse.

— Messieurs, à vous l'honneur.

Les têtes se sont de nouveau tournées vers le Dr Bairstow.

— Pouvons-nous vous demander une nouvelle fois de spéculer sur le contenu de la boîte soigneusement imperméabilisée, monsieur ? a demandé Peterson.

— Bien sûr, monsieur Peterson. Je dirais – et ce n'est qu'une hypothèse, vous comprenez – mais si vous insistez, je dirais qu'il est possible que la boîte contienne des documents qui, après examen, pourraient se relever être une pièce de théâtre et un recueil de sonnets.

J'ai bien failli lâcher mon verre.

Peterson a lâché le sien.

— Des sonnets ? a-t-il dit.

— Une pièce de théâtre ? ai-je dit.

Le Boss a siroté son champagne sans rien dire.

J'ai tenté de le faire parler.

— Monsieur, est-ce qu'on parle… est-ce qu'on est en train de parler de Shakespeare ? Un autre recueil de sonnets ? Une pièce de théâtre perdue ? Pas *Cardenio* ?

— Non, c'est la toute dernière pièce qu'il a écrite. Il voulait s'assurer que les protagonistes soient morts, évidemment. Il était réticent, mais en échange de certaines promesses et d'un gros sac d'or, il s'est laissé persuader.

— Mais quelle est cette pièce ? a demandé Kal. De quoi parle-t-elle ?

— *La Reine écossaise*. Parties I et II.

Tout St Mary le dévisageait avec un mélange d'étonnement et d'émerveillement.

Mme Partridge a fini par me regarder, et j'ai perçu un soupçon d'inquiétude sur son visage. L'anomalie…

Le Pr Rapson est revenu vers nous au galop. De longues années de pratique lui avaient donné des jambes de sprinteur.

— Edward, a-t-il soufflé en se laissant tomber sur un siège. Nous avons un problème.

— Ne me dites pas que nous l'avons déjà perdue ?

— Pire, a-t-il dit en vidant le verre de champagne de quelqu'un. C'est un faux.

— Non, impossible. Je l'ai enterrée ici moi-même, il y a cinq cents ans. Elle est parfaitement authentique et passera facilement les examens les plus rigoureux.

— Non, vous ne comprenez pas. Ils ont exécuté la mauvaise reine.

— Qu'est-ce qui vous fait dire ça ?

— Il est possible que je l'aie feuilleté…

— Pourquoi ?

— Je voulais savoir comment ça se termine, a-t-il répondu, sur la défensive.

— Andrew, mon cher ami, nous sommes des historiens. Personne ne sait mieux que nous comment ça se termine.

— Eh bien non, Edward. La première partie se termine avec l'exécution à Fotheringhay.

— Oui, nous savons.

— Non, non. Vous ne comprenez pas. Ils ont tué la mauvaise reine. C'était Elizabeth. Ils ont exécuté la reine d'Angleterre. C'est Mary Stuart qui a survécu et uni les deux royaumes.

— Impossible ! Je me tenais à son côté pendant qu'il rédigeait la pièce. Je n'avais pas le choix. Si je quittais des yeux ne serait-ce qu'une seconde cet idiot, il en profitait pour courir à la taverne la plus proche. Tu sais comment sont les écrivains.

— Et vous l'avez lue ?

— Nous n'avions pas le temps. Je l'ai tour à tour menacé et soudoyé jusqu'à ce qu'il la termine. Puis j'ai tout attrapé, je suis retourné à St Mary, l'ai enterré sous la quatrième marche et j'ai déguerpi. Alors bien sûr que non, je ne l'ai pas lue.

— Vous pensez qu'il a écrit ça pour faire une blague ?

— Cet homme n'avait aucun sens de l'humour. Vous n'avez jamais lu ses comédies ? Il faut qu'on récupère ce manuscrit avant que quiconque ne le découvre. Nous ne pouvons pas nous permettre la moindre irrégularité.

— Oh, a fait le professeur. Ce n'est pas un problème. Je l'ai ici – et il a extirpé le précieux document de sa veste, enveloppé dans un sac en plastique Tesco.

Le Boss a brièvement fermé les yeux.

— Bien joué, Andrew. Où sont les sonnets ?

— Occy les a mis dans son coffre.

— Eh bien, pour l'amour de Dieu, ne les perdez pas ; ils révèlent clairement l'identité de sa Dark Lady. Et où est le Monsieur de la SPEH ?

— Il se repose.

Le Boss a froncé les sourcils.

— J'ai explicitement demandé à ce qu'il n'y ait aucune violence.

— Non, non, il était submergé.

— Par l'émotion ?

— On peut dire ça.

Sagement, il en est resté là.

— Eh bien, il n'y a rien que nous puissions faire pour le moment. Il faudra juste qu'on l'ajoute à notre liste de choses sur lesquelles réfléchir quand on reprendra le travail lundi.

Autour de moi, St Mary scintillait sous le soleil de cette fin d'après-midi douce et cotonneuse, qui soulignait de reflets dorés les variations du feuillage automnal. En dehors de nous, tout semblait calme et serein. Paisible, même. Mais pour combien de temps ?

Un vent frais a agité les feuilles. Le soleil a disparu derrière les collines et de longues ombres mauves se sont allongées vers nous.

J'ai bu encore un peu de champagne, mais il s'était éventé. J'ai levé les yeux et vu que le Boss me regardait, intensément. Je me suis penchée vers lui.

— Ce n'est pas terminé, n'est-ce pas monsieur ?

— Pour le moment, mademoiselle Maxwell, si. Mais non, je suis désolé, ce n'est pas terminé.

Pas tout à fait la fin – plutôt une sorte de pause…

Dépôt légal 1er trimestre 2018
ISBN 9782357203563
Directrice éditoriale : Isabelle Chopin
Conception de couverture : ACCENT PRESS – UPGRADE
Maquette : Point Libre

Imprimé en France

164, rue de Vaugirard – 75015 Paris
www.hc-editions.com